ハヤカワ・ミステリ

EMIKO JEAN

鎖された声

THE RETURN OF ELLIE BLACK

エミコ・ジーン

北 綾子訳

TOKYO HAYAKAWA BOOKS

A HAYAKAWA POCKET MYSTERY BOOK

THE RETURN OF ELLIE BLACK
by
EMIKO JEAN

Originally published by Simon & Schuster (May 7, 2024)
Translated by
AYAKO KITA
First published 2025 in Japan by
HAYAKAWA PUBLISHING, INC.
This book is published in Japan by
arrangement with
FOLIO LITERARY MANAGEMENT, LLC
and TUTTLE-MORI AGENCY, INC., TOKYO.

alloyentertainment

Produced by Alloy Entertainment, LLC

装幀／水戸部 功

ＧとＭへ
ありがとう。
動揺しているけれど、それでも信じてる。

鎖された声

登場人物

チェルシー・カルフーン……コールドウェル警察署刑事

リディア…………………………チェルシーの姉

オスカー・スワン……………リディアの恋人

ノア………………………………チェルシーの夫

アボット…………………………コールドウェル警察署巡査部長

ダグラス…………………………アボットの息子。同刑事

デニース・リトル……………被害者支援員

ハート……………………………性暴力対応看護師《SANE》

サリース・フィッシャー……医師

ブリエル・ロス………………タコマ警察署刑事

エリザベス（エリー）
・ブラック……行方不明だった少女

ジミー……………………………エリザベスの父

キャット…………………………エリザベスの母

サム………………………………エリザベスの姉

ダニエル（ダニー）
・パートリッジ……エリザベスの恋人

インディア………………………エリザベスの友人

ガブリエル・バーロウ………死体となって発見された少女

プロローグ

物語はここから始まる。

少女は森の中をひた走る。アドレナリンで血管が引き締まる。一定のリズムで短く息を吐く。爪先は土で汚れ、ジーンズに泥が跳ねてしみができ、スウェットシャツに血の痕があり、吐き出す息に吐瀉物が交じる。

あと少し。

あと少しで家に帰れる。

景色が頭に浮かぶ。メイン通りのあの信号。家のペンキがはげかけた緑色のシャッター。父の漁船の風雨にさらされた床板。

遠くでクラクションの音がする。少女は身を屈め、両手で耳をふさぐ。苦悶に満ちた悲鳴に頭蓋骨を切り裂かれるかのようだ。世界が収縮し、ぼんやりとなる。やけにカラフルで明るい。やがて音が遠ざかり、木々の姿がはっきり見えてくる。

鼓動が落ち着くと、少女は自分の呼吸を数える。一、二、三。続きを数えながら歩く。四、五、六。誰かが見つけてくれるまで、あといくつ数えればいい？　七、八、九。体が重い。脚は疲れきっている。かなり遠くまで走ってきた。前方に自分の影が伸びる。その影を追いかけるようにして進む。ほうら、つかまえてごらん。十、十一、十二。体がふらつく。どこかに座って休むほうがいいかもしれない。十三、十四、十五。それでもひたすらまえに進む。灰色の雲に隠れて太陽がさらに高く昇る。空気は松と樹脂のにおいがする。水と苔に似たにおい。生命のにおいだ。

「きみ！　大丈夫か？」小径の曲がり角から親子連れ

のハイカー――父親と息子――が現れる。ふたりとも荷物がぱんぱんに詰まったリュックサックを背負い、その上に丸めた寝袋を乗せている。一方のリュックサックの下には鍋、もう一方の下には金属製のマグカップがふたつぶら下がっている。少女はスピードを落としてふたりに近づく。

十六。十七。十八。

父親はかばうように息子の胸に腕をまわす。その仕種に少女はたじろぐ。親子に見つめられ、身動きできなくなる。息子の茶色い瞳に金色の小さな斑点がある。その目を見て、少女はかつて知っていた誰かを思い出す。いきなり過去に引き戻される。

愛する人のためなら何をする？

どんなことでも。なんでもする。

ハイカーの父親が咳払いして言う。「お嬢さん、大丈夫か？」そう言いながらまじまじと少女を見る。

少女は父親に見えている自分の姿を想像する。汚れた肌。乱れた髪。痩せて骨張った体。血のしみがついたスウェットシャツ。まるで世界に噛み砕かれ、吐き出された物体のようだ。

息子が鼻をひくつかせる。

「お嬢さん？」父親がさっきよりも強い口調でもう一度言い、おずおずと少女に一歩近づく。

少女は乾いてひび割れた唇を舐め、できるだけ落ち着いた声で答える。「はい？」

「大丈夫か？」と父親はもう一度尋ねる。

少女はまばたきし、首を横に振る。その目はぼんやりと遠くを見つめている。「いいえ、大丈夫じゃないみたい」

「名前は？」

「名前？　わたしの？」わたしは誰？　今のわたしは何者？　空《から》の器。運ばれ、しまいこまれ、満たされるのを待つ器だ。

「そうだよ。きみの名前は？」父親はことばを引き伸ばすようにしてゆっくりと尋ねる。

少女はためらう。わたしの名前。それは心のどこかに引っかかっている。奥深くにある闇の中に隠したのだ。安全のために。思い出さないように。でも、決して忘れないように。少女は背すじを伸ばし、その名前を取り出す。

「エリザベス」口から息が洩れるような音をさせながらどうにか言う。

長いあいだ口にしていなかった名前。わたしの名前。わたしのほんとうの名前。彼女の母親が女王にちなんでつけたありふれた名前。大学を出て、いい仕事に就き、家庭を築いて、幸せに暮らす――そんな夢と希望を娘に託して。彼女自身もその名前をまるで王冠を戴くように誇りに思っていた。愛を込めてその名を囁く人もいた。

最後の箍《たが》を外し、少女は自分のほんとうの名前を解き放つ。「わたしの名前はエリザベス・ブラック。たぶん行方不明届が出てると思う」

1

チェルシーは電話の音で目を覚ます。

「くそ」と夫のノアがうめく。「はやく止めてくれ」そう言って音に背を向けるように寝返りを打つ。弾みでマットレスがきしむ。

チェルシーは肘をついて上体を起こし、サイドテーブルに置いた携帯電話を手で探る。時刻は深夜十二時を少し過ぎている。音を消し、画面を見て言う。「仕事だわ」

「誰かが死んだとか言うんじゃないだろうね」とノアがつぶやく。

真っ暗な部屋の中でチェルシーは思わず微笑む。ノアには皮肉たっぷりのユーモアのセンスがある。彼女は刑事だ。こんな時間に電話が鳴るということは、おそらく誰かが死んだのだろう。

「カルフーン刑事です」チェルシーは電話に応答しながら、ナイトランプをつける。ベッドから出ようとして下ろした足が冷たい床に触れて背中に震えが走る。春とはいえコールドウェル・ビーチはまだ寒さが厳しい。それは夏も変わらない。気温が摂氏十八度を超える日が数日あれば運がいい、ここは住民がそんなふうに思う土地だ。ワシントン州のこの海岸線はふたつの断崖にはさまれ、天気が変わりやすいことで知られている。ルイスとクラーク（一八〇四～一八〇六年にアメリカ人として初めてミシシッピ川から太平洋に至る大陸横断を成し遂げた探検隊）はこの土地について〝居住には適さない〟と地図に記録した。

「チェルシー」電話は上司のアボット巡査部長からだった。アボットにファーストネームで呼ばれても、彼女は驚いてまばたきしたりしない。今はもう。彼が男性の同僚たちのことは名字で呼んでいても。そんなことはどうでもいいと思っている。そう、どうでもいい。

「通報があった。行方不明の少女が発見された」アボットはそこでひと呼吸おいて続ける。「発見された少女はエリザベス・ブラックと名乗っている」

そう聞いて今度はチェルシーもまばたきする。エリー・ブラック？　生きていたの？　その少女が失踪したのは二年まえだった。チェルシーは不意に立ち上がり、電話をスピーカーモードにする。

ノアがベッドサイドのライトをつける。彼の首にさがるゴールドのチェーンにはペンダントがふたつついている。バスケットボールのチームでつけていた背番号の〝21〟と聖人のメダルだ。なんの聖人だったか、チェルシーは覚えていないが。確か善と悪の戦いを指揮した戦士だっただろうか。「どうした？」ノアは起き上がり、ひげをさする。

チェルシーは唇のまえに指を立てて声を出さないよう夫に合図し、サイドテーブルの引き出しからペンと紙を出して、アボットの話をメモする。エリー・ブラックが発見された場所はキャピトル州有林、見つけたのはハイキングをしていた親子だった。アボットは発見者の電話番号を彼女に伝える。エリーはレガシー記念病院に搬送されたが、詳しい状況はまだわからないという。チェルシーは病院の場所を検索する。オリンピア。コールドウェル・ビーチから東南に車で二時間ほど離れた場所だ。「きみは病院に行ってくれ」

「すぐに向かいます」とチェルシーはジーンズを穿きながら答える。

「少女が発見された場所にはダグラスを向かわせた」

緊迫感に満ちた間《ま》があく。ダグラス。アボット巡査部長の息子だ。チェルシーはダグラスを子どもの頃から知っている。ふたりの父親はともに警察官だった。チェルシーの父は署長で、アボットより階級は上だった。当時、アボットはまだ制服警察官で、巡査部長でも、チェルシーの上司でもなかった。息子のダグラスはチェルシーより二歳年上で、何年か定職につかずぶらぶらしていたが、やがて父親と同じ警察官になった。最近になってアボットは息子を刑事に昇進させた。チェルシーのほうが勤務年数が長いにもかかわらず、同じ階級になった。彼女はそんなことは気にもとめなかったが。そもそも、チェルシーは生活安全課、ダグラスは麻薬取締課に所属していて、仕事でかかわる機会はほとんどなかった。

ダグラスの名前を聞いて、チェルシーは警察署が主催したピクニックでの出来事を思い出す。彼女もダグラスも子どもで、チェルシーの姉のリディアはまだ生きていた。ダグラスは数人の少年たちと一緒になってチェルシーをからかった。おまえはお弁当箱に入れられてやってきたのかと尋ねた。チェルシーは養子だった。彼女は日本人だが、家族は金髪で、ミルクのように白い肌をしていた。あれから二十年以上経った今でも、あのときの気持ちはまざまざと感じられる。胃の中でスイカが腐り、雲が太陽を覆い隠す。笑いはオークの木の下でそっと流れる涙になる。あの日以来、チェルシーはうつむいて歩くようになった。ひたすら地面を見つめていた。そんな彼女の猫背を真似てからかったボーイフレンドもいた。あれから長い月日が流れたが、今でも忘れはしない。ダグラスのことも、そのボーイフレンドのことも、彼らと同じように彼女を押さえつけた人たちのことも。ひとり残らずはっきり覚えている。

「チェルシー、聞いてるか？」

チェルシーは唾を二度飲み込んでから答える。「聞いてます」

「もし発見された少女がほんとうにエリー・ブラックだとしたら、絶対に犯人を見つけてもらいたい。必ず逮捕するんだ。早急に」

「わかりました」電話を手に持ったまま、シャツを着る。

「マスコミはこぞってこの事件を取り上げるだろう」とアボットは続ける。「捜査の進展に注目するだろう。それは私も同じだ。失敗は許されない」

「状況は逐一報告します」

「そうしてくれ」

電話を切ると、チェルシーは着替えをすませ、髪を後ろでひとつにまとめる。靴。靴。靴はどこ？

「確かなのか？　エリー・ブラックが見つかったって？」ノアは彼女のあとについてアパートメントの中を移動する。ここは仮住まいだが、いい部屋だ。白い壁。ポップコーンみたいにでこぼこに仕上げられた天井。ソファ。ダイニングテーブル。部屋にあるものはほとんどがノアの持ちものだ。額に入れて飾ってある『宇宙空母ギャラクティカ』（一九七八年からアメリカで放送された、機械生命体サイロンと植民星に住む〝人類〟の戦争を描いたSFテレビ番組と映画のシリーズ）の二枚のポスターもノアのものだった。一枚は宙に突き上げられた拳の下に〝そのとおり〟と書かれており、もう一枚は機械生命《サイロ》体《ン》の美しい女性が描かれ、〝誰が敵か忘れるな〟と書いてある。チェルシーもノアもＳＦ作品が大好きだった。

「まだエリーだと断定されたわけじゃない」とチェルシーはノアに言う。

　滅多にあることではないが、チェルシーが警察官になってから一度か二度、自分は行方不明になった子どもだと言って別人が名乗り出てきたことがあった。わが子がいなくなって嘆き悲しむ親から金を巻き上げようとして。実際、エリーの両親も娘が失踪した数週間後に自宅を担保にして五万ドルの懸賞金を出すと表明していた。とはいえ、懸賞金目当てにしては時期が悪い。エリーが行方不明になったのは二年まえだ。風貌が変わり果て、本人かどうかわからないほど長い月日が経ったとはいえない。正確には二年二カ月と一日。チェルシーはカレンダーに印を付け、きちんと数えていた。

「いやはや、こんなことってあるか？」ノアは暖炉のそばで立ち止まる。炉棚には写真が飾ってある。教育学で修士号を修め、卒業式でガウンをまとい角帽をかぶったノアの写真。ノアと彼の家族がロデオに出場したときの写真。両親も六人の子どもたちも全員ジーンズにカウボーイハットという出で立ちをしている。チェルシーとノアが駆け落ち同然に結婚手続きをした裁判所のまえで撮った写真。それから、頭から爪先まで全身迷彩服に身を包み、肩からライフルをさげたチェルシーの写真もある。足もとには死んだ鹿が写っている。これが彼女にとって最初の殺害だった。コールドウェル高校に通っていた頃の彼女は、散弾を撃ち、獲物の皮をはぎ、方位磁石で方向を確認しながら家に帰る狩猟三昧の日々を送っていた。

　チェルシーは部屋を突っ切ってキッチンに行く。夕食に食べたカレーのスパイシーな香りがまだ漂っている。合板のカウンターの上に金庫がある。ダイヤル錠をまわして金庫を開ける。中には彼女の銃とホルスターが保管してある。ノアが首のうしろを掻く。銃を見ると落ち着かないのだ。農場で生まれ育ち、週末は猟銃でコヨーテを撃って暮らしてきたのに。刑事の妻と結婚しているのに。

「明日、家を見にいくのは無理みたいだね」ノアがカウンターから車のキーを取りあげ、チェルシーに渡す。

チェルシーはその鍵を握りしめて言う。「ごめんなさい」謝っているものの、どこか心ここにあらずだ。

ふたりは一年半デートを重ね、半年とちょっとまえに結婚した。結婚してからずっと定住できる家を探しているが、見学に行くたび、どの家にもチェルシーには気に入らないところがあった。

「かまわないよ。わかってるから」とノアは言うが、がっかりしているのは目を見ればわかる。刑事と結婚すると、山ほどの人間関係を抱えることになる、チェルシーの母はよくそう言っていた。自分と夫、夫が関わるあらゆる事件の関係者とその家族……

「いつ見学にいけるかわからない」

ノアは眉を掻きながら答える。「気にしなくていいよ」そう言いながら、やはり本心がちらりとのぞく。いい加減、うんざりしているのではないか？　チェルシーが一歩さがり、彼が一歩まえに出る。同じステップを繰り返すダンスのような関係に嫌気がさしているのではないだろうか？　出会ったときもそうだった。

ノアがチェルシーを追いかけた。

二年まえのその夜、〈ピート〉は大勢の客でごった返していた。チェルシーが刑事に昇進する前日の夜だった。エリー・ブラックは次の日に失踪したのだが、このときは誰もそんなことは知らなかった。集まった警察官たちはチェルシーの背中を叩き、彼女の昇進を祝った。誰もがビールをおごらせてくれと言ったが、彼女は彼らの申し出を断った。もう充分長居しすぎていた。そんなとき、ノアがバーカウンターにやってきて、彼女の隣りに割り込んだ。ぼくはノア。そう言って彼は自己紹介を始めた。教育学で修士号を取ったばかりで、高校で臨時教員をしているけれど、常勤の仕事を探しているんだ。

多くを語りすぎる相手をチェルシーはいつも警戒していた。

体育を教えたい、体育の先生になりたいんだ。彼はまわりの騒音に負けじと大声で言った。

チェルシーはバーテンダーのティムに勘定をしてほしいと合図した。

ノアは気分を害したように胸に手をあてて言った。帰るのか？　体育の先生っていうのがいけなかった？

いいえ、先生が嫌いなわけじゃない、チェルシーは伝票にサインしながら答えた。ティムがテイクアウトの食事をいれた袋を彼女のほうにすべらせて寄越した。

署長によろしく伝えてくれ、ティムはノアに目を向けたまま言った。

チェルシーはティムに礼を言い、ノアに視線を戻して言った。父に食事を届けないといけないの。その頃、彼女の父親は癌を患い、化学療法による治療中で、とても具合が悪く、ひどく気難しくなっていた。何を食べても金属の味しか感じられず、食べられるのは手羽《ホット》のピリ辛揚げ《ウィング》と〈サワーパッチキッズ〉のグミだけだった。チェルシーは人混みをかき分けるようにして出口に向かった。ノアは店の外までついてきた。

一緒に行ってもいいかな。春とはいえ夜の空気は冷えていて息が曇った。彼の両手はポケットに突っ込まれていた。

チェルシーは立ち止まり、彼をじっと見つめて言った。気持ちは嬉しいけれど、今はデートする気分じゃないの。仕事が忙しいし、父が癌で……〝癌〟というひとことが効くことを願った。ノアが怖じ気づいていなくなるのを待った。

ところが彼は笑顔を浮かべて繰り返した。一緒に行ってもいいかな。手伝うよ。

彼女は嘲るように言った。わたしが手伝いを必要としているように見える？

いや。でも、そういう人こそ、ほんとうは助けが必要なことが多いものだよ。

好きになんかなるもんですか。彼女はそう思った。あなた、たちの悪い〝救世主になりたい病〟にでもかかってるの？

素敵な女性が目のまえにいるときだけだけど。彼はそう言って笑った。口ひげの奥で白い歯が光った。

結構。チェルシーは彼を連れて帰ることにした。彼の車はその場に置いておき、自分の車に乗るように言った。銃が彼にはっきり見えるように仕向けた。家に着くと、彼は低く口笛を吹き、切り妻屋根を見上げて言った。素敵な家だね。

どうぞ。彼女は玄関の鍵を開けて彼を家に招き入れた。父はソファに座っていて、テレビからドラマ『ホームランド』が流れていた。

誰だ？　父はノアを見ると、喘ぐように言った。息切れしていた。髪はすべて抜けてなくなり、頬はこけて落ちくぼみ、肌は青白かった。近くに酸素ボンベが置かれていたが、鼻にいれる管はバラ色のクッションの上に放り投げられていた。母はこのソファが大好きだった。

父さん、ちゃんと管をつけていないと駄目じゃないの。チェルシーはたしなめるようにそう言い、管を装着しようとした。

この男は誰だと訊いているんだ。父は苦々しそうにうめいた。

ノアよ。わたしについてきたの。

ノアは手を差し出したが、父は握手を拒んだ。癌だそうですね。ノアは手を引っ込めて言った。ぼくが育った牧場には癌になった馬がいた。獣医が処方してくれたＣＢＤ（医療用大麻由来の薬）が大好きでね。あなたにも効くかもしれない。

私を馬と一緒にするつもりか？

チェルシーはあえて止めにはいらなかった。ノアがこの状況にどう対処するかただ見守った。バーまで車で送ってくれと言うかもしれない。そう頼まれたときに備えてコートは着たままでいた。

とんでもない、とノアは答えた。それから、大真面目にこうつけ足した。馬のほうがよっぽど愛想がいい。父は面食らい、それから笑いだした。咳き込んで、血を吐きながら、ノアに座るよう勧めたのだった。

そんな思い出を振りはらい、無造作に車のキーを持ったままノアを見つめて言う。「もう行かなくちゃ」

ノアは彼女の頰をつつく。「気をつけて」夫はいつもそう言って彼女を見送る。無理な願いでしかないのに。そのことばで彼女が銃弾も拳も酔っぱらいが猛スピードで運転する車も避けられるとでも思っているかのように。

チェルシーは足を靴に突っ込み、ポーチの階段を降りて夜の寒空の下に出る。ノアは下まで降りずにドアの側柱に寄りかかっている。そんな彼を横目で見ながら、父から譲り受けたオールズモビルに乗り込む。リアウィンドウには『ファイヤーフライ　宇宙大戦争』（二〇〇二年にアメリカで放送された、西部劇をモチーフにしたSFドラマ）のステッカーが貼ってある。三回目のデートのときにノアからもらったものだ。その日、ディナーの席で彼女は警察官としての責務を赤裸々に彼に話した。そうやってみずから肩の荷を下ろした。

そのあと、父のために食事の残りを持って一緒に家に帰り、父が痛み止めの麻酔で眠ってしまうと、彼をトラックまで見送った。ノアは彼女にキスした。静かで、穏やかで、真っ黒なサテンのように暗い夜だった。彼女はブラウスのボタンを外した。ノアが車のドアを開けた。ふたりは車に乗り、互いに服を脱がせ、腰をこすりつけ合った。

彼女はまたたくまに恋に落ちた。

ノアにはほとんど何もかも打ち明けている。彼は彼女の亡くなった姉のリディアのことも、彼女の両親が離婚したことも、彼女の十八歳の誕生日に母親が家を出てスコッツデールに行ってしまったことも知っている。もちろん、父が亡くなったことも。癌におかされた父がこの世を去ったとき、彼は彼女の隣りにいたのだから。父の死後、彼女が四十年分の古い家具と悪い思い出がたくさん詰まった家を相続したことも知っている。

が、そんな夫でさえ知らないことがある。

チェルシーは運転席に座り、ノアに手を振る。罪悪感と恐怖を呑み込む。彼を失いたくない。けれど、夫を手放さずにいるためには、何か別のものを手放さなければならない。シフトレヴァーをバックに入れ、ヘッドライトに照らされるノアの姿を見ながら車を発進させる。

2

オリンピアに向かって出発してから三十分。チェルシーはハンドルを握る力を緩める。二車線の通りは時々トレーラーが通過するだけでほかに車はない。街灯もない。ヘッドライトをハイビームにし、座席に深く背をあずける。コールドウェル・ビーチと外の世界をつなぐのはこの狭い道だけだ。道路の片側には暗い木立と灰色の崖があり、月明かりに照らされて銀色に光っている。反対側は細いガードレールに隔てられ海が白波を立てている。いつかこの道が津波に押し流され、コールドウェルは孤立してしまうのではないか。ふと、そんなことを思う。深呼吸する。オリンピアまでの道は頭にはいっているから、考えに没頭できる。

自分を解き放つことができる。記憶の中に深く浸り込める。

エリー・ブラック。

最初に通報を受けたのは二年まえ、ノアと出会った次の日だった。無線から聞こえた雑音も、友人の家に泊まると言って外出した十七歳の少女が家に帰っていない、そう告げる通信係のかすれた声も今でもはっきり思い出せる。

すぐさま車をUターンさせ、メイン通りに出て、廃れたコールドウェルの町を抜け、少女の家に向かった。この町はいつからこんなふうだっただろう。はっきりとは思い出せなかった。水の流れがゆっくりと岩を浸食するように、町は徐々に姿を変えていった。最初に、学校の職員が三割削減された。そのあと図書館が閉鎖され、次にレクリエーションセンターが閉鎖された。チェルシーが子どもだった頃はいつも大勢の子どもで賑わっていたのに。子どもたちはみな、夏はプールで泳ぎ、秋はサッカー、冬はバスケットボール、春は工作をして遊んだものだった。今ではセンターの建物は板で覆われ、海の潮風と嵐のせいでゆっくりと腐敗しつつある。子どもたちはどこに行ったのか？　オンラインの世界と森に追いやられてしまった。

ブラック一家が暮らす家は町の北部にあった。漁業で生計を立てるか、缶詰工場で働いている低所得者層が多く住む地域だ。伸びすぎたセイヨウネズの木立と枯れた芝生と金網に隠れるようにして家がひしめきあっている、そんな場所だった。

ブラック家に着くと、濡れたポーチにあがって玄関をノックした。ドアを開けたのはダグラスだった。当時、彼はまだ制服警官で、刑事ではなかった。ヘイ。満面に笑みを浮かべていた。若くて、愚かなダグラスは、事件が起きて舞い上がっていた。現場に一番乗りしたと得意げだった。聴取を始めたところだ、と彼は意気揚々と言った。

わたしが来るまで待つべきだった。チェルシーはそう言い返した。

彼は頬を紅潮させて答えた。すまない。

ダグラスのうしろから、エリーの父親が出てきた。ジミー・ブラックと名乗り、手を差し出した。チェルシーは握手して言った。

コールドウェル警察署のカルフーン刑事です。

ジミーはチェルシーを見て目をすがめた。警察官になってどのくらいになる？

チェルシーの顔立ちは彼女に不利に働いた。彫りの浅い、アジア人の顔をした刑事が来るとは意外だった、ジミーの表情がそう語っていた。事件を担当するには若すぎるのではないか、アメリカ人ではないのではないか、そう訝しんでいるのがわかった。そもそも英語をしゃべれるのか？　もうすぐ十年になります、チェルシーはうつむいてそう答えた。それから顔を上げて言った。わたしのことより、エリザベスの話をしましょう。娘さんのことを聞かせてもらえますか？　あとになって、チェルシーはこのときの自分を褒めた。冷静に振る舞えた。刑事として初めて担当する事件だったにもかかわらず、集中していた。これでもかというくらい心臓がバクバクしていたけれど。自分はなんてちっぽけな存在なのか。時々そんなふうに思うこともあった。いったいどんな手が彼女という人間を形作り、彼女の神経を擦りへらしてきたのだろう。

チェルシーの態度に満足したのか、ジミーは彼女を室内に招き入れて言った。来てくれてありがとう、刑事さん。

「チェルシーと呼んでください」と彼女は言い、居間にはいった。エリーの母親のキャットが色褪せた青いビロードのソファに座っていた。コーヒーのカップを持っていたが、口はつけていなかった。

ジミーは妻に触れるか触れないかというほどそばに寄って座った。ふたりとも来たるべき吹雪を防ごうとするかのように体を硬直させて身構えていた。

チェルシーはふたりの向かいに置かれた、擦り切れた格子縞模様の肘掛け椅子に腰を下ろして言った。何があったのか教えてください。通信係の話では、お嬢さんが帰ってきていないということですが。

ダグラスはドアの近くにとどまり、腰のベルトに両手を掛け、脚を開き胸を張って立っていた。

キャットが手に持ったカップをのぞき込んだ。「エリーに電話したけどつながらなかった」おそらくショックのせいだろう、その声はどこか虚ろだった。誰しも自分の身にこんなことが起きるとは思わないものだ。

「そのあとインディアに電話した」

居間からはキッチンが見えた。リサイクル用のごみ箱があり、空になったワインやウィスキーやテキーラの瓶であふれかえっていた。戸棚に拳で穴をあけたような傷があった。チェルシーは顎でその戸棚を示して訊いた。どうして戸棚が壊れているの？

私がやった、とジミーは落ち着きはらった声で言った。落ち着きすぎではないか？ 腹が立ったときにね。

エリーがいなくなるまえのこと？ それともいなくなったあと？ 室内の空気がぴたりと止まり、それから脈打った感じがした。キャットがうつむいた。羞恥心？ 恥じているのか？ それとも怖がっている？

いなくなるまえだ。ジミーは低い声で答えた。隠さなきゃならないことは何もない。指紋を採るか？ 家の中を捜索するか？ 好きにしてくれ。

わかったわ。家の中を見せてもらう。特にエリーの部屋を見たいけれど、それはあとでいい。チェルシーはそう言い、頭の中で容疑者リストの最後にジミーを加えた。それからキャットに注意を戻して訊いた。インディアというのは？

キャットは唾を呑んでから答えた。「わたしもよく知らないのよ。エリーにはあまり友だちがいないの。インディアの名前は一週間まえに初めて聞いたわ。エリーから彼女の電話番号を聞いておいてよかった。エリーはインディアの家に泊まると言って出かけたんだけれど、インディアはゆうべどこかのモーテルであの子と会ったのが最後だって言ってた。そこでパーティをしてたみたい」そこまで話すと、キャットは音を立ててカップをテーブルに置いた。「なんだか別世界にいるみたい。いったいどうしてこんなことになったの?」

その答えは考えるまでもない。誰かが姿を消す理由はいくらでもある。が、チェルシーはそうは言わずに自分の胸の内におさめておいた。キャットはそれ以上のことは知らなかった。エリーが出かけたとき、ジミーは仕事で家にいなかったということだった。

「エリーはきっと帰ってきますよ。ほら、女の子ってそういうもんでしょう」ダグラスが横から言った。

「おかしなことを考えて家出するんです。よくあることですよ」そのことばにチェルシーの唇が引きつった。女に生まれたというだけで、悪者のように言われるのは我慢ならなかった。

ジミーが拳を握りしめて立ち上がった。彼は大柄だ。玄関には防犯用のバットが置かれている。「それはない。娘はそんな子じゃない」ジミーはそう言ってダグラスに詰め寄った。「エリーは家出なんかする子じゃない」

チェルシーはすかさずふたりのあいだに割ってはいったが、身長百五十センチほどの彼女が立ちはだかったところでまるで役に立ちそうになかった。立ったまま横目でバットが置かれた場所までの距離を測った。ジミーは何歩でバットのところまで行けるだろう。三歩、いや二歩で充分か。「アボット警察官、散歩でもしてきたらどうかしら」それは提案ではなかった、もちろん。

「す、すみません」とダグラスは口ごもり、降参するように両手を上げた。「悪気はなかったんです」そう言って玄関まであとずさり、携帯電話の画面を見ながら外に出た。動画を編集し、SNSに投稿するのが好きなのだ。まったく。彼は典型的なきょうだいの真ん中の子どもだった。いつでも人を喜ばせようとしていた。

「あの人の言ったことはほんとう？」とキャットが期待に目を輝かせて訊いた。「ほんとうによくあることなの？」

こういう場面では統計情報がきわめて有効にはたらくことをチェルシーはよく知っていた。「お嬢さんと同世代の十六歳から二十一歳の女性の場合、八十一パーセントの確率で帰ってきます」行方不明になってから二十四時間が経過すると、その確率は〇・五パーセントに下がるのだが、それはあえて言わなかった。ここは成り行きに任せるほうがいい、そう思ったのだ。

「エリーについて、もっと詳しく聞かせてください」

キャットはたいして重要ではないことをとりとめもなく話した。エリーは頑固で、意固地になることもある。成績はそれほど優秀ではないけれど、とにかく明るい。ジミー、覚えてる？　あの子が五年生のとき、作文のテストですごくいい点数を取ったことがあったわよね。友だちは多くないけれど、ボーイフレンドのダニーはあの子にぞっこんなのよ。

どれもこれも、エリーがいかに特別な女の子か知らしめようとしているようだった。きちんと捜索がおこなわれ、発見されるに値する存在だ、そう訴えていた。どの事件も最初にあてがわれる予算は一ドルだということなど、キャットには知る由もなかった。その一ドルに両親の資産額を乗じ、人種と宗教で割るという綿密な計算によって予算が決まることも。失踪した少女の家庭が貧困で、少女の肌の色が濃いほど、救出のために警察が割く予算は減額される。行方不明になった少女が貧困であればあるほど、肌の色が濃ければ濃いほど、世間の憤りは小さくなる。エリーの母親もそのことを感じ取っていたのかもしれない。優先的に捜索される少女とそうでない少女がいるとわかっていたのかもしれない。チェルシーとしてはまるで同意できない考えだったが、それが現実だった。どれほど信じたくないとしても事実であることに変わりはない。

エリーの部屋の捜索を終えると、何かわかったら連絡すると約束してすぐにブラック家を出た。緊急を要する事件ではなかった。このときはまだ。エリーの靴も携帯電話も血痕も見つかっておらず、母親が全身を震わせて泣き崩れたりはしていなかった。ブラック家としても明日のことなど考えられず、その日一日をどうにかしてやりすごすほど深刻な状況にはなっていなかった。

それでも、チェルシーは迅速に動いた。通常の捜査手順にのっとり、最後にエリザベスに会った人々から事情聴取した。最初は友人のインディアに話を聞いた。

「確かにエリーと一緒に遊んだことはあるし、それはそれで楽しかったけど、すごく仲がよかったわけじゃないわ」インディアはがたついた網戸の奥からそう答えた。髪はヘアカラーで染めたような淡い金髪で、シルバーの小さな鼻ピアスに明かりが反射して光っていた。酒のにおいがした。飲んだばかりではなく、毛穴からにじみ出てくるにおい。二日酔いのにおいだ。

「とにかく、言いだしっぺはエリーだった」と彼女は続けた。

「言いだしっぺ?」とチェルシーは先を促した。カモメが甲高い声で鳴き、庭に降り立った。

「パーティのこと。わたしは車に乗せていってあげただけ。わたしはあの子の子守り役じゃないから」

なるほど。どうやら、エリーがいなくなったことよりも、自分が面倒に巻き込まれることのほうを心配しているようだ。「パーティについてとがめるつもりはないわ。お酒を飲んでいようと、クスリをやっていようと」とチェルシーは安心させるように言った。「ただ、エリーを見つけたいの」そう言われて安心したのか、インディアは態度をやわらげ、パーティの写真を何枚かチェルシーに転送した。チェルシーはあとからそれらの写真を時系列に並べ替えて経緯を整理した。パーティがおこなわれたモーテルの一室で、エリーが最後に写真に写っていた時間は午後十一時三十一分。その後、十一時三十九分にはいなくなっていた。ついさっきまでそこにいたのに、風にさらわれた蝶さながらに忽然といなくなった。

次にエリーのボーイフレンドのダニエル・パートリッジに話を聞いた。「その時間は家で寝てた」と彼は言った。脚が小刻みに揺れていた。ふたりは彼の家の中で話していた。造りつけの小さなテーブルがあり、側面に小麦の茎が彫刻された木製の椅子に座っていた。「そのことを証明してくれる人はいる？」とチェルシーはまばたきせずにまっすぐ彼を見据えて言った。姉のリディアはそんな彼女を見て、キツネみたいにずる賢そうな顔だとよく言っていた。たいていの事件では、犯人は被害者と知り合いである場合が多い。ダニエルは好青年だ。しかし、いい人に見える人物こそ注意が必要だ。見るからに悪い人間は抑圧された複雑な感情があらわに見て取れるし、わかりやすく犯罪をおかす。一方、いい人に見える人間はそういう暗い部分を奥深くに埋めて隠している。

ダニエルは貧乏揺すりをやめ、目を細めて言った。「家族は仕事で誰も家にいなかったけど、母さんが夕食を持ってきてくれた」彼の両親はメイン通りで居酒屋兼食堂〈フィッシュトラップ〉を経営していた。そういえば、数カ月まえにその店が破損される事件があった。店の正面の窓ガラスにオレンジのスプレーで〝先住民〟、〝保留地に帰れ〟と落書きされた。パートリッジ一家はチヌーク族だった。事件のあと、彼らは落書きをきれいに消し、防犯カメラを設置し、店の窓に部族の旗を掲げて断固として屈しない意志を示した。

「差し支えなければ、お母さんに電話していいかしら」とチェルシーは言った。「あなたの話がほんとうか確かめるために」

ダニーは勢いよく立ちあがり、キッチンの引き出しを乱暴に開けて紙とペンを取り出した。近所の釣り具店のチラシの裏に母親の名前と電話番号を書き、挑むようにテーブルの上に放った。「どうぞ」

彼が気分を害したのは明らかだったが、今の段階では全員が容疑者だった。エリーの両親のジミーとキャットでさえ。彼女は注意を怠らずに観察した。カップを持つ手に力がはいりすぎていないか。あるいは、あまりにさりげなく持っていないか？　どんな話をするか？　多くを語りすぎてはいないか？　あいまいなところはないか？　真実とは、そうやって細く狭い道を爪先立ちで歩くようにしてたどりつくものなのだ。

あとになって、ダニエルにはむきになって弁解しなければならない理由があったことがわかった。ずっと家にいた、彼はそう言ったが、実際はそうではなかった。怒るふりをして、その嘘をごまかそうとしていたのだった。

次にパーティに参加していた若者たちとエリーの学校の先生から話を聞いた。エリーの評判はさまざまだったが、どれもいいものではなかった。とんでもない大嘘つきよ、お金持ちのふりなんかして。クラスメートのひとりはそう言った。ああ、あの子？　いつか殺されるんじゃないかと思ってた。そう話す教師もいた。あまりに独善的なそのもの言いに、チェルシーは吐き気を覚えた。

車のフロントガラスに雨があたる音がして、チェルシーは現在に引き戻される。ワイパーを作動させる。オリンピアまであと少しだ。もうすぐエリーに会える。あと三十分もすれば病院に着く。そう思うと、投げ縄で締めつけられたように体が強ばる。気づくとハイウェーは三車線になっている。往来する車やトレーラーが増え、周囲にはレストランやいくつものモーテルやガソリンスタンドがある。チェルシーは助手席に放り投げたままの携帯電話を見る。ジミーとキャットに連絡しなければ。

ジミーとは時々会っていた。最後に会ったのは五カ月まえだ。定期的に警察を訪ねてくるのが彼の習慣になっていた。朝、警察署が開くと同時に、まめだらけの手にコーヒーをいれたポットと〈コテージベーカリー〉で買ったドーナツを一ダース持ってはいってくると、受付のシュゼットにコーヒーとドーナツを渡し、彼女の夫や孫はどうしているか尋ね、おしゃべりした。チェルシーの姿を見ると姿勢を正し、個室に通されてふたりきりになると、テーブルをはさんで向かい合って座り、恒例のやりとりを始めるのだった。最初はいつも世間話からだった。

「調子はどう、ジミー？」

「変わりないよ」

「キャットはどうしてる？」

「知ってのとおり、調子がいい日もあれば悪い日もある。サムがもうすぐ家族と一緒に引っ越してくることになっていてね。おかげでいくらか気分がいいみたいだ」

エリーにはサムという姉がいた。年は十歳離れていて、仲のいい姉妹ではなかった。かつてのチェルシーとリディアとはちがって。チェルシーとリディアは血こそつながっていないが、ほかのあらゆる面で似ていた。同じさやの中の豆みたいにそっくりだ、母はよくそう言っていた。

「それはよかった」とチェルシーは言った。

「きみは？　だんなさんは元気か？　新聞で読んだけど、彼のチームは州大会に進出したそうだね」ノアがイルワコ高校の教師になってから一年が経っていた。高校ではバスケットボールチームのコーチをしていて、その年、彼が率いるチームは州大会の2Aクラスで決勝戦に進出した。決勝戦で負けてひどく気落ちし、立ち直るまで兄弟と一緒にしばらく両親の山小屋に籠もってしまったほどだった。

「ノアは元気よ」チェルシーはそこでひと呼吸おいた。ジミーが次に何を訊いてくるかはわかっていた。どのみち訊かれるなら、こちらから先に言ってしまうほうがいい。彼女にしてみれば、ジミーとのやりとりは死期の近い老犬を楽にしてあげるようなものだった。結局はやらなければならないのだから、どうして先送りしなければならない？　「新たな手がかりはないわ、ジミー」と彼女はそっと告げた。「もし何かわかったら、こっちから連絡する。わかってるでしょ」

ジミーはため息をつき、かぶっていたキャップを脱ぐと、両手でつばをはさむようにして持った。灰色がかった茶色い髪が一房、小さく逆立っていた。「見せてもらっていいかな？」

彼が言っているのは証拠品のことだった。「ええ、もちろん」チェルシーは立ち上がり、証拠品の棚から三十センチ四方の段ボール箱を取り出した。箱を机の上に置き、ビニール袋は開けないようにとジミーに念を押した。「まだ捜査中の事件だから」

ジミーはうなずいた。規則については彼も知っていた。順番はいつも同じだった。最初に警察の調査報告書を読み、次に目撃者の証言記録を読んだ。チェルシーが見落としていることはないか、エリーの失踪事件を一気に解決へと導く情報がどこかにないか探すように。最後に証拠品をひとつずつ念入りに、今にも崩れそうな遺物を扱うように見ていった。エリーの靴の片方、画面がひび割れた携帯電話、血がついた砂利、モーテルの隣りにあるペンテコステ派教会の防犯カメラの映像の写真、エリーの持ちものが発見された駐車場の写真。駐車場にはトレーラーや車が停まっていて、外からではエリーの姿は見えなかっただろう。チェルシーはナンバープレートから車の持ち主をできるかぎり調べたが、何かを目撃した人はいなかった。

「あの子はきっとどこかで生きている。今もそう信じていると言ってくれ」

チェルシーは証拠品を箱の中に戻した。エリーが最後まで持っていたものなのか？　もしものに口が利けたなら、これらの証拠品は何を語るのだろう？　どんな秘密を囁いて教えてくれるだろう？

「まだ捜査は終わってない。エリーを見つけるまで捜しつづけるつもりよ」彼女はそう約束した。どこかで生きている、彼女自身もそう信じていたから。馬鹿げているかもしれないが、そう信じずにはいられなかった。今にも切れそうな細い糸にわずかな望みを託してかろうじてしがみついていた。

ジミーは真剣な顔でうなずき、体を震わせながら部屋を出ていった。チェルシーはそれ以上何も言わずに彼を見送った。たいていの男性がそうであるように、ジミー・ブラックも打ちのめされているときにはそっとしておいてほしい人間だということが彼女にはよくわかっていた。

赤信号で停車する。深呼吸して思い出のうねりから逃れる。交差点にレガシー記念病院の標識がある。今しかない。チェルシーは電話を手に取り、ブラック家の番号にかける。呼び出し音が鳴る。

二年と二週間と一日。

エリー・ブラックが行方不明になったあと、チェルシーは女性への暴行事件が起きるたびに率先して捜査に取り組んできた。仕事はいつも山ほどあった。殴られ、怪我を負い、傷つけられた女性たちに進んで手を差し伸べる。それは一種の償いだ。彼女はそう考えている。彼女はリディアを救えなかった。エリーの事件を解決することができなかった。その償いだと。

呼び出し音がやみ、電話が通じる。

「もしもし」電話の向こうからテレビの音が大音量で

聞こえるが、ジミーはざらついた眠そうな声を出す。

「ジミー。チェルシーよ。キャットはそばにいる？　知らせたいことがあるの」ジミーがキャットを起こすのを待ちながら、チェルシーは彼らの娘のことを考える。心の中でエリーの姿を思い浮かべる。エリーはそこにいる。螺旋の陰に隠れて話すべきときが来るのをじっと待っている。

話す順番がまわってくるのを待っている。

そう、今がそのときだ。

i

以前は行方不明の少女の話に夢中だった。

新聞で事件が報道されるたび、つい見出しに引き寄せられ、記事を読まずにいられなかった。車が衝突する瞬間をスローモーションで見ている、そんな感覚だった。当時のわたしには、失踪した少女たちが現実の存在とは思えなかった。生身の人間がそんなふうに拷問され、限界を超えるところまで追い込まれるなどありえないと思っていた。自分はそんな目にあうはずはない。絶対に。正直に言えば、心のどこかでひそかにそう自惚れていた。わたしは無敵だ、そう思っていた。

しかし、それはまちがっていた。手枷や鎖で拘束などしなくても、わたしを縛りつけておくことはできる。

身をもってそのことを知った。原始の森に四方を囲まれているだけで充分だった。恐怖――化膿して水ぶくれができ、手脚が痙攣するような恐怖さえあれば充分だった。もっとも堅固な牢獄は人の心の内にあるものなのだ。

子どもが行方不明になってから最初の四十八時間が重要だと言われる。時間が鍵を握る。事実が収集され、報告書に記録される。どこに出かけたか？　誰に会ったか？　何をしていたか？

話を簡単にしよう。わたしが拉致された経緯はこうだ。もう知っているかもしれないけれど。

いつもと変わらない朝だった。七時にインディアが車で迎えに来て、一緒に学校に行った。インディアが来たとき、わたしはキッチンで立ったままシリアルを食べていた。近所に響き渡るくらい大きな音でクラクションが鳴った。わたしは最後にひとくち、輪の形をした色とりどりのシリアルを口にほうりこんだ。

そのときママがキッチンにはいってきた。眠そうで、なんだか小さく見えた。パパのスウェットシャツを着て、クリスマスのリース模様のパジャマのズボンを穿いていた。もう五月だというのに。ママはカウンターに寄りかかり、手で頭をおさえた。まえの日、ママはわたしを職場に連れていった。店を閉めてから同僚や友人たちと一緒に飲んで、ぐでんぐでんに酔っぱらってしまい、帰りはわたしが運転する羽目になった。ママは顔をこすり、わたしの下半身を見ると目を細くして言った。「ちょっと、エリー」

わたしのジーンズには油性ペンで流れ星とハートを射貫く矢と頭は馬で体は人間の生きものが描いてあった。「何？」

「何じゃないわよ。そのジーンズ、まだ新しいのに。このあいだ買ってあげたばかりじゃないの」

ママはいつもお金の心配ばかりしていた。これはいくらしたとか、わたしのためにいくら使ったとか、そんなことばかり言っていた。ときどきママのことを嫌いになれたらって思ったりした。そんなことを考えるだけでも辛かったけれど。もしかしたら、ママはわたしのことが嫌いなんじゃないかって思うこともあった。そう考えるともっと辛かった。「今度からは自分で買うわ」ジーンズだけじゃない。新しい携帯電話も自分で買うつもりだった。そう、それがすべての始まりだった。携帯電話。わたしの携帯電話はママのお下がりで、二時間くらいで充電が切れてしまう古いものだった。わたしはいつも何か欲しがっていて、それを手に入れるためならどんなことでもする子だった。

ママはカウンターに寄りかかっていた。一週間まえにパパが壊した戸棚のちょうど真下にいた。あのときパパはわたしにひどく怒っていた。「どこにそんなお金があるの？　エリー、あなたは肝心なことを忘れてる」

プー。プップー。

ママは耳を塞いだ。「ちょっとちょっと」さっきと同じように文句を言った。「ダニーなの？　クラクションを鳴らさないでって言ってちょうだい」

わたしはうんざりして目をぐるりとまわし、わざと音を立ててボウルとスプーンをシンクに置いた。ママが顔をゆがめた。古い磁器製のシンクはもともと家に備えつけられていたもので、そこでは洗われる皿よりも割れる皿のほうが多かった。でも、その日は割れなかった。今日はラッキーだ、そう思ったことを覚えている。今になって考えると馬鹿みたいだけれど。

バックパックをつかんで、急いで玄関に向かった。「ダニーじゃないわ。インディアよ。今日は彼女の家に泊まるから」嘘がすらすらと口をついて出た。ほんとうは彼女の家に泊まるのではなく、もっと大それたことを計画していた。わたしには真実をねじ曲げる特別な才能があった。説得力のある話し方をすれば、自分自身でさえ騙せるものだ。「覚えてる？」とママに訊いてみた。「ゆうべ、話したでしょ」

「ああ、そうだったわね。インディアにもそのうち挨拶しなくちゃね。あとで彼女の電話番号を知らせてちょうだい」

「わかった」わたしはそう言ってキッチンを出た。

「明日ははやく帰ってくるのよ」ママは玄関に向かうわたしの背中に向かって大声で言った。「サムと出産準備の買いものに行くから」

インディアの車からまたクラクションが響いた。

「わかってる」とわたしはバックパックを持ったまま振り向き、大声で返事をした。「楽しみにしてる」ママは何かにつけて、わたしとサムが顔を合わせるように仕向けた。わたしたちが親友みたいな関係になることを望んでいた。だけど、わたしたちはまるで似ていなかったし、なにより歳が離れすぎていた。わたしのほうは、サムがわたしを子ども扱いすると思っていたし、サムはわたしが子どもみたいな真似をすると思っていた。そこが問題だった。最後に会ったとき、サムは身分証明書を盗まれたと言ってわたしを責めた。信じられない、わたしがそんなことをすると思っているなんて。わたしは怒りをあらわにして反論した。

サムは突き出たお腹の上で腕を組んで言った。ゆうべ、ここに来たときは財布に入れてあったのに、なくなっているのよ。勝手になくなるはずがないでしょ、エリー。それから態度をやわらげて続けた。素直に返してくれたら、ママには黙っててあげる。わかった？

それでも、わたしは取ってないと言い張った。

家の外に出ると、路肩でインディアのハッチバック車がエンジンをかけたまま待っていた。わたしは助手席に乗り、バックパックを足もとに置いた。カーステレオからデイヴィッド・ボウイの曲が流れていた。インディアの白みがかったブロンドが朝日に照らされてほんとうに光り輝いて見えた。車内はカビとクローブ入り煙草と古いコーヒーのにおいがした。わたしはサンバイザーを下ろし、アイライナーを引いた。車が走りだした。ふたりとも心の底から笑っていた。周りの人も笑顔になるくらい無邪気で自由だった。わたしに残された時間はあとわずかであることなどまったく知らずにいた。

七時二十四分。始業の一分まえに学校に着いた。午前中は漠然と過ぎていった。生物。英語。体育。わたしはどの授業も出席した。休み時間にジェレミー・デイヴィスとリンジー・ジャクソンとスティーヴン・ローリエから二十ドル受け取った。彼らに聞けば、そのことを覚えているかもしれない。

十二時九分。自動販売機で買ったサンドウィッチを階段で食べた。階段の蹴上げには〝安全第一、責任と敬意ある行動を〟という標語が黄色い文字で書かれていた。腕が伸びてきて腰をつかまれ、驚いて振り向いた。

「エリー」

彼がいた。褐色の肌、少年のような顔立ち、感情を隠しきれない優しい眼。艶のある黒髪が肩にかかっていた。ダニー。わたしのボーイフレンドであり、親友であり、人生をかけて愛する相手だ。誰かのことをそんなふうに思ったことがある？　まるで自分たちが愛というものを創ったかのように思ったことがある？

半分食べかけのサンドウィッチを見て、ダニーは笑って言った。「自動販売機で買った玉子と野菜のサンドウィッチとはね。勇敢なお嬢さんだ」

わたしは肩をすくめて答えた。「ギリギリで生きていたいの」

「知ってる。晴れて自由の身になった気分はどう？」

一週間まえに停学処分を受けたことは話したっけ？　校内に薬物を持ち込んだのがばれたせいで。ロッカーにほんの少しマリファナをいれてたのが見つかってしまった。マリファナはワシントン州では違法じゃないけれど、わたしはまだ未成年だったから警察に通報されて、両親から外出禁止を言い渡された。前日、ママの職場に連れていかれたのはそれが理由だった。

「最高よ」とわたしは敬礼して言った。「すっかり改心したわ。これからはまっとうに生きていくつもりよ」

「なんてこった。ぼくは悪い子が好きなんだけど」

わたしたちはそこでキスをした。校舎の真んまえで。午後の授業開始一分まえの鐘が鳴り、お互いに体を離した。「今夜、来るよね？」とわたしは訊いた。バックパックの中で二十ドル札の束と姉の身分証明書が今か今かと出番を待っていた。

ダニーの唇がぴくりと動いた。わたしと目を合わせようとしなかった。「ああ、そのことを伝えようと思ってたんだ。ぼくは行けない。明日の朝、食堂で仕事があるから、寝ておかないと。早起きしなきゃならないから」

「マジ？」とわたしは苛立ちを抑えて言った。

「わかるだろ、エリー？」

「わかるでしょ、ダニー。大事なパーティなのよ」

実際はそうではなかった。わたしはただ新しい携帯電話が欲しかった。サムの身分証明書を盗んだのも、モーテルでのパーティを計画したのもそのためだった。好きなだけ飲めると言って、みんなから二十ドルずつ集めた。それでも再生品の携帯電話を買えるだけの利益が充分に出る計算だった。ダニーには一晩じゅう一緒にいてほしかった。またそう言っている。それがいけなかったのか？　わたしは多くを求めすぎていたのだろうか？　今でもよく考える。このあと起きたことは全部わたしのせいなのだと。

「ごめん。でも無理なんだ」廊下にはもう誰もいなかった。教室のドアが閉まる音が聞こえた。ダニーはおでこをわたしのおでこにくっつけて言った。「好きだよ」

わたしは何も答えなかった。愛を口にしないことで実力行使しようとした。わたしにはそういうすごく意地悪なところがあった。

ダニーはため息をついて言った。「このことで喧嘩するつもり？」

「それはそっち次第だと思うけど」

わたしは不機嫌に答えた。彼はわたしの口の端にキスした。それが最後のキスになった。そうと知っていれば、もう少しそばにいたのに。彼の手を少し強く握って、さよならを言えたのに。

午後一時三分、二時三十分、二時五十五分。ダニーとわたしとのあいだでテキストメッセージが飛び交った。内容は恥ずかしくて言えないけれど、要約すると、恋人を見捨てて仕事に行くなんてどこまでもクズ男だ、わたしはダニーにそう思い知らせようとしていた。あとから振り返るとみっともないことをしたと思うことがたくさんあるけれど、このときもそうだった。ただ、わたしは自分勝手だった。いつも相手に、とりわけダニーに、してはいけないことをさせようとしていた。今ならわかる。ほんとうはあなたに会えないのは淋しいと言うべきだった。パーティのことは気にしないで。そもそも馬鹿げたアイディアだった。携帯電話なんかどうでもいい。その代わりに一緒に映画を見にいこう。そう言うべきだったのだ。それなのにわたしは意地を張っていた。自分勝手で向こう見ずだった。

午後三時七分。わたしはまた約束の時間に遅れた。もっとも、今回はわたしのせいではなかったけれど。英語の代用教師が雪男と荒野の詩を最後まで終わらせようとして終業のチャイムが鳴ったあと二分も授業を延長したので教室から出られなかったのだ。

インディアは車で待っていた。わたしたちは最終のスクールバスが三時二十分に出発したすぐあとに学校をあとにした。

三時四十五分にはコールドウェルの町を出た。わたしはママにテキストメッセージを送った。今夜はインディアの家に泊まる。忘れないでね。メッセージと一緒にインディアの電話番号も送った。それからダニーにもメッセージを送った。ウィル・ガナーもパーティに来るのよ。ダニーをモーテルに来させるための最後の駄目押しだった。ダニーとつき合うまえに、わたしはウィルとデートしていた。ウィルは一年まえに卒業し、野球の奨学金を得て進学したけれど、休暇のたびに帰ってきて、わたしとよりを戻そうとしていた。

「いる?」インディアがグローブ入り煙草の箱を差しだして言った。わたしは鼻にしわを寄せ、首を振った。インディアは肩をすくめ、箱から煙草を一本取りだして歯でくわえた。片手でハンドルを握りながら、反対の手で煙草に火をつけた。その仕種が妙に優雅に思えた。「ちょっと」と彼女はわたしの太腿をつかんで言った。「元気出しなよ。ダニーはきっと来るから」

インディアには何もかも話してあった。ダニーは仕事にいかなきゃならないってこと以外は。彼はすごく疲れてるってことにしておいた。情けないやつなんだって言ったかもしれない。自分に同情してもらえるように話をすり替えることの何がいけない? どんなストーリーにも悪者は必要なのだ。携帯電話を確認したけれど、ダニーから返事はなかった。ママからメッセージが届いていた。明日の朝、はやく帰ってくるのよ。サムが来る日だから。忘れないでね。

インディアがあくびをした。わたしが彼女の口に指を突っ込むと、車は大きく道を外れ、蛇行してまた道路に戻った。クラクションがけたたましく鳴り、セダンが猛スピードでわたしたちの車を追い越した。インディアは胸を押さえて笑いながら、車をまっすぐに戻した。

そのまましばらく走り、橋を渡ってアストリアにはいった。カーラジオからは夜がいかにして人の心を壊すかという歌が流れていた。インディアは〈リヴァーベンド・モーテル〉の駐車場に車を停めた。真上に掲げられた看板に時間単位と一泊の料金が書かれていた。

「ここでいい？」

「完璧」とわたしは答えた。

インディアはすぐさまモーテルの場所を知らせるテキストメッセージをみんなに送り、煙草を灰皿でもみ消して言った。「オーケー。じゃ、始めよう」

長い夜になる。やることがたくさんあった。サムの身分証明書をつかってモーテルの部屋を借り、近くで見つけたスーパーで棚が空《から》になるほどたくさん酒を買い込んだ。大量のボトルを詰め込んだビニール袋をぶら下げながら店を出た。インディアは車に乗ったまま待っていた。

「ねえ」と女の人が声をかけてきた。わたしは立ち止まった。長い黒髪に屈託のない顔をした、きれいな人だった。伏し目がちで、風で頬が紅潮していた。「ちょっと手を貸してもらえないかしら？」おんぼろのSUVのドアのまえで、赤ん坊を抱き、両手に荷物を持って立っていた。

「お安いご用よ」わたしはそう言うと、自分の荷物を地面に置き、彼女の車のドアを開けた。

「ありがとう」女の人は明るく笑い、チャイルドシートを座席に固定して、その隣りに荷物を乗せた。ドアを閉めると赤ん坊が小さな声をあげた。それから彼女はバッグに手を突っ込み、五ドル札を出して言った。

「ほんの少しだけど」

わたしは両手を上げて断った。「気持ちだけで充分よ」それからこうつけ足した。「姉にもうすぐ赤ちゃんが生まれるの」どうしてそんなことを言ったのか、自分でもよくわからない。

女の人はますます笑顔になり、五ドル札を財布にしまって言った。「まあ、おめでとう」

わたしは小声でありがとうと言い、荷物を持ってそそくさと車に戻った。あんたってとんだいい人ぶりっこだね、インディアはそう言って笑った。わたしは助手席でウォッカのボトルを開け、一気に咽喉《のど》に流し込んだ。

モーテルに戻ると、わたしたちの隣りの部屋のドアのまえで小さな歯をした男がうろうろしていた。

「これからパーティか？」男は唇に煙草を押しあて、吸い込んだ。指の爪がかみ砕かれて血だらけだった。

インディアは背すじを伸ばして言った。「友だちが何人か来るだけよ」

男は低く口笛を吹き、微笑んだ。「ああ、そうだね。部屋が狭くなったら、おれの部屋もお祭りのために使うといい」

インディアは手を差し出して名乗った。「インディア」

「ブレットだ」男はインディアと握手し、わたしのほうを見た。

「エリー」とわたしも自己紹介した。

「エリーとインディア」男はそう繰り返し、煙草を投げ捨てた。「いい場所を選んだね」そう言うと部屋にはいっていった。わたしたちもくすくす笑いながら自分たちの部屋にはいった。

「とんでもない変人だね」とインディアは言った。

ほどなくして友人たちがやってきた。さらにお金が集まった。

十一時十分。モーテルの部屋に四十人がひしめき合い、パーティは大いに盛り上がっていた。わたしはワインカクテルをちびちび飲み、そのあとトイレに行った。トイレのドアは閉まっていた。ウィル・ガナーがそばに来て「ヘイ」と言って壁に寄りかかった。「ニックとリンジーがもう二十分もこもってる。きっと中でヤってるんだろうな。そうでなきゃ、ゲロを吐いてるか。ガソリンスタンドまで一緒に行ってやろうか？あそこにはトイレがある。お互い近況も話し合えるし」ウィルは舌なめずりした。

わたしは思わず噴きだした。ウィルの申し出を拒絶しながら、自然と笑顔になっていた。「けっこうよ。ひとりで行けるから」

行き先を誰かに伝えようとは考えもしなかった。危なくなんかない。そう思っていた。わたしは無敵だ。この先もずっと。そう信じていた。

モーテルの部屋を出た。寒い夜で、冷たい空気が肺に入り込んできた。小さな歯をしたブレットが隣りの部屋の開けっぱなしのドアの中から声をかけてきた。

「いいことをしたいのか？」そう言って自分の顔を触った。わたしは急いでその場を立ち去り、張り紙のしてある自動販売機のまえを通りすぎた。張り紙にはこう書かれていた。〝あなたは人身売買の被害者ですか？　フリーダイヤルの番号に電話して助けを求めてください〟

そのあと起きたことについて、自分を責めずにはいられない。あんなことをしなければよかった。女の子がひとりで夜道を出歩くとどうなるか。これがその教訓話でなければ――どこにでも悪い男はいると身をもって学び、悪い男は赤の他人などではなく、一緒に寝て、一緒に働き、みずから育てた男だという真実を知るための教訓でなければどれほどよかったか。これが女に生まれた運命でなければよかったのに。大事なのは悪いことが起きるかどうかではない。いつ起きるかだ。

3

病院は灰色の真四角な建物で、細長い窓がある。チェルシーが到着したときには、駐車場はすでにマスコミの中継車でごったがえしていた。誰が情報を洩らしたのだろう。エリーを発見したハイカーかもしれない。あるいは病院の関係者か。警察署内の人間ということも考えられる。姉が行方不明になったとき、マスコミがどんな報道をしたかチェルシーは今もよく覚えている。まるで常軌を逸したエンターテインメントのようだった。口の中に苦い味が広がる。うつむいたまま、ぎらぎらと光る髪をしたリポーターたちとまぶしい照明のあいだを通り抜ける。

救急治療室で警備員に警察バッジを見せ、受付でも同じようにバッジを示して中にはいる。発見された少女の病室のまえで、ハートの形をした顔の女性が壁に寄りかかっている。チェルシーが近くまで行くと彼女は姿勢を正す。

「デニース」チェルシーは小さくうなずいて言う。

「会えて嬉しいと言いたいところだけど……」

「わたしたちが顔を合わせるのは何かよくないことが起きたときだけだものね」とデニースがあとを引き取って言う。「すぐにあなたが来ると思ったから、待ってたの。コーヒーを買ってきたわ」カップをふたつ持っている。前髪はまっすぐ切りそろえられ、小さな髑髏をあしらった〈ドクターマーチン〉の靴を履いている。首からさげた名札にはこう書かれている。〝サーストン郡公衆衛生・社会サーヴィス課〟

「ありがとう」チェルシーはコーヒーを受け取ってひと口飲む。カップの温もりが手に伝わってくる。コーヒーは濃くて、ほどよい熱さだ。「誰かが中で付き添っているの?」チェルシーは閉じられた病室のドアを顎で示して訊く。室内は真っ暗で、墓地のように静かだ。制服警官がふたり、廊下の両端にそれぞれ立っている。興奮が込み上げてきて咽喉を打つ。

「いいえ。エリザベスはひとりよ」とデニースは答える。「搬送されたときに対応した医師の話では、ひどく動揺していて、光に過敏になってるみたい。明らかに虐待されていた証拠ね。ハートがもうすぐ来るわ」

ハートはサーストン郡の性暴力対応看護師《SANE》だ。「エリザベスは名前と両親を呼んでほしいってこと以外ほとんど何も話してない」

「両親は今こっちに向かってる」背後からサイレンの音が聞こえる。

「両親が来るまで待つ?」とデニスは訊く。

チェルシーは首を振って答える。「エリザベスは十八歳を過ぎてる」実際にはもうすぐ二十歳になる。両親の同意は必要ない年齢だ。「あなたが話してくれる?」チェルシーはひとまず観察に徹することにする。チェルシーが女性だという理由で、彼女が被害者と話すほうがいいと考える人は少なくない。が、彼女は適任とは言えない。ぶっきらぼうで、よそよそしいからだ。あなたはお父さんにそっくりね。母親のマリアンはなかば咎めるように、なかば叱るようにそう言った。亡霊が拳となってチェルシーの心臓を強くつかむ。母親とは同じ年に二度、話をした。一度目は、父親、つまり母の元夫が亡くなったことを報告したときだ。そのあとほどなくして、ノアと結婚したことを知らせた。

「わかった。わたしが話すわ」とデニースは同意し、コーヒーのカップをごみ箱に捨てる。チェルシーも最後のひと口を飲みほし、カップを捨てる。デニースはシャツのしわを伸ばし、わかりやすく深呼吸すると、エリーの病室のドアを二回ノックしてからほんの少し開ける。「エリサベス?」真っ暗な室内にそっと呼びかける。「わたしはデニース・リトル。サーストン郡から派遣された被害者支援員よ」そう言ってドアをさらに少し開ける。円錐形の光が室内に射し込む。少女の目は種のない果実のように虚ろにくぼみ、髪はこんがらがった電線みたいに絡まってかたまっている。その姿を見てチェルシーの全身に衝撃が走る。まちがいない。本物だ。本物のエリザベス・ブラックだ。ほんとうに生きていたのだ。

エリーは虚ろな目をチェルシーに向けて尋ねる。

「あなたは？」

ことばが出ない。チェルシーはただただ目を奪われる。生身のエリー・ブラックがそこにいる。これは奇跡だ。思わず泣きそうになるが、ぐっとこらえる。鈍い痛みを感じるほど顎に力を込めてどうにか涙を追いやる。

デニースはチェルシーを振り返って言う。「あの人はカルフーン刑事。あなたの事件を担当してる」

「担当？」とエリーはかすれた声で聞き返す。

チェルシーは病室のドアを閉める。室内は焚き火と消毒剤と吐瀉物のにおいがする。これまで経験したことのある一番ひどいにおいほどではないが。「パシフィック郡の警察署で働いてる。あなたの事件の捜査主任よ」穏やかな口調でそう伝える。

デニースはエリーに微笑む。「座ってもいいかしら？」そう言うと椅子を引き寄せて腰掛ける。「会えて嬉しいわ、エリザベス。ずっとあなたを捜していたのよ」

「ずっとって？　どのくらい？」エリーがそっと動く。上掛けの下にある手脚はガラスの破片のように尖っている。がりがりに痩せている。栄養失調かもしれない。指は汚れていてシーツによごれのあとがついている。発見されたときに着ていた服は丸めてベッドの端に置かれている。その服も汚れている。錆びたような色をしていて、泥で湿っている。服についた血の痕は古いが、泥の汚れはつい最近ついたものだ。チェルシーはその情報を頭の中でファイルする。これはたくさんあるパズルのピースのひとつだ。あとから手にとってひっくり返したり向きを変えたりしてぴったり収まる場所を探すためのピースだ。

　デニースが口を引き結んで言う。「そうね、事件のことは詳しく知ってるわけじゃないの。わたしの役目は犯罪の被害者を支援することだから」エリーはまばたきしない。身じろぎもしない。「だけど、あなたが行方不明になってから二年くらい経ってると思う」

　チェルシーは両手をポケットに突っ込み、壁に寄りかかる。正確にはエリーがいなくなったのは七百四十六日まえだ。その年月のあいだにさまざまなことがあってもおかしくない。細胞は何百万回も分裂を繰り返し、奇跡が起きて赤ん坊が生まれる。その一方で、細胞が異常をきたして体内が真っ黒になり、命が奪われることもある。チェルシーの父親のように。七百四十六日のあいだに地球は太陽のまわりを二周する。そして、まるで手品のようにエリー・ブラックは姿を消し、また現れる。さっきまでそこにいたのに、急にいなくなる。

　デニースはエリーにほんの少し身を寄せて言う。「エリザベス、あなたと話したいことがたくさんある。わたしはあなたを助けるためにここにいる。でも、そのまえにあなたの体を調べさせてもらいたいの。専門の看護師を呼んで、調べてもらってもかまわない？」

「専門って？」エリーは爪の甘皮をつまむ。腕の皮膚が剝けていてケロイド状の傷がいくつかある。火傷の痕だろう。チェルシーはそう推測する。膝にも擦り傷がいくつかある。母親のキャットの話では、行方不明になるまえのエリーは怪我をしていなかった。

「性暴力対応看護師《SANE》のことよ」とデニースは説明する。

　エリーが体を硬直させる。「どうしても調べないといけない？」

「不安な気持ちはよくわかる。だけど、どれだけ早く調べられるかが重要なの。それが捜査にも役立つから」

エリーは顔をそむけ、歯を嚙みしめて言う。「とにかくパパとママに会いたい」

「今こっちに向かってる」とチェルシーは言う。「だけど、まだしばらく時間がかかると思う」

「どうして？」とエリーはつかみかかるような強い口調で訊く。

デニースは深刻そうな目でエリーを見て言う。「エリザベス、自分が今どこにいるか知ってる？」

「病院」とエリーは答える。

「そうじゃなくて、地図の上でどこにいるかわかる？どの町にいると思う？　あなたは今、ワシントン州オリンピアにいる。コールドウェル・ビーチやあなたが行方不明になったアストリアから車で二時間かかる場所よ」

「オリンピア」エリーはひとりごとのようにつぶやき、左の手首に触れる。無意識にそうしているようだ。そこに何かがあるかのように。手錠？　それともロープ？　拘束されていた痕はない。チェルシーはそのことも頭の中でメモする。

「そう、オリンピア」デニースはエリーが状況を理解できるよう一、二分待ってからあらためて問いかける。「それじゃ、検査をしてもかまわない？　同意してもらえる？」

エリーは躊躇する。「やめてって言ったら、すぐにやめてくれる？」

デニースはエリーの不安を断ち切るようにきっぱりうなずく。実際、チェルシーはデニースが検査を途中でやめさせる場面を見たことがある。はい、おしまい。今日はここまで。みんな出ていって。「ええ。いつでもやめさせられる。わたしも立ち会うし、検査のまえに看護師が鎮静剤を投与してくれるわ」

「それは嫌」とエリーはさえぎるように言う。「薬は嫌」

「わかった。薬はなしね」とデニースは請け合う。それからチェルシーのほうを向いて訊く。「ほかに言っておくことは?」

チェルシーは首を振る。「大丈夫」落ち着いた声でそう答える。ほんとうは訊きたいことが山ほどあり、胸の中で煮えたぎっている。チェルシーは昔からせっかちで、すぐさま欲求を満たさないと我慢できない性《た》質《ち》だった。クッキーは一気に全部食べてしまうし、クリスマスイヴはずっと起きていた。スーパーでレジ係がもたもたしていて列がなかなか進まないと不安になった。事件の捜査ではそのせっかちな性格は有利に働いた。時間がいかに重要か、誰よりもわかっていた。一分過ぎるごとにどれだけ証拠が失われていくかよくわかっていた。だとしても、とチェルシーは自分に言い聞かせる。それでも、ここはゆっくりことを進めるべきだ。エリーは容疑者ではないのだから。エリーには休息が必要だ。心の傷を癒やす時間が必要だ。チェルシーはエリーのそばまで行き、さっきよりも優しい声で言う。「ひどい目にあってお気の毒にとしか言えないけど……」

エリーは黙ったままチェルシーのことばを受け止める。そのことばの意味を理解し、ひどく動揺する。洪水や爆弾の惨禍を生きのびた者のように。ひどいことがなされた、そのおかしがたい事実をつきつけられたように。「ありがとう」エリーは今度もまた無意識に左手首に触れる。

チェルシーは小さくうなずき、かすかに笑みを浮かべて病室を出る。廊下に出て携帯電話を確認する。アボット巡査部長から二回、ダグラスから一回着信があり、ダグラスからは〝ハイキングコースにいる〟とメッセージもきている。

最初にダグラスに折り返し電話する。「本人だったか?」電話に出たダグラスが尋ねる。

ダグラスの声を聞くと急に若い頃に舞い戻ってしまう。自分が小さく思える。意地悪な気持ちになる。ひと呼吸おいて、気持ちを整えてから答える。「本人にまちがいない」性暴力対応看護師《SANE》のハートが布をかけた金属製のワゴンを押しながら近づいてくる。手を振ってチェルシーに挨拶し、病室にはいる。

「なんとなんと」ダグラスは驚きを声に出す。

チェルシーは下を向き、靴紐がほつれた履き古したブーツをじっと見る。咽喉に固いものを感じる。感情的になりすぎた自分を心の中で叱責する。父の声が聞こえる。動じるな。警察官になるなら、ひとりの女であることを乗り越えなければいけない。もう一度気持ちを集中させる。「エリーの検査が終わって、キャットとジムが来るまで、わたしは病院で待ってる。そっちの状況は？」

「天気予報では二、三時間後に雨が降りだす。そうなったら視界は最悪だ」とダグラスは答える。「ハイキングコースは蜘蛛の巣みたいに張り巡らされてる。エリーがどの道からきたのか、可能性は八つある。どの道も大勢が行き来していて、足跡だらけだ。警察犬がこっちに向かってる。運がよければ、雨で洗い流されるまえににおいを嗅ぎつけられるかもしれない」

エリーは吐瀉物と焚き火のにおいがしていた。チェルシーはそのことを思い出して言う。「捜索を続けて。どこかに火をおこしたあとや、夜を明かした痕跡がないか探して」病室の窓にかけられた金属製のブラインドの隙間からベッドに横たわるエリーの姿が見える。かたわらにデニースがいる。看護師のハートもいる。ハートは微笑み、ゴム手袋をはめた手でエリーの膝に触れる。それから、ベッドの端に置かれた服を〝証拠保全〟と書かれたビニール袋に入れて封をする。それを見てチェルシーは気分が悪くなる。

「了解」と電話の向こうでダグラスが言う。「エリーに何があったと思う？」

「わからない。長期間にわたって虐待され、放置されていたのはまちがいないけど」看護師のハートが窓のところに来てカーテンを閉める。病室の中が見えなくなる。このあと何がおこなわれるかはチェルシーも知っている。エリーは爪を切られ、歯にデンタルフロスを通され、綿棒を口の中に突っ込まれる。それらすべてが小さな試験管に収められる。今のエリー・ブラックは証拠の塊だ。全身がくまなく調べられることになる。「エリーは動揺していて、ちゃんと話を聞ける状態じゃない」

「そうだろうね」

カーテンの向こうでフラッシュが何度か光る。エリーは写真を撮られている。チェルシーは病室の窓に背を向ける。この仕事をしていて辛いのは、被害者の体や死体を調べて、何をされたか検証しなければならないことだ。なんたる邪悪。それでも、誰かが見なければならない。誰かが証明しなければならない。「エリーはどこかから逃げてきたんだと思う」

「ありえるね」

チェルシーはまばたきし、ベッドに横たわるエリーの姿を、彼女の体を記憶の中でじっくり観察する。小さな切り傷を除けば、手足に大きな怪我はなかった。動いている車から飛び降りたとは考えにくい。「たぶん、走って逃げてきたんだと思う」これこそまさにチェルシーがこの仕事に向いている所以だ。細かいことに気がつく。その人を見ただけでさまざまな情報を読み取ることができる。この観察力は、子どもの頃に父親の機嫌をうかがうことで培った能力だった。

「わかった。捜索範囲は？」

いい質問だ。病院の蛍光灯がまぶしくて、チェルシーは目を細める。命がけで走ったとしたら、人はどのくらい遠くまでいける？　以前、同僚がアイダホ州で起きた事件を捜査した話をしていたことを思い出す。両親の家の地下室に鎖で繋がれて閉じ込められていた少女が逃げ出し、家の近所を通り抜けて高速道路沿いに隣町まで歩いて助けを求めたことがあったという。

「半径二十五キロ」

電話を切る。頭がぐるぐるとまわっている。この二年間、絶えず問いつづけてきた疑問がめまぐるしく渦を巻く。何があったの、エリー・ブラック？　いったいどこにいたの？

4

キャットは駆け足で病院の廊下を進む。靴紐がほどけたままの靴がリノリウムの床をこすって音を立てる。慌ただしく通り過ぎる青いスクラブや白衣の人々の姿がぼやけて見える。わたしのあの子。わたしのあの子。わたしのあの子。そのことばが頭の中をぐるぐるとまわる。彼女の内部で原始の本能のような何かが解き放たれていた。エリーがいなくなってからずっと閉じ込めていた何かが。向けるべき先を、そそぐべき相手を失い、どうすることもできずにいた愛情が湧いてくる。廊下の角を曲がった先にカルフーン刑事がいる。キャットはいきなり不安に襲われ、弱気になる。

「あの子なの？」目がどくどくと脈打つように痛む。

もしエリーでないなら、それでいい。ほんとうはよくないけれど、なんでもないふりをしよう。行方不明の少女が見つかってよかったと喜ぶふりをしよう。その心構えはできている。

ジミーが追いついて、キャットの肩に手を置く。キャットがその無骨な指を握ると、彼もぎゅっと握り返す。エリーであってほしい、絶対にエリーであってほしい。ふたりは切にそう願う。それは言うまでもない。愛しい娘に帰ってきてほしい。エリーが帰ってきてくれれば、壊れてしまった夫婦の仲も、お互いの心の内も元どおりになる。ふたりは頑なにそう信じている。

カルフーン刑事が姿勢を正して告げる。「エリーだった」

キャットはジミーの手をさらに強く握りしめる。膝から力が抜ける。振り向いて肩越しに夫を見る。ジミーのキャップはつばが擦り切れ、アメリカ国旗の刺繍は色褪せて赤がピンクに、青が灰色になっている。

「エリーだった」

ジミーは一度うなずく。キャットにはその反応が物たりない。自分と同じようにうちのめされるほどの幸福感を示してほしいと思う。「ああ、なんてこと」そんな気持ちを必死に抑えながら、カルフーン刑事のほうに向き直る。「娘に会わせて」

カルフーン刑事は病室のドアを示して言う。「ここにいる。ただ、キャット、ジム……」

「何？」キャットは病室のドアをじっと見つめる。エリーはドアの向こうにいる。それでも、そこにいるとわかる。エリーの鼓動が感じられる。そっと引き寄せられている気がする。

「エリーであることはまちがいない」とチェルシーは言い、少し間《ま》をおいてから続ける。「ただ、すごく痩せている。長い間、虐待を受けていたことはひと目見ればわかる。それは覚悟しておいて。今のエリーを見たらショックを受けるかもしれないから。光に過敏になっていて、触られるのを嫌がるってことも頭に入れておいて」

キャットは動けなくなる。ブルーライトに引き寄せられて高く舞い上がり、いきなり息の根を止められた虫になったような心地がする。この二年、悪夢を散々見てきた。直感が訴えていた。エリーがどこかに閉じ込められ、殴られて血だらけになっている。幼い頃のように自分を呼んでいる。ママ、こっちに来て。ママ、助けてくれる？　ママ、ひとりじゃできない。小さな青い錠剤を飲まなければ眠れなかった。想像しているのは最悪の状況だ、それよりひどいことが起きているはずはない。そう言い聞かせ、自分を慰めていた。何もわからないより、事実を知るほうがいい、そう思っていた。が、今はその気持ちが揺らいでいる。どうにかことばに出して言う。「わかった」

「今すぐに会えるのか？」とジミーが訊く。声がかすれている。

「もちろん」とチェルシーは答える。「わたしたちは外にいるから」

キャットはようやくゆっくり動きだす。手を伸ばし、病室のドアをそっと開ける。室内は薄暗い。エリーはベッドで体を起こして座っている。天井を見上げている娘の横顔を見て、キャットの脳裏にエリーが赤ん坊だったときの思い出がよみがえる。ゲレンデのようになめらかなカーブを描いた小さな鼻を指でなでたことを思い出す。

エリーがキャットとジミーのほうを向く。時間が引き伸ばされるようにゆっくり流れる。キャットはすべてを受け止める。苦い薬を飲み込むように、変わり果てた娘の姿を受け入れようとする。

「エリー」と声をかける。

「天井のしみを数えてたの」エリーは淡々として言う。

思わず嗚咽が漏れる。エリーだ。名残はある。両眼が空のソケットのように虚ろにくぼみ、頬がこけて骸骨のようだが、確かにエリーだ。ジミーが病室のドアを閉め、先に動く。懺悔に向かう人のように重い脚を引きずり、ゆっくりとベッドのそばまでいく。

「ほんとうにエリーだ」行方不明になる一週間まえにエリーが停学処分を受けたとき、ジミーは激怒した。食器棚の戸を拳で叩いてまわり、一枚には穴があいた。「おまえの将来はどうなる？」と怒鳴りつけた。が、やがて黙りこくり、部屋を出た。翌朝、一週間の漁に出発した。エリーのことはキャットに任せて。エリーは謹慎していなければいけなかったが、キャットは自分まで一緒に家にこもっている理由はないと考えた。

だから、強引にエリーを連れて仕事に出かけた。勤め先の美容院が閉店したあとは同僚や友人たちと店で飲んだ。エリーは拗ねていた。擦り切れた美容院の椅子に座り、ゆっくり椅子をまわしていた。キャットと友人たちは煙草をふかし、大いに飲んだ。結局、エリーが運転して帰る羽目になった。そのこと自体は大した問題ではなかった。が、ジミーが帰ってきたときもキャットは二日酔いだった。それで喧嘩になった。エリーの品行が悪いのはキャットのせいだ、ジミーは暗にそう言った。キャットは両手を宙に掲げて言い返した。そうでしょうとも。そうやっていつも悪いことは母親のせいにされるのよ。あなたがもっと家にいてくれたら……キャットはこうも言った。父親との関係に問題があると娘は非行に走る。そのことは誰もが知っている。そのあと、ふたりは話をしなくなった。エリーが行方不明になった日も互いに口をきいていなかった。ずっとそうだったわけではない。ふたりの結婚はコンクリートのように強固な土台の上に築かれていて、共に苦難の時を乗り越えてきた。それなのに、エリーのせいで……エリーは彼らがつくりあげたものをことごとく削り取る削岩機だった。彼らの人生にとって予想外の夏の嵐だった。

「エリー」ジミーが手を伸ばす。が、エリーはその手から逃れるように体を引く。

「ごめんなさい」エリーは笑ってみせるが、その笑顔は翼が折れた鳥のようにゆがんでいる。

キャットは息を吸う。涙を拭い、髪をなでつける。ジミーの隣りに立ち、夫の腕に自分の腕をからませる。ジミーの体が強ばる。居心地が悪そうにする。どうすればいいかわからないのだ。キャットにはそれがわかる。時々、夫はロボットなのではないかと思うことがある。つき合っていた頃、夫は感情をあらわにすることはなく、機械のように思えることもあった。でも、キャットは彼のそんなところが好きだった。理解するのがむずかしいだけに、いっそう魅力的だった。当時の彼女はまだ若く、愚かで、ロマンティックだった。いずれ彼も心を開いてくれると信じていた。自分は彼にとって特別な存在だ、ほかの人とはちがう。ジミーにはよき理解者となる女性が必要なのだと。しかし、ジミーはジミーだった。ジミーの父親は海兵隊員でヴェトナム戦争や湾岸戦争に従軍した。父親はとても厳しく、ジミーを小さな兵士と呼んだ。そんなふうにして息子を育てた。夫が内に閉じ込もるようになったのはそのせいではないか。キャットはよくそう思った。

「ジミー」とキャットは努めて明るい口調で言う。「看護師を呼んできてくれる？　エリーを家に連れて帰っていいか訊いてみない？」

「ああ、そうだな」ジミーはエリーの頭を撫でようとして手を上げかける。娘の髪をしわくちゃにして〝相棒〟と呼んでいた昔と同じように。が、指と指のあいだに何もないことにショックを受けたみたいに、ただ指を折り曲げる。「そうしよう」ベッドのレールをつかんで言う。「そうしよう」もう一度そう言うと、レールを軽く叩き、ベッドから離れて病室を出る。

キャットは水差しをトレイの真ん中に移動させ、ソラマメのような形をしたステンレス製の皿の向きをまっすぐに直し、シーツをマットレスの下にたくし込む。

「気分は悪くない？　何かほしいものはある？」手をもみながら尋ねる。ほかにすることがなくなり、エリーのほうを見ざるをえなくなる。直視するのは辛いけれど。

エリーは首を振って言う。「大丈夫」

エリーが失踪するまえは、誰彼かまわず娘の話をしていた。店の客や同僚やスーパーで同じ列に並んで会計を待つ人をつかまえては、娘にどう接したらいいのかと悩みをぶちまけていた。家に閉じ込めても効き目はなかった。怒鳴っても無駄だった。失望や恥ずかしく思っていることをあからさまに示しても何も変わらなかった。キャットは苛立ちを募らせた。何をもってしてもこの子を壊すことはできない。そう思っていた。けれど、それはまちがいだった。今、目のまえにいる娘は完全に壊れていた。

ベッドのすぐそばに立ち、小声でエリーに話しかける。「ねえ、聞いて。希望を捨てたことは一度もなかった。ずっと感じていた」胸に手をあてて続ける。「あなたはいつもわたしたちと一緒にいるって」エリーを見つけるためにどれだけのことをしたか、何もかも話して聞かせたい。地元のモータークラブの助けを借りようと、怪しげなバーをまわって歩いたこと。霊媒に相談し、ありもしない大金を注ぎ込んだこと。エリーが拉致された駐車場に張り込み、たくさんのトラックを何キロも先まで尾行したこと。インディアとエリーがモーテルで借りた部屋の隣りの部屋に泊まっていたブレット・ジョーンズを見つけ出したこと。しかし、ブレットはエリーが失踪してからほどなくして、薬の過剰摂取で死んでいた。そうと知って、キャットはひどく苦しんだ。エリーの身に何が起きたのか、その真相をブレットが持ち去ってしまったように感じていた。

強ばった笑みを浮かべ、しばらく黙ったままエリーを見つめる。窓の下でハエが飛ぶ音がする。ジミーが看護師のハートを連れて戻ってくると、心底ほっとする。医者はエリーを一晩入院させて様子を見たいと言っている。そう聞くと、エリーは拳を振り上げて抵抗する。

「家に帰りたい。家に帰りたい」そう言って、何度もベッドを叩く。

キャットは口をゆがめる。「様子を見るだけ？」とハートに言う。「それなら、家でわたしたちが付き添っていればいいでしょう？」

ハートはためらいながらも退院に同意する。一度病室から出ていき、退院の書類を持って戻ってくると、薬のはいったボトルをキャットに渡して言う。エリーには急性ストレス障害の症状が見られる。妊娠はしていない。血液検査の結果、異常はなかった。アストリアに戻ったら、フィッシャー医師のカウンセリングを受けるように。

そうして、エリーは退院する。

ジミーが娘を乗せた車椅子を押して救急治療室を通り抜ける。その隣りを歩きながら、キャットはどこかうしろめたい気持ちになる。退院を急かすべきではなかったかもしれない。そんな思いにとらわれる。長女のサムを出産したあと、退院したときに似た感覚だった。あのときは若くて、不安だらけだった。医者や看護師が彼女を生まれたての赤ん坊と一緒に家に帰そうとするなんて信じられなかった。家と呼べるような場所はなかったから、なおさら心配だった。サムを連れて帰ったときに住んでいたのは、メイン通り沿いにある食料品店の上のワンルームのアパートメントだった。天井にはアスベストが敷き詰められ、壁は含鉛ペンキが塗られているような部屋だった。サムを身ごもったのは想定外だった。十八歳で子どもを産むつもりなどなかった。エリーのときは計画的な妊娠だった。最初に出産してから十年待ってから二番目の子どもをつくった。ふたり目は何もかもちがうはずだった。もっと楽に子育てできるはずだった。

あっという間に両開きのドアのまえに着く。ジミーはトラックを出口の近くまで移動させるために小走りで駐車場に出ていく。表にはさらに大勢のマスコミが集まっている。興奮したリポーターたちの体と声がざわざわとひしめき合っている。キャットは不安を覚え、マスコミから守るようにエリーのまえに立つ。ジミーが戻ってくると、エリーはうつむき、顔をおおいながら外に出る。マスコミの興奮が最高潮に達し、彼らに声を浴びせる。

「エリザベス、今までどこにいたのか話してくれる？」

「服に血の痕がついてたのはほんとうのこと？」

「エリザベス、誰があなたを連れ去ったの？　連れ去られた理由は？」

「走って逃げてきたの？」

「エリザベス、〈ナショナル・ニュース・ネットワーク〉の独占取材に応じてもらえないかな。話してくれたら十万ドル払うよ」

トラックに乗り込むと、マスコミの声が小さくなる。エリーはぐったりと後部座席にもたれる。キャットは疲れ果て、呆然となる。車中は静まりかえる。気まずい雰囲気に包まれる。キャットはカーラジオのチャンネルをまわし、オールディーズの局を選ぶ。病院を出発して一時間後、道路の周囲の景色は鬱蒼とした森から岸壁と暗い海に変わる。キャットは数分ごとにうしろを振り返り、エリーの様子を確かめる。そうせずにはいられない。エリーはほんの少し窓を開け、胸を大きく上下させて呼吸している。

バックミラーにヘッドライトが光る。うしろを走るステーションワゴンが、危険に思えるほど距離を詰めてくる。運転手は具合でも悪いのか？　いったいなんのつもりだろう？　エリーを守らなくてはという本能から、キャットは体をひねってうしろを向く。

ジミーがスピードを上げて言う。「ティーンエイジャーだな。このあたりの道がどれほど危ないか知らないんだろう」

ワゴンはぴったりうしろをついてくる。ヘッドライトの明かりがトラックの車内にまで射し込む。エリーはきゅっと口を閉じ、手を握りしめ、膝を抱える。呼吸が荒い。「ジミー」キャットは落ち着いた声で言う。「あの車を先に行かせて」

ジミーはため息をつき、ウィンカーを出してトラックを路肩に寄せる。青いステーションワゴンは盛大にクラクションを鳴らしながら猛スピードでトラックを追い越す。

深夜三時に家に着く。キャットはジミーとエリーのまわりをせかせかと動く。家じゅうの明かりがついていて、キッチンのシンクには皿が積み上げられ、テレビでは人気のニュース番組が放送されている。トップニュースはエリーの事件だ。エリーが病院から出る場面が繰り返し流れる。うつむき、もつれた髪に覆われて顔が見えないエリーの姿が映し出され、画面の下にテロップが表示される。〝エリザベス・ブラックが無事に発見される〟

キャットはリモコンを手に取り、テレビを消す。リモコンに指が刺さりそうなほど強くボタンを押す。「つけっぱなしでごめんね」とエリーに謝る。ジミーはキッチンへ行き、小銭やいくつものネジがはいっている木製のボウルに車のキーを放り入れる。

エリーが顔をしかめる。キャットはエリーが光に過敏になっていることを思い出し、急いで照明を暗めに落とす。「これなら大丈夫?」

エリーはうなずく。「ありがとう」

「お腹すいてない? 何か食べる?」キャットはそう言いながらキッチンにはいる。「チキンならすぐにできるわ。それともスパゲティがいい?」ソースとパルメザンチーズをたっぷりかけたスパゲティがエリーの大好物だった。

「今はいらない。ありがとう」エリーはふらふらとキッチンにはいってきて、すれちがいざまにキャットに弱々しく微笑んで見せる。それからシンクのまえに立ち、蛇口をひねる。つまみを一番高い温度までまわす。お湯になるまで少し時間がかかる。やがて湯気がたつと、エリーは蛇口の下に指を差し入れる。うめき声を押し殺し、目を閉じる。エリーが歓喜の表情を浮かべるのを見て、キャットは驚き、思わずあんぐりと口が開く。まるで生まれて初めてお湯に触れた人のようだ。動揺してジミーのほうを見る。ジミーは黙って首を振る。何も言うな、無言でそう伝える。ふたりともどうすればいいかわからない。緊張したまま沈黙を貫くことしかできない。

エリーは蛇口を閉め、ふたりのほうを向いて言う。

「疲れた」

腹の中では不安がよじれているが、キャットは笑顔をつくって言う。「じゃあ、もう寝ましょう」

「先に行っててくれ」とジミーが言う。「おれは戸締まりをしてから行くから」

キャットはエリーについて二階に上がる。階段の壁に木製のフォトフレームにはいった写真が並んで掛けてあり、エリーはそのひとつのまえで立ち止まる。写真の赤ん坊はおかしな花のヘアバンドをつけ、口を大きく開けて笑っている。エリーは首をかしげる。

「サムの娘よ」とキャットは言う。

「名前は?」とエリーは尋ねる。

「ミーア。サッカー選手の名前からつけたの。ほら、サムはサッカーの大ファンだから。あなたもすぐに会えるわ。サムとヴァレリーは今、コールドウェルに住んでるの。あなたがいなくなってしばらくしてから近くに引っ越してきて……」しゃべりすぎている。自分でもそれがわかる。神経がすり減っている証拠だ。

「それはともかく、今は休暇で旅行に出かけてる。シアトルに何泊かするって。サムはあの市《まち》が大好きだから。でも、朝にはこっちに帰ってくるわ。すぐにあなたに会いたいって言ってた。あなたがよければってことだけど。どうかしら……」エリーがまえを向いてまた階段をのぼりだしたので、キャットは話すのをやめて追いかける。

エリーは自分の部屋の真ん中に立っている。部屋の中はエリーがいなくなったときのままだ。乱れたままのベッド。部屋じゅうの壁とドレッサーの鏡に貼られた切り抜きの写真。テニスシューズ。レコードプレヤー。ぐちゃぐちゃに詰め込まれた服でいっぱいのクローゼットに押し込まれたシャツ。小さな妖精の人形。エリーがいなくなってから、キャットはどうしてもこの部屋にはいることができなかった。刑事のほかには誰ひとりとして部屋に立ち入ることも許さなかった。主のいない部屋を見るのは辛かった。が、それ以上に、エリーが出ていったときのままにしてある部屋を誰かが片づけたり、何かに触れたり、持ち出したりするのは想像するだけでも辛かった。

エリーは家具に指を這わせるようにして室内を歩く。キャットは両手を揉みながらその様子を見守る。照明のスウィッチのところまで来るとエリーは立ち止まり、スウィッチを上下に動かす。短く三回、ゆっくり三回、それからまた短く三回。SOS。モールス信号？ キャットの背すじを寒気が伝う。

「何も触ってない……」とキャットは言う。不安が声に表れている。「あなたが出ていったときのままにしてある。きっと帰ってくると信じてたから。帰ってきたとき、そのままのほうがいいと思って」

エリーは窓のまえで立ち止まり、ブラインドの隙間を広げて外の暗い景色を見る。もの悲しい茶色の草と痩せ細った木々と羽目板がはがれた屋根を見つめる。この窓からダニーがよく忍び込んでいたことはキャットも知っている。が、見て見ぬふりをしていた。もしかしたら、エリーに好き勝手にさせすぎたのかもしれない。ジミーの言うとおりだったのかもしれない。わたしはいい母親ではなかった。母親失格だ。あの日、エリーはインディアの家に泊まると言ったが、それは嘘だとわかっていた。母親には娘が嘘をついているとすぐにわかるものだ。けれど、エリーと言い争うのはもううんざりだった。話をするだけでも、綱渡りをするみたいに神経が張りつめてまいってしまっていた。だから、あのときも嘘だとわかっていながら見過ごした。それのどこがいけない？　自分にそう言い聞かせた。ほんの一日だけでもエリーと顔を合わせずにすむ時間が欲しかった。エリーがドアを乱暴に閉めることも、大音量で音楽を聞くことも、「こんな家、大嫌い。ママなんて大嫌い。どうしてわたしを産んだの？」と怒鳴り散らすこともない。そんな夜を過ごしたいだけだった。それのどこがいけないというのか。

「明日、髪を切ってあげるわ」とキャットは提案する。「人の髪を切るのは久しぶりだけれど」エリーがいなくなってからすぐにキャットは仕事を辞めた。周囲からの視線に耐えられなかった。家族に降りかかった災難を興味本位でおもしろがる人たちに耐えられなかった。「どこかにハサミをしまってあるはずだから」「駄目」とエリーは咄嗟に声に出す。「許されてないから」

ほんの一瞬、恐怖に満ちた時間が流れる。そのことばの意味を理解しようとする。「どういうこと？」「ママ」キャットが尋ねるのと同時にエリーが言う。

キャットの心にあたたかい火が灯る。「なあに？」エリーが自分をどんなふうに呼んでいたか思い出す。まだ小さかったとき、子どもの頃、ティーンエイジャーになってから、どう呼んでいたか。マーマ。マミー。ママ。その一語に変化する感情が込められていた。驚き。喜び。不安。あざけり。自分をどう呼ぶかによって、エリーがどんな気持ちなのかキャットには手に取るようにわかった。今はどんなふうに呼んだだろう？

空虚。苦しみ。

「もう寝る」

キャットの心に灯った火が音を立てて消える。それでも、笑顔を見せて言う。「ああ、そうね。わたしはもうしばらく起きてるわ。何かあったらいつでも呼びにきて」

エリーはわかったと答え、気づいたときにはキャットは部屋の外にいる。廊下で偽物の木のドアの木目をじっと見つめている。しばらくして階下《した》に降りると、ジミーがキッチンで待っている。ふたつのグラスに琥珀色の飲みものを注ぎ、ひとつをキャットのほうに寄越す。

「ありがとう」キャットは礼を言い、ひと口飲む。

「どんな様子だった？」

キャットはグラス越しにジミーを見る。エリーが行方不明になった三日後、夫は唐突に仕事に戻らなきゃならないと彼女に告げた。それから、妻が何か言うのを待った。キャットはぽかんとして夫を見つめ、小声でわかったと言うことしかできなかった。夫が安堵していることはすぐにわかった。内心は真っ白な怒りの炎が燃えさかっていたが、恐怖や苦痛を感じるよりはましだった。だから、その怒りに身を委ねることにした。やがて怒りは葛藤に変わった。もう夫を愛していないのではないかと思うこともあった。ふたりをつなぎ止めているものは、真っ黒な綱のような悲しみと、ごく細い希望の赤い糸だけなのではないか。そう思った。「もう寝るって」

「それがいい。それがいい」ジミーはつぶやく。

ふたりは黙ったまま飲む。突然、キャットが泣きだす。カウンターにグラスを置き、顔と口を覆って声を、絶望的な悲しみを押し殺す。ジミーはうしろから腕をまわして彼女を抱きしめる。が、キャットはカウンターの縁をつかみ、彼を押しやるようにして立つ。夫の曇った目を見ることができない。彼が彼女を責めたように、彼女も彼を責めていた。「片づけなくちゃ」

「あの子はきっと大丈夫だ」とジミーは言う。

「大丈夫よ、もちろん」とキャットも言う。「こうして家に帰ってきたんだから」

ジミーはうなずく。「もう寝るよ。すぐに階上《うえ》に来るだろ?」

「片づけ終わったらすぐに行く」とキャットは約束する。

ジミーが二階に行ってしまうと、家の中はしんと静まりかえる。キャットはせっせと家事をこなし、一時間後に夫の隣りで横になる。今夜は青い錠剤は飲まない。今もまた出産したときと同じだった。起きていなければならないという差し迫った必要性。いつ呼ばれてもいいように備えておかなければ。目を覚ましていなければ。それもわかっている。じっとしていることができず、しまいには諦めてエリーの様子を見にいく。エリーが生まれたときのことを思い出しながら、足音を忍ばせて廊下を歩く。十七年まえ……いや、そうじゃない。エリーは十七歳ではない。もう十九歳だ。まもなく二十歳になる。この二年のあいだ、時が止まってしまっていた。

エリーの部屋のまえで立ち止まり、耳を澄ます。物音はしない。ドアのノブをそっとまわす。明かりは消えている。が、ベッドは空《から》でエリーは部屋にいない。

キャットはパニックに襲われる。家じゅうを駆けまわり、全部の部屋のドアを開け、ベッドの下をのぞき込む。大声でジミーを呼ぼうとしたそのときだった。目を見開き、慌てて立ち止まる。サムが使っていた寝室の、床下のスペースに通じるドアが少し開いている。病院でドアの向こうにエリーがいるとわかったときと同じように、今は使っていないその場所に娘がいると直感する。キャットは古着のはいったケースと埃だらけのエクササイズマシンにぶつからないようにゆっくり部屋の奥まで進み、床に膝をついてドアを大きく開ける。エリーはそこにいる。胎児のように体を丸め、上掛けを脚に絡ませて寝ている。悪夢にうなされているかのように体を痙攣させている。おかしい。ここにいるのはわたしの娘なんかじゃない。赤の他人だ。馬鹿げた考えが頭をよぎる。そんなことを思う自分が恥ずかしくて、思わず顔が真っ赤になる。それでも、その思いを振りはらうことができない。娘はすりかえられた。別の赤ん坊ととりちがえられた。きっとそうにちがいない。

5

カーラジオから早朝のラジオ番組の笑い声が聞こえている。チェルシーは充血した目で車を走らせる。もうすぐ夜明けだ。体じゅうが痛む。ほんとうなら、家に帰ってシャワーを浴び、食事し、気分を一新するほうがいい。しかし、チェルシーはコールドウェルに戻ると家には帰らず、長く続く曲がりくねった道を通り、パラダイス・グレンに向かう。そこにはかつて両親と暮らした、今は空き家になっている家がある。ノアには話せない秘密がある場所だ。

錬鉄製の門のまえで車を停め、サンバイザーを下ろしてリモコンのボタンを押す。門が軋み、うなるような音を立てて開く。アーチのある細い道を徐行して進み、今にも壊れそうな階段のまえを通り過ぎる。道の先はプライヴェートビーチに通じていて、断崖には切妻屋根で、羽目板の外壁は風雨にさらされて灰色になり、中央に煙突のあるケープコッド様式の家々が公園を囲むように建っている。公園の真ん中にはミニチュアの灯台がある。

チェルシーと姉のリディアはいつもこの公園で遊んでいた。螺旋階段を駆け上がって灯台の展望台まで行き、海賊船はいないかと海を見張っていた。当時は『グーニーズ』が人気で、ふたりは映画のシーンを真似て再現していた。演じる役割は、チェルシーが最後にヒーローになるマイキー、リディアがマイキーの兄、ブランドのガールフレンドでいい子のアンディといつも決まっていた。海賊船探しに飽きると、近所の友だちを家から誘い出してかくれんぼをした。ふたりで通りを追いかけっこして走り、夕食をもりもり食べ、夜になると一緒に寝たいと両親に頼んだ。〝夜更かしはしない。すぐに寝るから〟あの頃のチェルシーにとって、愛とは膝に転がり込んできて彼女をあたためてくれるものだった。あのときに人生で一番幸せなときを過ごしていると知っていたらどんなによかったか。そう願わずにいられない。

カーヴを曲がり、私道に車を停める。家の中の照明がつくように今も電気代は払っているが、庭の手入れはまったくしていない。玄関のまえで深呼吸してから鍵を開けて中にはいる。かび臭い空気が最初に鼻をつく。玄関ホールから居間、そしてキッチンへと順番に明かりをつけながら奥へ進むにつれて、ほかのにおいもしてくる。消毒剤、バラのポプリ、母の香水——ディオールの〝プワゾン〟——の名残。心を掻き乱すと同時に癒やしもするにおいだ。

携帯電話が鳴る。誰もいない家に呼び出し音が響く。ダグラスからだ。チェルシーはダイニングルームで立ち止まり、電話に出る。「もしもし」ダイニングルームにはアクリル樹脂《ルーサイト》のテーブルとセットの椅子があり、テーブルの上には貝殻でできた花瓶がおかれている。色の薄い硬材の床、真鍮製の仕上げ材、がっしりとした淡い色調の家具。この家は建築様式も内装も一九九〇年代半ばの歴史的建造物として登録されていてもおかしくない。「進展は？　何か見つかった？」

「いや、何ひとつ見つかってない。西に三キロくらい進んだあたりで警察犬はにおいを見失った。彼女はまるでどこからともなく現れたみたいだ。足跡も何も残ってない。おまけに雨まで降ってきた。最悪の天気だ。このまま捜索を続けても……」

「捜索を続けて」チェルシーは出窓のまえに立ったまま強い口調で言う。海は赤とオレンジに染まり、風が人気《ひとけ》のない浜辺の砂を巻き上げる。窓から顔を出して右側を見れば、エリーの家があるあたりまで見通せるはずだ。ここからではおもちゃの家のように小さく見えるだけだが。今、チェルシーがいる空き家の価格と同じだけの金額を払えば、エリーの家がある地域に家を八軒買えるだろう。

「せめて何を探せばいいかわかるといいんだけど」

「そういうわけにはいかないってわかってるでしょ」チェルシーは片手で目をこする。ダグラスのもの言いに苛立ちを覚える。もっとも、以前は彼女もそう思ったこともあったが。もっと単純な仕事だったらよかったのに。ときにはわずかな日陰を求めて休める仕事だったらよかったのに。そう思ったこともある。

「手がかりになるようなことは言ってなかったか？」

「まだちゃんと話を聞けてない。あと何時間かしたら会いにいってくる」エリーが家でくつろいで、少し眠れるように待つつもりだった。あまり追いつめたくない。すでに壊れている彼女をこれ以上壊してしまいたくはない。「何か見つかったら連絡して」

「期待しないで待っててくれ」ダグラスはそう言って電話を切る。チェルシーはノアに電話する。

「ハイ」夫が眠そうな声で応答すると、続けて言う。
「一応連絡しておこうと思って。コールドウェルに戻ってきたわ」
「警察署にいるのか？」
答えるまでにやや間《ま》があく。あらためて海のほうを見ると、近所の住民が金属探知機を砂浜にかざして宝探しをしている。その様子を見て、チェルシーは失われたものを思う。二度と見つからないもののことを考える。「ううん。〝家〟にいる」そこはかつてチェルシーが家族と暮らした家だった。そのあと両親の家になり、父だけの家になった。今は単に〝家〟と呼んでいる。

現在と去りし日々のあいだで立ち往生している、孤独で失われた場所。ここに来るとなんだか感覚が失われる気がする。両親が離婚したとき、この家は父のものになった。母は権利を主張しなかった。アリゾナ州に引っ越して、新たなスタートを切りたかったから。

「そうなのか？」とノアは関心を示して言う。「そろそろ片づけが終わる頃かな」

ガレージにつぶれた段ボール箱が山積みになっている。中身ははいっていない。箱詰めはまるで進んでいなかった。ノアはそのことを知らない。じきに片づけが終わると思っている。

しかし、チェルシーにはどうしてもできなかった。段ボール箱を手に取り、棚にあるものを箱の中に移そうとすると、急に動揺し、胸に冷たい恐怖が込み上げてくる。手が震え、体が深く暗い奈落の底に落ちる感覚を覚える。理由はわかっていた。手放すのが怖い。リディアが最後に見たこの家をばらばらにしてしまうのが怖いのだ。そんな彼女を見たら、父は感情に流されすぎだと言うかもしれない。チェルシーは自分の弱さを痛感していた。ライフルの銃口を向けられて立ちすくむ鹿のように、完全に負けたと感じていた。そんなこと、どうしてノアに話せる？　チェルシーは自分を恥じた。わたしは無能だ、そう思った。

「何しろ大きな家だから時間がかかるのよ」チェルシーはそう言いつくろい、キッチンに移動する。朝晩に服用する一週間分の薬をそれぞれ分けて入れておけるケースに触れる。今は空《から》だが、七カ月まえは蓋が閉まらないほどたくさんの錠剤がはいっていた。父は亡くなるまで三十一種類もの薬を飲んでいた。看護師の訪問を拒み、誰の手も借りようとしなかった。チェルシーとノアを除いて。死にゆく身に尊厳などない。父はそう言った。せめて、今ある尊厳だけでも保たせてくれ。他人に世話を押しつけないでくれ。チェルシーとしても、そんな父の願いを拒むことはできなかった。

「業者に依頼してもいいし、ぼくが手伝ってもいい」とノアは申し出る。チェルシーは息を呑む。これは自分ひとりでやらなければならないことだ。ノアにもそう伝えていた。チェルシーは何も答えない。黙り込んだ妻にノアは声を落として呼びかける。「チェルシー？」

「ここで少し仕事していく」なんの仕事かあえてはっきりとは言わない。食洗機に寄りかかる。この家にあるものの中では新しい類いのものだ。絶対にアメリカ製でなければ駄目だと父は言い張った。父はそういう考えの持ち主だった。今では何もかもすっかり様変わりしてしまった。何もかも中国からの輸入品ばかりだ。そう言っていた。そのことばはいつもチェルシーに重くのしかかった。父は日本人の血が流れる娘のことをどう思っているのだろう。が、口に出し尋ねることはしなかった。

「わかった」とノアは答え、ひと呼吸おいてから言う。

「愛してる」

「わたしも」電話を切ると、チェルシーは家の中を歩きまわる。リディアの部屋のドアが少し開いている。部屋の中はリディアがいなくなった当時のままだ。机のまえにはがれかけた『荒野《イントゥ・ザ・ワイルド》へ』（放浪の旅に出た青年がアラスカで死体で発見された事件を描いたノンフィクション映画）のポスターが貼られている。天蓋付きのベッドには電飾が飾られ、サイドテーブルにはティファニーのハートのブレスレットとフォルクスワーゲン・ビートルのミニカーが置いてある。十六歳になって免許を取ったら乗りたいと言っていた車だ。この部屋にいると今でもリディアの存在を感じられる。世界の片隅にあるこの小さな部屋にリディアは確かに息づいている。ピンクのギンガムチェックのカーテンのひだや、ビアトリクス・ポターが生み出したピーターラビットの耳がほつれたぬいぐるみや、ごろんとした形の白いiPodの陰に隠れて。ここではリディアはずっと十五歳で、今もまだ生きている。

　チェルシーは廊下の突きあたりにある父の書斎に行く。壁には格子縞の壁紙が貼られ、毅然とした表情で地域の法執行機関の名士と肩を並べる父の写真が掛けられている。パシフィック郡の警察署長だった父は、郡の保安官や各市の市長だけでなく、ワシントン州知事とも交流があった。壁には野生動物の頭部の剝製も飾ってある。オジロジカ。アメリカヘラジカ。ヘラジカ。大きな角を持つ羊の頭もある。部屋には頑丈な家具もある。マホガニー製の大きな机。革張りの肘掛け椅子が二脚。銃を保管する金庫にはアメリカ国旗が彫られている。

　父はブルドッグのような人だった。巨体ではないが、存在感があった。小柄で引き締まった体格で、整った目鼻立ちをしていて、赤毛の髪は灰色になりつつあった。滅多に笑顔を見せることはなく、ごくまれに笑うときも渋々といった感じで、その笑顔は花崗岩にひびがはいったような痛々しいものだった。

　今、その父の机の上にはチェルシーが捜査中の事件ファイルが散乱している。チェルシーは警察署よりもここで仕事をするのが好きだった。彼女が所属する部署は、自分の話ばかりして他人のことなど眼中にない男たちしかいない。それだけではない。制服組は青い制服の下に私服のTシャツを着ている。スポーツチームのシャツのときもあれば、スローガンが書かれたシャツを着ていることもある。最近の彼らのお気に入りは〝白人で何が悪い〟と書かれたものだ。オーダーメイドのシャツを着てきては、互いにくすくす笑いあっている。まるで男子学生の社交クラブの仲間同士みたいに。そんな光景にチェルシーも今ではすっかり慣れた。彼女はいつものけ者だった。いつも蚊帳の外にいた。

革が擦り切れた父の椅子に腰掛け、コンピュータを立ち上げる。画面にコールドウェル警察の記章が映し出される。ログインしてメールを確認する。新着メールは一通だけだ。コールドウェルで火事が多発する時期はまだ数カ月先だが、消防隊員に志願するのも悪くないのでは？　共有ドライブを開くと新しい報告書がアップロードされている。病院でエリーから採取した証拠の報告だ。

クリックしてファイルを開き、医師の見解に目を通す。長期間に及ぶ虐待の形跡が見られる。重度の低体重。衣服からは本人以外の指紋は検出されなかった。予想どおりだ。犬の毛が数本。動物がいる場所に監禁されていたのか？　スウェットシャツに付着していた血痕はかなり古い。以前に怪我をしたときのものか？　写真を次々クリックしながら、チェルシーは身震いする。エリーの体を撮影した、不快な写真の数々――痣がはっきり見えるように脚が折り曲げられ、大きく開かれている。金属製の定規が肌にあてられている。チェルシーは道路地図を調べるように、それらの写真をじっくり見る。誰がこんなことをしたのか、その手がかりが得られることを期待して。

携帯電話の着信音が鳴る。アボット巡査部長からのメッセージが届く。捜査の進捗を報告してくれ。

適度に情報を報告する。ダグラスはエリーが発見されたハイキングコースを捜索している。自分は証拠の点検をしており、午前中のうちにエリーの家を訪ねて聴取する予定。

ファイルを閉じ、連絡先からフィッシャー医師の電話番号を探す。エリーが受診することになっているカウンセラーだ。フィッシャー医師とは過去にも拉致や誘拐や虐待事件で協力関係にあった。椅子に背をあずけ、目をこすり、電話をスピーカーモードにする。彼女のほうからカウンセラーに連絡するのはよくあることだった。チェルシーの仕事は誰であれ犯人を捕まえ、エリーの身に何が起きたか、詳細をつまびらかにすることだ。拉致されるまえのエリーはどんな少女だった？　今はどうか？　がらりと人が変わってしまったか？　彼女が受けた損害の大きさに見合う判決がくだされることになる。

「カルフーン刑事」まだ早朝だというのに、サリース・フィッシャーの声は冴えていて、よどみがない。

「フィッシャー先生」とチェルシーは呼びかける。

「驚いたわ。出てくれるとは思ってなかったから。メッセージを残すつもりだったの」

「ゆうべ遅くに興味深い患者を紹介されたのよ。それで起きていたの。エリザベス・ブラックの件で電話してきたのよね？」

父の机の上に銀色の重いペンがあることに気づき、ペンを手に取る。昔、父がこのペンを母に投げつけたことがあった。そのとき父は大きな事件を捜査していた。朝早くから夜中まで働きづめだった。母が父に何を求めたかはわからない。が、閉じられかけたドアにペンがぶつかる音は今でもはっきり思い出せる。お父さんをひとりにしてあげましょう。そう言って母がチェルシーとリディアを追いやったことも。子どもの頃、父の書斎のまえを通るときは足音を忍ばせて歩いたものだった。リディアが亡くなったあと、初めて書斎にはいることを許されたときには特別な存在になった気がした。自分は選ばれし者なのだと思った。そんな思い出を頭から叩きだして言う。「そのとおりよ。エリーからはまだあまり話を聞けてない」

フィッシャーはため息をついて言う。「わたしはまだエリーに会ってもいないのよ。それに、もし会って話を聞いていたとしても、情報は明かせない」

「それはわかってる」とチェルシーは答え、ややあってから続ける。「病院で面会したとき、エリーは混乱してた。自分がどこにいるのかも、どのくらい監禁されていたのかもわからないみたいだった」

「充分考えられる反応ね」とフィッシャーはすかさず答える。「トラウマが記憶と記憶の想起に与える影響については、あなたも知ってるでしょう。まだ仮定にすぎないけれど、エリーはおそらく解離性障害を患っていて……」

チェルシーは椅子に深くもたれてフィッシャーの解説に耳を傾ける。エリーの精神はどうやって再編成されたか。実際に起きたことの解釈がどう損なわれるか。詳細を順序立てて考えることがどれほど困難になるか。いかにして記憶が暗闇に光る閃光のようになるか。

「そういう場合、精神は迷路みたいになる。そうやって生きのびようとするんだと思う」とフィッシャーは話す。「回復に向かうと、患者の脳内はシュルレアリスムの絵画みたいになる」

溶けかけた壁、どこにも行きつかない階段、手つかずの世界、みずからねじれていく時間、ゆがんだ悲しみ。何が現実で、何がそうでないか？　耳に血がどくどくと流れ込む。必ず犯人を捕まえる、そう誓いを新たにする。チェルシーには見えている。エリーの心の柵の中に滑り込み、チャンスをうかがい、攻撃しようとする男の姿が見えている。

ii

全世界の少女に言っておく。拉致されたあと、最初の監禁場所から次の場所に連れていかれてはいけない。

それから、娘を持つ親に助言する。娘にちゃんとわからせておくべきだ。体毛が濃いとか、誰が誰をダンスパーティに誘ったかとか、ネット上に友だちが何人いるかなんてことより、世の中にはもっと大事なことがあるってことを。しっかり言い聞かせておいてほしい。パッシングされても車を路肩に寄せて停まってはいけない。ナイトクラブの脇の路地にはいってはいけない。昼間の明るい時間でも自転車で出かけてはいけない。それから、空いているトイレを探してモーテルの部屋を出てはいけない……

左側にネオンの十字架を掲げた教会があり、その向こうにガソリンスタンドの明かりが見えた。だけど、わたしは通りを渡って、人気《ひとけ》のない駐車場に向かった。そっちのほうが近かったし、外は寒かったから。足もとで砂利を踏む音がした。ハイウェーを車が走っていた。駐車場に停まっていた車のまえを何台か通り過ぎたけれど、ちゃんと見ていなかったから、どんな色の車だったかも、運転手が乗っていたかも覚えていない。数メートル先に背丈がまちまちで伸び放題の茂みがあったので、その陰でしゃがんで用を足した。すばやく済ませて立ち上がると、流れ星が見えた。わたしは腰に手をあてたまま夜空を見上げて願いごとをした。そのとき気づいた。

モーテルのまえにダニーの車が停まっているのが見えた。運転席には誰も乗っていなかった。やっぱり来てくれた。わたしは爪先立ちで小躍りしながら携帯電話を取り出し、彼にメッセージを送ろうとした。

そのときだった。

両手で肩をつかまれた。頭の中で警報が鳴り響いた。咽喉の奥から悲鳴が出かかった。わたしの肩をつかんでいた手の一方が顔のまえに伸びてきて、声を出せないように口をふさがれた。その男の指は土とひどく不潔な何かのにおいがして、思わず吐き気をもよおした。

幽体離脱を体験したのは、覚えているかぎりではそのときが初めてだ。どういうことかわかる？　自分の一部が切り離され、漂っている感覚。わたしは自分を解き放った。そうするしかなかった。あの夜のことを思い出すと、自分の分身が囁く声が聞こえてきそうな気がするときがある。「行って。もっと遠くへ。安全な場所まで。生きのびて」今になって、どこまで行ってしまったかを考えると悲しくなる。どれほど遠くまで行ってしまったか。戻れるかどうかもわからない。もはや存在しないものを手放すにはどうしたらいい？

それでも、わたしはもがいた。ありったけの力を振り絞って必死に抵抗した。視界で黒い点が飛び跳ねた。冷たい涙がこぼれ落ちた。体じゅうの力が抜けて、携帯電話が地面に落ち、画面が割れた。先の尖ったものが二の腕に突き刺さった。わたしはさっきよりも激しくもがいた。そのあとすぐに体が軽くなったかと思うと、重力を感じなくなった。目がまわった。頭上で星が光った。真っ暗な空に白い光が煌々と輝いていた。

そのあと、何も見えなくなった。


目が覚めると真っ暗な場所にいた。首に鋭い痛みを感じた。長い時間、同じ姿勢で寝ていたのか、激しい筋肉痛のような痛みだった。口の中は綿を詰め込まれたみたいにからからに乾いていて、銅貨を舐めたような奇妙な金属の味がした。

わたしは何か冷たいものの上で寝ていて、その冷たさが服を通り抜けて肌にまで届いていた。暗闇の中で震えた。気づくとまた目を閉じていた。もっと寝ていたかった。でも、体が痛くて眠れなかった。自分がどこにいるかまるでわからなかった。モーテルでパーティをしたことは覚えていた。ビールを一気飲みしたら、インディアがけたたましく笑ったことも。飲みすぎて、どこかで意識を失ってしまったのか？

周囲の物音にじっと耳を澄ました。森が目覚める音がした。鳥のさえずりと木々を揺らす風の音が聞こえた。それなのに、ここは真っ暗だ。急に恐怖心が込み上げ、背すじを伝った。ハイウェーを通る車の音やカモメの鳴き声や海の音が聞こえるはずなのに、何も聞こえないのはどうしてだろう。どこにいたにしろ、アストリアからも家からもずっと離れた場所であることは確かだった。

起き上がろうとしたが、肩が何かにぶつかった。やわらかいクッションに覆われた金属……座席の端？

もう一度横たわると、肩甲骨にジグザグに痛みが走った。胃がよじれ、吐こうとしたけれど、何も出てこなかった。目のまえで星がちかちかと光った。穏やかで澄みきった夜に星を眺めるのは好きだけど、このとき見えたのはそういうきれいな星じゃなくて、脳がバランスを失ったときに見える嫌な星だ。頭の中で警報が鳴り響いた。危険。危険。危険。無意識に手が後頭部へまわり、それから二の腕に降りてきた。腕を押さえると、鋭い痛みが走った。

吐き気と恐怖に襲われながらふらふらと立ち上がった。どうにか呼吸した。盲目の人みたいに座席の丸みを帯びた角や床や壁や窓を探るように叩いた。スクールバスの中？　頭上に細い光のすじが四角い輪郭を描いているのが見えた。非常用の避難ハッチだ。そうとわかった途端、どうしてここにいるかはどうでもよくなった。とにかく外に出ることだけを考えた。

アドレナリンが全身を駆け巡り、心臓が早鐘を打った。避難ハッチの真下まで行き、不安定な座席の上に立った。体じゅうが痛んだけれど、精一杯力を込めてハッチの真ん中を押した。ハッチが三センチくらい持ち上がった。外から光は射し込んできたが、通り抜けるには狭すぎた。南京錠の丸い縁が見えた。もう一度、今度はもっと強くハッチを押したが、それ以上はびくともしなかった。それでも押しつづけた。玉の汗が眉毛にかかり、腕が茹でた麵みたいにぐにゃぐにゃになった。

窓は真っ黒に塗りつぶされていた。もしかしたら、外から段ボールを貼ってあったのかもしれない。意地の悪いいたずらだったのかもしれない。わたしはぎこちない手つきでがむしゃらに窓を引き下げた。三度目でようやく窓が動いた。

窓が開いても空気ははいってこなかった。そこにあるのは土だけだった。土の塊に両手を突っ込み、掻きだした。土が座席のビニールシートの上に散らばり、鼻の中にはいった。少ししたら指が粘土と石にぶつかった。その頃には手は傷だらけで、痙攣していた。

それ以上掘るのは無理だった。

逃げるようにして一番うしろの座席まで走った。両手で膝を抱えてうずくまった。真実が重くのしかかった。どうしてこんなことが起こりえるのかわからなかったけれど、事実であることはまちがいない。そう確信した。わたしは地下にいた。誰かが土に埋めたバスの中にわたしを閉じ込めたのだ。

へとへとに疲れていたけれど、必死で起きていた。眠るのは怖かった。まえ屈みになり、親指の爪でまえの座席の背もたれに印をつけた。小指の先が別の印に触れた。わたしがつけた印とは別の傷だった。手でなぞるようにして、その印を確かめた。いくつもの丸と線——誰かが描いた家族の棒線画。それぞれの人物の下に雑に文字が彫られていた。以前にもここに誰かいたのか？　わたしと同じように埋められたのか？

粉々に砕け散ったガラスのような恐怖が降り注いだ。

肺が乾ききって、空っぽになるくらい何度も何度も叫んだ。最後にはうめき声しか出なくなった。締めつけられた咽喉と肺から、かすれた笛の音のような声を絞り出した。暗闇で誰にも届かない歌をさえずる鳥のように。

6

目覚めると家のまえはマスコミでごった返している。ジミーはコーヒーを手に持ったままブラインドの隙間を指で広げて外を見る。マスコミは肌寒い空気の中で談笑している。ジミーはコーヒーをひと口飲み、リポーターのひとりが家の芝生にまではいり込んでいるのを見て顔をしかめる。薄い窓ガラスを通して、実況中継の練習をする声が聞こえてくる。そのリポーターはエリーの驚異的な回復力を称賛する。ジミーの娘は誘拐犯のもとから逃げてきた。その娘を誰もが口々に勇敢なヒロインだと讃える。エリーは運がよかったと述べる。そんな言われようにジミーは気分が悪くなる。怒りを覚える。彼の大事な娘の名前を誰もが軽々しく口にしている。コールドウェルで育った子どもたちがみなそうであるように、ジミーも切れやすい性分だった。いつでも殴りかかる準備はできていた。今も怒りに震え、何かを殴りかかりたい衝動に駆られていた。

ボルドー色のSUVが縁石に沿って停まる。サムの車だ。ジミーの長女とその家族がマスコミを掻き分けて玄関のまえまでくる。サムの妻のヴァレリーは片手で赤ん坊のミーアを抱き、もう片方の手をサムの腕に絡ませている。ふたりとも身をかがめ、急ぎ足で家にはいる。ミーアがむずかる。

「ノーコメントよ、くそったれ」サムは勢いよくドアを閉める。

ヴァレリーは居間の隅まで行き、お決まりの文句を囁いてミーアをあやす。赤ん坊の泣き声がすすり泣きに変わる。

「パパ」サムはそう言うとジミーの腕の中に飛び込む。ジミーは娘の後頭部を手のひらで包み込む。シャツがサムの涙で濡れる。少ししてから、ジミーは娘の頭の上に頬をあずける。子どものときのように娘の体が彼の胸にすっぽりおさまることはない。以前のように抱きついているわけでもない。実際、この親子は滅多に抱き合わない。ジミーの心に罪悪感が芽生える。階上《うえ》にエリーがいるのに、この瞬間を喜んでいる自分がいる。

「エリーはどこ？　ママは？」サムがくぐもった声で訊く。

サムは体を離し、父親を見上げる。まだ小さかった頃と同じように。まるでジミーが宇宙を解明する鍵をにぎっているかのように。実際には彼は何も知らない。それはジミーにとって最大の秘密だ。その秘密がいつか露見するのではないかといつも恐れている。ある日、誰かが気づくのではないだろうか。ジミーの人生は、たいがい夜明けに起き、どうやってその日一日を暮らしていくか模索しているだけだと見抜かれるのではないか。今日からあなたがこの家の大黒柱よ、ジミー。八歳のときに父が死んだあと、おばがポテトサラダを口いっぱいに頰張ってそう言ったことを思い出す。あなたが家族を支えるのよ。「ふたりともまだ寝てる」とジミーは答える。

サムは黙ってうなずく。それから、炉棚に置かれた煙草の箱に気づいて目を細くする。「ママは禁煙したと思ってたけど」大人のサムに戻っている。エリーが生まれたとき、サムは十歳だった。小さな妹ができてとても喜んでいた。それからというもの、サムは幼いお手伝いさんであり、第二の母親だった。それが大人になるまでずっと続いた。時にはキャットやジミーに対して母親のように振る舞おうとしたことをジミーは今もよく覚えている。ミーアが生まれると、明らかに両親とはちがう方針で子育てにはげんだ。もっと上手に育てようという並々ならぬ意志が見てとれた。両親と同じ過ちはおかしたくない。それは当然の考えだとジミーは思った。ジミーは左利きだったが、彼の父親は無理矢理右利きに矯正させた。キャットがサムを身ごもったとき、もし生まれてくる子が左利きだとしても、右手を使うように強制はするまいと心に決めていた。

ジミーは髪に指を通し、いつの間にこんなに薄くなったのかと驚いた。この二年間ずっと眠っていて、目が覚めたら世界が完全に様変わりしていたのではないか。そんな錯覚にとらわれた。「大目に見てやってくれないか？　ゆうべは大変だったから」

「もっと上手にストレスに対処する方法を学ぶべきよ」とサムは言う。「甘やかしちゃ駄目」

甘やかす。ジミーとキャットのエリーへの接し方についても、サムは同じことを言っていた。エリーがサムの身分証明書を盗んだとき、サムは警察に通報しようと言った。なりすましは罪よ、とサムは言い張った。通報すべきよ。甘やかしちゃ駄目。それじゃいつまでたってもあの子は何も学ばない。そう主張した。エリーがいなくなると、サムの支配的な傾向は倍増した。ミーアが生まれると三倍になった。キャットにミーアを預けるときには、注意書きを添えたスケジュール表をわざわざタイプして持ってきた。ベッドに寝かせたあとで泣きだしても、七分間は放っておいて。七分経っても泣き止まなかったら様子を見にいって。でも、絶対に抱き上げちゃ駄目よ。オーガニックのものなら食べさせていいけれど、砂糖が三グラム以上含まれているものは与えないで。徐々に広がっていく波紋と同じだ。サムはミーアを厳しく育てるだろう。両親はエリーに甘すぎる、彼女はずっとそう思っていた。厳しくすれば効果はあるかもしれない。が、そうならない可能性のほうが高い。娘たちにちゃんと教えておくべきだった。傷心から身を守ることはできない。悲しみを逃れる術などないのだと。

「どんな様子なの？」とサムが訊く。

「よくわからない」とジミーは正直に言う。廊下が軋む音がする。エリーが現れ、亡霊のように戸口に立つ。サムは思わず息を呑み、手で口を覆う。

ヴァレリーが笑顔をつくり、ミーアを弾ませながら言う。「エリー。また会えて嬉しいわ。おかえりなさい。あなたの姪のミーアよ」

エリーはまばたきし、背を向けて歩き去る。裏口のドアが勢いよく閉まる音がする。サムは追いかけようとするが、ジミーは手を上げて制する。「おれが行く」

ガレージのドアが開いている。壁際に箱が積み上げられ、タイヤがパンクした古い自転車が互いに寄りかかっている。〈ショップヴァック〉の壊れた掃除機とへこんだバンパーもある。ジミーはものを捨てられない人間だった。いつか役立つかもしれない、そう思ってなんでも取っておいた。それに、売れるものが手もとにあるに超したことはない。キャットが妊娠中も出産後も美容院で働いていたことは、ジミーにとって最大の屈辱だった。キャットが恥ずかしく思っていたことも知っていた。忙しくしていたいから働いている、キャットは他の店員たちにそう話していた。しかし、家に帰ってくるとチップを数え、これは粉ミルク、これはおむつの分と丁寧に分けて積み重ねた。二十パーセントの高利で小切手を現金化してくれる店に行かなければならなかったことも何度となくあった。いつも閉店間際に駆け込むので、恥ずかしくて窓口係の目をまっすぐ見ることすらできなかった。

「エリー、ここにいるのか?」とジミーは呼びかける。

エリーはガレージの奥の作業台のところにいる。

「ちょっと外の空気を吸おうと思って」とエリーは言う。シャワーは浴びておらず、ジミーの着古した上着を着ている。ぶかぶかで、砂に似た色合いのせいでエリーの肌がくすんで見える。

ジミーはエリーがいるほうに歩いていく。プラスチック製のパイプを拾い上げ、両手の上で転がす。二十センチほどの短いパイプで、両端に蓋が付いている。家のダクトを修理したときに余った部品だ。「おまえが棚から出したのか?」そう言ってパイプを掲げて見せる。彼の左手の薬指は先が欠けている。ひとりで漁に出たときに釣り糸が指に巻きついて、切り落とされてしまったのだ。甲板が血まみれになっても、ジミーは指に包帯を巻いてそのまま漁を続け、仕事を終えてから家に帰る途中で病院の救急治療室に立ち寄った。

エリーの頬が紅潮する。昔、サムの身分証明書を盗んだのかと問いただしたときと同じ反応だ。「わたしじゃない」とエリーは言う。

ジミーはため息をつき、それ以上は追及しないことにする。揉めごとを起こしたくなかった。大した問題ではない。パイプを棚の高い位置に戻し、腕を組んでエリーに向き合う。「表にマスコミがたくさん詰めかけてる。サムは家にいる。おれは船で片づけなきゃならない仕事があるんで、港に行こうと思ってるんだが」昔は海の上での時間がジミーとエリーをつないでいた。ジミーが短時間の漁に出るときにエリーも一緒に船に乗り、推測航法の能力試験をしたり、星図を描いたりして過ごした。

エリーは両手を握って言う。「いいね」

ジミーはほっとする。ようやく、何かを取り戻せそうな気がする。「途中で店に寄って、新しい携帯電話を買ってやろう」そう言いながら自分の携帯電話を取り出し、エリーと一緒に出かけてくるとキャットとサムにメッセージを送る。

エリーは不快なものを振りはらうように首を振る。罪悪感からか暗い目をしてうつむく。「電話はいらない」

ジミーは息を呑む。記憶がよみがえる。エリーが失踪するまえ、新しい電話のことで言い争った夜のことを思い出す。エリーがモーテルでのパーティを計画したのは新しい電話を買うためだった。あとになって、ジミーはそうと知った。今となっては些細なことに思える。取るにたらない問題だった。その頃にはちゃんと生計を立てられるようになっていて、生活に困っていたわけではないと思うとなおさら。ちょっと節約して、エリーに新しい電話を買ってやることもできなくはなかった。そうしていれば、娘を救うことができたのに。人はどんな選択をするか。ジミーはそんなことを考える。ひとつの決断がどんな連鎖をもたらすか。たったひとつの出来事でどれほどすべてが変わってしまうのか。

「持っているほうがいい。きっと同じ番号を使えるだろう。おまえが……おまえがいなくなったあとも解約はしていないから。だから、新しい電話を買いにいこう」ジミーは譲らない。エリーはそれ以上何も言わないが、ジミーのあとについてガレージを出るとトラックに乗り込む。

ジミーの船には〈大荒れ《ターモイル》〉という号が付けられている。繊維ガラスとアルミニウムと木材でできた全長十四メートルの小型船だ。塗装ははげかけ、甲板は錆びと魚の血で汚れ、エンジンは時々煙を吐くが、とてもいい船だ。頼りになる船でアラスカまで行って帰ってくることもできる。エリーは甲板で魚艙ハッチの隣りに立ち、冷凍された五千キロ相当のマグロをのぞき込んでいる。ジミーは何百という丸くて黒い目が問いかけるように彼女を見つめ返す様子を想像する。家を出てからエリーはほとんどしゃべらない。新しい携帯電話を渡したときにしぶしぶ受け取って「ありがとう」と言っただけだ。その電話をエリーはトラックに置いてきていた。

ジミーは粗塩の袋を引きずるようにして甲板に運ぶ。手には分厚い手袋をはめている。「下がってろ」エリーが言われたとおりにハッチから離れると、塩を一気に魚艙に放り込む。水と塩が混ざって塩水になる。こうしておけば、解体して売るときまでマグロを凍らせて保存しておける。ただ、塩水に触れると中度から重度の火傷を負う。ジミーの腕にはそうしてできた赤い火傷のしみがいくつもある。

エリーは手すりに近づく。風で髪がなびいて顔にかかる。ジミーはその姿を見つめる。「ちょっと操縦してみるか?」魚艙に流れ込む水の音に掻き消されないように大声で呼びかける。ジミーは生真面目な人間だが、海に出ると心を開く。水上ではあらゆるものが十倍美しくなる、そう思っている。かつてはどんな問題も海が洗い流してくれると信じていた。が、今はそうは思わない。

エリーが失踪した三日後に漁に出ると告げたとき、キャットが腹を立てているのはわかっていた。正直に言うと、あのとき海を見つめながら身を投げようと考えていた。おれは娘を守れなかった。死んで当然の人間だ。そんな自分が憎かった。それなのに、家に帰った。思いを遂げることすらできない自分は臆病者だ、そう思った。それでも、ジミーは生きたかった。キャットのそばにいたかった。漁をしながら、エリーのことや幸せだった日々に思いを馳せていたかった。船にはかわいい愛娘の思い出があふれていた。操舵席のまえに立ち、空を見上げ、波しぶきを浴びて笑うエリー。舌を口の端に寄せ、星を頼りに帰路の舵を取るエリー。甲板でモータウン（一九六〇～七〇年代に流行したソウル音楽）に合わせて踊り、魚に歌を歌って聞かせるエリー。あの頃は幸せだった。

　そのエリーが今は手すりをつかみ、目をぎゅっとつぶっている。何かがおかしい。ジミーにはそれがわかる。何かが狂ってしまった。どう言えばいいのか、必死にことばを探す。子どもの頃のジミーはおとなしくて、舌たらずだった。同級生たちはそんな彼をからかい、女みたいだと馬鹿にした。それ以来、彼はしゃべるのをやめた。できるだけことばを口にしないようにしていた。ジミーが黙ったままでいると、エリーは急に走りだす。

「エリー」とジミーは呼びかける。が、エリーはもう梯子をのぼって波止場へと駆けだしている。「駄目だ。行くな。くそ」ジミーは手袋を剝ぎ取るようにしてはずし、エリーのあとを追う。手についた塩水のせいで指が焼けるように痛い。エリーが四歳のときの出来事がフラッシュバックする。あの時、エリーは癇癪を起こしてジミーのそばから逃げ出した。ちゃんとまえを見ておらず、海に向かって走っていた。波が打ち寄せ、エリーは転んだ。すんでのところでジミーが抱き上げ、波にさらわれずにすんだ。その瞬間が今また彼の脳裏によみがえる。胸がむかつくほどの恐怖、大切なものを失うかもしれない怖さをまざまざと思い出す。あのとき、ジミーは救い出した娘を高く抱き上げ、泣きながら笑ったのだった。

エリーはトラックのまえで父親を待っている。その姿を見てジミーはスピードを落とす。エリーの背後にブリキ屋根の缶詰工場がある。かつては数百人が働く活気に満ちた工場だったが、今では工程の大半が機械に取って代わられ、従業員はわずか数人しかいない。最近では大企業が漁師から漁船と漁業ライセンスを買い占めている。ジミーも七桁の金額を提示されたが、船を売るつもりは毛頭ない。この船は彼にとって代々受け継いできた誇りそのものだった。彼は労働者の家系に生まれた。身を粉にし、充分な賃金すら得られずに働きつづける男の血を受け継いでいた。われこそは世の中の鑑だという自負があった。この船に自分の尊厳がかかっている、血に染まった甲板とピーナッツバターのサンドウィッチに自尊心が宿っている、頑なにそう信じていた。ジミーはもたつきながらエリーのいるほうへ歩く。エリーはフロントガラスにはさまれた紙切れを引き抜き、紙面を見つめてうつむく。それからその紙を丸めて握る。トラックのそばまで来たときもジミーはまだ息を切らしている。そんな自分に老いを感じる。体がすっかりなまっている。「まったく。あんなふうに走っていなくなったら駄目じゃないか!」

「ごめんなさい」とエリーは小声で謝る。震えている。唇も顎もわなわなと震えている。怒鳴ったせいで怖がらせてしまった。そう思うと、ジミーの目に怒りの炎がたぎる。エリーに怒っているのではない。娘をこんなふうにした誰かに対する怒りだ。以前のエリーは父親を恐れるような娘ではなかった。

車のドアが閉まる音がする。ふたりが音のしたほうを見ると、カルフーン刑事がよくあるセダンの車から降りてきて彼らに手を振っている。「おはよう」と明るい笑顔で言い、近づいてくる。

エリーの手から丸められた紙切れが落ちる。ジミーは屈んでそれを拾う。白樺の写真の絵葉書で、裏にマジックで〝3〟と書いてある。駐車場に停めてあるほかの車には、葉書ではなく色鮮やかなチラシがフロントガラスに貼られている。妙だ。

いや、しかし……ジミーは思い直す。コールドウェルはオリンピック国有林に向かう途中にあり、大勢の人が立ち寄る。いろいろな種類の人間が森に惹かれてやってくる。人生に迷っている人。死に場所を探している人。コールドウェルでは玄関先や車のフロントガラスや電柱に謎めいたチラシ――なんらかの信念を〝布教〟しようとするメッセージ――が貼られて、風にはためいている光景はめずらしくない。ジミーは絵葉書をまた丸めてトラックの後部座席に投げ入れる。葉書が落ちた場所には、先週誰かがフロントガラスに貼っていったリーフレットがある。折りたたまれた真っ白な紙にはこう書かれていた。〝胸の内で膨らむ不安から目をそむけてはいけない〟

7

「エリー」チェルシーは砂利を踏みながら進む。エリーはぶかぶかの上着を着ている。顔色が悪い。ジミーも同じくらい青ざめている。ふたりのあいだで何があったかはわからないが、どうやら邪魔をしてしまったようだ。「問題はない？」と語尾を上げて尋ねる。

エリーの頬が紅潮する。両手をポケットに突っ込んで言う。「どうしてここにいるってわかったの？」身構えているのが声でわかる。

「家に行ったの。キャットがここに来れば会えるって教えてくれた」チェルシーは何気ない口調で話す。腰に手をあてて海を見る。ノアは自然災害をことのほか恐れている。地震、火山の噴火、津波。そういうものをやたらと怖がる。チェルシーも海を好きだと思ったことはない。果てしなく続く水平線を見ていると、背すじがぞくぞくしてパニックに襲われる。リディアはちがった。チェルシーとは対照的に海が大好きだった。水中の生物を想像しては、わくわくしていた。ダイオウイカ。シロナガスクジラ。色鮮やかな珊瑚。リディアはいつも現実とはちがう遠くの世界へ行くことを夢見ていた。逃げ出したいと願っていた。

「チェルシー」ジミーが手を差し出す。

チェルシーはその手を握る。「ハイ、ジミー。調子はどう？」じめじめとした朝の冷気が体にまとわりつく。空は曇っていて、濡れた新聞紙みたいな灰色をしている。

「うちの芝生にまではいり込んでくるマスコミやポーチにクソみたいなものを置いていく連中がいてうんざりだよ」とジミーは言う。

チェルシーはうなずいて同意を示す。ここに来るまえにブラック家を訪ねたとき、玄関のまえにピンクのテディベアのぬいぐるみやキャンドルや花束がたくさん置かれていて、それらを避けて歩かなければならなかった。マスコミの中継車は言うに及ばず。「そのことを除けば問題ないよ。こうしてエリーが帰ってきてくれて心から喜んでる」

チェルシーはエリーを見る。黒い髪がカーテンのように顔を覆い隠している。「そうね。キャットからも聞いたわ。朝早くからマスコミが家のまえに詰めかけてるって。マスコミがいつまでも張りついていられないようにパトロールを強化させるわ」

「ありがとう。助かるよ」ジミーはうなずき、期待を込めた眼差しをチェルシーに向ける。

「エリーと話ができないかと思って来たんだけど」チェルシーはかすかに微笑みを浮かべ、落ち着いた声音で申し出る。カモメがそばに降り立ち、すじのある魚の身をくわえて飲み込む。

「それはどうかな、チェルシー」ジミーはそう言って後頭部を掻く。その手には血のしみがいくつもある。「エリーの気持ち次第だけど」とエリーに向かって言う。

エリーが口を引き結ぶ。唇が〝ノー〟の形になるまえに、チェルシーはたたみかける。「場所はどこでもいい。あなたも家でもいいし、ドーナッツとコーヒーがある店がよければ案内するわ。どこがいいかしら？」拒否できないように追い込んでいることに罪悪感を覚えつつ、ふたりを見つめる。

エリーは顔をしかめるが、最後には応じる。「家がいい」

十七分後、チェルシーはブラック家の居間でエリーと向き合っている。エリーが落ち着けるホームグラウンドを選ぶことは想定内だった。自宅の寝室で上掛けに何重にもくるまっている被害者に話を聞いたこともある。もしエリーが容疑者なら、警察署に連行していただろう。窓のない取り調べ室にしばらく閉じ込め、場合によっては暖房の温度を上げるかもしれない。それから水のボトルを持って取り調べ室にはいり、机の上をすべらせて相手にボトルを渡し、ところどころにミランダ警告を差しはさみながら世間話をする。

今、チェルシーはブラック家の居間で擦り切れた肘掛け椅子に浅く腰掛けている。エリーが失踪したと通報を受け、キャットとジミーから話を聞くためにこの家を訪ねたときに座ったのと同じ椅子だ。寝不足なのに、いつになく体が軽く、集中している。アドレナリンの作用だろう。要はハイになっているのだ。事件の捜査をしているといつも以上に感覚が研ぎ澄まされる。キャットとジミーは裏庭にいる。煙草の煙がひび割れた窓から室内に漂ってきてキャンドルのマンダリンの香りと混ざる。薄い窓ガラスを通して表にいる記者たちが囁き合う声が聞こえる。

ポケットからボイスレコーダーを出して訊く。「録音してもいい？」

エリーはうなずき、左の手首に触れる。まだだぶだぶの上着を着ていて、襟もとから膝まで毛布をかぶっているように見える。「かまわないと思う。たぶん」

チェルシーはレコーダーのスウィッチをオンにして傷だらけのローテーブルに置き、聴取の基本情報――自分とエリーの名前、場所、日時――をすばやく吹き込む。それからエリーに向き合って言う。「それじゃ始めましょう。覚えていることを話してくれる？　まずはあなたが連れ去られた夜のことから」

束の間、沈黙が流れる。キッチンの蛇口から水滴が垂れる。エリーはチェルシーを見て、すぐにまた目をそらす。「わたしが馬鹿だった」エリーが口を開く。

チェルシーは黙って続きを待つ。エリーは鼻をすすり、弱々しい声で言う。「パーティから抜け出したりするんじゃなかった」

チェルシーは黙ってうなずく。こういう場合、被害者が自分を責めるのはよくあることだ。女の子がまちがった選択をすると悪い結果になる。人々はそう考えるようにすり込まれている。いわば予防接種のようなものだ。いい子にしていれば災いが降りかかることはない。そう信じている。しかし、不死身の人間はいない。誰もが無傷でいられるわけではない。

「パーティ？」とチェルシーは口をはさむ。

エリーは怒ったように顎を突き出して言う。「トイレに行きたかったの。モーテルの部屋のトイレの中でヤってる子たちがいて使えなかったから。お酒を飲んでいたし」まるで挑発するように事情を話す。

チェルシーは大したことではないというふうに手を振る。エリーの部屋を捜索したときにマリファナ入りの煙草と酒を見つけたことを思い出す。秘密。ティーンエイジャーの女の子は誰でも秘密のひとつやふたつ抱えているものだ。禁じられているものを隠し持っていたからといって騒ぎ立てることはない。そんなことでエリーをとがめる気はない。「ほんの少し飲んだだけよね。誰もあなたを責めたりしないわ」

　エリーが腕の力を抜く。少しリラックスして続ける。「ガソリンスタンドのトイレに行くつもりだったけど、駐車場のほうが近かったから……つまり、その、洩れそうだったの」

　チェルシーはまたうなずく。二年まえにパーティの参加者全員に聴取したとき、エリーの元ボーイフレンドのウィル・ガナーから聞いた話と一致している。エリーはトイレに行きたかった。だから外に出た。「そのあとどうなったの？」

「正直言うと、よくわからない。いきなりつかまれて、薬みたいなものを嗅がされたんだと思う。そのあとのことはわからない」エリーはうつむいて続ける。「目が覚めると真っ暗な場所にいた」そう言って顔を上げる。目が潤んでいる。

「その真っ暗な場所のことを話して。どんなにおいだった？　どんな感じがした？」

　エリーは身震いし、涙を拭う。目の下に指でこすったあとが濡れたまま残る。「すごく寒くて、かび臭かった。プラスチックみたいなにおいがした。わたしが持ってるレコードと同じようなにおいだった。鳥のさえずりが聞こえた。時々フクロウの声もしたし、犬の遠吠えも聞こえた」エリーはそこで口をつぐみ、左の手首をつかむ。

「さっきから何度も手首を触っているけど、何か理由があるの？」

　エリーはびくっとし、手を太腿のしたに突っ込む。

「なんでもない」

　嘘だ。チェルシーは咄嗟にそう思う。黙ったまま続きを話してくれるのを待つ。永遠にも思える間《ま》があく。しかし、エリーは顎を震わせたまま黙っている。「わかった。暗い場所の話に戻りましょう。目が覚めたとき、どんな気分だった？」

「体じゅうが痛かった。お腹がすいてた。ものすごく怖かった」エリーはぽつりぽつりと話す。刃がこぼれた鋸みたいにことばが途切れる。

「そうね。さぞ怖かったでしょうね」チェルシーはひと呼吸おいて言う。「ひとりだったの？」

「そう。いえ、そうじゃない。しばらくはひとりだったけど。たぶん最初の何日かだけ」

「そのあとどうなったの？」さらに先を促す。

「お腹がぺこぺこだった。このまま死んでしまうんじゃないかって思った。そのとき、あの人がやってきた」

チェルシーは思わず息を呑む。「その人のことを話して」

エリーはまばたきして目を閉じる。「顔は見てない。まぶしくてよく見えなかった。その人はバンダナで鼻と口を隠してた」

「そう。バンダナは何色だった？」とチェルシーは訊く。些細な情報がほかの情報につながることもある。怒ったような声からしかめた眉を思い出し、眉に傷があったと思い出すように。

「赤。赤いバンダナだった。目が痛くてまともに見られなかった」地下だ。エリーはどこか地下に閉じ込められていたのだとチェルシーは気づく。

エリーが急に目を開けて言う。「もう話したくない」

突然の豹変にチェルシーは落胆する。「わかった」それでも笑顔を取り繕って言う。「全然問題ない。続きは明日か明後日にしましょう。ゆっくり時間をかけて話しましょう」

「そうじゃない」とエリーは鼻を膨らませて言い返す。「もう何も話したくない」

「どういうことかよくわからないんだけど」口ではそう言いながら、ほんとうはチェルシーにもわかっている。被害者が捜査への協力を拒むことはめずらしくない。彼らにはそうする権利がある。何もかも忘れてまえに進みたい。辛い思い出を振り返りたくない。そう考えるのは当然だ。

「もう話したくない。これ以上何も」

「エリー、お願いだからそんなこと言わないで」とチェルシーは懇願する。動揺して息切れしている。「次に会う日を約束しなくてもいい。だけど、これで終わりと決めるのはやめましょう。正式に捜査を打ち切るのは、あなたがこれからどうしたいか確信を持てるようになってからでも遅くない」

エリーの協力が得られなければ、地方検事補はこの事件を審理しない。そうなれば、犯人が起訴されることはない。それはチェルシーには耐えがたい。あと少しでこんなひどいことをした犯人を逮捕できるところまできているのに、死体が潮にさらわれるようにいとも簡単に流されてしまうなんて許せない。

「エリー、時間はどれだけかかってもかまわない」チェルシーは弁解するように言う。心の中でトンネルが口を開け、十五年まえに引き戻される。

あの夜、リディアの部屋のドアが開く音がして、チェルシーはすぐに自分の部屋のドアを大きく開けて廊下に出た。どこに行くの？　裸足の足をすねにこすりつけながら姉に尋ねた。指先には〝ボリスとナターシャ〟という名の濃い紫色のネイルカラーを塗っていた（ボリスとナターシャはアニメ番組に登場する悪役スパイの名前）。

どこにも行かないわよ。そう言うリディアは髪をきれいにカールし、ボルドー色の口紅を塗り、レースをあしらったキャミソールの上に丈を短くつめたカーディガンを着ていた。服装は大人っぽいが若々しく見えた。大きく見開かれた目はみずみずしく、まるで初めて水面の上に顔を出して陸を見た人魚のようだった。

その夜は満月で、秋の月光が揺らめいて家の中までオレンジ色に照らしていた。チェルシーは姉の答えに納得しなかった。リディアは仕方ないとばかりに目をぐるりとまわし、嬉しそうに笑って言った。オスカーの家でパーティがあるの。

オスカー・スワンは高校三年生で、リディアは二年生、チェルシーは一年生だった。チェルシーたち姉妹はまだ男の子とつき合うことを許されていなかった。父親は娘たちに近づく男は許さないとばかりに玄関先でショットガンを構えていてもおかしくないような人だった。

わたしも行っていい？　チェルシーは尋ねた。チェルシーは姉を崇拝していた。恋する仔犬のようにあとをついてまわった。姉の服を着て、仕種を真似た。〈キューードーズ〉のグラノーラバーの最後の一本を姉に譲った。

駄目よ。リディアはぴしゃりと言い、自惚れた口調で続けた。オスカーを見ればわかるでしょ。彼はわたしに夢中なの。それから真面目な顔でつけ足した。パパとママには言わないでね。

当時のチェルシーは今よりも繊細で、愛情を求めていた。なんとかしてリディアに認めてもらいたかった。好かれたかった。だから素直に答えた。もちろん。

リディアは笑顔で言った。いい子ね。もしも告げ口したら、あんたのこと大嫌いになるからね。それから小指を立てた。チェルシーも同じようにした。約束。そう言ってふたりは指切りした。

リディアは階段の上で唇に指をあててしーっと念を押した。絶対に内緒よ。そうして恋に浮かれたリディアは出ていった。

あのとき、もしチェルシーがもっと食い下がっていたら。行かないでと懇願していたら。あるいは、一緒に連れていってとしつこくねだっていたら。もしそうしていたら、リディアは今も生きていたかもしれない。すぐには両親にほんとうのことを言えなかった。やっと打ち明けたのは二日経ってからだった。リディアがどこに出かけたか知っていたのに。その二日のあいだ、チェルシーは母が泣き崩れる姿を見ていた。警察が家に出入りするのを見ていた。二日経ってから、チェルシーと家族は事実を知った。オスカーとリディアは死んだと知らされた。

最後にチェルシーは声を落としてつけ加える。「もしほんとうのことを話すのが怖いなら、安心して。わたしたちがあなたを守る。あなたの安全を保証する手立てがある」何があっても絶対に守る。そう約束する。わたしがそばにいるかぎり、誰もあなたを傷つけることは許さない。

エリーは短く笑う。その空々しい笑いがチェルシーの心に重くのしかかる。そこには重いメッセージが込められている。迫り来る脅威をはらんでいる。誰もわたしを助けられない。誰も守ってなどくれない。

iii

つまり、こういうことだ。わたしにはこれといって大それた夢はなかった。大学に行きたいとは思っていなかったし、コールドウェルを出るつもりもなかった。サムはわたしとは正反対だった。いつももっと高みを目指していた。太陽めがけてぐんぐん伸びていく大木みたいだった。わたしはどうかと言えば、きっとダニーと結婚して、子どもを二、三人産む。そんなささやかな生活を送るんだろうと思っていた。ささやかだけど、大切なことだった。今のわたしはまだ生きてる意味はある？

バスの中に閉じ込められ、わたしは日に日にしぼんでいった。これ以上耐えられない。絶望と渇望が限界まで達していた。たぶんそれが犯人の目的だったんだと思う。きっとそうにちがいないと確信をもって言える。それはなぜか。何も感じなくなった瞬間に何かが起きたからだ。

閉じ込められてから二日目、わたしは座席でうずくまっていた。「きっと助かる」何度も自分にそう言い聞かせた。すごく寒くて震えていた。歯が痛くなるくらいがたがた鳴っていた。「家にいるはずの時間になっても帰らなければ、きっとママが捜してくれる。時間はかかるかもしれないけど、どんなに長くても一、二時間で見つけてくれる」ポケットに手を突っ込んだ。いつもそこに携帯電話を入れていたのに、電話はなかった。ルーフに雨があたって跳ね返る音がした。遠くに犬の遠吠えが聞こえた。

「ママはきっとわたしに電話する」声に出して自分を鼓舞した。「わたしが電話にでなければ、きっと何かあったと気づく。警察が動く。パパも漁から帰ってくる。ダニーは率先して捜索に協力する」

信じて。希望を捨てちゃ駄目。

きっと見つけてくれる。ここで耳を澄まして待っていればいい。あと少ししたら、わたしの名前を呼ぶ声が聞こえてくる。そうしたら、ここにいると返事をすればいい。

だから、わたしは待った。ハッチの周囲からはいり込む光がだんだん暗くなり、眉間の汗がすっかり乾いて冷たくなるまで待った。爪の中にはいった汚れをほじくり出すと、丸まった小さな皮膚片があった。証拠。襲われたとき、犯人を引っ掻いたのか？　その皮膚片を集めてポケットにしまった。無事に救出されたあとで警察に渡すつもりだった。

いつのまにかうとうとしてしまい、物音ではっと目が覚めた。カチ。カチ。カチ。音はバスの上から聞こえた。動物。群れで動いていた。万にひとつの望みをかけて、体を起こしハッチの下まで行った。腕は強ばっていたが、ゆっくりと金属製のハッチのドアを押し上げた。まえと同じように開いた隙間から指を出し、恐る恐る周囲を探った。

「ハロー?」わたしはそっと呼びかけた。湿った鼻先がわたしの親指をかすめた。それから尖った歯があたった。思わず腕を引っ込めたけど、遅かった。指の関節がハッチにはさまった。痛みで声をあげると、バスの上にいた何かは驚いて走り去った。すすり泣き、傷を負った指の関節を舐めながら、うしろの座席に戻った。

そのあとまた眠ってしまい、今度は膀胱の痛みで目が覚めた。まだ夜だった。バスの通路を行ったり来たりしながら助けを呼んだ。「誰か。トイレに行きたい」やがて、もう我慢できなくなった。乗降口の階段の上でしゃがみ、用を足した。あまりの屈辱に涙があふれ、目の裏が焼けるように痛かった。

それからまた一番うしろの座席に戻った。階段と自分の汚物からできるだけ距離を置きたかった。今度は眠らずに起きていた。ハッチをじっと見つめていた。ハッチの輪郭に沿って太陽の光が射し込んできて、まぶしくてまばたきした。新しい一日がまた始まった。それなのに、わたしは依然として暗闇の中で身動きできずにいた。

三日目。ハッチの周りの光が薄くなりかけた頃、鈍い音がした。さらにもう一度。重い足取りでゆっくり交互に土を踏む音。人間の足音だ。

わたしはすぐさま立ち上がり、体を引きずるようにして通路を進んだ。ハッチの真下の座席の上に立ち、大声で叫んだ。足音が止まった。わたしは叫ぶのをやめた。金属がぶつかり合う音に続いて、カチッという音がした。ハッチが開いた。赤いバンダナで顔を隠した誰かがわたしを見下ろした。背後から光があたり、体の輪郭が光って見えた。その人は持っていた懐中電灯をわたしの顔に向けた。まぶしくて目が痛かった。わたしは慌てて座席にうずくまり、目を覆った。

「名前は？」太くて低い男の声だった。男の肌は羊毛のフリースみたいに真っ白だった。男の足もとに犬たちがまとわりついた。ジャーマンシェパードがそろってハッチに鼻をつっこみ、くんくんと鳴いた。「エ、エリー」わたしは震えながら答えた。

男が何やら音を立てた。通路に何かが落ちてきたかと思うと、まばたきする間《ま》もなくハッチが閉じられた。

「待って」とわたしはうめき、ハッチを叩いた。腕に鋭い痛みが走った。「わたしの名前はエリザベス・ブラック」男がまだそこにいるのはわかっていた。聞いているはずだ。男の爪先がハッチを踏んでいたので光が遮られた。犬がルーフを引っ掻いていた。「わたしはエリザベス・ブラック。お願い。要求があるならパパとママがなんでも言うとおりに用意するから」わたしはそこで黙って待った。返事はなかった。「何が望みなの？　このクソ野郎！」思わず悪態をついた。男がハッチから離れた。「待って。今のは嘘よ。なんでも言うとおりにするから。お願い」ブーツの足音がだんだん小さくなり、男が遠ざかっていくのがわかった。犬たちも男についていった。「お願い」わたしは何度も繰り返した。

諦めて暗闇のなかでまたうずくまろうとしたとき何かを踏んだ。スポンジみたいにやわらかい。拾って鼻のそばまで持ち上げた。清潔で、ほんのり甘い香りがした。パンだ。わたしはパンをちぎり、握りこぶしほどの塊を口に放り込んだ。

そのあと、落ちてきたものはひとつじゃなかったことを思い出した。床を手探りすると、座席の下にペットボトルの水があった。一気にがぶ飲みしたせいで胃が痛くなった。むさぼるように食べたせいか、胃の中に岩があるような感じがした。食べ終えてから、もしかしたら毒が仕込まれていたかもしれないと気づいた。連れ去られたときに嗅がされたのと同じ薬が混ざっていたかもしれない。吐いたほうがいいだろうか？　いや、もう遅い。もし毒がはいっていたとしたら、今頃はもう体じゅうに毒が巡っているだろう。それに、真っ暗な中で眠りについて何もかも忘れてしまうのも悪くない。そう思った。すべて忘れてしまいたかった。

残ったパンと水をもってバスの一番うしろの定位置に戻り、またやってくる夜をやりすごす覚悟を決めた。座席の古いビニールカバーに頭をあずけ、両手を下ろして拳を握った。家にいる家族のことを思った。特にママのことを。まだ幼かった頃、ママの膝で丸くなって寝ていたことを。窓から射し込む太陽の光を。今、そのことを思い出すのは辛かった。あの頃、愛は心地いいものだった。

男は何日かおきにやってきた。いつも赤いバンダナで顔を隠していた。ハッチを開けてわたしを見下ろし、同じ質問をした。「名前は？」

わたしは毎回同じ答えを返した。「エリザベス・ブラック」それから半狂乱になって懇願した。お願い。ここから出して。欲しいものがあるならなんでもあげるから。どんなものでも。

男は来る度にパンと水をバスに投げ入れた。テーブルの下にこぼれた食べかすをめがけて突進する犬みたいに、わたしは無我夢中でそれらを拾った。一度に食べることはせず、いつも寝ていた一番うしろの座席の下に隠して、毎日少しずつ食べた。水もちびちび飲んだ。雨の日にはハッチから洩れる雨水を両手に貯めてお腹がいっぱいになるまで飲んだ。時々、パンがかびてしまうこともあった。ひどいにおいがしたけれど、それでもかまわず食べた。どこまでも孤独だった……淋しすぎて死んでしまうかもしれないとさえ思った。孤独は寄生虫のように皮膚の下にはいり込み、わたしの血と骨を蝕んでいった。

次に男が来たとき、わたしは答えるのを拒んだ。男はいつものように訊いた。「名前は？」

わたしは黙ったままでいた。胸に顎をうずめるようにして運転席に座り、動こうとしなかった。男は乱暴にハッチを閉め、鍵をかけた。パンと水はくれなかった。返事をしなかったわたしへの罰だ。

それから五日間、男は戻ってこなかった。そんなに長いあいだ男の顔を見なかったのは、そのときが初めてだった。パンと水はすでになくなっていた。雨も降らなかった。空腹と咽喉の渇きに耐えきれず、バスの窓を開けて湿った土にかじりついた。ほんの一滴でも水が飲みたくて、窒息しそうになるまで必死に吸った。ミミズも食べた。ミミズは口のなかでもだえ、歯でふたつに嚙み切ると動きが止まった。

が、わたしがバスの中で経験した最悪の行為はそれではなかった。

監禁されているあいだに学んだことがある。人の体は生きるようにできている。どうにかして心臓の弱々しい鼓動を止めようとしても、心臓は持ちこたえる。本能が働いて、極端な行動をするようになる。太腿や腕に触れて感覚を確かめたり、舌を湿らせたい一心でどうやって手足から血を流そうか考えたりするようになる。

それから……家族のことを考えなくなった。食欲がなくなった。夢を見なくなった。たぶん、どうやって見るものなのかわからなくなったんだと思う。そうしてさらに何日か過ぎた。

わたしはバスの後方の横長の座席に横になっていた。もう二度と起きられないだろう。そう確信した。いよいよ諦めるときがきた。降参だ。限界に達していた。いよまばたきして目を閉じ、死を覚悟した。残酷で、輝かしくて、甘美な死を待った。

足音がした。ハッチが開いた。でも、わたしはもう動けなかった。体が衰弱しきっていた。明るい光が洞窟のようなバスの車内を満たした。男の影が座席の通路いっぱいに伸びて、もう少しでわたしに届きそうだった。

「名前は?」男は最後通告のようにわたしに呼びかけた。答えなければ、男は二度と戻ってこない。そう思った。犬たちがハッチの周りでしきりににおいを嗅いでいた。

口を開けて返事をしようとした。が、声が咽喉につかえてことばにならなかった。名前? わたしはなんという名前だった? 思い出せなかった。そもそもわたしはこの世に存在していたのか? 震える手で拳を握った。怪我をした関節に痛みが走り、全身が震えた。そう、わたしはまだそこにいた。まだ生きていた。かろうじて。

「名前は、お嬢さん?」男はもう一度訊いた。お嬢さん? そうだ、わたしは女の子だ。ある男の子に恋をしている女の子だった。その子はなんという名前だった? 指が座席のビニールカバーの傷に触れた。確か、そこに自分の名前を彫ってあった。が、今はほかの傷と混ざり合ってわからなくなっていた。名前。名前。名前。そのことばがドラムビートのように頭の中に響いた。でも、何も思い出せなかった。わたしは渦に巻き込まれるように暗闇へと落ちていった。

男が動き、ハッチが半分閉じられた。パンと水を投げ込んではくれなかった。大声で呼びかけようとしたけれど、うめき声がもれただけだった。それが精一杯だった。ハッチがもう一度開いた。それが何よりありがたかった。

「名前を教えてくれないか、お嬢さん」男は開いたハッチのそばに膝をついて言った。男のブーツについた土がはらはらとバスの車内に落ちてきた。土が太陽の光を浴びてきらきらと宙に舞い、まるでショーを見ているようだった。犬が一匹、男の隣りで伏せ、ため息をついた。

わたしはどうにか座席から滑り降り、通路を這って進んだ。通路の床の金属の溝が手に食い込んだ。男は辛抱強く待った。ハッチの真下まで来ると、わたしは顔を上げて明るい光のほうを見た。「わからない」「何がわからないんだ?」新しい問いかけだった。男はそれまでほとんど何も話したことはなかった。

行かないで。手足が震えていた。声も震えていた。「わたしの名前。思い出せない」

男は立ち上がった。ハッチを閉めるつもりだろう。わたしは悟った。このままバスの中でゆっくり死が訪れるのだろう。この床の上で息絶えるのだろう。わたしの体はすっかり弱っていて、安全な場所に戻る力はもう残っていなかった。覚悟を決めた。肉体を超えて魂を昇華させるのだ。遠くでママが呼んでいる声がかすかに聞こえた。心の中で返事をした。今行くわ。もうすぐ家に帰る。

しかし、男は立ち去らなかった。

腹ばいになり、ハッチからバスの車内に身を乗り出し、わたしに手を差し出した。「つかまれ」

目に涙があふれた。手を伸ばし、男の手首をつかんだ。男はわたしを日のあたる場所まで引っぱり上げた。あやうく肩がはずれるかと思った。太陽に目がくらんだ。自分の名前も、恋している男の子の名前も思い出せなかったけれど、内から湧いてくるこの感情が何かはわかった。喜び。ようやく助かった。

8

地下。真っ暗。赤いバンダナ。寒い。ビニールのにおい。

父の書斎で緑色のランプに照らされながら、チェルシーはボイス・レコーダーを再生する。エリー・ブラックが話したことをリストアップし、まだはっきりつながりの見えない事実をメモしていく。再生を停止し、手のひらを目にあてて、星が見えるほどきつく押しあてる。途方に暮れる。エリーが協力を拒んだことに苛立つ。

もっとも、こんなふうに行き詰まるのは初めてのことではない。井戸の底に立ち尽くし、ほんとうは上を見上げなければならないのに、まわりの石しか見えていない。別の角度から眺めてみなければ。エリーの事件のファイルを開き、アップロードされた写真をクリックしていく。あらためて見ても気分が悪くなる写真ばかりだ。両手と両脚を広げられたエリー。ひとつひとつの傷について大きさが計測され、記録されている。エリーが着ていた服の写真もある。スチールのテーブルの上に広げて並べてある。着古して色褪せた白いブラジャーと、ところどころに小さな穴の開いたひと組の薄い下着。紐のない靴。ジーンズ。ワシントン大学バレーボール部のロゴがプリントされたスウェットシャツ。拭き取られたような血の痕がついている。ほかの何かからついたのだろう。銃で撃たれた痕ではないし、血が飛び散ったふうでもない。このスウェットシャツで何か、あるいは誰かの血を拭き取ったのか？

詳しく分析するために、血のついた場所の布地が四角く切り取られている。共同DNA検索システム《CODIS》で一致するDNAがデータベースに登録されていないか確認がおこなわれる。もしそれがエリーの血ではなく、もし拉致した犯人に前科があれば、誰の血なのかがわかる。血液はいつも真実を教えてくれる。

チェルシーは身を乗り出し、唇をこすり合わせる。文字がぼやけてひとかたまりに見えてくる。連れ去られたとき、エリーは何を着ていた？　エリーがいなくなった翌日、初めて母親のキャットと話したときの記憶を呼び戻す。

家を訪ねたのは午前中で、エリーがいなくなってからまだ十時間経過していなかった。キャットは天井をじっと見つめて言った。あの子が何を着ていたか？　わからないわ。そのとき、キャットは青ざめて虚ろな表情をしていた。ショック状態にある人の見本みたいだった。そういえば、エリーはまえにもいなくなったことがある。まだ小さかった頃のことだけど。シアトルにある子供博物館に行ったときだった。さっきまでそこにいたのに、次の瞬間にはいなくなっていた。ほんの一瞬、目を離しただけなのに……そのあとすぐ、隣りの展示室にいるのを見つけたのよ。友だちに言われたわ。万が一に備えて、いつもエリーの写真を持ち歩くほうがいいって。そんなこと今まですっかり忘れてた。キャットは手を揉んだ。取り乱し、話を続けられなくなっていた。目をぎゅっとつぶり、どうにかまた話しだした。昨日の朝、エリーとちょっと言い争いになったの。あの子ったら、ジーンズにマジックで落書きなんかして。あなたはお母さんと喧嘩したりする？　キャットはチェルシーに尋ねた。

いいえ、とチェルシーは答えた。ティーンエイジャーだった頃のことを思い出した。リディアが亡くなったあと、チェルシーと母親は共通の重心を持つふたつの星のようにすぐそばをまわっていたが、その軌道が交わることはなかった。互いに口を利かないのだから喧嘩などできるはずもない。

それはいいことね。キャットは人目をはばかるように笑い、首を振って続けた。ジーンズの上に何を着ていたかは覚えてない。夜は出かけちゃいけないって言うべきだったんでしょうけど、また喧嘩になるのは嫌だった。ほんとうに手に余る子で。上の子よりずっと大変で。サムを身ごもったとき、わたしはまだ十八歳だった。だから、エリーのときは自分がもっと大人になるまで待ってから妊娠した。ちゃんとしたかったから。わかるでしょ？ サムのときは何もかもまちがいだらけだったから。でも、エリーは……想像してたのと全然ちがった。思ってたよりずっと大変だった。四六時中そばにいてあげないといけない気がした。エリーが呼んでる、エリーが助けを求めてる。その思いが頭から離れなかった。

チェルシーは歯を食いしばって息を吸った。キャットに親近感を覚えた。自分も同じだったから。聞こえるはずのない声に取り憑かれていたから。リディアの最期はどんなものだったのだろう。何度もそのことを考えた。どのくらい血を流したのだろう。何を見たのだろう。なんと言ったのだろう。助けを求めて母やチェルシーのことを呼んだのだろうか。「それだけわかれば充分よ」心に渦巻く思いをかなぐり捨て、キャットに言った。覚えてなくても問題ないわ。それから、手帳を閉じて続けた。「これからインディアに会いにいくから、彼女に聞いてみる。もしかしたら写真を持っているかもしれないし」

実際、インディアは写真を持っていた。若者たちが安っぽいモーテルの部屋でワインカクテルを飲みながらピースサインをしている写真だった。チェルシーはその写真のファイルをクリックする。父が使っていた〈デル〉のコンピュータは古く、写真が表示されるまでに時間がかかる。画像が少し現れては停止しながら、ようやく全体が見えるようになる。これだ。エリーは丈の短いボルドー色のトップスにフランネルのシャツを羽織っていた。

森で発見されたときに着ていた服とはちがう。病院に搬送されたあとに脱がされ、金属製のテーブルの上に並べられていた服――ワシントン大学のロゴ入りのスウェットシャツとジーンズとテニスシューズ――はどれも行方不明になった日に着ていたものとはちがっていた。二年以上経っているのだから驚くことはないが。犯人が買ったものかもしれないが、追跡できるかもしれない。胸にひとすじの明かりが射す。これは手がかりだ。

スウェットシャツに注目する。ワシントン大学はよく知られた名門校だ。エリーを拉致した犯人は卒業生なのか？　画像を拡大する。Wのロゴの下にバレーボールと書かれている。クリックして次の写真を見る。スウェットシャツの裏側に〝55〟と背番号がはいっている。ブラウザを立ち上げ、〝ワシントン大学　バレーボール〟で検索し、二〇一一年までさかのぼって選手名簿を確認するが、背番号〝55〟の選手はいない。

さて、どうしたものか。もう一度ひとつまえの写真に戻って、今度はタグの部分を拡大する。〈世界《ワン・オブ・》にひとつ《ア・カインド》の大学オリジナルウェア〉。チェルシーはロゴに書かれた会社名を検索し、お客様相談窓口の番号に電話する。椅子に浅く腰掛け、呼び出し音が鳴るのを待つ。

留守番電話が応答する。「お電話ありがとうございます。〈ワン・オブ・ア・カインド大学オリジナルウェア〉です。本日の営業時間は終了いたしました……」

チェルシーはメッセージと電話番号を吹き込む。

「チェルシー・カルフーンといいます。コールドウェル警察署の刑事です。そちらの会社で販売したスウェットシャツについてお尋ねしたいことがあります。メッセージを聞いたら折り返し電話してください」

電話を切り、腕を曲げて目をこする。疲れきっている。体じゅうが痛い。最後に寝たのはいつだったか？

思い出せない。いい兆候とはいえない。よろめくようにして父の書斎のソファに倒れ込む。

夢の中でチェルシーは海岸にいる。

コールドウェルの岸壁にいる。いや、もはや夢とは言えない。とめどなく押し寄せ、終わることのない眠れる記憶。繰り返し再生され抜け出すことのできない無限のループ。ぺしゃんこに潰れた車が岩のへこみに不安定に引っかかり、風で傾いている。連絡を受けたのは、車でリディアを捜していたときだった。車の中で待っているように言われたが、チェルシーは両親についていった。カイガンソウの陰で吐いている制服警察官の脇を通り過ぎ、淡いピンク色のダウンジャケットを着て崖の下に降りた。下まで来ると、青いセダンが見えた。オスカーの車だ。運転席のドアは開いていて、オスカーの上半身が飛び出していた。額に穴が開き、血が額を伝って開かれた両眼に流れ込んで溜まっていた。〈Kスイス〉の靴は片方が脱げて尖った岩の先に引っかかっていた。手にはリディアの髪が握られていた。一房の黄色い髪が波しぶきを浴びて膨れ、先端にリディアの頭皮のかけらがぶら下がっていた。母は悲鳴をあげ、駆けだした。崖から身を投げ出しそうになったが、警察に押さえ込まれた。父は動けなかった。完全に脱色したみたいに真っ白な顔をして、ただ立っていた。無理心中。警察は最終的にそう判断した。オスカーがリディアを殺し、みずからも命を絶った。そう結論した。

けたたましい着信音が記憶を真っぷたつに引き裂いた。チェルシーは目を覚まし、床のカーペットに落ちている携帯電話を拾って電話に出る。「カルフーン刑事です」外はもう明るい。二日酔いで目覚めたときのような気分だ。口は綿を詰められたみたいにからからで、目は乾き、瞼がくっついてしまったかのようだ。

「もしもし、〈ワン・オブ・ア・カインド大学オリジナルウェア〉のジーノです。電話をもらっていましたよね？」深みのある声が語尾を上げて尋ねる。

「ええ」チェルシーは這うようにして机に戻り、コンピュータのスリープ状態を解除する。画面にはスウェットシャツの写真が表示されたままだ。「行方不明事件の捜査をしているんだけれど、その証拠品の中にそちらのお店で買ったと思われる服があるの。誰が注文したのか調べられないかと思って」

「なるほど。役に立てるかどうかわからないけど。週に五百点ほど販売してるんで。とにかく、記録を確認してみます。ちょっと待ってください」ややあってジーノが言う。「マネージャーに確認したほうがいいかもしれない。これって令状が必要な捜査ですか？」

「いいえ、令状はないわ」とチェルシーが答えると、電話の相手は沈黙する。「手を貸してもらえたら、行方不明になった少女を拉致した犯人を見つけられるかもしれない」その思いが相手の心に根づき、花開くことを期待して待つ。ジーノはヒーローになるかもしれない。

短い間《ま》があく。「型番は？　八桁の番号とダッシュのあとに書かれている文字を教えてください。それで何年のものかわかる」

「どこに書いてあるの？」チェルシーはタグを拡大する。数字は見あたらず、会社名とサイズ――S――しか書かれていない。

「内側です。左側の縫い目のところ」

「実物は手もとにないの」とチェルシーは鼻すじをこすりながら答える。

「型番がわからないことには――」

「グレーのスウェットシャツで、ワシントン大学のバレーボール・チームのロゴと背中に〝55〟の背番号がはいってる」有無を言わせない、きっぱりとした口調ではあるが、落ち着いた声で言う。「その情報のどれかで検索できない？」

「ちょっと待ってください。その背番号を指定した注文があるか見てみます。ただ、言っておくけど、うちのシステムは五年まえまでしかさかのぼれない。それよりまえの注文履歴にはアクセスできないんです」

「とにかくやってみて」とチェルシーは促す。

電話の向こうでキーボードを叩く音がする。「あった」とジーノが言う。「二〇一八年に特別注文のスウェットシャツをつくってます。ワシントン大学バレーボール・チームのロゴで、背番号〝55〟」ジーノは小さく口笛を吹いて続ける。「なんとなんと。ラッキーでしたね。言いましたっけ？　一週間に五百件も注文が――」

「名前は？　注文した人の名前を教えて」チェルシーは手に汗をかいている。その名前は何かにつながるかもしれないし、なんの手がかりにもならないかもしれない。が、万に一つの可能性はある。期待で口の中に唾液があふれる。揺するべき木が見つかるかもしれない。勝てる戦いになるかもしれない。

ジーノはため息をついて言う。「アルシーア・バーロウ」チェルシーは住所をメモすると、ジーノがまだ話している途中で電話を切る。

名前をタイプして検索する。ニュースの見出しが表示される。〝行方不明の少女、遺体で発見される〟検索語のアルシーアがハイライトされている。ガブリエル・バーロウの祖母の名前だ。五年まえ、当時十六歳のガブリエルはワシントン大学バレーボール・チームのスウェットシャツを着て出かけたまま行方不明になり……今からおよそ一年半まえに遺体で発見されていた。チェルシーのまわりで物語が紡がれていく。ガブリエルの遺体はコールドウェルの北東の湿原にあるスペンサー・アイランド公園で発見された。首を絞められて殺されていた。発見された日時以外、詳しいことは明らかになっていない。ガブリエルの写真も掲載されている。エリーと同年代で、髪も同じ黒髪。肌の色は白く、大きな目をしていて、カメラに向かって唇をすぼめている。

チェルシーは椅子に背をあずける。碇がはずれたように漂流しているが、そのまま流れに身を任せる。どの島に流れ着くだろう？　頬の内側を嚙みながら計算する。ガブリエル・バーロウはエリーがいなくなる数年まえに失踪し、エリーが拉致された半年後に発見された。時期は一部重なっている。それは何を意味するのか？　ひょっとしたら、ふたりは同じときに同じ場所にいたのか？　一緒に閉じ込められていたのか？　アドレナリンが全身をめぐる。チェルシーはいきなり立ち上がる。

コートとキーをつかんで車に乗る。ハンドルを握る。まだ井戸の中にいるが、今は見上げているのでも、まわりの石を見つめているのでもなく、さらに深く掘っている。エリーはどうして死んだ少女の服を着ていたのだろう？

9

ドアの向こうで赤ん坊が泣いている。ここでまちがいないか、チェルシーは携帯電話で住所を確かめる。一時間まえにタコマ警察署の刑事からメッセージを受け取っていた。もちろん、バーロウの事件の話はできるけれど、産休中だから自宅に来てくれる？

チェルシーは行方不明者及び身元不明者データベースでガブリエル・バーロウの情報を見つけ、科学捜査班に連絡した。エリー・ブラックが着ていたスウェットシャツに付着していた血痕について、急いで調べてもらいたいことがある。ガブリエル・バーロウのものと一致するか照合して。ガブリエルの事件番号は……。

それから、タコマ署に電話したが、担当の刑事はすでに退職していて、部下が事件の捜査を引き継いでいた。引き継いだ刑事を訪ねて自宅までやってきたのだった。

　玄関のドアを強めにノックする。犬が吠え、ドアが開く。タンクトップにボタンを開けたままのフランネルのシャツを羽織り、スウェットパンツを穿いた女性が出てくる。吐き戻し用のカバー《バープクロス》を肩にかけている。元気のいいゴールデンレトリーバーがうしろから飛び出してきて、チェルシーのまわりをくるくるとまわり、また部屋の中に戻っていく。

「ハイ」女性は笑顔でチェルシーを出迎える。これといって特徴のない平凡な顔立ちで、メークはしておらず、血色のいい肌をしている。「カルフーン刑事ね。わたしはロス刑事」

「チェルシーと呼んで」とチェルシーは言い、手を差し出す。

「わたしはブリエル」ロス刑事はチェルシーと握手し、開いたままのドアのほうを向いて言う。「どうぞ。わざわざ家まで来てくれてありがとう。一応、産休中ってことになってるんだけど、あなたも知ってのとおり仕事が仕事だから……」ブリエルは最後までは言わず、肩越しにチェルシーを見る。「靴を脱いでもらってもかまわない？」

　チェルシーはブーツを脱ぐ。指先と踵が灰色の靴下はノアのものでぶかぶかだ。ブリエルはチェルシーを居間に案内する。何かの仕掛けがゆっくりと上下に動いていて、その中に老人のようにしわくちゃな赤ん坊が布にくるまれて寝ている。「かわいいわね」とチェルシーは言う。

「ええ。ずっと手もとにおいておくと思う」そう言ってブリエルはわが子の話をする母親がみなそうするように微笑む。「あなた、お子さんは？」大きな肘掛け椅子にどかりと座り、チェルシーにも座るよう身振りで促す。ゴールデンレトリーバーがブリエルの足もとに来て前足に顎を乗せて伏せる。

「子どもはいない」とチェルシーは答え、でこぼこしたソファの端に腰掛ける。ローテーブルの上に搾乳機が置いてある。吸着カップにチューブがつながった黄色いその器具はどこか得体の知れない代物に思える。

「ひとつだけアドヴァイスさせてもらうと、子どもをつくるならちゃんと準備ができてからのほうがいい。自分ではもう大丈夫だと思っていても、実際にはまだまだってこともあるし。そうそう、手助けしてくれる人は絶対に必要よ。母と姉たちがいなかったら、どうしたらいいかきっとわからなかった」

チェルシーはぎこちなく笑う。子どもを持つことはあまり考えたことがない。ノアと話し合ったことはあるが、遠い未来の話のようで現実味はなかった。計画も立てていないし、約束もしていない。リディアは子どもを欲しがっていたけれど。

時がさかのぼり、チェルシーはリディアと一緒にベッドで寝ている。リディアは八歳、チェルシーは七歳。


階下《した》では両親が友人たちと新年を祝っている。楽しそうに談笑しているが、同時に恐怖心も漂っている。二〇〇〇年問題のせいだ。父はまるで信じていなかったが、母に言われて非常用の防災グッズを買いそろえていた。念のために。そうとも知らず、チェルシーとリディアはリディアのバービーのシーツに一緒にくるまっていた。チェルシーは養子で、リディアはカルフーン夫妻の実の子だったが、そんなことはどうでもよかった。ふたりはまるで双子のようで、互いに大好きだった。母に抱きしめられることを除けば、チェルシーが心から愛されていると感じるのは、この時間だけだった。天蓋付きのベッドで姉妹は夢を語り合った。リディアの夢は若くして結婚し、子どもを産むことだった。パパとママみたいに。リディアは希望に満ちた穏やかな笑顔で言った。世界は自分のためにある、そういう自信にあふれていた。そのあと、リディアの夢は変わった。コールドウェルなんて大嫌い。十三歳になったリディアはきっぱりと言った。はやく出ていきたくてたまらない。

「コールドウェル警察署だったかしら?」ブリエルに訊かれてチェルシーの思考は途切れた。

「刑事になって二年になる」赤ん坊を起こさないように声を落として答える。

「小さな声で話さなくても大丈夫よ」とブリエルは笑う。「何があっても起きないから。それこそ、掃除機をかけても、犬が吠えても」ため息をついて続ける。

「警察官になったときは、いつかは巡査部長になれる日が来ると思ってた」そう言って、また笑う。「でも、今はどうなるかわからない。子どももいるし、うちの署にはわたしを含めて女性が四人いるけど、ふたりは受付係だし」

チェルシーは少しなごんだ。ブリエルの言いたいことはよくわかる。女であるというだけで欠陥があるように扱われる世界。背後を守ってもらうなら、小柄な女より百キロの巨漢のほうがいい。同僚たちから何度そんなことばを浴びせられたことか。チェルシーは署内の誰よりも射撃の腕がよく、頭脳明晰だが、そんなことは関係ない。いつだってチェルシーはお荷物扱いだった。「うちの署は女はわたしだけ。いつもひとりで行動してる」上司のアボット巡査部長のことは嫌いではなかった。アボットを見ていると父を思い出した。ストイックなところや、融通が利かないところが似ていた。

「われながら不思議に思うわ。どうして辞めないんだろうって」

「わたしの父は警察官だった」チェルシーは自分からそう言う。どうしてそんなことを言ったのか自分でもわからないが。

「あなたはその血を受け継いでるのね」

ブリエルのことばをあえて訂正せず、おざなりにうなずく。ときには血より濃いものもある、そう思う。

父は娘が警察官になることに懐疑的だった。が、リディアが亡くなり、すべてが変わった。父はチェルシーにバトンを引き継いだ。リディアの身に起きたことがおまえにも起きてはいけない。ほかの少女にも起きてはいけない。チェルシーが警察学校を卒業したとき、父は誇らしげな目をしていた。彼女の左右の肩甲骨のあいだを嬉しそうに叩いた。パン、パン、パン。今でも時々その感触を思い出す。あのときは何もかも明るく輝いていた。

沈黙が流れる。ややあって、ブリエルが口を開く。

「それで、ガブリエル・バーロウのことが訊きたいのよね？」

チェルシーはうなずいて言う。「一昨日、拉致されていた被害者が発見されたんだけれど、ガブリエルのものと思われるスウェットシャツが一緒に見つかった」

ブリエルの口もとが引きつる。「ニュースで見たわ。エリザベス・ブラックのことね？」

「被害者が着ていたのはガブリエルのスウェットシャツだと思う。事件のことを話してもらえる？」チェルシーはそう言って手帳を開く。

ブリエルは膝をさする。「役に立てるかどうかわからないけど。もともと事件を担当していた刑事が退職して、二年まえにわたしが引き継いだ。ほかにも四十件くらい引き継いでるから」

怒りではらわたが煮えくり返る。少女たちはこうして一度ならず二度までも行方知れずになるのだ。最初は誰にもわからない状況で。そのあと、担当者の退職や政治状況の変化や予算削減といった指令系統の都合で。

「どんなことでもいい」チェルシーは苛立ちを隠して話を促す。

「ガブリエルは両親がいなくて、母方の祖母と暮らしていた」ブリエルはひと呼吸おいて続ける。「祖母はガブリエルがいなくなって三十六時間ほど経ってから通報した。最初に担当した刑事は、祖母が孫娘の失踪に関わっているんじゃないかって疑った。近所に住む住人の話では、ガブリエルと祖母が喧嘩する声がしょっちゅう聞こえていたらしいから。怒鳴ったり、ドアを叩いたりしていたみたい」

「でも、暴力を振るってはいなかった？」

「そういう報告はなかった。家の中で争ってるっていう通報もなかったし、病院で手あてをうけた記録もない。学校の先生によれば、ガブリエルはいつもきれいな服を着て、ちゃんと面倒を見てもらってるってことだった。で、祖母が関わってるっていう線は除外された。そのあと、道路に乗り捨てられたガブリエルの車が見つかった。車内には争った形跡があった。運転席の窓が割れていて、ガラス片のいくつかにガブリエルの血が付着していた。土には車から引きずり下ろされたような痕もあった」赤ん坊が不服そうにぐずり、ブリエルの注意がそれる。チェルシーに背を向け、揺りかごの設定を変える。揺りかごがジグザグに動きだすと、赤ん坊はおとなしくなる。「これは三百ドルもしたんだけど、これまでで一番有効なお金の使い方をしたと思ってる」ブリエルは自分の太腿を軽く叩く。

「あとは、そうね……ほかに話せることはあったかしら？」それから、指をぱちんと鳴らして続ける。「防犯カメラにガブリエルの車のあとをつけるステーションワゴンが映っていたけど、ナンバープレートをつけてなかった」

チェルシーははっとして息を吞む。「ステーションワゴン」ペンテコステ派教会の防犯カメラの映像が脳裏に浮かぶ。確か二台のトレーラーにはさまれてステーションワゴンが停まっていた。

「そう」とブリエルは言う。「ワゴンは信号を無視してガブリエルの車を追ってた。でも、さっきも言ったとおり、ナンバープレートはなかった。最初に事件を担当していた刑事はそのワゴンの所有者を見つけだそうとしたんだけれど、登録されている車をすべて調べるには人手がたりなかった。どういうことかあなたもわかると思うけど……」ブリエルは最後まで言わないが、不本意ながらチェルシーにも彼女が言わんとしていることはよくわかる。糸はたくさんあっても、それを引っ張る人がたりないのだ。「まあ、そういうこと。ガブリエルの捜索は暗礁に乗り上げて、事件は迷宮入りした」

「で、そのあと遺体が発見された？」

ブリエルはうなずく。「人気のある乗馬コースのそばで。騎手が振り落とされて、逃げた馬を捜していたら遺体をつついているところを見つけた。ガブリエルは裸だった。絞殺されていた。索条痕はなかったから、手で絞められたんだと思う」チェルシーはエリーの体の傷を思い出す。怪我はしていたが、首に絞められた痕はなかった。とはいえ、殺されるまえに逃げだせただけかもしれない……さもなければ、放置されてただ死ぬのを待っていたのか。だとすれば、エリーの態度にも説明はつく。だからあんなに怖がっているのか？生きて帰れるはずじゃなかったから？犯人が自分を始末しようと追いかけてくることを怖れているのだろうか？

「指紋やDNAは？」とチェルシーは訊く。答えは聞くまえからわかっているが。

ブリエルは口をきゅっと結んで言う。「何もなかった。検死官の見立てでは、一カ月くらいその場所に放置されてたんじゃないかってことだった。でも、殺害されたのは別の場所で、殺されてから運ばれたのはまちがいない。死因が特定できただけでも運がよかった。犯人は頭がよくて、慎重にタイミングをはかって遺体を捨てた。乗馬コースからはずれた場所に深く埋めた。鉄砲水が地面を洗い流したせいで、遺体が露出した。そうでなきゃきっと見つからなかった」

「ほかには？」

「野生動物を食べてたみたい。胃の中に鹿の肉が残ってた。血中からアン女王のレース《クイーン・アンズ・レース》の成分が検出された」

「クイーン・アンズ・レース？」

「ニンジンの花に似た雑草のこと。うちの庭にも毎年生えてきて、草刈りしなきゃならない。たぶんガブリエルはその草も食べたんだと思う。歯は腐りかけて、ぼろぼろだった」ブリエルはそこで口をつぐみ、顔をしかめる。

「わかってることはそれで全部？」

ブリエルは首を振って続ける。「骨に嚙まれた痕があった。両脚に」

チェルシーは硬直する。「なんの動物かわかる？」遠吠えが聞こえた、エリーがそう言っていたことを思い出す。着ていた服には犬の毛が付着していた。

「イヌ科の動物、具体的には犬ね」とブリエルは言う。「科学捜査班の話では、死ぬまえに嚙まれた傷の可能性が高い」チェルシーは身震いする。想像したくないとばかりに首を振る。「考えるだけでもぞっとする。子どもを持つ身としてはなおさら。事件の捜査記録は全部送っておいたから、自分の目で確かめて」そう言うとブリエルは椅子から立ち上がる。「スウェットシャツがほんとうにガブリエルのものか確認したいなら、彼女のおばあさんに見てもらうのがいいと思う」

「わたしから連絡してもかまわない？」刑事は自分が担当する事件に踏み込まれるのを嫌う。縄張り意識がある。チェルシーも立ち上がる。

ブリエルは携帯電話を取り出す。チェルシーの電話の着信音が鳴り、メッセージが届いたことを知らせる。

「今、住所を送ったわ。今朝、わたしから連絡しておいた。あなたが訪ねていくって伝えてある」

10

サリース・フィッシャー医師は膝の上に置いたノートに目をやる。一番上に一行だけ記入されている。

〝エリザベス・ブラック、二〇二二年五月二十四日〟

それを確認して顔を上げる。エリザベスはみじろぎひとつせずセージ色のソファに座っている。肖像画のモデルみたいに。雨が薄い窓ガラスを叩く。外では海が荒れ、波が激しく打ち寄せている。

サリースのオフィスはヴィクトリア様式の邸宅を改装した建物の最上階にある。夏は重いドアが湿気を吸って膨らみ、閉めると隙間なくぴたりとドア枠に収まる。サリースがここを気に入っているのは、患者が家に招かれたような気分になるからだ。螺旋階段をのぼって小塔にあるオフィスまで来てもらうことができる。ここを借りたとき、彼女自身も一風変わった雰囲気に心惹かれた。お城のお姫様になったような錯覚を覚えた。

「エリザベス？」とサリースは声をかける。低く、よどみのない声は相手の心を開かせる。ジャマイカから移住してきて、ベビーシッターをしていた曾祖母にそっくりな声だ、いつもそう言われていた。曾祖母は預かった子どもによく子守歌を歌って聞かせていた。お気に入りは『静かに揺れよ、愛しい荷車』だった。

エリーはまばたきして言う。「みんなからはエリーって呼ばれてる」

「わかったわ、エリー」サリースは微笑む。きょうだいの真ん中の子どもは、人を喜ばせ、手助けすることが得意だと言われる。実際、サリースはそうだった。月並みな常套句もときに的を射ていることもある。

「今日は最初のセッションだから、お互いを知るところから始められたらと思ってるの。少しおしゃべりでもして。どうかしら？」

エリーは何も答えない。その視線はサリースの背後に注がれている。サリースは向きを変えてエリーが注目しているものを見て言う。「見たことある？」

エリーは黙って首を振る。

「これはニュートンの振り子といって、力量保存の法則を示す装置よ」サリースはそう言うと、球体をひとつ引っ張って手を放す。球体はほかの球体にぶつかり、反対端の球体が押しだされる。メトロノームのように一定の間隔で同じ運動が繰り返される。球体同士がぶつかる繊細な音がオフィスに響く。サリースはエリーに向き直って言う。「物理学についてわたしが知っていることはこれがすべてよ」

エリーの口角がかすかに上がる。笑いかけるが、すぐに引っ込める。「それ、いいね。見てるとなんだか落ち着く」エリーはじっと振り子を見つめたまま言う。

サリースは小首を傾げ、そんなエリーを見つめる。

「今はどんな気持ち？」

エリーは手を動かし、唇を嚙む。

「緊張してる？」

「してない」エリーはすぐさま否定する。目が泳ぎ、部屋中のあちこちにせわしなく向けられる。脳はいつでも警戒を怠らない。常に危険を察知し、脅威になるものを探している。トラウマになるような出来事が起きると、脳はよりいっそう過敏になり警戒を強化する。今のエリーはそういう状態ではないか。サリースはそう思う。原始の状態に逆戻りしているのかもしれない。

「ううん、ほんとうはちょっと神経質になってる」とエリーは認めて言う。

「そう。じゃ、そこから始めましょう。どうして神経質になっているの？　この場所がそうさせるの？」サリースは椅子に浅く腰掛け、予断をはさまずに聞く姿勢を示す。

エリーは肩をすくめて言う。「この場所も。何もかも。生きていることそのもの」そう言うと声をあげて笑うが、ユーモアは感じられず笑い声はむなしく響く。「あなたは生きてるはずじゃなかったってこと？」

エリーはきゅっと口を引き結ぶ。また閉じこもってしまった。空洞の中に引きこもってしまった。サリースにはそれがわかる。

「あなたが帰ってきてから何日か経った。病院からの報告によると、光と大きな音に過敏になってるということだけど、調子はどう？」サリースはノートの下のファイルをめくって報告を読むふりをする。エリーの事件に関しては詳細まですべて記憶しているが、そうやってエリーに時間を与えようとする。

「大丈夫。頭痛はおさまってきた。ただ……」途中でことばが途切れる。

「ただ？」サリースは先を促す。

「何も感じない」エリーは急に苛立ちの交じった声で言う。「まるで何も感じない。セロハンに包まれているみたい」

サリースの鼓動が落ち着く。「そうなっても不思議じゃない」

「そうなの？」

「ええ」とサリースはうなずいて言う。「あなたの身に何があったのか、わたしにはわからない」エリーが何か言いかけるが、それを制するように手を振って続ける。「今はまだ話してくれなくていい。これはわたしの推測にすぎないけど、人は打ちのめされると意識が切り離されることがある。生存本能が働いて、いろんな症状として現れる。記憶喪失、同一性混乱と変容、離人症……」

「離人症って？」

サリースはノートを手にしたまま少し考えてから言う。「そうね、どう説明したらいいかしら。現実から切り離されたような感覚をそう呼ぶの。さっき、セロハンに包まれているみたいと言っていたけど、それはまさに離人症の症状だと思う。世界が現実のものじゃなく、夢の中にいるみたいに感じる」

エリーの目に涙が浮かぶ。サリースの放った矢は命中したようだ。

「同一性混乱は自分が誰なのかわからなくてもがいている状態。別人のように人格が変わってしまうこともある。これまでとはまったくちがう行動をするようになったりする」シャワーを浴びられない、狭いスペースの中でなければ寝られない、部屋にちゃんと鍵がかかっているか何度も繰り返し確認する、食べものを食べずに取っておく。こうした行動はいずれも同一性混乱の症状だ。サリースは事前にキャットからエリーの様子を詳しく聞いていた。髪を切ってあげようとしたら妙な反応をしたの。許されてないからって。キャットはそう言っていた。今のエリーがどんな状態か、少なくともおおよそは理解できる。が、サリースは以前のエリーについても知りたいと思っている。心の傷を癒やすには、そこから始める必要がある。自分の身に何が起きて、どんな経験をしたのか。それをはっきり認識することで、その影響力が弱まっていく。そのまま留まるか、先に進むかを選べるようになる。

エリーは手で膝を包むようにして言う。「わかる気がする」

窓の外で赤と青のライトが光り、色のない部屋を切り裂くように照らす。そう言えば、先週、このあたりの交通量が増えていることを知らせるメールが届いていた。エリーの体が強ばる。「州知事が来てるのよ」とサリースはエリーを安心させようとして言う。エリーの額には汗が浮かび、取り憑かれたように体が揺れている。サリースは立ち上がり、急いでカーテンを閉める。カーテンは生地が薄く、ほぼ透けているが、それでも外の光が多少はさえぎられる。席に戻ってエリーに言う。「ごめんなさい。このほうが落ち着くかしら？」

エリーは大きく息を吸い、吐き出す。指を折り曲げながら深呼吸を繰り返す。ようやく目を開ける。充血し、恐怖に苛まれた目をしている。「まだ明るい光に耐えられなくて」紙やすりのようにざらついた声で言う。

「電気を消しましょうか？　それとも、こっち側に座る？　ここなら窓に背を向けていられるから」エリーはいったいどんな目にあったのだろう？　サリースの心が痛む。

「大丈夫。ごめんなさい。ちょっとびっくりしただけ」エリーは微笑んで見せるが、サリースと目を合わせようとしない。エリーの背後に掛かっている時計の分針が頂点に近づきつつある。セッションの残り時間はあと十五分しかない。「それならよかった」

しばし沈黙が流れる。雨がまた窓を叩く。「何を考えてるの、エリー？」

エリーは爪をほじりながら尋ねる。「医者と患者の守秘義務ってどうなってるの？」

「ああ」サリースは思案するように口を閉じる。珍しい質問ではない。赤の他人に秘密を打ち明けるのは誰だって怖い。「主治医としてあなたと話した内容を口外することは法的にも倫理の上でも禁じられてる」

「つまり、わたしから聞いたことは誰にも話しちゃいけないってこと？」

「ごくわずかだけど例外はあるわ、もちろん」

「例外って？」

「例えば、あなた自身やほかの人に危険が及んでいるとき。そういう場合は、話さなきゃならない。あるいは、誰かが——あなたの両親やボーイフレンドやほかの誰であれ、誰かがあなたを傷つけようとしているときは、警察に情報を開示しなきゃならない」

「そう」

「ここは安全な場所よ、エリー」とサリースは請け合う。

う。「で、何を考えてるか話す気になった？」

「赦しについて考えてた」とエリーはほとんど囁くように言う。

サリースは椅子に背をあずける。今はもう信仰心はないが、子どもの頃は彼女も教会に通っていた。「赦しについてどういうことを考えてるの？」

「世界から許されないことをする人が時々いる。それはどうしてなんだろうって」

サリースの好奇心がうずく。寒気すら感じる。エリーは何か悪いことをしたのだろうか？　が、すぐにその考えを否定する。被害者が自分を責めるのはよくあることだ。「なかなか興味深い話ね」時計の針が進む。あと一分。このままエリーとセッションを続けたい。次はもっと長めに時間を取ろう。次回は九十分とメモする。今日は次の約束がある。部屋の隅に目立たないように置いてある黄色いランプが点灯し、待合室で患者が待っていることを知らせている。「今日はここまでにしましょう。次のセッションでもっと詳しく聞かせてくれる？」

エリーが部屋を出たあと、サリースは今日のセッションについて手短に記録する。離人症の症状が見られる。見るからに怯えていて、極度に警戒している。書き終えると、深呼吸して心を落ち着かせる。エリー・ブラックのことを思う。ささやかな祈りが声に出ていたかもしれない。神へというより世界に向けて祈る。このさき、エリーに優しさだけが降り注ぎますように。

立ち上がり、次の患者を迎え入れようとカーテンを開ける。黒塗りのセダンとパトカーからなる州知事の警備隊が遠ざかっていく。赤と青のライトが窓についた水滴に映り込み、血しぶきのように窓ガラスに張りつく。

11

ガブリエル・バーロウの祖母、アルシーアは優しいそよ風を思わせる女性だ。肉づきがよく、白髪を頭のてっぺんでまとめている。せわしなくキッチンを動き回り、チェルシーのまえにコーヒーカップと殻がついたままのピーナッツを入れたボウルを置く。右手の中指にはめたルビーの指輪に光があたって鈍く光る。

「ありがとう」チェルシーはコーヒーをひと口飲み、眉間にしわが寄らないように必死で耐える。ひどい味だ。酸味が強すぎる。

「どういたしまして」とアルシーアは言う。上唇に裂けたような傷がある。彼女のまえには赤ちゃんの靴を型押しした青いアルバムが置かれている。「今朝、ロス刑事から電話をもらって驚いたわ」その表情からは緊張と不安が見て取れる。背後のダイニングルームには壁一面を覆うように『最後の晩餐』のタペストリーが掛けられ、その下にシルクの造花のアレンジメントが置かれている。「今になって連絡があるなんて思ってもいなかったから。ギャビーが見つかったあと、捜査が再開されたけれど、結局充分な証拠は見つからなくて……」アルシーアはしわだらけの指でアルバムをつかむ。「手がかりは尽きたって言われた。人生で二回もそのことばを聞くなんてね。一度目はギャビーがいなくなったとき。二度目は遺体が見つかったとき。いずれにしても、もう終わったのよ。わたしたちはギャビーを埋葬した。今は安らかに眠ってる」

アルシーアは手を振ってうしろを示す。開いたままのドアのそばに子どもがふたりいて、物怖じするでもなくこちらを見ている。「ギャビーがいなくなったとき、ケイデンはまだ四歳で――」黒い目をした年少の少年を指して言う。「コートニーは——」今度はひょろりとしたふくれ面のティーンエイジャーのほうを指す。「十歳だった。今は九歳と十五歳。ケイデンにとってはギャビーがいない時間のほうが長くなった」まるで息が切れたみたいにアルシーアはそこで急に話すのをやめる。

「あの子たちの両親のことを聞いてもいい？」沈黙を埋めようとしてチェルシーは訊く。「どうしてあなたがお孫さんを育ててるのかってことだけど」コーヒーカップをテーブルに置き、人差し指で押して遠ざける。

「あの子たちの母親、つまりわたしの娘のクリスタルは……問題を抱えてるの。子どもたちのまえではあまり話したくないんだけれど」アルシーアは声を落として続ける。「アルコール依存症よ。ギャビーが八歳のとき、わたしが養育権を得た。子どもたちの父親が親権を放棄したから。信じられる？　自分の子なのにいらないなんて。まさかこの歳でまた子育てすることになるなんて思いもしなかったわ」アルシーアの疲れきった声にチェルシーはただうなずく。

「そうだったの。ガブリエルがどんな子だったか話してもらえる？」チェルシーは手帳を開き、鉛筆を持つ。

アルシーアは小さくため息をつく。「ギャビーは長女であるがゆえに負わなきゃならない責任を全部嫌がっていた。きょうだいがいることがどれほどありがたいか大人になればわかる、いつもそう言って聞かせてた。わたしにも妹がいて、よく喧嘩もしたけど、今では親友よ」アルシーアは肩をすくめて続ける。「わたしはあの子に多くを求めすぎたのかもしれない。警察はギャビーがわたしと喧嘩して家出したと考えたみたいだけど、そうじゃない。ギャビーは幸せだった。自分の人生を愛してた」それから、アルバムを最後のほうまでめくって言う。「これがギャビー」アルバムから写真をはがし、チェルシーに差し出す。「わたしのギャビー。いなくなる何日かまえに撮った写真よ。きれいな子でしょ？」

ガブリエルと妹と弟が三人並んで立っている写真だった。弟は親指をくわえている。ガブリエルは妹と弟の胸に腕をまわし、ふたりの黒い頭のあいだから顔を出している。「何時間もかけてここに写ってる友情のブレスレットを作ってた。あの頃はそれが流行っていたの」

チェルシーは黙ってうなずく。チェルシーが高校生の頃は鳥の羽根みたいな付け毛とフィッシュボーン編みの髪型とカラフルな輪ゴムのブレスレット〝シリーバンド〟が流行していた。ノアによれば、今の高校生は白いアイライナーとフランネルの洋服に夢中らしい。一九九〇年代の流行がまためぐってきている。「ギャビーはいつも新しいことをしたがった。あれがしたい、あの場所に行きたい。そんなことばかり言ってた。女の子に好かれて、男の子が熱を上げるような子だった……好かれすぎじゃないかと思うくらいに。手を焼いていたけど、わたしはあの子を愛してた」

女の子に好かれて、男の子が熱を上げる。そのことばに深い愛情が込められているのがチェルシーにはわかる。リディアもそうだった。警察署のピクニックのことをまた思い出す。男の子たちはリディアのこともからかったけれど、チェルシーに対する態度とはちがっていた。笑って、いちゃつくようなからかい方だった。

「ロス刑事の話では、ガブリエルがいなくなってしばらく経ってから通報したってことだけど」チェルシーはガブリエルが失踪したときのことに話題を戻す。

アルシーアの体が強ばる。コートニーが近づいてきて、祖母の肩に手を置く。「そのとおりよ」とアルシーアは認めて言う。「あの子の祖父が警察に通報するのはまだ早いって言ったの。今思うと、夫の言うとおりにするんじゃなかった。でも、あの子の友だちには電話した。近所の人たちにも。外に出て大声で名前を呼んだ。もうすぐ夕食の時間よって呼んでた頃みたいに」

「ご主人はどうして通報したくなかったの？」

「そのうち帰ってくると思ってたみたい。ギャビーはよく遅刻してたから。冗談でよく言ったものよ。自分の葬式にも遅れてくるんじゃないかって」アルシーアは後悔と怒りのまざった悲しい声で笑う。「あの人はお金に困るのが嫌だった。だから、警察に捜索費用を払いたくなかったのよ」

「ご主人は家にいる？　話せるかしら？」

「いいえ」アルシーアはコーヒーを飲んで続ける。「今はテキサスに住んでる。ギャビーがいなくなって、わたしたちは……一緒にはいられなくなってしまった。お葬式には帰ってきたけれど」

チェルシーにはその理由がわかる。リディアの失踪は鋭いナイフのように家族を内側から削っていき、最後にはもろい殻だけになった。粉々に砕けるのは時間の問題だったのではないだろうか？　リディアの葬儀から少しして両親は離婚した。母はまえに進みたかった。父にはそれができなかった。正直に言うと、チェルシーもそうだった。彼らは取り残され、真相を知ることもできずにぎざぎざの縁の上で生きていた。確かに、悲しみを埋める場所はあったが、姉の最期はずっと謎のままだ。

アルシーアが手を振り、チェルシーは思い出から引き戻される。「過ぎたことはどうにもならないって言うけれど」とアルシーアは言う。「夫に従うべきじゃなかった。警察に通報すればよかった。あのときは、心配いらないと思ってた。ギャビーを信じてたから。きっと帰ってくると信じてたから」アルシーアは視線をそらし、コーヒーカップの底をじっと見つめる。

「たぶん、心の底ではわたしも警察に通報したくなかったんだと思う」

「どうして？」

「わからない。通報したら、あの子がいなくなったことが現実になってしまうと思ったのかもしれない」

ふたりともしばらく黙り込む。こうして行方不明になった少女の家を訪れて家族から話を聞いていると、チェルシーはいつも孤独ではなくなる。悲劇によって残された者同士が結びつく。その絆は強く、絶対にほどけない。チェルシーは咳払いして言う。「ロス刑事から最近わかったことについて聞いているかどうかわからないけど――」

「新しい証拠が見つかったと言ってた」とアルシーアは言う。

「二日まえに二年間行方不明だった少女が見つかった。その少女が来ていた服はガブリエルのものだとわたしたちは考えてる」

アルシーアは姿勢を正す。「いなくなった日、ギャビーはワシントン大学のスウェットシャツを着てた」

「そのスウェットシャツのおかげでガブリエルにたどりついたの。〈ワン・オブ・ア・カインド大学オリジナルウェア〉に問い合わせた。スウェットシャツには背番号がついていて――」

「"55"」とアルシーアは言う。「ギャビーのラッキーナンバーよ。あの子はワシントン大学のバレーボール・チームでプレーしたいと思ってた。それが夢だった」

「今日、そのスウェットシャツを持ってきてるの。実際に見て確かめてもらいたくて」チェルシーはタコマに来るまえに証拠品のロッカーからスウェットシャツを持ち出していた。

アルシーアは沈痛な面持ちでうなずく。「見せてちょうだい」

家の外に出ると、チェルシーはトランクからビニールに包まれたスウェットシャツを取り出し、トランクを閉めて、証拠品をボンネットの上に置く。スウェットシャツは背番号が見えるようにうしろ向きにたたまれている。アルシーアの目に光るものが浮かぶ。青い顔をしてつぶやく。

「ギャビー」手を伸ばし、ビニールをはがそうとする。

「ごめんなさい」とチェルシーはその手を止めて言う。「これは証拠品なの。ビニールの上からなら触ってもいいけど、直接手を触れることはできない」

「それ、ギャビーの？」コートニーが玄関の階段でケイデンに腕をまわして立っている。二羽のカラスが庭に降り立ち、枯れた草をつつく。

「ケイデンを連れて家のなかにはいっていなさい」とアルシーアは怒鳴る。コートニーは何か言い返そうとする。

「今すぐ家にはいりなさい！」アルシーアは伸ばされた輪ゴムが元に戻る勢いでぴしゃりと言う。祖母の逆鱗に触れ、コートニーは弟を連れて家の中に戻る。

「アルシーア？」チェルシーはアルシーアに近づいて言う。

アルシーアの目は――目だけでなく全身がスウェットシャツに釘づけになっている。「クリスマスプレゼントに買ってあげたの。とても欲しがっていたから。クリスマスの日のディナーはターキーとフレンチドレッシングをかけたサラダだった」アルシーアはビニールの上からスウェットシャツの袖の部分を親指で持ち上げる。そこにはうっすらとしみがある。「ドレッシングがついてしまったの。汚れを落とそうとしたんだけれど、きれいに落ちなかった」アルシーアの目から涙がこぼれる。「これはギャビーのよ」

チェルシーの全身をアドレナリンが流れる。腕がちくちく痛む。焦っちゃ駄目。そう自分に言い聞かせる。落ち着いて。冷静に。「まちがいない？」

「まちがいないわ」とアルシーアはチェルシーを見て言う。白昼のもとで見ると、顔に刻まれたしわがくっきりと見え、そのしわの中に化粧が溜まっているのがわかる。

スウェットシャツを取り上げ、しまおうとする。

「待って」とアルシーアが止める。「血がついてる。それはギャビーの血？」

チェルシーはスウェットシャツをつかむ。ビニールにしわが寄る。ロゴのWの文字のすぐ下に四角い穴があいている。科学捜査班が血液を調べるために切り取ったのだ。「わからない。今、調べてもらってる。ガブリエルの事件の捜査で採取したDNAとの照合を急いでくれるように頼んである。見つかったときにこのスウェットシャツを着ていたエリザベス・ブラックのDNAとも照合する」

アルシーアは空を見上げる。寒空に灰色の雲が何本もすじを描き、大理石のように見える。「聞いて。もし真相がわかったとしても、わたしは知りたくない。ギャビーの身にどんなことが起きたのかは知りたくない。どこにいたかわからないけれど、いなくなってから何年か生きていた。そのあいだ、どんな仕打ちを受けたのか……神様は知っているかもしれないけれど、わたしにはとても耐えられそうにない……」アルシーアは体を震わせ、ことばを切る。それから、気を取り直してきっぱりと言う。「あの子はもう土に埋めたの」

「わかった」とチェルシーは答える。アルシーアには拒否する権利がある。「ただ、わたしはふたつの事件にはつながりがあると考えてる。それに、捜査はまだ始まったばかりだし」それから、ためらいつつ告げる。「これは真実につながる手がかりなの」

アルシーアはチェルシーを見つめて言う。「犯人は捕まってほしい」耳を引っ張って続ける。「でも、犯人がギャビーに何をしたかは知りたくない。いなくなるまえのギャビーのまま覚えていたい。それは悪いこと？」

「いいえ」とチェルシーは否定する。「そう思うのは、あなたが人間だからよ」

二度とバスを見ることはなかった。

時々、バスのことを考えた。あそこに戻りたいと思った。静かな暗闇、土とビニールと金属のにおい。バスとそのあと連れていかれた場所のどちらかを選べと言われたら、わたしは迷うことなくバスを選ぶだろう。

でも、あのときのわたしはそうとは知らなかった。わかっていたのは、暗い牢獄から抜け出せたということだけだった。実際はそうじゃなかった。一時的に猶予されただけだった。バスを出たあとに連れていかれた場所はこの世の地獄だった。あの男は〝天国〟と呼んでいたけれど。

iv

湿った熱気が顔にあたり、真昼の太陽のせいで目が焼けつくように痛んだ。咽喉が渇ききっていて咳き込んだ。全身ががらがらと鳴るようなひどい空咳だった。よろめいて膝に手をつき、呼吸を整えた。どうやって話すのかさえ忘れていたのではないだろうか？　子音と母音が頭に浮かんだものの、舌が動かず音を口に出せなかった。鋭く激しい痛みに襲われた。裸足の足に石が食い込んで、尖った石の先端が土踏まずにもろに刺さった。

バンダナの男が水のボトルを押しつけて寄越した。わたしは両手でボトルを持ち、口の横から水をこぼしながら一気に飲んだ。咳が出て、胃がひっくりかえった。水が逆流してきて、咽喉に焼けるような痛みを感じた。バンダナの男はあとずさり、かろうじてわたしが吐いた水が撥ねるのを避けると、わたしの手から水のボトルを引き抜いた。犬が一匹近寄ってきて、わたしの足を舐めた。

「飲め」と男は言ってボトルを差し出した。手を伸ばすと男はボトルを引っ込めた。「飲め」もう一度命令してから、ようやくわたしにボトルを渡した。

言われたとおりに水を飲みながら、プラスチックのボトル越しに男を観察した。ハッチからわたしを見下ろしていたときは背が高く見えたけれど、実際にはわたしより十センチくらい大きいだけだった。赤いバンダナで顔の下半分を隠していた。その顔を見ていたら、シアトルで見た、メーデーの抗議デモに参加する人たちの写真を思い出した。デモの参加者は資本主義の終焉を求めていたけれど、この人は何を求めているのだろう？

「ついてこい」男はそう言って歩きだした。犬たちが息を弾ませ、男について駆けていった。一匹は妊娠しているのか、お腹が膨れていた。

わたしは動かずじっとしていた。

まわりにはベイマツやセコイアの大きな木々が茂っていた。森は鬱蒼としていて、どっちを向いても一メートル以上先は見えなかった。歩いていたのは踏みならされた道ではなかったので、背の高い草や低木や棘のある木がふくらはぎにあたった。空気は淀んでいて息苦しかった。虫も飛んでいた。夏真っ盛りで、何もかもが焼けて、朽ちていた。

わたしがついてこないと気づいて男は立ち止まった。脚が動かなかった。筋肉が痙攣し、痛くてたまらなかった。

男は大股で戻ってくると、屈んでわたしの目のまえに顔を近づけて言った。「ルールはひとつだけだ。一度しか言わないから、よく聞け。おれがこうしろと言ったら、おまえはそのとおりにする。それができないなら、さっきまでいた穴蔵に帰るんだな」牢獄のようなバスに連れ戻すと言われ、わたしは震えあがった。

男は言った。「わかったか？」

「でも……動けそうにない」わたしは地面を見つめた

まま言った。つやつや光る甲虫が葉っぱの下から出てきてわたしの足の小指のまわりを這った。胃が悲鳴をあげた。無性にその虫を食べたかった。

「おれを見ろ」そう命令され、わたしは顔を上げた。男の目は光があたった湖みたいに青くて虚ろだった。目を合わせていることができず、わたしは視線をそらした。男の背後でキツツキが樹液が滲む木の幹をつついていた。「適切な力をかければ体は動く。驚くほどに。もう一度だけチャンスをやる。おれについてくるか、さもなければあの穴に帰るか。ふたつにひとつだ」男は軍服姿だった。迷彩柄のズボンを穿き、砂の色のシャツを着ていた。わたしを見て舌打ちし、首を振って言った。「笑え。喜ぶところじゃないか。これだから最近の女は困る。ちっとも嬉しそうにしない」

男はまた下生えを踏んで歩きだした。腰のホルスターに収められた銃が黒く光った。

脚の感覚がまるでなく、過呼吸になっていたけれど、それでも体はまえに進んだ。束の間、感謝の気持ちが込み上げた。肺に流れ込む空気は熱かったけれどほんのり甘く、足もとにしっかりした大地があった。わたしは生命に囲まれていた。目の下の薄い肌を蚊に刺されてもちっとも気にならなかった。

逃げようとしなかったのか。みんな不思議に思っているにちがいない。知りたいのはそこのところだろう。ちがう？　どうして逃げなかったのか。そう思ってる。わたしだって逃げようと思った。血走った目で森を見まわし、どっちに走って逃げればいいか考えた。どこまで行けるだろう？　そう思った。でも、わたしは体力で劣っていた。男のほうが強くて、休息も栄養もちゃんととっていた。遠くに水が流れる音が聞こえた。そう言えば、サヴァイヴァル番組で見たことがある。なんと言っていたっけ？　水が流れている場所を見つけ、流れに沿って岸を歩け。そうすればいずれ道に出る。

男がため息をついて言った。「おれはこの森を隅々まで知ってる。どこにどんな木があって、どこに岩があって、どこに小川が流れているかぜんぶ知ってる。逃げても隠れられる場所はない」そう言うと、またまえを向いて歩きながら続けた。「もし逃げたら、犬たちにおまえを追わせる」犬は全部で五頭いた。黒い目と鋭い歯をした、毛並みのいいジャーマンシェパードだった。男が指を鳴らすと犬たちは耳をぴんと立てた。「おれが口笛を吹いたら、こいつらはおまえを攻撃する」男はそこで立ち止まり、しゃべるのをやめた。わたしは怖くて声が出せなかった。逃げようという気持ちはすっかり萎えた。

森の木々に道順を示すオレンジのリボンが結ばれていて、わたしたちはその印をたどって何時間も歩いた。棘のある低木に引っかかってジーンズが裂けた。足首がウルシに触れ、翌日になるとかぶれて血が出るまで掻きむしった。男は途中で一度立ち止まり、またわたしに水を飲ませた。

「あなたは誰なの?」わたしは唇を舐め、水のボトルを返しながら訊いた。

男は少し下を向いて答えた。「マイケル。マイケルと呼んでくれ」わたしは心の中でほかに知っているマイケルを思い浮かべた。聖ミカエル。マイケル・ジョーダン。マイケル・ジャクソン。ミケランジェロ……

「あなたは……どうしてこんなことをするの?」朽ちかけた丸太から生えているシダを見つめながら訊いた。「どうしてかって?」男は顎を引いた。驚き、気分を害したようだった。「おれが悪いんじゃない」と言い、また歩きだした。「何もかもおれのせいじゃない」男はそのあとも話しつづけたが、話の内容は断片的にしか覚えていない。痛みと麻痺した感覚に濾過されたみたいにことばだけが聞こえていた。おれたちは捨てられた。置いていかれた。おれにはほかに方法がなかった。

そのあとは黙ったまま歩いた。二度と質問はしない。わたしはそう決めた。絶対に。わたしは腕を組み、これは悪い夢だと信じようとした。二の腕をつねってみたけれど、目は覚めなかった。逃げ道はない。生きるためには言われたとおりにするしかなかった。

裸足で歩いていたので、かかとに水ぶくれができ、足の裏の皮膚が裂けた。ふくらはぎに鋭い痛みが走った。二回転びそうになったけれど、どうにか持ちこたえた。わたしの脚は呼びかけに答えるように動いていた。犬たちは森を縫うようにして進んだ。頭上で飛行機が雲の層のあいだを滑るように飛んでいた。空を見上げた。何もかもが非日常のこの状況で、こんなにも普通の光景を目のあたりにして愕然とした。手を振って合図したり、助けを求めて叫んだりしても無駄だろう。飛行機ははるか上空を飛んでいて、塵のように小さくしか見えなかった。わたしは飛行機が見えなくなるまでずっと見ていた。

銀の糸のように流れる小川を越えてさらに歩いた。木々がまばらになり、開けた場所に出た。その先の草地に建物がいくつかあった。すぐにでも修理したほうがよさそうな建物ばかりだった。風雨にさらされ、錆びて、いつ崩れ落ちてもおかしくなさそうだった。

ここに来てからわたしは地震の夢を見るようになった。崩れた壁に足がはさまって身動きできなくなり、頭蓋骨が押しつぶされる悪夢。もしそうなったら、誰が死体を見つけてくれるだろう？　建物の土台には雑草と蔓がはびこっていた。ここで暮らしている人がいることを示す証拠がいくつもあった。山積みになったごみ、水滴と汚れた葉がついてたわんだ青いビニールシート、車輪のない錆びた車、糞尿にまみれた犬舎——。

マイケルに連れられて敷地の真ん中まで進んだ。南京錠のかかった貯蔵庫と地下につくられたシェルターのような部屋をいくつか通り過ぎた。窓の鉄格子のあいだから汚れたマットレスとしわくちゃに丸めた寝袋が見えた。分厚いビニールシートでドアと窓が覆われた建物のまえで止まった。

マイケルはビニールシートの切れ目を広げて、中にはいるように身振りで示した。

わたしはじっと下を向いたまま動かずにいた。マイケルはうしろからわたしの膝を蹴り、無理矢理中に押し込んだ。犬たちが甲高く鳴き、唸った。わたしは建物のなかに倒れ込み、背後でビニールシートが音を立てて元の位置に戻った。押しかためられた土の床はコンクリートのようにかたかった。土埃が舞い上がり、息が詰まりそうになった。空気はじめじめしていて、激しい息づかいが聞こえ、ひどいにおいがした。人間の体臭だ。

そこにはわたしのほかにも誰かいた。

12

数時間後、チェルシーはコールドウェルの見慣れた通りを走っていた。黒いごみ袋が積み上がったごみ入れのまえに車を停め、外に出てドアを閉めた。冷たく湿った両手を振ってほぐす。気持ちが先走り、めまいがする。訊きたいことが山ほどある。エリーが着ていたスウェットシャツはやはりガブリエル・バーロウのものだった。わかったことはそれだけではない。ステーションワゴン。犬に嚙まれた痕。踵を弾ませながらエリーの家のドアをノックする。外はすっかり寒くなっている。

キャットが玄関を開ける。ドアが開いた瞬間、タマネギとニンニクと体が温まるスパイスの香りが鼻をつく。今夜は夕食の時間までに帰るとノアに約束した。ノアは夕食を用意して待っていると言っていたが、メニューがなんだったか思い出せない。ガブリエルに何があったのか。エリーはそれを知っているのか。そのことで頭がいっぱいだった。

「カルフーン刑事」とキャットは驚いた様子で言う。

「ハイ、キャット」エリーが幽霊のように母親の背後に現れる。「ハイ、エリー。」エリーの虚ろな目を見てチェルシーははっとする。しばらく事件の話はしないと言ったけれど、新しくわかったことがあって、そのことについていくつか質問したいの」

「もうすぐ夕食の時間なのよ」とキャットは眉をひそめる。これまで何度もブラック家に来ているが、歓迎されていないと感じたのは今日が初めてだ。

「すぐにすむわ。約束する」チェルシーは相手の警戒心を解くように明るく笑って見せる。

キャットは振り向いてエリーを見る。エリーはつんと顎を上げて言う。「わかった」

「わたしは夕食の準備を済ませてくる」キャットはそう言うとキッチンに引っ込む。エリーは体を丸めて座り、椅子を前後に揺らす。椅子が音を立てて軋む。チェルシーはソファの端に座り、隣りにコートを置く。

「気分はどう。エリー？」

「新しくわかったことって？」とエリーはざらついた声で訊く。

チェルシーはそれとなくエリーの首を見た。白い肌。傷は見あたらない。ロス刑事からガブリエルの検死報告書が送られてきていた。運転しながら写真を見ていて、あやうくトレーラーに衝突しそうになった。普段のチェルシーなら絶対にしないような不注意な行動だ。ガブリエルの首のまわりには絞められた痕があった。窒息死だった。頭が一カ所禿げていた。髪を引き抜かれたのか？　耳からも出血していた。抵抗したのか、爪は折れてぎざぎざになっていた。珍しいことではない。それに、噛まれた痕もあった。肉が食いちぎられていた。チェルシーは青ざめた。車を停め、窓を開けて深呼吸してから、また走りだした。

エリーは手を握りしめている。爪はきれいに切りそろえてあり、きちんとやすりがかけられている。病院で検査を受けたときに爪の先が折れていたかどうか確認しなければ。チェルシーは頭の中でそうメモする。ひょっとしたら、死んでしまうのを承知の上で置き去りにされたのではないかもしれない。犯人に何かされるまえに逃げ出すチャンスがあったのか？　まるでチェルシーの心を読んだかのように、エリーは指を太腿の下に押し込んで隠す。

チェルシーは咳払いして切りだす。「あなたの失踪事件の証拠品を調べていたの。DNA鑑定とか、そういうものは鑑識の調査結果が出るのを待っているところだけれど、あなたが発見されたときに着ていた服について気になることがあった」エリーをじっと見つめる。不快感、恐怖、苛立ち――何かしら反応をみせることを期待する。

エリーは椅子を揺らすのをやめ、両足を抱え込む。

「で？」

「あなたが着ていたワシントン大学のスウェットシャツには〝55〟という背番号がついていた」人の気配を感じて顔を上げると、キャットがペーパータオルを持ったまま戸口に立っている。チェルシーはエリーに注意を戻す。明らかにたじろいでいる。いや、それどころか、体を引きつらせている。「スウェットシャツは〈ワン・オブ・ア・カスタム大学オリジナルウェア〉という店でつくられたものだった。注文したのはアルシーア・バーロウという女性で、お孫さんへのプレゼントだった」チェルシーはそこでじっとエリーを見据える。エリーは両手で耳をふさぐ。体が前後に揺れる。

「エリー？」キャットはチェルシーのほうを見る。これ以上はやめて、そう警告するように呼びかける。

「カルフーン刑事」

母親の訴えを無視してチェルシーはエリーに照準を合わせる。さらに深く掘り進めようとする。「ガブリエル・バーロウという名前に聞き覚えはある？」

エリーはいきなり立ち上がり、母親を押しのけてキッチンに駆け込む。追いかけてキッチンにはいると、エリーはシンクに屈み込むようにして吐いている。キャットが娘の背中をさする。エリーはさらに嘔吐する。体が激しく震えている。キャットは震える娘の口もとにペーパータオルをあてがい、顔を上げ、敵意を剝き出しにしてチェルシーを睨む。「もう帰ってちょうだい」

チェルシーは首を振る。断じて退く気はない。「ガブリエルを知ってるの？」雪崩に呑み込まれたように、もはや抜け出せなくなっている。「お願いだから教えて。どんなことでもいいから」外では雨が降りだす。強く激しい雨が降る。吹き荒れる風が窓を叩き、骨と骨がぶつかるような音を立てる。

エリーはペーパータオルを受け取って口を拭く。シンクの縁をつかんで言う。「あなたとはもう話したくない」一音ずつはっきりそう言う。そのひとつひとつが有刺鉄線のようにチェルシーに刺さる。「もうたくさん。あなたも。何もかも」

チェルシーは凍ったようにかたまる。その瞬間、われを失っていたことに気づく。その結果、エリーを失ってしまったことにも。どうにか落ち着きを取り戻して言う。「捜査への協力を拒むということ？」

「そう。それがなんであれ」とエリーは苦しそうに言う。涙が頰を伝う。「もうおしまい。わかった？　とにかくもうたくさん」

チェルシーはうなだれる。

キャットは急いでカウンターのところへ行き、薬の瓶を開けて一錠取り出す。その薬をエリーの口に押し込み、グラスを口に押しあてて水を飲ませ、娘の耳もとで何か囁く。それから振り向いてチェルシーに向かって言う。「もう帰って」

チェルシーは降参したように両手を上げて言う。

「わかった」咽喉を引っ掻くようにしてそのひとことを絞り出す。

外に出て車に寄りかかり、締めつけられた胸をさする。エリーは何も話してくれない。捜査に協力してくれない。

ため息をつく。どうすればいいかわからない。このあと捜査はどうなるのか。車のエンジンをかけると、ブラック家の窓に人影が映る。エリーがいる。カーテンをほんの少し開け、わずかな隙間からこちらを見ている。チェルシーを見つめている。

13

「つまり、そういうことだ」ノアは包丁の刃でニンニクをつぶし、みじん切りにする。袖を肘までまくり上げていて、太い血管が蔦のように腕を這っている。音楽が流れている。パールジャムの曲だ。ノアはこのバンドの大ファンで、コンサートを見るために三回も車でシアトルまで行ったことがある。

チェルシーはカウンターに寄りかかる。片手に赤ワインのグラス、反対の手には住宅のチラシを持っている。チラシのタウンハウスをうわの空で褒める。チラシとワインを置き、キャビネットの奥からピクルスのはいった瓶を出す。「よその人と壁を共有するのは嫌だけど」そこでひと呼吸おいて続ける。「そういうことってどういう意味？」

ノアは刻んだニンニクをフライパンに入れて炒める。

「その被害者――」

「エリー」とチェルシーは訂正する。

「エリーは協力しないと言ってるんだね」

「捜査に関与することを拒否した」チェルシーはまた正式な表現に訂正する。瓶の蓋を開けようとするが、まるで動かない。苛立って声を荒らげる。「どうしていつも目一杯力を込めて瓶の蓋を閉めるの？」

ノアはニンニクを炒める手を止めてチェルシーに近づくと、そっと瓶を取り上げる。ひび割れるような音がして蓋が開き、ピクルス液の酸っぱいにおいが漂う。

「もうすぐ夕食だよ」ノアは瓶を返しながら言う。

「これは前菜よ」そう言ってチェルシーはピクルスにかじりつく。

ノアはコンロのまえに戻る。「なるほど。で、エリーは捜査に関与することを拒否したんだね。ぼくは警察官じゃないけど、原告がいなければそもそも事件として成立しないことくらいは知ってる」

ノアの言うとおりだ。それでは地方検事補は関心すら示してくれないだろう。起訴するには根拠が弱すぎる。でも……「それはわたしも考えた。でも、エリーが協力してくれなくてもいい。被害者はほかにもいる。ガブリエル・バーロウがいる」そっちから捜査を進める。諦めるつもりはない。ガブリエル・バーロウの事件は管轄外だが、そんなことは関係ない。追跡の手は緩めない。

ノアは苛立ちと愛情が入り交じった様子で首を振る。棚からスパイスを取ろうと手を伸ばす。筋肉が収縮する背中にチェルシーは見とれる。ノアはチェルシーより四歳年下で、イルワコの高校に通っていた。つき合いだす半年まえ、フットボールの試合会場で父親と観戦していたチェルシーを見かけたことがある。ノアはあとになってそう告白した。外野席の上のほう、スタジアムのライトの真下あたりに座っているのが見えた、だから、バーで声をかけた。あの人だと気づいたから。あのときからずっと素敵な人だと思っていた。そう言った。

夫が料理する姿をチェルシーは黙ったまま見つめる。ノアは麵を茹で、ソースを仕上げる。料理ができあがると、ふたりはテーブルに皿を並べて席に着く。暖色の照明は落としてあり、音を消したテレビでは野球の試合中継が流れている。

「エリーは何に怯えてるのかしら？」チェルシーは麵を食べながら言う。「何が彼女をあんなふうにしてしまったの？」

ノアは頭をさすって言う。「チェルシー」夫はちがう方向に話題を向けようとしている。それはチェルシーにもわかる。仕事のこと、行方不明の少女のことから話をそらそうとしている。

「お願い」とチェルシーはおだてるように言う。「探偵ごっこにつき合ってよ」これをやるのはしばらくぶりだ。ノアは共鳴板のような役割だ。ノアに話すことで、事件について考えが整理できる。

ノアはナプキンを丸め、ほんの一瞬考え込むように黙ってチェルシーをじっと見る。それから心を決めたように言う。「犯人のプロファイリングをしたいのか？」

「そう」チェルシーは興奮して拳でテーブルを叩く。

ノアがにやりと笑う。一気に昔に逆戻りする。ノアがチェルシーの仕事に魅了されていたあの頃に戻る。あの頃のノアは些細な情報まで全部聞きたがった。何時間もチェルシーの話に耳を傾け、自分の考えを披露したものだった。ノアはチェルシーのグラスにワインを注ぎ、自分のグラスにも注ぐと、親指でボトルの口を拭い、指に残った濃い赤ワインの滴を舐めて言う。

「わかった。じゃ、やってみよう。犯人はふたりの少女を拉致した」

「ガブリエル・バーロウとエリザベス・ブラック」とチェルシーはうなずいて言う。「だけど、犯人が彼女たちを公園に置き去りにしたかどうかはわからない」エリーが発見された国立公園のハイキングコースを捜索したが、何も見つからなかった。キャンプや野営の痕跡はなかった。もっとも、警察が捜していたのは死体ではなかったが……

「いい仮説ではあるけど」とノアはゆっくり嚙みながら言う。「ほんとうに同一犯だと思う？」

チェルシーは眉を片方吊り上げて答える。「どういう意味？」

「犯人はふたりってことも考えられる。ひとりがガブリエルを殺し、彼女の服をどこかに捨てた。別の男がその服を拾って利用した」

チェルシーは首を振って夫の説を否定する。「偶然の一致にしてはできすぎてる」ステーションワゴンのこともある。犬たちもしかり。

ノアはため息をついて続ける。「わかった。犯人は同じ男の可能性がきわめて高い。その男についてわかってることは？」

チェルシーは額にしわを寄せて考え込む。犯人について知っていることはほとんどない。はっきりとはわからない事実が頭の中で音を立ててまわる。「そうね」考えていることを口にしてみる。「犯人はガブリエルを絞殺した。怒りにまかせた感情的な行為だと思う。一方で、死体を遺棄したときは慎重に、計画的に行動してる。ガブリエルの事件を担当した刑事の話では、彼女の死体が発見されたのはまさに偶然だった。犯人は、頭がよくて、必要となれば感情をコントロールできる」

ノアがワイングラスの脚をひねる。チェルシーはノアが自分の首に手をかけ、力を込める姿を思い浮かべる。怒りをたぎらせた目をしている夫を思い描く。馬鹿馬鹿しい。すぐにそんな考えを捨てる。これがこの仕事のよくないところだ。愛する人を疑ってしまう。相手のほんとうの姿を知っているのか不安になる。信用していいかわからなくなる。言うまでもないが、チェルシーはノアを信じている。夫は善良な人間だ。結婚生活もうまくいっている。

「誰かを絞め殺そうとすれば、犯人は必然的に相手を見ることになる。被害者の目を見る」とチェルシーは続ける。ガブリエルを殺した犯人も首を絞めながら彼女を見ていたのか？　裸で遺棄したのはどうしてだろう？　彼女を侮辱するため？　自分が辱められたから？　それともその両方の理由？「エリーにもガブリエルにも性的暴行を受けた痕跡があった」とチェルシーはつけ加える。

「犯人は彼女たちとつき合ってると思い込んでたのかも……」

チェルシーは小首を傾げて言う。「ガブリエルは何年も監禁されていた」犯人は彼女たちを愛しているつもりだったのか？　彼女たちに捨てられるのが怖かった？　だとすれば、被害者への仕打ちはわからなくもない。女性不信《ミソジニスト》の男は女から力を取り上げようとする。自尊心を奪い、安全を奪い、依存させようとする。逃げる気力すら湧いてこなくなるまで。

ノアは手で顔を拭って言う。「何年も監禁して……そのあとで殺した？　いったい何があったんだろう？　彼女が歳を取りすぎたか？」

「その点についてはわたしも考えた。好みに合わなくなると、別の子を連れ去るのかもしれない」

「犯人の好みは？」ノアは皿を押しのける。スパゲティのことはすっかり忘れている。チェルシーも食事どころではなくなっている。今は白熱した議論がふたりを満たしている。

「ふたりだけじゃよくわからないけど。若いこと。連れ去られたとき、エリーは十七歳、ガブリエルは十六歳だった」チェルシーはひと呼吸おいてから続ける。

「ガブリエルの胃の内容物から野生動物を食べていたことがわかった。エリーは人工の光に極端なほど敏感になってる。つまり、ふたりが監禁されていた場所には電気がなかった。どこかの田舎、たぶん水道もガスもないような場所だと思う」例えば野営地？　それとも牧場？

「犯人は群れを嫌う一匹狼」

「ええ」

「それに、自己愛の塊」

「女性に対して敵意を抱いている」とチェルシーは締めくくる。ふたりから笑顔が消える。性的暴行は単なる行為に留まらず、支配そのものだ。エリーとガブリエルのことを思う。首のまわりに輪のように残る痣。通りを歩きまわり、森の中に巣をつくるジャッカル。

「何が人をモンスターに変えるの？」チェルシーは小声で囁く。

「子どもの頃、気が済むまでちゃんと泣かなかったせいかな」とノアは言う。冗談に聞こえるが、そうではない。実際、感情を表に出せない男は暴力を振るうという研究結果もある。チェルシーとノアはまた黙り込む。ふたりを包む空気が消えていく。

「母親の問題かもしれない」やがてノアが言う。

「もしくは、父親の問題」チェルシーはそう言って強ばった笑みをノアに向ける。妻に暴力を振るう男は、父親が母親を殴るのを見て育った。そういう話をこれまで何度聞いただろう。憤慨した男の怒りの矛先は、なぜいつも女性に向けられるのか？

「さて、食欲がすっかり失せちゃったな」ノアは立ち上がり、皿を片づける。シンクに皿を運び、蛇口を開け、ディスポーザーのスウィッチを入れて油でぬるぬるした麵の残りを排水口に流す。

チェルシーはノアのそばに行き、うしろから抱きつく。ノアは一瞬動きを止め、そのあと濡れた手を彼女の手に重ねる。「ありがとう。このところよそよそしくしてごめんなさい」チェルシーはそう言って夫の肩甲骨のあいだに顎をあずける。

ノアは振り向き、チェルシーと目を合わせてじっと見つめる。両手で彼女の頬を包む。「家庭に仕事を持ち込まないようにするのはむずかしいけど、できるだけ努力してくれ。ただの仕事だよ、ベイビー」

チェルシーにとってはそうではない。問題はそこにある。刑事としての仕事はチェルシーの人生そのものだ。リディアを呑み込んだ暗闇はチェルシーにも及んでいた。チェルシーはその闇の中で生きている。暗い影に溺れている。どの事件もチェルシーにとっては個人的な出来事なのだ。チェルシーは黙ったまま、心の中に巣くう暗い部分を折りたたみ、遠ざける。ひしひしと感じていながら、ことばにすることができない愛を込めて夫を見つめる。そっと微笑む。

ノアは眉を吊り上げ、チェルシーに顔を寄せる。チェルシーは夫に体を押しつける。ノアの目は霞がかかったように暗くなる。チェルシーは夫を寝室に誘う。

明かりをつけたまま、長くゆっくり愛を交わす。行為を終えると、横に並んで寝そべる。ふたりとも汗で体が濡れてべとべとしている。「ねえ、あのタウンハウスを見にいかない？」チェルシーは天井を見つめ、シーツを胸に押しあてて言う。

ノアは体を起こし、チェルシーに覆いかぶさる。チェルシーは彼がいつも首からさげているメダルを指でもてあそぶ。金属の冷たい感触が伝わってくる。彼の顔に触れ、ひげをまさぐる。もしノアがひげを剃ってほかの何人かと並んでいたら、どれが夫かきっと見分けられないと思う。いつもそうジョークを言っている。ノアが目尻にしわを寄せて微笑む。「ほんとうに？　あの家を気に入った？　素敵な裏庭があるんだ。犬も飼える」ノアが望んでいるのはシンプルなことだ。妻。家。あとは野球観戦のチケットくらい。

チェルシーは仔猫の鳴き声のような音を出して同意

する。もう一度やってみようと決心する。ガレージにある箱を開け、居間に運び、花瓶やフォトフレームをその中にしまう。そんなにむずかしいことではないはずだ。そこでふと気づく。急に手に汗をかいている。

ノアが彼女の顔にかかった髪を払いのける。その目は恍惚としている。幸せに浸ってうっとりしている。ノアはチェルシーにキスする。もう一度キスする。チェルシーはノアの胸の中でうずくまり、息を吸う。ノアは夏のにおいがする。刈りたての芝のにおい。否応なくまえに進む時間のにおい。「予約しておく。明日はどう？　仕事のあとに寄れる」

「ええ、明日なら大丈夫。予定しておく」とチェルシーは約束する。そう言ったものの、父の家を片づけなければならないと思うと耐えきれずに胸がちくりと痛む。ノアと暮らす家を買うためには、父の家を売って、その収入を頭金にしなければならない。そのこともまた彼女の心を苦しめている。

ノアは仰向けになり、いつのまにか寝ている。チェルシーは夫を起こさないようにそっと携帯電話を手に取る。ノアとの会話で得たアイディアをメモする。シーツがこすれる音がして、ノアが腕を頭の上に投げ出す。が、呼吸はゆっくり落ち着いている。上下する胸の上で聖人のメダルがかすかな月明かりを浴びて輝く。

チェルシーは携帯電話に注意を戻し、エリーの検査結果の写真のファイルを開く。手が写っている写真を探す。これだ。白い布の上で大きく開かれたエリーの手が写っている。爪は土がはいって汚れているが、きれいに切ってある。ガブリエルの爪とはちがう。抵抗もむなしく、ぼろぼろになってはがれてはいない。

V

質問に答えるなら、イエス、わたしはその人を知っている。ガブリエルを知っている。イエス、わたしはその人のことを覚えている。

森の中で彼女がどんな様子だったか覚えている。夏の日。あたたかい蜂蜜のような陽光につつまれて微笑む彼女。焚き火のそばで容赦ない寒さに体を震わせる彼女。暗闇の中、叫びながら足を地面に食い込ませる彼女。そう、ぜんぶ覚えている。

世間は彼女をガブリエルと呼ぶ。でもわたしはちがう名前で呼んでいた……彼女の名前は希望《ホープ》だった。

わたしはビニールシートに囲まれた部屋にいた。両手を膝の上に置き、土埃を吸って咳をしていた。足音がして、誰かが目のまえに現れた。見たことのない人だった。その人の靴は真っ白で、不自然なくらいきれいだった。わたしは爪先を土の床に食い込ませた。落ちていた石に目をやり、拾い上げようかと思った。

「おれはデイヴィッド」とその人は言った。心地のいい、優しい声だった。わたしは顔を上げた。

このあと何日も過ぎてからのことだが、わたしはその男の顔を観察し、記憶と照らし合わせた。わたしはこの人を知っているだろうか？　どこかの通りですれちがったことがあるか？　パパと同じ港で働いている人なのか？　結局、いつも答えはでなかった。男は細身だけれど強かった。ランナーみたいにすらりとした体つきをしていて、これといった特徴のない顔で、すぐに忘れてしまいそうな人だった。どこかで見たことがある？　ううん、やっぱり知らない人だった。

「何か食べるか？」とデイヴィッドは訊いた。乾電池式のステレオから音楽が聞こえた。『きみはぼくの太陽《ユー・アー・マイ・サンシャイン》』が繰り返し流れていた。

「お願い」とわたしは言った。ひとつのことばがたくさんの意味を持つことがある。〝お願いだから、こんなことしないで〟〝お願いだから助けて〟〝お願いだから帰らせて〟「とにかく家に帰りたい」

デイヴィッドはにっこり笑った。いびつな笑顔だった。「ここがおまえの家だ」

「ママに会いたい」わたしは死ぬのだろう。きっとそうにちがいない。デイヴィッドは下を向いて言った。

「気持ちはわかる」

青白い手がわたしの肩にそっと触れた。デイヴィッドではなくほかの誰か。くせ毛の女の人だった。デイヴィッドはその人を幸運《セレンディパティ》と呼んだ。女の人がわたしのほうに手を伸ばした。げっそりやつれていたけれど、優しい表情をしていた。女の人がわたしの手をつかんだ。わたしは呆然として動けなかった。手を引かれるまま立ち上がり、抱きかかえられた。力強く逞しい腕だった。長いあいだずっとひとりきりでいたせいか、わたしは無意識に女の人に寄りかかった。愛情を求める本能、守ってくれるものに引き寄せられる自然な反応だったのだと思う。女の人の肩に顎を乗せて体をあずけた。部屋の隅にピアノが置かれていた。汚物にまみれた部屋で、そのピアノは奇妙なほどに光っていた。

女の人は体を離し、乾燥してひび割れた手でわたしの頬を包んだ。それからもう一度近づいてきたが、今度はハグはせずに言った。「今日はとても嬉しい日ね」下の歯が一本欠けていた。息はかび臭かった。腐ったようなにおいだった。欠けた歯の穴をじっと見ていたら、その女の人はわたしに新しい名前を授けた。秘密の名前。全うすべき運命を授けた。

女の人がうしろに下がると、ほかにも誰かいた。彼女たちは身を寄せ合うようにしていた。ひとりは細身の白人で、背が高く、四角いくぼみのあるがっしりした顎をしていた。きれいな人だった。もうひとりも白人で、背は低く、丸々としたお尻をしていた。わたしも含めて三人とも同じように表情が曇っているのが想像できた。傷つき、飢え、恐怖で追いつめられていた。

デイヴィッドは笑みを浮かべた。自分は偉大だと信じてやまない男の笑顔だった。彼はわたしを姉妹——施し《チャリティ》と希望《ホープ》に引きあわせた。「おまえもおれと同じくらいふたりのことを愛するようになる」もっとも、デイヴィッドは何も愛してはいなかった。彼は〝所有〟していた。一種のコレクターだった。自分の思いどおりに愛してくれない女をいつも追い求めていた。

セレンディパティは私の名前を呼んだ。その瞬間、彼女の目は水に浸かった布のように暗くなった。「あなたはラッキーガールよ」そう言うと、もう一度わたしをハグした。彼女の骨張った肩に顔が押しつけられ、わたしは息を吸い込んだ。濡れた羊毛のにおいがした。体から力が抜けた。

「さあ、お祝いしよう」とデイヴィッドが手を叩いた。

赤い液体がはいったプラスチックのカップを渡された。デイヴィッドとセレンディパティの肩越しに、ホープがかすかに動くのが見えた。緊迫した面持ちで首を一回だけ横に振るのが見えた。恐怖のあまり、ことばが出なかった。

「咽喉が渇いてないのか？」とデイヴィッドは言った。「与えられたものに素直に感謝することを学ばないといけない。この世界にはただで手にはいるものなどないんだから。おれの親父はよくそう言っていた」デイヴィッドはわたしの頬に触れた。カップが手から落ち、赤い液体が床の土にしみ込んだ。「どんくさいやつだな」とデイヴィッドは言った。「あまりいいスタートを切れたとは言えないな。今日はおれの誕生日なんだぞ。それなのに、まだおめでとうすら言ってくれてない」

「ご、ごめんなさい」とわたしはどもりながら答えた。「誕生日おめでとう」

デイヴィッドはくすくす笑った。わたしの頬にキスし、腰のくびれに触れて囁いた。「そそる女だ。一緒に踊ってくれるか？」

体が震えて拒否していた。けれど、ホープとチャリティが言うとおりにしてと目で訴えていた。

腰に添えられたデイヴィッドの手のひらはやわらかくてしっとりしていた。わたしたちは音楽に合わせて揺れた。わたしは心の中に閉じこもった。外側からしか自分を見られなかった。そびえ立つ岩棚のようにどこか高い場所から自分を見下ろしていた。

「以前の人生のことを話してくれ。置いてきた世界のことを」とデイヴィッドは言った。

何も答えずにいると、彼の指が肌に食い込んだ。

「コールドウェルに住んでた。姉がひとりいる」どうにかことばを絞り出した。あのとき、どうしてサムのことを話したのか自分でもよくわからないけれど。

「姉とはだいぶ歳が離れてる」

デイヴィッドは踊るのをやめて訊いた。「いくつ離れてる？」

「十歳」

「おやおや」彼は顔をしかめた。「どうやら、おまえはまちがいで生まれた子みたいだな」デイヴィッドはわたしたちの痛いところをついてくるのが得意だった。触れられたくない部分を見つけると、かじりついてじわじわと傷を広げた。まるでネズミみたいに。「これからはホープとチャリティがおまえの姉妹だ。それ以外の姉の話は二度とするな」

わたしはうつむき、泣きだした。

「かわいそうに」デイヴィッドはそう言い、曲に合わせてハミングした。〝きみはぼくの太陽《ユー・アー・マイ・サンシャイン》。たったひとつの太陽《マイ・オンリー・サンシャイン》。きみがいればぼくは幸せ《ユー・メイク・ミー・ハッピー》。たとえ曇り空でも《ウェン・スカイズ・アー・グレイ》。そのあとのことは記憶に靄《もや》がかかったみたいにはっきりしない。ビニールシートに囲まれた部屋を出たことは覚えていない。でも、デイヴィッドが金属のフックにかかっていた鍵を手に取ったことは覚えている。その鍵を錆びた錠に差し込んだことも。同じような錠がついたドア――チャリティとホープの部屋のドア――が廊下に並んでいたことも。彼がわたしのあとについて部屋にはいってきたことも覚えている。

次に覚えているのは、写真やスライドショーのような静止画の記憶だ。金属のフレームとしみのある薄いマットレス。しわくちゃの寝袋。壁の高い位置にはめ込まれた窓。窓は小さかったけれど、外をのぞくには充分な大きさだった。銀色の月明かりが部屋に射し込み、空気はしんとして、不快なほど甘く、虫の羽音だけが聞こえていた。

うつむいて自分の手を見た。指を広げてみると、爪はかなり深くまで食いちぎられていた。バスに監禁されていたときに食べたからだ。甘皮に土がこびりついていた。右手の小指に一カ所だけ赤いマニキュアがわずかに残っていた。それが〝以前〟の世界から持ち込んだ最後の色だった。

デイヴィッドはわたしの肩に触れた。わたしのシャツをはだけさせ、ズボンを下ろした。何よりも辛かったことは……わたしはノーと言わなかった。言えなかった。ただ横たわり何度も繰り返しつぶやいていた。

「こんなこと、いいかどうかわからない。こんなこと、いいかどうかわからない」

ことを終えるとデイヴィッドはわたしの頬に触れ、起き上がってベッドの脇に立った。わたしは横になったまま壁を見ていた。壁の亀裂をひたすら目でたどった。「子どもの頃は幸せだったか?」とデイヴィッドは訊いた。

「え、ええ」とわたしはどもりながら答えた。目をしばたたき、骨の髄まで思い出に浸ろうとした。寝室のベッド。あたたかいブランケットにくるまったこと。

ママが髪を染めるときに家じゅうに充満するにおい。そっと願いを込めてバースデーケーキのキャンドルを吹き消したこと。どれもこれも思い出すだけで辛くなり、悲しみに打ちひしがれた。

「おれもだ。子どもの頃は最高に幸せだった」背後でがさごそ音がして、彼が服を着たのがわかった。「ゆっくりおやすみ」デイヴィッドはわたしのこめかみにキスし、それから髪を引っ張って言った。「短すぎる。おれの好みじゃない」

　デイヴィッドが部屋を出ていくと、わたしは起き上がって窓の外を見た。夜空は曇っていたけれど、雲の切れ目から天狼星《シリウス》がかすかに見えた。拉致されたときには見えなかった。まだ時期が早かったからだ。シリウスの明るさと位置から判断すると、わたしは二カ月近く閉じ込められていたようだ。


　翌朝、ホープとチャリティと一緒に焚き火を囲んだ。外は暑く、空気はどんよりと重くて、真夏なのにコートを着ているみたいだった。デイヴィッドがホープの隣りに来て、太腿が彼女の太腿に触れるくらい近くに座った。ホープが彼から離れるように体勢を変えるのが見えた。目が潤み、ホープのスウェットシャツに描かれているUとWの文字がぼやけてひとつになった。

　デイヴィッドは微笑んだ。どこまでも魅力的な笑顔だった。「今日はいい天気だ」誰も返事をしなかった。

　セレンディパティが何かの肉を振る舞ってくれた。シカかヘラジカの肉。蹄のある動物の死骸が監視塔からぶら下がっていた。腹が割かれ、真っ赤な臓物が地面に散らばっていた。犬たちが口を血で染めながら肉片をかじった。思わず吐き気を催した。肉の外側は黒く焦げていたけれど、中はまだピンク色だった。

　デイヴィッドがため息をついた。「今日はみんな機嫌が悪いな。どうやらみんな機嫌が悪いらしい」後半はセレンディパティに向かって大声で言った。

側面に木目調のデザインが施された青いステーションワゴンが敷地内にはいってきて停まり、赤いバンダナで顔を隠したマイケルが運転席から降りてきた。それから、車のうしろにまわり込み、ドアを開けた。彼は何日もいなくなることがよくあり、いつも生活必需品を車に積んで戻ってきた。デイヴィッドに会ったことはなかったけれど、マイケルは知っている人かもしれない。だから、バンダナで顔を隠しているのか？顔を見れば誰かわかるだろうか？　彼の低い声に聞き覚えはあるだろうか？

「デイヴィッド」セレンディパティが呼びかけた。くつろいだ様子でワゴンに近づく彼女を目で追いながら、わたしは不思議に思った。あの人はどうやってここに来たんだろう？　わたしたちと同じように連れ去られたのか？　それともみずから望んでやってきたのか？

デイヴィッドはホープの膝に手をあて、ぎゅっとつかんで立ち上がった。「仕事だ」妊娠している犬が駆け寄ってきて、暑そうに息を切らしながら伏せた。

デイヴィッドはセレンディパティのそばまで歩いていった。ふたりがいるところから十五メートルほど先に目を向けると、森が途切れている場所があった。マイケルの車が通り抜けてきた場所だ。その隙間に見える木々の枝はまだ熱を帯びて揺れていた。あの向こうに道路があるのかもしれない。自由の身になれる場所はほんの数メートル先にあるのかもしれない。体が緊張し、走りだそうと構えた。隠れ場所を見つけて昼をやり過ごし、夜の闇に紛れて逃げられる。星が道案内してくれる。

「駄目よ」とホープが囁く声がして、わたしは慌てて振り向いた。

「遠くまではいけない」それから、ホープはチャリティに向かって言った。「あなたがここに来てから、何人いた？」

チャリティは両手の親指で皿の縁をこすった。片手の親指はうしろに反るように曲がっていた。あとで聞いたのだが、骨が折れたせいだった。それも何度も。

「ふたり」

「そのまえに三人いた」とホープは言った。「足して五人。ほかに何人いるかわからない。バスから出てこられるのはそのうちほんの数人だけ」

胃がずしんと重くなった。バスのことを考えた。容赦のない暗闇。骨に食い込むような孤独。「五人とも逃げた。ひとりも帰ってこなかった」

「逃げ切れたのかもしれない」そう言ったものの、自分でも信じられず、そのことばは酸っぱく感じられた。

「誰かが見つけてくれるかもしれない」

チャリティとホープは顔を見合わせた。ふたりはわたしを哀れんでいた。わたしの楽観的な考えを、なんの根拠もなく助かると信じているわたしを哀れに思っているのがわかった。「わたしたちみたいな女の子は見つけてもらえないわ」とホープは言った。そのときは彼女が何を言っているかわからなかったけれど、数カ月後にその意味がわかった。デイヴィッドがわたしたちを連れ去ったのは、わたしたちには何もないからだった。裕福でもなく、目立つ存在でもないからだった。わたしたちがいなくなったところで、悲しんでくれるのはせいぜい家族だけだった。

「あの人はどうなの？」とわたしは顎でセレンディパティを示して言った。ホープは蔑むように鼻を鳴らした。

チャリティがわたしに身を寄せて言った。「セレンディパティに助けを求めちゃ駄目よ。逃げないこと。口答えしないこと。それから、肉は食べないこと」チャリティはそう言うと振り向いて肩越しにデイヴィッドとセレンディパティの様子をうかがった。ふたりともほかのことに気を取られて、こっちを見ていなかった。それを確認すると、チャリティは皿の中身を火に投げ入れた。肉がしゅうっと音を立て、脂が弾ける音がした。ホープもそうした。ふたりは促すようにわたしを見た。わたしも同じようにした。

沈黙が流れた。「怖くてたまらない」わたしは金属の皿を口にあてて囁いた。

「デイヴィッドはしばらくあなたの部屋には行かないわ」とホープは言った。「ひとりずつ順番に相手をさせるの。あなたが加わったから、夜、部屋に来るのは四日に一度」

わたしは泣きだした。息ができずに過呼吸になった。ホープが近くに来て、わたしの手に古いソーダの缶を押しつけた。わたしはまえの晩の赤い飲みものを思い出した。「水よ」とホープは言った。「安心して。ただの水だから」

わたしは渡された水をひとくち飲んだ。水はひんやり冷たく、咽喉越しはざらざらしていた。

チャリティの手がわたしの手に触れた。わたしはその手をぎゅっと握りしめた。「大丈夫」とチャリティは言った。大丈夫。何度そのことばを繰り返しただろう。大丈夫。一時間に千回は唱えられるその短いひとことを何度自分に言い聞かせただろう。

「これを飲んで」ホープは毛の生えた茶色い種をわたしに差し出した。「これは何？」

「しーっ、静かに」ホープはさえぎるように言い、顎をしゃくってチャリティに合図した。チャリティはうしろを向き、見張りを続けた。焚き火がぱちぱちと音を立て、煙が青空に向かって立ち昇った。茶色の小さな種がホープの手のひらのしわにひっついていた。

「これはアン女王のレース《クイーン・アンズ・レース》」と彼女は言った。「飲めば妊娠しない。デイヴィッドは子どもを欲しがってるの」

わたしは目を閉じた。水の中にいるみたいに視界がぼやけた。「そんなもの……」

「だったら好きにすれば」とホープは少し怒ったように言った。「たくさんはないから。これがなんのためのものかはデイヴィッドも知ってる。だから、敷地の中はもちろん、ここから半径一・五キロ以内に生えていたものを全部根絶やしにした」ホープは手を引っ込めようとした。

「待って」ことばが口をついて出た。ホープの手から種をひっつかみ、口に放り込んだ。

「よく嚙んでね」とホープは言った。「明日、もっとわけてあげる。少しお腹が引きつって、出血するかもしれないけど、それでも――」

「ありがとう」苦い味が口に広がった。どうにか吐き気を抑えた。

このときがすべての始まりだった。今思うと、これがターニングポイントだった。この種が発端だった。だけど、そんなこと誰にわかる？　この小さな種がわたしたちを破滅に追い込むなんて。

14

〈フィッシュトラップ〉は大忙しだ。六時からディナー客の来店ラッシュが始まり、まだ途絶えそうにない。店内は客たちの会話と銀食器やグラスがぶつかる音で賑わっている。海のにおいが充満している。新鮮な魚やムール貝やシーフード料理のにおいで満ちている。

ダニーはカウンターバーの中で酒が並んだ棚に寄りかかり携帯電話を見つめる。チャットの一番上にエリーの電話番号が表示されている。こんなふうに画面をじっと見ているのはこれが初めてではない。エリーがいなくなったあと、こうして彼女との以前のやりとりを何度も繰り返し読んだ。応答メッセージの声を聞きたくて彼女の番号に電話したこともある。

視界の隅で〈メンバーズオンリー〉の上着を着た常連客がグラスを掲げて叩き、おかわりを要求するが、ダニーはその合図を無視する。親指をキーボードの上でせわしなく動かす。エリーが帰ってきたことは知っている。ニュースで見て、彼女の家の近くまで車で行ったものの、勇気がなくて連絡できずにいた。ついさっきまでは。今朝、食料品店〈レイズ〉で彼女の父親にばったり会った。ふたりは抱き合い、短い会話を交わした。ジミーはぜひ家に来てくれと言った。キャットとエリーに会いに来てほしい。そう言いながら、エリーの携帯電話の番号は変わっていないことをさりげなく伝えた。

ダニーはそのあと一日じゅう考えていた。エリーになんと言えばいいのか。どんなふうに言えばいいか。くそっ。意を決してメッセージを打ち込む。〝ハイ。きみのことを考えてる〟すぐに、なんと間の抜けたメッセージだろうと後悔する。きみのことを考えてる。陳腐すぎる。まるで心に響かない。かつてのふたりのような親近感はまったく感じられない。ダニーはカウンターの上を拭き、何杯かおかわりを注ぐ。そのとき、電話が光って着信を知らせる。画面にエリーの名前が表示される。心臓が飛び跳ねる。なんてこった。エリーからの電話にびびるなんて。

「ちょっと休憩してくる」バーテンダーのアシスタントに声をかけ、厨房の裏口から外に出る。店の裏の路地で息を切らしながら電話に出る。「もしもし？ エリー？」すっかり取り乱している。またエリーを失ってしまうのではないかと思うと怖くてたまらない。

あの夜、ダニーは結局モーテルに行った。アストリアまで車を走らせながら、エリーを放っておくことができない自分を責めた。われながら女々しい男だと思った。そもそもあのパーティは、新しい携帯電話が欲しいという理由でエリーが計画したものだった。馬鹿馬鹿しい。車の中で何度もそう思った。エリーに愛想を尽かしていた。どうして自分と同じように真面目な人生を送れないのか。そんなふうに彼女を悪く思ったのはあのときが初めてだった。悪い人間とは一緒にいたくないと思った。そのあとエリーが行方不明になり、ダニーは自分を恨んだ。彼女と離れたいと思ったせいでこんなことになったのだと自分を責めた。あれから二年と二週間、ダニーはひたすら後悔に苛まれて生きてきた。

「エリー？　ほんとうにきみなのか？」腕に鳥肌が立つ。すぐそばにあるごみ入れから魚のはらわたのにおいがする。

「ほんとうにわたしよ」

ダニーは店の隣りの麻薬中毒治療クリニックの壁にもたれる。「ほんとうに帰ってきたんだね」肺に一気に空気が流れ込んでくる。この二年間で初めて心底安らかな気持ちになる。

「みんなにずっとそう言われてる」エリーは自虐的な笑いを漏らす。その声はしゃがれていて、ダニーが覚えているより低いけれど、まちがいなくエリーだ。

「こうしてきみの声を聞いているなんて信じられない」煙草を吸えたらよかったのに、とダニーは思う。そうすれば、今すぐ煙草に火をつけられたのに。何か手をふさぐものがほしかった。時間がゆっくり流れる。エリーの息づかいだけが聞こえる。

「もう寝ようと思ってたところ」とエリーは出し抜けに言う。

「ああ」とダニーは答える。失望が声に出てしまう。胸に鈍い痛みを覚える。「じゃあ、もう切るよ」

「ううん、いいの。わたしも話したかったし」

顔が熱くなる。エリーのことばが骨の髄までしみ渡る。「ぼくも話したかった」

「もしよかったら……今、忙しい？　よかったらこっちに来ない？」

「いいのか？」そう答えながらダニーはカウンターバ

ーに急いで戻り、おんぼろ車のキーをつかむ。

「うん」騒がしい店内で必死に彼女の声を聞き取ろうとする。「家から少し離れた場所に車を停めて」とエリーは言う。「誰にも見られないように気をつけて。家のまわりにマスコミが大勢いるから。抜け道は覚えてる？」

ミセス・ジョンソンの家の庭を突っ切り、フェンスを乗り越え、木を登って窓からエリーの部屋にはいる。いつもそうやって忍び込んでいた。彼女のベッドでセックスした。どれだけ愛しあってもふたりが満たされることはなかった。「誰にも見られないようにする」とダニーは請け合う。「すぐ行くよ」

エリーの部屋の窓が音を立てて開く。ダニーは窓を押しあけ、窓枠を乗り越えて室内にはいると、窓を閉めて激しい風をさえぎる。部屋の明かりはついていない。しかし、家具の輪郭はぼんやりと見え、以前とまるで変わっていないとわかる。エリーは部屋の真ん中でカーペットに座っている。体からゆるい服が垂れ下がっていて、まるでねじれた針金が布に包まれているようだ。彼女の手には携帯電話が握られ、画面に少女の写真が映し出されている。見覚えのない少女だ。黒髪で、手首に友情のブレスレットをつけている。唇をすぼめて突き出している。よく見る自撮りのポーズだ。エリーは携帯電話を床に置き、ベッドサイドのランプをつける。

互いに見つめ合う。エリーは……具合が悪そうだ。彼女のほうも同じことを思っているかもしれない。ダニーはそう思う。時々、鏡に映る自分の姿を見て驚くことがある。表情にすべてが表れている。この二年で一生分の悲しみが顔に刻まれていた。

「ダニー」とエリーが呼ぶ。その瞬間、ふたりの関係がよみがえる。過去が波のようにダニーにまとわりつき、押し流す。

つき合うようになるまえ、ダニーは高校の廊下でエリーを見かけたことがあった。コールドウェルは小さな町だ。高校はさらに小さな世界だった。エリーが一年生のときにウィル・ガナーと関係を持ったことは誰もが知っていた。彼女が時々嘘をつくこともみんな知っていた。家はとても裕福で、もうすぐシアトルに豪邸ができる。それまでのあいだコールドウェルに住んでいるだけだ。エリーはそんなおおぼらを吹いていた。それまで同じクラスになったことはなかったが、二年生のとき初めて化学の授業で隣りの席に座った。エリーは首にプラスチックのチョーカーを付けていた。授業中にいたずらっぽく笑い、メモをダニーの机に置いた。化学の先生の顔から陰部が突き出たいたずら描きだった。ダニーは拳を口にあてて咳払いし、必死に笑いをこらえた。

放課後、ダニーがロッカーのまえにいるとエリーがやって来て、彼の胸に手を添えて誘った。浜辺でキャンプファイヤーをするの。あなたも来て。

ダニーはありとあらゆる理由をあげつらい、行ってはいけないと自分を諭した。夜、そこで何がおこなわれるかは知っていた。どんな連中が来るかも知っていた。集まるのはクスリの常用者とその取り巻きだ。それでも——ダニーはずっと働きながら育った。夜と週末は家族が経営する店を手伝っていた。誰にもある子ども時代が彼にはなかった。エリーは楽しかった。ダニーも楽しいことがしたかった。子どもらしく過ごしたかった。エリーは気分屋で一緒にいると腹が立つけれど、とても魅力的だった。キャンプファイヤーのまえでキスされて、彼は骨抜きになった。家まで送ると言い張ったが、エリーはそんな彼に失せろと言った。

あなたに送ってもらわなくたって帰れる。エリーは呂律がまわらず、酔いつぶれて、彼の胸を押した。その夜からふたりはつき合うようになった。互いに電話したり、テキストメッセージを送り合った。ダニーは

れ、すっかり彼女のとりこになった。その愛のすべてが、いとも簡単に吹き飛ばされた。まるで煙みたいに。

ダニーは両手を開いて見せる。「何か持ってくるべきだったかな」そう言って微笑むが、笑顔が引きつる。

「気にしないで」

「リポーターたちには見られてないと思う」横に下ろした腕がぴくりと動く。エリーに向かって手を伸ばす。

「エリー」

エリーはその手をかわすようにして部屋の隅に逃げ込む。表情を曇らせて言う。「駄目……触れられたくないの」そう言って縮こまる。

ダニーの胃が輪ゴムで締めつけられたように痛む。

「わかった」ダニーはまっすぐに立ち、両手をポケットに突っ込む。ポケットの縁に引っかけた親指だけが外に出ている。「ここに立っててていいかな？　それとももっと離れたほうがいい？」

エリーの顎が震える。ダニーは自己嫌悪に陥る。

「そこにいて」エリーはざらついた声で言う。「でも、わたしに触ろうとしないで」

「わかった」

エリーの緊張がほぐれる。ダニーは距離を保って立つ。

「全部ぼくのせいだ。ぼくがモーテルのパーティに行っていれば……」ダニーは銃殺隊に対峙するように背すじを伸ばす。エリーに罵倒してほしい。責めてほしい。が、彼女は何も言わない。だからダニーも黙ったままでいる。やがて、気を取り直して言う。「ぼくにできることはないか？　きみのためにできることはないかな？」

ヒーローコンプレックスの気《け》があることはダニーも常々自覚していた。そうでない男なんているか？　エリーに惹かれたのもそれが理由かもしれない。彼女は救いを求めてる、そんな妄想のせいかもしれない。だから、あなたに送ってもらわなくても帰れると拒絶されたときは、服を剝ぎ取られた気分だった。素っ裸にされた気がした。

「何も話したくない」今、彼の目のまえにいるエリーはそう言う。

「わかった」

エリーはほっとしたように微笑む。その笑顔を見て、ダニーは死んでしまいたくなる。自分の皮を剝ぎたくなる。もっと求めてほしい。お金でも、血でも、人生でも。なんでも捧げたいと思う。「座っていいかな？」

「うん」

エリーに目を向けたまま、その場に座る。ふたりのあいだには一メートルの距離がある。囁く声は聞こえるが、触れることはできない絶妙な距離だ。二年まえなら、エリーのツインサイズのベッドに一緒に潜り込んでいたかもしれない。エリーは彼の首に腕をまわしていたかもしれない。

「ほかにルールは？」床に沈むようにして座っているエリーにダニーは問いかける。エリーが両側にスペースを確保しようと用心していることに気づく。視線が窓やドアをさまよい、逃げ道を探していることにも。

エリーは息を吞んで言う。「話をするだけ。わたしに触らないで。あと、質問はしないで。どんな気分？とか、大丈夫？　とか」

「わかった」ダニーは落ち着いた優しい口調で答える。体から力を抜いてリラックスする。「で、何を話したい？」

エリーは膝を立てて顎を乗せ、足の先を見ながら言う。「二日まえにサムが来た。ヴァレリーと赤ちゃんを連れてきた」

「へえ？」とダニーは相づちを打ち、うしろに寄りかかって手で体重を支える。

「サムは表に集まってるマスコミにくそったれって言った」声が笑っている。ダニーも笑う。

「ぴったりな呼び名だね。ほかには何があった?」

明かりの届かない場所にエリーのレコードプレーヤーがある。エリーはそっちを見る。「音楽でも聞く?」ダニーの質問を無視してそう言う。以前、エリーは言っていた。回転するビニールのレコードと歌詞のあいだに未来が見えると。

「デイヴィッド・ボウイじゃなければ」

「今も好きじゃないの?」ダニーがヘアメタルバンドのひそかなファンだということをエリーは覚えているだろうか? 音楽談義に見せかけていちゃついたことを覚えてるだろうか? 「彼の音楽には赦しの精神がまるで感じられないから。今もその考えは変わらないよ」

「意見が一致しないっていう点でわたしたちの意見は一致してる」エリーはまた笑う。ダニーの心に明るい火が灯る。世界がゆっくりまわりだす。完璧だ。「じゃ、ボウイはなし。あなたが選んで」

ダニーはレコードプレーヤーのまえに移動する。並んだレコードを探ってジョニー・キャッシュのアルバムを選び、ターンテーブルに置く。レコードが回転し、ジョニーの深みのある心地よい歌声が聞こえてくる。男がやってくる歌と電線に止まる鳥の歌が流れる。ダニーは壁に頭をもたせかけて目を閉じる。次の曲が始まる。

「きみはぼくの太陽《ユー・アー・マイ・サンシャイン》」とジョニーが歌いだす。いきなり音楽が止まる。目を開けるとエリーがレコードプレーヤーのまえにしゃがんで、両手で強くレコードをつかんでいる。ビニールのレコードがたわみ、今にも折れそうなくらいに。「この曲は好きじゃない」とエリーは言う。その語気の鋭さにダニーは驚く。

なんと言えばいいかわからない。理由を訊いていいものかどうかわからない。だからただ「オーケー」と言う。

「ほかのを選んで」エリーは震える手でレコードをス

リーヴに戻す。

エリーが壁際に戻るのを待ってから、ダニーはまたレコードの束をあさる。「ディランでいい？」

エリーは短く一度うなずく。ディランのヒット曲を集めたレコードをかける。エリーはまばたきしてから目を閉じる。ダニーも目を閉じ、ジョニー・キャッシュの歌のことを考える。『ユー・アー・マイ・サンシャイン』の何がいけなかったのか。以前のエリーはこの歌を嫌いではなかったのに。今のエリーのことを何もわかっていないのかもしれない。そんな思いにとらわれ、ダニーは動揺する。この二年、彼女は凍ったまま琥珀に閉じ込められて、今もまだ十七歳のままなのかもしれない。が、実際はそうではない。ほんとうは、エリーの身に何かが起きたのだ。

空気の流れが変わった気配がして目を開けると、エリーがすぐそばに立っている。ダニーはじっと待つ。身じろぎせず、息を止めて待つ。エリーは溶けるように隣りに座る。ふたりとも足をまえに投げ出す。触れてはいないが、それでも近くにいる。

「取り乱してごめん。それと、臭かったらごめん」エリーは静かに言う。暗闇に一点のしみがあるような、拭き取ったあとの涙のような、そこにいるかどうかわからないほどの小さな声。「さっき吐いたから」

「気にならないよ」とダニーは答える。そのにおいのおかげでエリーがここにいると実感できる。生きていると感じられる。行方不明になっていた二年のあいだに彼女に何があったかなど関係ない。ダニーは自分にそう言い聞かせる。エリーは彼が恋に落ちたときとなんら変わっていない。彼の心を打ち砕くことのできる、世界にたったひとりの女性であることに変わりない。

15

「配下の捜査官を動員してサーストン郡とルイス郡にかたっぱしから電話をかけ、青いステーションワゴンを探せと言うのか?」アボット巡査部長は椅子に深くもたれる。彼の優雅な出で立ちが際立つ。今日はスーツにネクタイを締め、首から警察バッジをさげている。肌は透明に見えるほど白く、頰はサーモンのようなピンク色をしている。オフィスにはあまり物がない。壁には時計だけが掛かっており、チクタクと音を刻みながら八時五分を指している。ファイルキャビネットの上に写真立てがある。自分の船――コールドウェルの住民は誰もが船を持っている――に乗る、まだ若いアボットが写っている。船は彼の元妻の運命《デスティニー》という名にあやかって〈幸運《グッドフォーチュン》〉号と名付けられているが、その妻はのちに名前を変えていた。アボットのもとを去り、コールドウェルという肌を全身から剝ぎ取って、名字も名前も変えた。

チェルシーは身を乗りだし、巡査部長の机の上に開いた手をつく。「サーストン郡とルイス郡、それからグレイズハーバー郡もです」アボットのまえにはエリー・ブラックとガブリエル・バーロウの失踪事件のファイルから取り出したモノクロ写真が並べられている。エリーが拉致された満車の駐車場の写真はステーションワゴンが赤い丸で囲んである。防犯カメラの映像には、同じステーションワゴンがガブリエルの車を尾行する様子が映っている。

チェルシーは背すじを伸ばす。アボットが彼女の背後にある何かを見て口をゆがめる。チェルシーは振り向く。窓の向こうに見える仮留置場のテレビがついている。オフィスのドアは閉まっているので音声は聞こえないが、ニュース番組の映像にパイク州知事が映っている。かつてのアボットの妻だ。彼女は市議会議員から市長、そして州知事へと一気に駆け上がり、華々しい転身を遂げていた。私生活についてあからさまに語ることもあった。惨めな結婚生活を振り返り、家庭内暴力を受けていて、何もかも捨てて逃げ出すよりほかなかったとほのめかした。父親の味方をした子どもたちを置き去りにしたことも率直に話した。「巡査部長？」とチェルシーはアボットを促す。

アボットはチェルシーに注意を戻す。ピンク色の頬にわずかに影が射している。チェルシーはまた警察署のピクニックのことを思い出す。アボットは今は州知事となった妻と子どもたちと一緒に参加していた。ダグラスが弁当箱に入れられてきたのかと言ってチェルシーをからかうまえ、スイカがスライスされ、ピリ辛の味付け玉子が消化されるまえの情景が目に浮かぶ。アボットはゲータレードのボトルから直に飲んでいた。息からも肌からもシナモンのにおいがした。

アボットはリディアが殺された時期を境に禁酒した。チェルシーの姉の死によってコールドウェルの町全体が酔いから覚めたようだった。町で一番の人気者が警察署長の娘を殺害した。どうしてそんなことになったのか？　その頃にはアボットの妻はすでにいなくなっていた。リディアが殺されたとわかった二日後、アボットは〈レイズ〉で買った冷凍のキャセロールを持ってカルフーン家を訪れた。

こんなことになって残念だ、お嬢さん。アボットは茫然自失として玄関に立つチェルシーにそう言った。両親は部屋から出ようとしなかった。ひっきりなしにやってくる弔問客の相手をできる状態ではなかった。だから、当時十四歳だったチェルシーが応対した。葬儀の手配もした。リディアが大好きだったボタンの花は必ず飾ってほしい。そんな交渉もした。知らない人の抱擁を受けた。こんなことがあっていいはずがない。

私が訪ねてきたとご両親によろしく言っておいてくれないか？　お悔やみを伝えてくれるかい？

　アボットの人生はあの頃から一変していた。時々逆戻りしながら、ゆっくり雪解けが進むように変わった。何年かまえ、遅くまで残業していたとき、チェルシーはオフィスにアボットがいることに気づいた。そのときもシナモンのにおいがした。あとで知ったのだが、アボットは〈ゴールドシュレーガー〉（スイスのシナモン風味の酒。アルコール度数が高く、金粉がはいっている）を好んで飲んでいたようだ。ちょうど、彼の元妻が州知事選に出馬した頃だった。彼女は私の人生で最愛の女性だった。アボットは泣きながらそう言った。家まで送ります、とチェルシーは申し出た。

　アボットは手を振ってチェルシーを追い払った。翌日、アボットはすっかり酔いが覚めていて、会議があるから今日は早めに署を出るとチェルシーに伝えた。それ以来、ふたりともあの晩のことを口にしたことはない。それでも、チェルシーはアボットを尊敬していた。確かに癪にさわるし、飲んだくれだったが、はたして妻を虐待するような男なのか？

　アボットは顔をしかめて言う。「サーストン郡とルイス郡、それにグレイズハーバー郡。かなりの人手がいる」

　チェルシーは動揺が声に出ないように努めたが、内心は疑問が渦巻いていた。「そのとおりです」

　アボットの右頬がぴくりと動く。「ほかの証拠はどうなってる？　スウェットシャツに付着していた血痕は？　そのバーロウという少女の血と一致したのか？」仮に血痕がガブリエルのものと判明したとしても、たいした手がかりにはならない。声には出さないが、チェルシーはそう思う。ガブリエルとエリーが同じ犯人に拉致されたという事実がいっそう明確になるだけだ。ふたりの少女誘拐事件に結びつきがある根拠が強固になるにすぎない。犯人を逮捕するにはワゴンを見つけなければならない。「鑑定結果はまだ出てません。ワゴンを見つければ――」

アボットは立ち上がり、チェルシーをさえぎって言う。「説得力に欠ける。偶然の一致の域を出ていない。もっとはっきりした根拠を示してくれたら、要望のとおりにしよう」怒っているのではない。淡々とした口調だ。

チェルシーは歯を嚙みしめて反論する。「わたしはそうは思いません。ワゴンが最大の手がかりなんです」ほんとうはエリー本人が最大の手がかりなのだが、今となっては彼女の協力は期待できない。ガブリエルの名前を聞いてエリーが吐いたときのキャットの表情がフラッシュバックする。子どもを必死で守る雌ライオンの顔だった。

「きみの言いたいことはわかった」とアボットは言い、鍵を握ってデスクのうしろから出てくる。チェルシーのまえで立ち止まり、いかにも上位者ぶって微笑む。アボットと話していると、チェルシーは自分が子どものように思えるときがある。玄関のポーチでお嬢さんと呼ばれ、キャセロールを渡されたあの日に戻ってしまう。アボットに認められたい、そう思うと余計に腹が立つ。よくやった、きらきらと目を光らせてそう言ってもらいたいと願う自分がいる。「わたしはきみの味方だ」とアボットは言う。

チェルシーは無理に口角を上げて笑う。「それはわかっています」

「血痕の鑑定結果が出たら知らせてくれ」アボットはそう言って部屋を出る。オフィスのドアが閉まる。

チェルシーはブラック家のまえで車を縁石に寄せて停める。妙に静かだ。マスコミはいない。もう新たなニュースを追っている。残されたものは玄関のまえに置かれた泥まみれのテディベアのぬいぐるみとしおれた花束と濡れてふやけたカードの束だけだ。家の中にいる彼女のことを思う。あなたは何を怖れているの、エリー・ブラック？　何を隠しているの？　すぐさま憶測だと気づいて顔をしかめる。エリーが意図的に何かを隠していると疑うなんて。その疑念を振りはらおうとする。それでも……

ドアが開き、キャットがハンドバッグを小脇に抱えて出てくる。

チェルシーは車のドアを開け、呼びかける。「キャット」手を振って通りを渡る。

「買いものに行くところなのよ」キャットはそう言うと、自分の車のまえをまわって運転席のドアを開ける。これまでキャットが素っ気ない態度を見せたことはなかった。チェルシーを冷たくあしらったことはなかった。

「エリーはどう？」チェルシーは心配するように訊く。

「大丈夫？」

キャットが家のほうを見る。その視線を追うと、彼女の肩越しに窓のカーテンがさっと動くのが見える。エリーだ。今日もこちらを見ている。

サイレンが鳴り響く。毎月第一月曜日は津波に備えた避難訓練がある。チェルシーは空を見上げ、サイレンが鳴り止むのを待つ。音が聞こえなくなるとキャットに言う。「このあいだはごめんなさい。エリーを追いつめてしまった。やりすぎたと思ってる」キャットに少し近づく。今のチェルシーに必要なのは協力だ。同じ側に立っているはずなのに、どうしてキャットにはそのことがわからないのだろう？　「でも、どうしてあんなふうになってしまったのか、あなたにだってわかるでしょ。この二年、エリーの身に何があったのかずっと考えてた。ジミーが警察署に来てたことを覚えてる？」

キャットは驚いて聞き返す。「ジミーは警察に行っていたの？」

チェルシーは怪訝な顔をする。ジミーはキャットに話していなかったのか？　いったいどうして？「いつもドーナツを持って来てた。証拠品を見せてくれって」

キャットの手の中で鍵の束が音を立てる。「知らなかった」

「被害者の家族がほかにもいる」チェルシーは今がチャンスだと感じてもうひと押しする。「行方不明になったのはガブリエル・バーロウ」祖母のアルシーアは孫に何があったかは知りたくないと言ったが、それでも正義の裁きがなされることを望んでいた。チェルシーも同じ気持ちだ。ほかには何も望んでいない。こうして一生、贖罪を求めて生きていくのだろう。「ガブリエルは死んでしまった。彼女の身に何があったのか、その最大の手がかりを握っているのはエリーなの。犯人を捕まえられるかどうかはエリーにかかってる。エリーについて話してもらえることはない？　どんな些細なことでも……」ことばが途切れる。いきなり感情が昂って、声にならない。

キャットは大きくため息をつく。「あの子はほとんど喋らない。だけど、役に立ちそうなことがあったら知らせるわ」そう言うと、運転席のドアに手をかけ、出かけようとする。が、そこで動きを止め、チェルシーをじっと見る。少し考えてから言う。「ゆうべ、ダニーが来たわ。窓からこっそり忍び込んできた」それから悲しそうな顔をして続ける。「壁の向こうから声が聞こえていた。ダニーに何か話したかもしれない」

チェルシーはキャットから離れ、感謝の気持ちを込めてうなずく。「ありがとう」歩道に立ったまま、キャットの車が走り去るのを見送る。

その日の午後遅く、チェルシーは〈フィッシュトラップ〉を訪ねる。店にはいると、まっすぐカウンターバーのまえまで行く。店内には常連客がちらほらいる。昼間から飲んだくれている死に損ないの連中だ。奥の壁に沿ってスロットマシンが並んでいる。スロットマシンに一ドル札を次々入れている男がいる。トラ箱の常連のチャーリーだとすぐに気づく。ダニーはカウンターの中にいる。白いタオルを肩にかけ、いつでも喧嘩する準備はできているとでもいうように力んでいる。チェルシーはカウンターについて座る。チェルシーの姿を見てダニーの顎が動く。

「コーヒーをお願い」とチェルシーは注文する。

ダニーは不満げにぶつぶつ呟きながらコーヒーを注ぎ、チェルシーのまえにカップを置いて言う。「十二ドル」

チェルシーは頬をへこませて言う。「よっぽどおいしいコーヒーなんでしょうね」

「いれてから八時間経ってる」とダニーは無表情で答える。彼の頭上には〝馬鹿野郎はお断り〟と掲示されている。その隣りにもうひとつ、今夜のスペシャルメニューを宣伝する掲示がある。〝リブアイステーキ、一皿注文するともう一皿サーヴィス〟

ダニーがつっけんどんな態度をとってもチェルシーは驚かない。エリーが行方不明になったあと、初めて会った日のことを思い出す。あのときチェルシーはあらゆる手がかりを必死で追っていた。モーテルの防犯カメラに駐車場にはいってくるダニーの車が映っていた。エリーが拉致された日はずっと家にいたとダニーは嘘をついた。

チェルシーはわざわざパトカーで彼を警察署まで連行し、取り調べ室で一時間待たせて動揺させてから聴取した。

あなたは短気なの、ダニー？ そわそわしている彼から目を離さずに訊いた。「あの日、エリーはいやな女だった、ちがう？ 気持ちはわかるわ。あなたは店を手伝わなければならなかった。彼女はそんなあなたに自分はつまらない男だと思わせようとした」チェルシーはそうやってダニーを追いつめた。ダニーが震えを抑えきれず、机を拳で叩いて白状するまで責め立てた。

ああ、そうだよ。ダニーは吐き捨てるように言った。ぼくはモーテルに行った。あんたの言うとおりだ。あの日、エリーは喧嘩をふっかけてきた。モーテルの駐車場に着いたあと、しばらく車に乗ったまま座ってた。それから、車を降りて、すぐにまた乗って、そのまま家に帰った。パーティなんかくそくらえ。エリーなんかくそくらえ。そう思った。ダニーは泣きだし、乱暴に涙を拭いて言った。ああ、神様。過呼吸になっていた。全身ががたがた震えていた。どうか許してください。ぼくが一緒にいたら、こんなことにはならなかった。

あの日、チェルシーはダニーの心を粉々に打ち砕いた。少年だった彼の一部を引き裂いた。そう、ダニーは少年だった。まだ子どもだった。混乱し、罪の意識に苛まれ、自分を責めていた。それでも、チェルシーは彼に謝る気になれなかった。なぜあれほどまでむきになっていたのか、あとから冷静に振り返ってみた。答えはすぐにわかった。オスカー・スワン。リディアを殺した男。オスカーはハエ一匹殺せないような優しい人間だと誰もが思っていた。こんなむごいことができるわけない、みんなそう信じていた。

チェルシーはカップにクリームをいれながらダニーに目を向ける。そう、二年まえにわたしが彼を変えてしまったのだ。恨まれていても仕方ない。責められて当然だ。「ゆうべ、エリーに会ったって聞いたけど」

「それで？」

「それで……」とチェルシーはスプーンでカップの縁を叩きながら、ゆっくり鸚鵡返しに言う。「エリーから何か聞いてるんじゃないかと思って」そこで少し間《ま》を置いて続ける。「それと、わたしのかわりに彼女を見張っていてもらえないかしら」

「スパイになれってことか？」ダニーは鼻で笑う。

「あんた、大したたまだな」ダニーはカウンターに肘をつき、チェルシーと目の高さを合わせて続ける。「あんたのことは全部知ってる」そう言ってチェルシーをじっと見据える。「あんたの姉さんは高校生のとき行方不明になった」普通はリディアの話になると、みな憐れみと同情を目に浮かべる。が、ダニーの目は激しい怒りに満ちていた。「あんたの両親は五十万ドルの懸賞金をかけた。それだけの大金を持ってるのはどんな気持ちだ？　人手も金もいくらでもつぎ込める。警察を好きなように動かせる。それってどんな気分なんだ？」ダニーは体を起こし、カウンターの中に置かれたグラスをタオルで拭く。「州をあげての大捜索。ヘリコプターを森の上空に飛ばす。全国規模の記者会見を開く。そんなことができるのはどんな気分なんだ？」

さらなる罪悪感がチェルシーを襲う。ダニーの言っていることはほんとうだ。リディアはエリーやほかの少女たちにはない、あらゆる恩恵を受けていた。リディアは若く、白人で、裕福な家の娘だった。父は署長室に捜索の指令本部を設置し、政治的なコネを駆使してリディアの捜索にあたった。匿名の支援者から多額の寄附金が送られてきた。ニュース番組はリディアの半生をドラマ仕立ての伝記にし、四十八時間ひっきりなしに放映した。その熱狂ぶりは、車の転落現場の上空でヘリコプターがホバリングする映像とともに終わった。そのあとはオスカー・スワンが話題の中心になった。どこにでもいそうな少年が殺人者になるなんて。そんなこと誰が予想できる？　エリーの失踪はリディアの事件の一割ほども注目されなかった。寄附してくれる人はおらず、政治的な恩恵を受けることもなかった。

チェルシーは顔をそらし、努めて平静を装った。そのとき、携帯電話が光ってメッセージが届いたことを知らせた。ノアからだった。タウンハウスに着いた。

きみはまだ向かってる途中?

しまった。ノアとの約束をすっかり忘れていた。急いで返信する。ごめんなさい。すぐに行く。

「ちょっと、くそまずいコーヒーね」チェルシーはそう言うとマグカップをダニーのほうへ押しやる。コーヒーがカップの縁からこぼれる。

「代金は払ってもらうよ」とダニーは言い、カウンターのうしろにあるシンクにコーヒーを捨てる。

携帯電話が振動し、着信を知らせる。今度はノアではない。鑑識からだ。「もう行かなくちゃ」チェルシーは二十ドル札を出し、カウンターの上に置く。

「よかったらまた来て」とダニーが大声で言う。

「カルフーン刑事です」チェルシーは店の外で電話に出る。背後でドアが閉まる。

「カルフーン刑事、科学捜査班のキンズリーです」

日は暮れかけ、冷たく湿った空気がこもる。メイン通りは静かだ。歩道に落ちたビニール袋が風で飛んでいく。「スウェットシャツに付着していた血痕のDNA鑑定の結果が出たの?」チェルシーはボルドー色のセダンの隣りで立ち止まって尋ねる。車のリアウィンドウに〝パイクに投票しよう〟と書かれた古いステッカーが貼られている。

「ええ」とキンズリーはことばを引き伸ばすように答える。「複数のDNAが検出されました。男性と女性の。どちらもガブリエル・バーロウとは一致しませんでした」

「一致しなかった?」チェルシーの思考がめまぐるしく回転する。ガブリエルの血ではなかった。絶対にそうだと思っていたのに。だとしたら、誰の血なのか? 被害者はほかにもいる? それとも犯人の血?

「ええ」とキンズリーは言う。「ただ、フィラデルフィアにあるリヴァーバンク刑務所に服役中の受刑者と一致しました。刑期は二十年で、十五年まえに収容されています。名前はティモシー・ソルト」

「十五年間ずっと刑務所にいたってこと？」戸惑いを隠せない。頭が混乱している。足もとで地面が崩れていく感じがする。小さな地震の連発。亡霊の手がチェルシーをつかみ、ぬいぐるみのように揺すっている。十五年間ずっと刑務所にいたのなら、そのティモシー・ソルトという男がガブリエルを殺害し、エリーを拉致できるはずはない。

「ええ、でも一致したのは一部だけです」とキンズリーはつけ加える。

ということは、その男の血縁者か。「詳細な報告書を送って」とチェルシーは言い、電話を切る。家族だ。ソルトの家族を調べる必要がある。

束の間、目を閉じ、体をリセットする。冷たい空気に身を委ね、気力を立て直す。心の中では捜査はもう別の方向に向かっている。新しい何かが形になりつつある。掘るべきトンネル、探検すべき洞窟は別にある。ノアにはまだしばらく待ってもらわなければならない。

vi

それまでの時間の概念はここでは存在しなかった。昼は空を移動する太陽の位置で、夜は月の満ち欠けでどのくらい日数が経ったか測った。デイヴィッドの行動でおおよその時間を知った。彼は〝自分の女たち〟に規則正しい生活を強いた。わたしたちは彼の言いつけどおり、毎朝、小川で水浴びし、きらきらしたボトルにはいったピーチの香りのローションを手足に塗った。トイレは一日三回までと決められていた。髪を切ることは禁じられた。爪はやすりで磨いていつもきれいに整えておくように言われていた。それから、彼はこうも命じた。笑顔でいろ、ありがとうと言え、楽しそうにしろ。喜べ。満ち足りていると思え。おまえたちなんか必要とされていない世界から救ってやったんだ。ラッキーだと思わないか？　おれは幸運な男だ。ちがうか？

「もうすぐわたしの番がくる」とわたしはホープに言った。わたしたちは膝をついて犬舎を掃除していた。腕で額の汗をぬぐった。日陰にいても息苦しいほど暑い日だった。デイヴィッドは四日おきにわたしの部屋にやってきた。いつも同じことを言わせるのが好きだった。わたしは彼の背中を優しく引っ掻き、夜の闇に向けて囁いた。あなたを捨てたりしないわ、もちろん。ええ、ずっとここにいる。そうしているあいだも、心だけはどこか遠い場所をさまよう術《すべ》を学んだ。わたしたちはそれぞれのやり方で折り合いをつけていた。ホープは食べることを拒み、食べたものを吐いた。チャリティは真夜中に叫んで、みんなの眠りを妨げた。

「もっとあの種がほしい」

「あと少ししか残ってないの」ホープは体を屈め、かたいブラシで金属製の犬舎の側面を磨きながら言った。「夏が終わるまでもたないと思う」

わたしは下を向いてお腹に手をあて、そこに赤ちゃんがいることを想像した。ホープの話では、わたしがここに来るまえに妊娠した子がいたけれど、お腹の中で動けなくなって無事に生まれてくることができなかったらしい。わたしは大きく息を吸い、敷地を見まわした。デイヴィッドが銃を保管している貯蔵庫《サイロ》。数カ月まえに作物の種を植えた庭。でも、あまり実りはなかった。ひょろひょろのニンジンが何本か収穫できたくらいだった。レタスは実をつけたとたんに動物に食べられてしまった。イチゴは虫の大群に食い尽くされた。デイヴィッドは自分のことをアウトドア派だと豪語していたけれど、実のところサヴァイヴァルの才能はまるでなかった。食料はたびたび底をついた。誰ひとりとしてライターを使わずに火をおこす方法すら知らなかった。雨が降ると、どのシェルターも雨漏りした。マイケルはここにいる日もあれば、いない日もあった。何日も姿を見ないこともあった。ひょっとしたら彼にはほかに生活があるのかもしれない。わたしはそんなことを想像した。キスで見送ってくれる奥さんと子どもがいて、お弁当を持って仕事——わたしたちを拷問する仕事——に出かける生活を送っているのかもしれない。マイケルはいつも缶詰や発電機用の燃料を持ってきた。一度、シカの死体を持ってきたことがあった。弓矢で仕留めた獲物だとディヴィッドは言っていた。

「種を植えて育ててみたらどうかな」とわたしは提案した。カエデの木の下で犬が一匹、仔犬と一緒に寝そべっていた。仔犬はその数週間まえに生まれた。母犬が一度、ディヴィッドに嚙みついたことがあって、わたしは彼が犬を撃ち殺してしまうんじゃないかと思ったけれど、ディヴィッドは笑ってこう言った。こいつは自分の役目を果たしているだけだ。母親は子どもを守るものなんだ。

ホープは額の汗を拭いた。ほかにも服はあるのに、いつもワシントン大学バレーボール・チームのスウェットシャツを着ていて、絶対にほかの服を着ようとしなかった。腋の下に汗じみができていたけれど、そのシャツは彼女の肌を強い日射しから守っていた。そのシャツのおかげで熱したフライパンから卵の黄身が撥ねたりしても火傷せずにすんだ。「危険すぎる」

わたしは小川で汲んだバケツの水を犬舎にかけた。

「自然と生えてきたように見せかければいい」

「リスクが大きすぎる——」

わたしはさえぎって言った。「とにかく聞いて——」

「無理よ」ホープは次の犬舎の掃除に取りかかった。数分が過ぎた。「どうやってやるの？」彼女はそっと聞いてきた。

わたしは急いで答えた。「勝手に生えてきた野生の草みたいに見せかける」さっきと同じことを繰り返した。「みんなで協力すれば種を植えて育てられる。そうすれば、冬のあいだ必要な種が手にはいる」

「そうね」ホープは動きを止めてうつむく。「そうね、わかった。やってみよう」

わたしは大真面目にうなずいた。ホープも同じようにうなずいた。日が暮れて犬舎の掃除を終えた頃には計画ができあがっていた。

翌日、わたしはチャリティと一緒に焚きつけ用の薪を拾いながら、種を蒔けそうな場所を探した。草地。雑木林の根もと。小川をもっと下っていけば、岩のあいだに植えることもできそうだ。そこなら水が滴り落ちて、根に充分な水分が届くだろう。

その次の日、わたしたちはひそかに作戦を実行した。ひとりが見張り役になり、あとのふたりが土を掘って貴重な種を埋めた。

それからひたすら待った。チャンスを見つけては様子を確認した。雑木林の根もとに植えた種は芽が出なかった。草地も駄目だった。でも、ある日……小川に洗濯に行っていたチャリティが口もとに笑みを浮かべて帰ってきた。「芽が出てる」勢い込んで囁いた。その夜、夕食を食べながらわたしたちは秘密の微笑みを浮かべていた。実に簡単だった。造作もなかった。崖からフリーフォールするみたいに、いざやってみたらなんてことなかった。

夏の終わり頃に満開の花が咲いた。

レースのような花がひとつ開くたび、わたしたちは急いで花を摘み、種を収穫した。森の木々が色づき、葉を落とす頃には冬を越すのに充分な種を手に入れていた。次にまた蒔ける分まであった。その夜、わたしたちは大きな焚き火を囲んで寒さをしのいだ。

チャリティは腕をさすり、焚き火に近づいて体を温めた。「発電機を少しでも使わせてもらえるならなんでもする」デイヴィッドは敷地の反対側にある、敷地全体が見渡せる部屋で寝ていた。夜になると閉じ込められる牢のようなシェルターからもその部屋が見えた。デイヴィッドとセレンディパティの部屋には電気があった。ヒーターとテレビがあった。デイヴィッドは西部劇が好きだった。カウボーイや先住民が出てくる映画が好きでよく見ていた。漆黒の闇夜に銃声と馬のいななきが響き、わたしたちの泣き声と混ざり合った。

「ちゃんとした食事ができるならなんでも差しだす」わたしも負けじと言った。向こう側でデイヴィッドとセレンディパティがわたしたちとは別々に食事をしていた。時々、マイケルは惣菜店で買った食事を持ってくることがあった。セレンディパティはいつもデイヴィッドの食事の給仕をしていた。そばにつきっきりで、彼の皿が空《から》になっていないか、ナプキンは手の届くところにちゃんとあるか世話をやいていた。その夜、ふたりが料理を分け合っているのを見て、口の中が唾でいっぱいになった。わたしは冷たいチキンにかじりつき、マカロニサラダをちびちび食べた。デニッシュに練り込まれたバターで唇がぎとぎとになった。

　チャリティが灰色のお粥をかき混ぜ、下を向いたまま囁いた。「うまくいった」お粥を見つめたまま笑顔で言った。「わたしたち、やり遂げたのよ」興奮で胸がぞくっとした。

　ホープも笑って肩に顎を寄せた。「お祝いにつくったの」そう言ってシャツの袖をまくった。手首に細い紐で編んだ輪をつけていた。ホープはその輪を二本はずし、わたしとチャリティにひとつずつ渡して言った。

「友情のブレスレットよ」

　友情。そのことばがわたしの咽喉にまとわりついた。涙がこぼれそうになって、慌ててまばたきした。コールドウェルに住んでいた頃、わたしには友だちがほとんどいなかった。

「五十本くらいつけていて、肘のあたりまで重なっていたこともあった」とホープは言った。わたしたちはもらったブレスレットを手首につけた。ホープの声はぬくもりを帯びていた。「妹と一緒につくって、お互いに贈りあったりもした」

「わたしにも姉がいる」とわたしは神妙な面持ちで言った。「姉は妊娠してた」この頃にはサムはもう赤ちゃんを産んでいたはずだ。家族は今もわたしのことを考えているだろうか。ふとそんなことを思った。それとも、わたしのことなんて忘れてしまっただろうか。きっと忘れられている、そう考えるのは簡単だった。そのくらい、わたしは世界から遠く切り離されていた。わたしはまちがって生まれてきた、デイヴィッドはそう言った。もしほんとうに望んで生まれた子どもなら、今頃とっくにおまえを見つけだしている。そう思わないか？　ある夜、そう言われた。

「わたしはひとりっ子なの。でも、ずっときょうだいが欲しいと思ってた」とチャリティが言った。

ホープは真ん中に座り、手のひらを上に向けて丸太の上に手を置いた。「わたしたちは姉妹よ」そう言って指を動かした。チャリティとわたしは彼女の手に自分の手を重ねた。そうして少しのあいだお互いに手を握り合った。指を絡めてしっかり握った。一緒にいれば生きのびられる、そう思った。でも、そんな時間は長くは続かなかった。続けられなかった。デイヴィッドとセレンディパティはわたしたちが仲良くしすぎるのをよく思わなかった。ふたりのどちらかが何かにつけてわたしたちを引き離そうとした。だから、わたしたちは手を離した。でも、つないだ手の感覚は覚えていた。あたたかい毛布に包まれているようだった。

それが始まりだった。そのあと十分間、わたしたちは以前の生活について語り合った。チャリティの父親はミュージシャンで、母親はカクテルウェイトレスだった。チャリティは背が高く、運動神経もよかったので、まわりはバスケットボールや陸上競技をやったほうがいいと思っていた。「でも、わたしはダンスがしたかった」と彼女は言った。オンラインのレッスン動画でステップを学び、グループホームの相部屋でくるくるとまわりながら踊った。時々、リアクション動画（誰かが何かに反応する様子を撮影した動画）を見ることもあった。初めてブルース・スプリングスティーンの歌を聞いて、感動して涙を流す男の人の動画が好きだと言った。ハイウェーをパトロールしながらラップをする警官の動画もお気に入りだった。ホープとわたしもその動画を見たことがあった。自分がどんな女の子だったか思い出すのは楽しかった。今の自分はどんな女の子かわからなかったから。

ホープは祖母と暮らしていた。祖母は清掃員として働いていた。「わたしはお祖母ちゃんのことが嫌いだった。貧乏な家だったから。育てる余裕もないのに、どうしてわたしたちきょうだいを引き取ったんだろうって思ってた」そうやって互いに自分のことを語り合った。その日の出来事はわたしたちに勇気を授けた。両手で過去にしっかりしがみつくことができた。骨の髄までしみ込んだ深い悲しみを忘れさせてくれた。勝利にひたって目を輝かせながら、暗い水の中を突き進んだ。最後に、囁き声でほんとうの名前を教え合った。その名前はそこに建てられた記念碑のようにわたしたちをつないだ。

ガブリエル。

ハンナ。

エリザベス。

「もし誰かがいつもあなたの名前を覚えていて、その名前を声に出してくれるなら、あなたは完全にいなくなったことにはならない。ほんとうに死んだことにはならない」とガブリエルは言った。それから、わたしたちは自由になったらやりたいことを全部話した。家族をハグする。好きなものを好きなだけ食べる。旅行に行く。もっとぜいたくを言えば、友だちや恋人をつくり、子どももできるかもしれない。つまらないカントリーソングみたいに聞こえる？　それが火のそばでさえずるわたしたちの歌だった。だいぶまえに打ち捨てられた鉱山に迷い込んだ小鳥が肺から絞り出した歌だった。

ガブリエル。ハンナ。エリザベス。ひとりになると、今でも時々その名前を何度も繰り返す。彼女たちを信用するのは危険だと思っていた。でも、わたしはまちがっていた。

彼女たちはわたしを信じてはいけなかった。

16

オリンピアに隣接する田舎町、レイシー。パトカーは木陰の静かな通りを進む。チェルシーは黒いミリタリーブーツの中で足の指を曲げたり伸ばしたりする。春にしては珍しくよく晴れているが、空気は冷たい。「もうすぐ着く」とモントーヤが言う。道端に放置された焼け焦げたバスからモントーヤへと注意を戻す。

モントーヤも刑事だ。首都の対テロリズム部隊での華々しい活躍をはじめ多くの称賛を得ているが、とりわけホワイトマウンテン連続殺人事件の解決に奔走したことで知られている。頭脳明晰で、有能で、ハンサムで誰からも好かれるタイプだ。ロックバンドのクリーデンス・クリアウォーター・リヴァイバルが大好きで、一番のお気に入りは『ボーン・オン・ザ・バイヨー』、僅差で『雨を見たかい』が二番だという。モントーヤはスウィッチを切って音楽を止める。指はほっそりしていて、爪はきれいに整えられている。月に一度手入れしているが、大したことはしていない。本人はそう言った。切って、やすりをかけ、磨いているだけだ。

　モントーヤについてのこうした情報はどれも二十四時間以内に知ったばかりだった。協力して令状を取り、チームのメンバーから報告を聞き、家宅捜索の準備を進めるあいだに知った。今、チェルシーの手には写真が握られている。ルイス・ソルトの顔写真とドローンが上空から撮影した彼の家の写真だ。

　ルイス・ソルトは建設作業員だったが、今は失業中だ。父親のティモシー・ソルトは強姦と武装強盗の罪でリヴァーバンク刑務所に服役している。そのティモシーのDNAがガブリエル・バーロウのスウェットシャツに付着していた血痕と部分的に一致した。ルイス・ソルトはこれまでに三度、警察沙汰の騒動を起こしている。いずれもガールフレンドとの喧嘩が原因だったが、逮捕されることはなく、有罪判決も受けていない。だから、彼のDNAは警察のシステムには記録されていない。銃の携帯許可証を持っている。森の中にある十五エーカーの土地で二階建ての家に住んでいる。敷地内には壊れかけた納屋もある。屋根の一部がへこみ、板がひび割れている。ガブリエルとエリーが閉じ込められていたとしてもおかしくない場所だ。チェルシーはそう思う。さらに、決め手がもうひとつ。ソルトの車は青いステーションワゴンだった。

　チェルシーは両手をこすり合わせ、目のまえの車に意識を集中させる。警察十部隊に特別機動隊《SWAT》を加えた大捕物だ。ほんとうはあまり目立たないほうが望ましかったが、アボットは仰々しい演出を好み、コールドウェル、タコマ、オリンピアの三警察署合同チームをチェルシーとモントーヤが指揮することになった。ソルトを逮捕すれば、エリーはもう怖がらなくてすむ。チェルシーはそうなることを願っている。オリンピアまで面通しに来てくれることを、マジックミラー越しにルイス・ソルトを指差して、この人よ、この人でまちがいない、と証言してくれることを願っている。それができれば、エリーから亡霊のような眼差しが消えるかもしれない。

「そいつの手口は？」モントーヤは片手をハンドルに置いたまま、顎でルイス・ソルトの写真を示して訊く。「いつも思うんだが、こういう連中を駆り立てるものはいったいなんだろう？」

チェルシーは写真の中のソルトのまばらなひげを親指でなぞる。「その答えをこれから見つけにいくのよ」

「ああ、そうだな」ひび割れた木製の看板——熊のスモーキー（森林火災防止運動のマスコットキャラクター）が〝今日の火事の危険度は低い〟と知らせている看板——を通り過ぎる。「狂気にはすじの通った理屈なんかないのかもしれないけど」

確かにそう思えることも少なくない。しかし、チェルシーは暴力を振るう男がいることは不可避ではないと思っている。当然ではない。彼らは生まれつき暴力的なのではなく、つくりだされる。つくられた存在だ。だから……こうした悲劇はすべて防ぐことができる。そう信じている。

車は次々と道の端に寄り、茂みをなぎ倒すようにして停車する。ドアが音を立てて開く。隊員たちは防弾チョッキを着てヘルメットをかぶり、マイク付きのイヤフォンを耳に装着する。

「北側道路、安全確保」無線から報告が聞こえる。続いて、別の部隊から報告がはいる。「南側入口、安全確保」

モントーヤは耳につけたマイクで応答する。「了解」それからチェルシーに向かって言う。「きみが指示してくれ。号令と同時に突入する」隊員たちは黒いマスクを引き上げて口を覆い、ヘルメットをかぶり、盾を所定の位置につけ、銃を構える。

チェルシーは深呼吸する。肌がぞわぞわする。目を閉じて気持ちを落ち着かせる。一瞬、十五歳の自分に逆戻りする。リディアの葬儀から一年後、チェルシーは父と〈GIジョー〉にいた。廃業して今はもうないが、アウトドア用品を専門に扱っていたその店でチェルシーの迷彩服と弓矢とライフルを買った。リディアが亡くなってから、週末にバレエを見にいくことも、バービー人形を買いにいくこともなくなった。

そのかわり、警察署長だった父は金曜日から日曜日まで娘を森に連れていくようになった。危険のない安全な場所を選んで滞在したが、万が一トラブルが発生した場合の対処方法をチェルシーに教えた。初めて森で指導を受けたとき、父の話は〝べき〟であふれていた。

リディアはあの夜、出かけるべきじゃなかった。リディアはあの男に出会うべきじゃなかった。リディアは身の守り方を心得ておくべきだった。ほんとうならリディアも今ここにいるべきだった。わたしはおまえたちを自由にさせすぎた。最後に父は手で口をぬぐってこう言った。これからはそうはさせない。

銃を手に森にこもり、現実から離れられることはチェルシーにとっても救いだった。母は完全に心が壊れていたし、学校では興味本位の目を向けられていた。まるで宇宙人にでもなったような気分だった。チェルシーはリディアのまわりを周回する衛星だった。その軸を失い、ただ漂流するしかなかった。父は――いや、父だけでなく世間一般の人々も――娘を守ることに時間をかけるより、もっと息子を気にかけるべきではないだろうか。息子がおかす危険な過ちを心配すべきじゃないのか。時々そんなことを考えた。もし世の中の息子たちがちがう育て方をされていたら、そう思った。父にも一度その疑問をぶつけてみたが、父は険しい目でチェルシーを見つめ、その目つきよりさらに険しい声でこう言った。わたしには息子はいない。

チェルシーは目を開け、通りと武装した隊員たちを見渡す。爆弾を投下するにはうってつけの日だ。「心の準備はできた」とモントーヤに告げる。

モントーヤはにやりと笑い、頬をへこませ、イヤフォンに触れて指令をくだす。「全隊突入」

かすかな期待を胸に抱きながら、チェルシーたちはSWATの黒いバン〝ベアキャット〟に乗り込み、残りの部隊は周囲を包囲する。ライトが点灯し、サイレンが鳴り響く。部隊は農場に散らばる。ベアキャットが猛スピードでソルトの家に突進し、玄関のてまえすれすれの位置でカーヴを切って停まる。五人の隊員が素早く左右に移動してソルトの家を包囲する。チェルシーとモントーヤはSWATのあとについて玄関のまえまで行き、階段をのぼって朽ちかけたポーチに立つ。

ひとりが薄い板のドアを拳で叩く。ドン、ドン、ドン。「ルイス・ソルト、オリンピア警察だ。逮捕状とDNA採取許可書がでている」ドアの向こうからは何も反応はない。物音ひとつ聞こえない。玄関の上で電球がついたり消えたりする。蜘蛛の巣が張り、干からびた蛾が何匹かぶら下がっている。家のまえの庭に置かれたソファはびしょ濡れで、青いビニールシートが無造作に掛けてある。シートから水が垂れてできた水たまりの上に蚊が群らがっている。屋根の半分は陥没しかけていて、壁のペンキははげている。ブラックベリーの蔓が家にはびこっている。そのすべてが静まりかえっている。静かすぎる。チェルシーの緊張感がいっそう高まる。

ドアに破城槌が打ち込まれ、板が割れてドアが勢いよく開く。ルイス・ソルトは居間の真ん中に立っている。家と同じくらいみすぼらしい姿をしている。しみで汚れた〈グレイトフル・デッド〉のTシャツ。べたべたの髪と黄ばんだ歯。チェルシーは思わず顔をしかめる。「頭のうしろで手を組め」最前線にいる隊員が銃を構えて怒鳴る。

「おれは何もしてない」ソルトはやや南部訛りのある口調で吐き捨てるように言う。言われたとおりに頭のうしろで手を組み、十数人の警官に自動小銃で狙いをつけられ赤い光が集まる胸のあたりを見る。「おれは何もしちゃいない！」もう一度そう言う。

家の裏手から援軍がはいってきて、ソルトを完全に包囲する。

「膝をついて」とチェルシーはソルトに命令し、ファストフードの包み紙や煙草の吸い殻を踏みながらまえに進み出る。

「これはいったい……」ソルトは体を揺らす。見るからに青ざめている。「おれは何もしてない……ほんとうだ。くそっ。吐き気がしてきた」そう言うと薄汚れたカーペットの上に豪快に吐く。吐瀉物がチェルシーのブーツに飛び散る。

「うわっ。手錠をかけるか？」モントーヤはライフルで狙いをつけたままチェルシーに訊く。

チェルシーはうなずく。「わたしがやる」そう言って銃を下ろし、ミランダ警告を読み上げ、ソルトの両手を結束バンドで縛る。部屋じゅうに吐物の悪臭が漂う。モントーヤは警戒態勢を解いた隊員たちに家の中の捜索を指示する。

チェルシーはソルトの隣りにしゃがみ、腕で額の汗を拭う。ソルトをじっと見つめ、首を傾げる。これが犯人？　ほんとうにこの男がやったの？　まるで心が揺さぶられず、失望する。

「弁護士を呼んでくれ」とソルトは訴える。頬を涙が伝う。が、チェルシーは同情する気にならない。監禁されているあいだ、エリーはどれだけ泣いただろう。

ガブリエルは首に手をかけられたとき泣いていたのだろうか。リディアは死ぬまでにどれだけ涙を流したのだろう？

「署に着いたらすぐに呼んであげるわ」とチェルシーは言う。「でも、そのまえにあなたのＤＮＡを採取しなくちゃならない」そう言って鑑識係に合図する。「さあ、いい子だから口を開けて」

ソルトは顔を引きつらせて口をぎゅっと閉じ、チェルシーに唾を吐こうとする。チェルシーはさっとまえに出てソルトの頬をつかむ。手袋をしていてよかった。「お願い」と鑑識係に向かって言う。鑑識係はそばに来て、殺菌した綿棒をソルトの口に突っ込んでまわす。

チェルシーは立ち上がり、家の中を見てまわる。といっても、見るほどのものはほとんどない。クッションが切れて詰め物が飛び出した茶色いソファ。一九七〇年代から使われていそうな不格好なコーヒーテーブル。壁は剝き出しで、黄色く変色している。チェルシーは寝室に移動する。床にマットレスが直に置かれ、足もとに汚れた白いシーツが丸まっている。クローゼットを開ける。フックにベルトが掛かっている。その隣りに赤いバンダナがある。腕の毛が一気に逆立つ。エリーの家の居間で彼女から話を聞いたときの記憶がよみがえる。顔は見てない。まぶしくてよく見えなかった。その人はバンダナで鼻と口を隠してた。そのあとエリーは確かにこう言った。赤。赤いバンダナだった。

大声で鑑識を呼ぶ。興奮がゆっくり込み上げ、胸が熱くなる。安堵の熱。とうとう捕まえた。もうすぐ何もかも終わる。白い防護服を着た鑑識係が部屋にはいってくる。「これを押収して」チェルシーはバンダナを指差して告げる。

17

「気分はどう、エリー？」サリース・フィッシャー医師はノートの一番上に見出しを記入する。エリー・ブラック。二回目のセッション。今日は日射しがまぶしい。光に過敏になっているエリーを案じて、サリースはあらかじめカーテンを閉めておいた。部屋の隅に置かれたランプがひとつだけついていて、温かみのある黄色い光を放っている。

エリーは体を動かし、肩をすくめる。髪は洗っておらず、汚れている。シャワーも浴びていない。サリースはそのことを頭の中でメモする。「変わりはない」とエリーは答える。

サリースは昔からの友人のように微笑んで言う。

「まだセロハンに包まれているみたいな感じがする？」

エリーはまた肩をすくめて答える。「時々」

サリースは今度はノートにメモする。まだ体が切り離されている感覚がある。「そうじゃないときはどんな感じ？」

エリーは両手の指を組む。きつく握りしめているせいで関節のまわりが白くなっている。「閉じ込められてる感じ。すごく怖い。それとあの感覚」ためらうようにそっと言う。「なんだっけ、ほら、自分が誰だかわからない感じ」

「同一性混乱？」サリースはまたメモを取り、アンダーラインを引く。自己意識を表現できない？

「そう、自分が誰なのかよくわからない」エリーはそう言って両手で目を覆う。サリースは以前にもほかの患者が同じ仕種をするのを見たことがある。ふがいない気持ちの現れだ。羞恥心。言いようのない絶望。

「実は……このあいだ髪を切ろうとしたんだけど」

「そうなの？」

「どうしてかわからないけど……いざハサミを髪にあてたら、切れなかった。どうしてもできなかった。結局、手が痙攣するまでずっとそうしてただけだった」

「髪を切ることは許されてない。お母さんにそう言ったそうね」サリースは思いきって言う。「それってどういう意味？」エリーの顎が動く。歯を嚙みしめて黙っている。サリースは話題を変えることにする。「ご両親の話では、人に会うようになったってことだけど」

「ダニーだけ」とエリーは答える。そのあとまた沈黙する。

「それで、どうだった？」とサリースは優しく促す。

「大丈夫だった」エリーはスウェットシャツの袖を引っ張って握る。「ていうか、大丈夫じゃなかった。彼はわたしに触ろうとした。でも、そういうことじゃない」はっとしたようにサリースに視線を向ける。

「じゃ、どういうこと？」サリースは慎重にことばを選んで訊く。エリーがもっと話してくれるのを辛抱強く待つ。

「抱きしめようとしたんだと思う。それだけ。でも、とにかく怖くて」そこで口をつぐむ。

「それで？」

「わからない」エリーはそう言って首を振る。「気持ちは触れてほしいのに、触られるのは耐えられない」

「そのうち大丈夫になるわ。今はまだ肉体的な接触を伴う愛情表現を受け入れる準備ができていないだけ」肉体的な接触ということばにエリーの顔が苦痛でゆがむ。「自分を責めないで」サリースはそう言ってエリーの反応をうかがう。

エリーはぎゅっと目を閉じて言う。「話題を変えて。お願い」

サリースは息を吸って続ける。「わかった。帰ってきてから、ほかの友だちには会ってないのよね。どうして？」

エリーはかぶりを振り、窓の外に目をやる。果てしなく続く海を見ながら答える。今日は波が穏やかだ。

「それは、友だちがあまりいなかったから。つまり、連れ去られるまえはってことだけど」とエリーは説明する。

「なるほど」サリースはそう言うとノートを脇において続ける。「今日はアートセラピーをやってみたらどうかと考えてたの。話はしなくていい。どうかしら？」エリーにとっては話すよりも絵を描くほうが気持ちが楽かもしれない。話すことはできなくても、絵で何かを伝えてくれるのではないかとサリースは期待している。

エリーは顔にかかった髪を払いのけて答える。「わかった。たぶんできると思う」サリースは顔を輝かせて言う。「よかった」

「あなたって簡単に喜ぶのね」とエリーは口走る。それからすぐに、恐怖に引きつった顔をして口を覆う。

「言っちゃいけないことだった。ごめんなさい。ごめんなさい。ごめんなさい」早口でまくしたてる。ぶたれるのを覚悟するかのように体を強ばらせる。

「まあまあ」とサリースはなだめるように言う。エリーの緊張が解ける。「気にしないで。面白いジョークだったわ」

「帰ってきてから、なんて言うか、わたしのせいでみんながふさぎ込んでる気がして」とエリーは言う。

「傷を癒やす方法に正解はないわ」サリースはそう言って、画材を取り出しコーヒーテーブルに並べる。デッサン用の太い木炭、先の尖った色鉛筆、油彩絵の具、大きなスケッチブック。

「正しいことしてるって思うと気分がいい」

「あなたがしてることは全部正しいことよ。音楽をかけてもいい？　音楽を聞きながら何か描いてくれる？」

エリーは厚いスケッチブックを両手でつかんで持ち上げる。「何を描けばいい？」サリースは少し考える。さっきエリーが言ったことを思い出し、直感に従うことにする。「友情の形を描いてみたらどうかしら」連れ去られるまえは友だちがあまりいなかった。エリーはそう言った。だったら、拉致されたあとは？　行方不明になっていたこの二年間はどうだったのだろう？

「わかった。描けると思う」エリーは落ち着かない様子で呼吸し、木炭を手に取って描きはじめる。

あっというまに時間が過ぎる。サリースはコンピュータに向かって仕事をしているふりをしながら、エリーをじっくり観察する。記憶にひたり、なかばトランス状態にあるようなエリーを見ている。セッション終了の時間まであと五分になり、サリースは音楽を止める。エリーははっとして顔を上げる。木炭を握っていた人差し指と親指から力が抜ける。

「さあ、もう時間よ、エリー。何を描いたか見てみましょう」サリースは両手を広げ、作品を見せるように促す。エリーはスケッチブックから二枚はがしてコーヒーテーブルに並べる。

サリースは絵を汚さないように指先でエリーの作品を自分のほうに向ける。エリーが両手をこすり合わせる。手のひらに青と紫と黒と黄色の油彩絵の具がつく。痣と森の色だ。

サリースは二枚の絵をそっと持ち上げ、唇をすぼめて訊く。「野原？」それから右手に持った絵をよく見る。白樺の木立があり、その奥に血のように真っ赤な夕日が描かれている。「これは……？」白樺の木の下が黒く塗りつぶされている。

「穴」エリーはそう言い、指の腹を引っ掻く。手についた絵の具がはがれ、破片がセージ色のソファの上に落ちる。

サリースは困惑する。背すじに冷たいものが走る。

「あなたにとってはこれが友情を示すものなの？」

この絵は墓場のようではないか？

「ええと、友情っていうより愛だと思う」エリーはうつむいて膝を見る。それから顔を上げてサリースと目を合わせる。愛ということばがふたりのあいだに漂う。首がかけられるのを待つように縄が空中にぶらさがる。

「なるほど」サリースは絵を脇に置き、もう一枚の絵を見る。こちらは木炭だけで描かれている。四人の少女。三人は背が高く、ひとりは小さい。この子だけ幼い？　大きな三人の手首にそれぞれ輪が描いてある。鎖？　ロープ？　小さい女の子の手首には何もない。輪がないことはすぐにわかる。四人とも両眼はバツで、口は恐怖におののくように縦長の楕円で描かれている。みんな死んでいるから？　「どれかがあなたなの？」サリースは小声で訊く。

エリーは手の汗をジーンズの膝で拭って答える。

「それ」

サリースはそっと息を吐く。だとしたら死んではいない？　でも怪我をしている？　「ほかの三人もほんとうにいる人？」声がひび割れ、ひびの隙間から恐怖心が漏れる。「そう」とエリーは認めて言う。

「この人たちの名前を教えてくれる？」サリースは大きいほうの三人を指して尋ねる。

エリーの瞼がぴくりと動く。「わたし……なんだか変な感じがする」ざらついた声で言い、胸をつかむ。パニック発作の前兆だ。

サリースは臨床実習で習ったとおり声をかける。「ゆっくり息をして、エリー。あなたは安全よ。あなたはここにいる。わたしと一緒にこの部屋にいる。ここに帰ってきて。エリー？」もう一度同じことを繰り返す。

効果はない。エリーは激しく頭を振り、目を開けようとしない。恐ろしい記憶にとらわれている。

「グラウンディングをやってみましょう。わたしの言うとおりにしてみて」サリースは努めて落ち着いた声で言う。どうにかしてエリーを深い水の底から引っぱり上げようとする。「足をしっかり床に押しつけて」エリーの爪先に力がはいるのが靴の上からもわかる。「そう。あなたの下にあるソファを感じて」エリーの手がソファの上をさまよう。体の震えがおさまってくる。「それでいい。背骨を感じて。あなたは背骨に支えられている。もがいている自分に気づいて。あなたは今、不安かもしれない。悲しい気持ちかもしれない。ひょっとしたら辛い記憶がよみがえっているのかも……でも、痛みを感じるってことは、その痛みのまわりにちゃんと制御できる体があるってこと。さあ、目を開けて」エリーは言われたとおりに目を開ける。「この部屋にあるものを五つ教えて」

「椅子、黄色い付箋、台座が金色のランプ、銀色のペン……」途中で途切れ、エリーは自分の描いた絵をじっと見る。口を動かすが、ことばが出てこない。

「どうしたの、エリー？　なんて言いたいの？」

「友だち。友だちが見える」エリーは手を伸ばし、絵の中の少女たちを親指で示す。悲しそうな顔になる。愛したもの、失ったものを思う表情。いなくなってしまった人を思う表情だ。

「この人たちは友だちだったの？」とサリースは訊く。

「ううん、友だちより大切な人たち」エリーは少女たちの手首に描かれた輪に触れ、それから四人目の少女のほうに指を動かす。愛情をこめてその小さな女の子の絵に触れる。「姉妹。この人たちはわたしの姉妹だった」

18

チェルシーはルイス・ソルトをパトカーの後部座席に押し込み、自分はモントーヤの隣りの助手席に乗ってドアを閉める。エンジンがうなり、ライトがつく。「CCRは好きか？」ソルトは何も答えない。両手に手錠がかけられ、うしろに固定されている。「クリーデンス・クリアウォーター・リヴァイバルのことだ。史上最高のバンドだよ」とモントーヤは説明する。「ファンじゃないのか？」

「一番に選ぶほど好きじゃない」とソルトは吐き捨てるように言う。鼻水を垂らし、顔に髪がかかっている。

「それは残念だ。おまえがこれから行くところは好きなものを選べる場所じゃない。今のうちに慣れておくほうがいい」モントーヤはカーステレオのスウィッチを入れ、『雨を見たかい』が後部座席にも聞こえるようにボリュームを調節する。パトカーが走りだす。チェルシーはほくそ笑む。計画どおりにことが運び、気持ちが昂る。


オリンピア警察署。チェルシーはマジックミラー越しにルイスを見ている。

「まだ白状しないのか？」モントーヤが隣りに立つ。黄色い液体のはいった紙コップを持っている。コーヒーよりもマウンテンデューが好きらしい。戦闘服からTシャツとジーンズに着替え、バッジはチェーンで首からさげている。チェルシーも今は私服だ。フランネルのシャツにジーンズという恰好で、バッジはウエストに留めてある。

「おれは何もしてないの一点張りで、埒が明かない」

チェルシーはそう言って腕を組む。そろそろ我慢の限界だ。もう五時間経つ。必要なのは全面的な自白。それ以外は意味がない。

「実は、もっと悪いニュースがある」とモントーヤは言う。

チェルシーは彼を睨む。目の下の筋肉がぴくっと痙攣する。疲れている。ただそれだけだ。「悪いニュースって？」

モントーヤはカップを置き、携帯電話を差しだす。「突入したあと、ソルトの家を徹底的に捜索したが、何も見つからなかった」携帯電話の画面には警察官の胸に付けられた小型カメラの粗い映像が映し出されている。今にも壊れそうな納屋を捜索している。懐中電灯の光が朽ちかけた干し草置き場から土の床に移動し、跳ね上げ式の戸の上で止まる。

「来てくれ」とひとりが大声で呼ぶ。別の警察官が画面に現れ、戸を引き上げる。銃を構えたまま埃だらけの階段を駆け降り、床下のスペースにはいる。

「誰もいない」と地下に降りた警察官は言い、カメラを三百六十度まわして室内を撮影する。「棚と古い瓶があるだけだ。瓶の中身は……」蓋を開けて確かめてから続ける。「……ピクルス。人が生活していた形跡はない」ややあってから警察官は言う。「なあ、兄弟、このピクルスを食べられたら五十ドルやるよ……」モントーヤはそこで画面を閉じる。

「片づけたのかもしれない」とチェルシーは言う。「それならすじは通る。エリーに逃げられ、捕まることを怖れたソルトが証拠が残らないようにきれいに掃除したとしてもおかしくない。

「その可能性はある」とモントーヤは落ち着いた様子で答える。「警察犬を向かわせた。きみの大事な少女たちが閉じ込められていたなら、何か見つかるだろう」

チェルシーは頭の中で証拠品をひとつずつ確認する。

青いステーションワゴン。赤いバンダナ。辺鄙な場所にある家。「ソルトはほかにも土地を持ってるのかも。そこに少女たちを監禁してたってこともありえる」考えを声に出す。

「調べてみるよ」とモントーヤは言う。

チェルシーは首を傾げる。ソルトが関わっていることはまちがいない。直感がそう訴える。何かが見つかる予感がする。そう言えば、ふたつ向こうの郡で、ある刑事の直感が事件解決に結びついた事例を聞いたことがある。三歳の子どもが母親の家からいなくなった事件だった。両親は親権を争っていた。警察は父親の家を捜索したが、そこには子どもはいなかった。そのとき……その刑事は床板がほかの場所とちがう部分があることに気づいた。幼い少女は床下に隠されていた。iPadを持たされ、ヘッドフォンで耳を塞がれて床の下で丸くなって寝ていた。「DNA鑑定の結果はまだ出てない」とチェルシーは言う。ゲームから降りるのは早い。彼女の手もとにはまだカードがある。

「ああ」モントーヤは壁に掛かった時計を見て言う。「DNA鑑定の結果が届くのは二日後だ。「なんとかしてやつに口を割らせるしかないな。四十八時間……いや、あと四十三時間拘束できるだけの根拠は充分にある」

「そうね」チェルシーは鏡の向こうにいるソルトを顎で示して言う。「彼にはまだ聞きたいことがある」

ルイス・ソルトの担当弁護士は夕方五時にようやくやってくる。「遅くなってごめんなさい」と言いながら慌ただしく警察署にはいって来ると、せわしない手つきで名刺を出してチェルシーに渡す。「朝からずっと裁判所に詰めていたものだから」そう言って挨拶を済ませる。象牙色のイヤリングをつけ、シンプルな茶色のブレザーに揃いのスカートを合わせ、ヌードカラーのハイヒールを履いている。マジックミラーのまえで立ち止まり、鏡越しにルイス・ソルトをじっと見る。

「ずっとあそこに閉じ込めてるの？」腕時計で時間を確認して続ける。「家に突入したのは朝の十時だった。七時間ぶっとおしで監禁してるの？」

「食事と水を与えているし、トイレ休憩も取らせてる」とチェルシーは弁解する。

弁護士は顔をしかめる。「容疑は？」

「誘拐、レイプ、それから殺人の疑いで連行したんだけど……」弁護士は丁寧に形を整えた眉を吊り上げて聞く。「で？」

チェルシーはため息をつき、額を掻く。全部正直に話すしかない。「彼の家から犯罪を示す証拠は何も見つからなかった。ただ、被害者の証言と一致する赤いバンダナがあった。それから、彼の車の車種と型式《かたしき》が犯行現場の防犯カメラに映っていた車と同じだった」

「偶然よ」と弁護士は迫る。

「かもしれない」とチェルシーも認めて肩をすくめる。

「今、警察犬が家を捜索してる。それから」チェルシーは語気を強める。「一年まえに遺体で発見された少女のスウェットシャツからDNAが検出された。そのDNAはソルトの服役中の父親と部分的に一致した。ソルトのDNAを採取して、今調べてもらってる。もし、DNAが一致したら……」本心では不安を感じているものの、チェルシーはいかにも自信ありげに言う。

弁護士は鼻をつまむ。DNAがソルトのものと一致したらどうなるか、ふたりともよくわかっている。有罪が確定したも同然だ。裁判で有罪が宣告され、長い刑期が言い渡される。

「正直に話してくれるなら、地方検事補に口添えしてもいい」とチェルシーは申し出る。どうしてもソルトに自供させたい。それはほんとうだ。自白するなら、地方検事補に好意的に報告する。それもほんとうだ。ただし、ソルトのためではない。エリーのため、ガブリエルの祖母のためだ。DNAが一致して、事件が解決したら、裁判に持ち込まずに司法取引を持ちかける。これ以上、エリーとガブリエルの祖母に辛い思いをさせないために。過去を思い出させ、苦しい思いをさせないために。きみの大事な少女たち。モントーヤはそう言った。が、彼はまちがっている。エリーもガブリエルもチェルシーのものではない。その逆だ。チェルシーは彼女たちのためにいる。

vii

激しい雨がビニールシートを打つ。外の景色はぼやけていたが、見分けはついた。上空を鳥が飛んでいた。飛び方と大きく開いた羽根の形からハクトウワシだとわかった。あれだけ高い場所からなら、すべてが見渡せるにちがいない。半エーカーの敷地に点在するコンクリートの建物。夜、寝るときに閉じ込められる半地下のシェルター。貯蔵庫《サイロ》に見せかけた武器庫。ディヴィッドがひとり占めしている砲弾室と将校の宿舎、それに砲台。この施設は第二次世界大戦中に日本軍が潜水艦で上陸した場合に備えてつくられた要塞だった。

その施設の中でディヴィッドは聖書を開き、詩篇の一節を読み上げた。「私が信頼し、私のパンを食べた親しい友までが、私にそむいて、かかとを上げた」そこでぱたんと聖書を閉じた。蒸し暑い日で、吐き出した息が室内にこもっていた。「この中に裏切り者がいる」

チャリティとホープとわたしはひざまずいて並び、黙っていた。セレンディパティはその横で腕を組んで立っていた。顔にかすかな恐怖を浮かべていた。セレンディパティが怖がっているのを見たのはこれが初めてだった。胃がひっくりかえる心地がした。

ビニールシートが開き、マイケルがはいってきてデイヴィッドのそばに立った。わたしはずっと目を伏せていた。覚えているのはマイケルのブーツの爪先に土がついていたことと、わたしの膝のまえで土の床にばらまかれた種だけだ。ホープが隣りで震えているのがわかった。わたしたちの大切な種。

「おれが知らないとでも思ったか？　気づかないと思ってたのか？」とデイヴィッドは歯ぎしりしながら言った。「おれを見ろ！」

マイケルがわたしの頰をつかんで無理矢理上を向かせた。口が切れて血の味がした。「誰のアイディアだ？」とデイヴィッドはわたしたちを交互に見て言った。

誰も何も答えなかった。息が苦しくなり、咽喉から音が漏れた。マイケルはわたしの顔から手を離した。デイヴィッドはわたしを見下ろして言った。「なんとか言え」

わたしはうなだれた。

すると、デイヴィッドはいきなり笑いだした。ぞっとするような笑いだった。「わかった」それから種を見てうなずき、命令した。「拾え」わたしは顔を上げてホープを見た。それがまちがいだった。マイケルの手が勢いよく飛んできて、ホープの頰を叩いた。「拾えと言ったんだ」とデイヴィッドはもう一度言った。

種を拾うあいだ、ホープはずっと頰を押さえていた。

両手が種でいっぱいになると、デイヴィッドはわたしたちを外の焚き火のまえに連れていって命じた。「投げ入れろ」

わたしたちは種をひとつずつ火に投げ入れた。いくつかは手のひらにくっついて、払い落とさなければならなかった。デイヴィッドはそんなわたしたちをじっと見ていた。その顔は影と闇を反射していた。種が黒く焦げ、灰になるとデイヴィッドは言った。「馬鹿な子たちだ。なんて馬鹿なことを」

わたしは目をかたく閉じた。どこか遠くにいってしまいたかった。鳥か虫になってその場から飛び去りたかった。手首に温もりを感じた。ホープからもらったブレスレットにデイヴィッドが指をかけていた。「きれいだな」と彼は言った。「それに、お揃いだ」視線がホープとチャリティの手首に注がれた。「それも燃やせ」

ブレスレットの結び目をほどくと、涙があふれた。はずしたブレスレットを火にくべた。ホープとチャリティもそうした。ブレスレットが燃えるのを見ていたらだんだん悲しみが増してきて、ますます涙がでた。

そのあとのことはよく覚えていない。何があったにしろ、記憶がところどころ欠けている。ほんの一秒。一瞬の出来事だった。

ベッドで寝ていたら、金属のドアが開いてデイヴィッドが部屋にはいってきた。マイケルも一緒だった。部屋が急に狭くなった気がして、わたしは体を強ばらせた。

デイヴィッドはベッドの端に腰掛け、すぐ横のシーツを軽く叩いた。指の関節は傷だらけで血が出ていた。わたしはまえに進み出た。ベッドの縁から出た足は床に届かずぶら下がった。マイケルはドアのまえに立って見張っていた。足もとで犬たちが舌を出していた。仔犬もいた。額に白い印があったので、わたしはその仔犬をスターと名づけた。ある日、マイケルはほかの仔犬を連れていき、ひとりで帰ってきた。

「誰のアイディアだ？　種を植えようと言いだしたのは誰だ？」デイヴィッドはヘビが音を出すようにそっと訊いた。「先に言っておく。答えはもう知ってる。だから、ほんとうのことを言え。そうすればおれたちはまえに進める」

爪が手のひらに食い込んだ。血が出そうになるくらい深く。ホープとチャリティはなんと言ったのか？　わたしが言いだしたと話したのだろうか？　どうすればいいかわからず、ただ下を向いた。これはゲーム？　どれほどひどい罠が仕掛けられているの？　いや、もしかしたら、デイヴィッドはほんとうのことを言っているのかもしれない。わたしはすっかり混乱していた。デイヴィッドは罠を仕掛けるのが好きだった。わたしたちが彼の思惑どおりに罠にはまると、ここぞとばかりに救出しにやってきた。

「おれは傷ついてる。何もかも与えてやってるのに。食べものも。この家も。その見返りがこの仕打ちか？」デイヴィッドはわたしの膝を強くつかんだ。

「マイケルがおまえの部屋で種を見つけた。驚いたか？　おれたちがおまえを監視していないとでも思ってたのか？」彼のことばは縄となってわたしの首にかかり、じわじわと首を絞めた。「おれの親父は昔、おれの部屋を掃除してた。おれのためによかれと思って。おれも同じ気持ちでおまえを見守っている。おまえが道を踏み外さないようにすることがおれの務めだから」デイヴィッドはため息をついた。わたしは自分の体に腕を巻きつけた。震えが止まらなかった。「おまえたちがこっそり笑いあってるのを見た。おまえはチャリティとホープのことが好きなんだな」わたしの膝をつかんでいる手の力が緩んだ。「おまえのせいじゃない。おまえは愛に飢えていた。愛されたかった。ちがうか？　だけど、あのふたりはおれとはちがう。おまえのことを愛してなんかいない。友だちでもない。

友だちだったら、これはおまえが言いだしたことだなんて――」

「やめて」わたしは歯を食いしばって言った。信じたくなかった。無意識に指で友情のブレスレットに触ろうとしたけれど、ブレスレットはもうなかった。火の中で燃えてしまった。悪魔が仕掛ける最悪の罠は、この世に悪魔などいないと思わせることではない。友だちだと思っていた人が実は敵だったと信じ込ませることだ。

「そもそもふたりはおまえのことなんて好きじゃないんじゃないかな」とデイヴィッドは駄目押しした。

「もう一度訊く。誰が考えたことなんだ?」

わたしは崩れ落ちた。目をつぶってしばらくうずくまっていた。どうしたらいいか必死に考えた。「わたしが言いだした。小川のそばに種を植えて育てればいいって」

「植えた種はどうやって手に入れた?」デイヴィッドの目つきが変わった。影がいっそう濃くなった。自分が支配者だと知っている者の目だった。力を持っているのは誰かわかっていた。勝利を確信していた。

そこで踏みとどまらなければいけなかった。自分を犠牲にして罪を被るべきだった。戦うべきだった。そうするのが当然だ。ちがう? 決して降参してはいけない。

時の流れの中の一瞬のことを考えたことはある? ほんの数秒。もし戻れるなら、なかったことにできるなら、それこそなんでもする。そんなふうに思う瞬間はある? わたしにとってはこのときがまさにその瞬間だった。ほかのどんなことより後悔している。あの夜、駐車場で用を足したことよりも、ダニーと喧嘩したことよりもはるかに大きな後悔。その瞬間は絡まってできた黒い玉となって、私の心の中にずっと居座っている。

わたしは口を開いた。ほんとうのことを話して、罪を被ろうとした。「種を見つけたのはガブリエルだけど、植えて育てようと思いついたのはわたし。だから、ふたりに罰を与えないで――」そこではっとして話すのをやめた。口を滑らせたことに気づいた。絶対に誰にも言わないと誓った名前を言ってしまった。ホープではなく、ほんとうの名前で呼んでしまった。ガブリエルと言ってしまった。声が咽喉に張りつき、懇願はことばにならなかった。部屋のドアに鍵がかかる音がした。

一瞬だった。

ドアが開き、勢いよく閉まる音がしてわれに返った。悲鳴が聞こえた。痛みで泣き叫ぶ声がした。「許して、デイヴィッド」壁の反対側からホープの声が聞こえた。わたしは部屋を突っ切り、ドアを叩いた。「ホープ」何度も何度もドアを叩いて叫んだ。「ホープ」

「おまえはおれの一番のお気に入りだった」デイヴィッドの声がした。

「デイヴィッド」セレンディパティがおそるおそる言った。「こんなに謝ってるんだから――」

「黙れ！」とデイヴィッドは怒鳴った。ばしっ。拳が肉体を殴るくぐもった音がした。

静かになった。わたしは急いでベッドを窓の下まで移動させ、ベッドの上に立って、窓台越しに外をのぞいた。彼らが角を曲がってくるのが見えた。マイケルがホープの腕をつかみ、引きずるようにして歩かせていた。ホープは抵抗したけれど、無駄だった。高波をまえにして目を閉じるようなものだった。デイヴィッドは犬を連れてあとに続いた。犬たちは口から泡を吹き、悪意を剝き出しにしていた。セレンディパティは地面に膝をつき、顔をおおって揺れていた。わたしが時々していたみたいに、どこか遠い世界に行っていたのだろう。仔犬のスターが近づいてきて、窓の柵のそばに伏せた。わたしが冷たい鉄格子を握ると、スターは涙でしょっぱくなった指の関節を舐めた。「ホープ」とわたしは呼んだ。何度も呼んだ。彼らの姿が見えなくなるまで呼んでいた。

静寂があたりを包んだ。

鉄格子に頭を打ちつけた。スターは驚いて鳴き声をあげ、逃げていった。わたしはひたすら叫んだ。声が出なくなるまで叫びつづけた。そのあと、心に洞窟を掘り、その中に逃げ込んで赦しを求めて祈った。

一瞬の出来事だった。

19

取調室は窓がなく、白い壁とマジックミラーに囲まれた箱のような部屋だ。チェルシーはゆっくり時間をかけてソルトと彼の弁護士の向かいに座る。

「ミスター・ソルト」とチェルシーは切り出す。「エリー・ブラックについて話しましょう」

ソルトは弁護士のほうを見る。弁護士は答えていいというようにわずかにうなずく。彼らはふたりだけで二十分ほど話してからチェルシーを取調室に入れた。

ルイスが体勢を変えると手首に巻かれた鎖が音を立てる。「誰のことかわからない」

チェルシーはルイスの平然とした表情をうかがう。

「じゃあ、ガブリエル・バーロウという名前に聞き覚

え は？」

ソルトは指で机を叩く。爪の隅に少し垢が溜まっている。「聞いたことないな」

チェルシーはファイルを開き、金属製のテーブル上に広げられたワシントン大学のスウェットシャツの写真を取り出す。「一週間まえ、エリー・ブラックが発見されたときに着ていたものよ。このスウェットシャツに付着していた血痕のDNAがあなたのお父さんと部分的に一致した。つまり、DNAは血縁者の誰かということ。今、あなたのDNAと照合しているところだけれど――」

ソルトは鼻で笑い、身を乗りだしてできるかぎりチェルシーに顔を近づけて言った。「一致するはずない。あんたはおれを逮捕できないよ」

ドアをノックする音がする。モントーヤが取調室にはいってきて、チェルシーのまえに紙を伏せて置き、すぐに出ていく。チェルシーはポーカーの札を取るように紙をてまえに引き寄せ、表に返して読む。〝警察犬は何も発見できなかった〟読み終えたメモを半分に折る。ソルトの家にエリーとガブリエルがいた証拠はなかった。ソルトはほかにも土地を持っているのかもしれない。が、その考えに今はあまり自信が持てなくなっていた。ルイス・ソルトではないとしたら、犯人はいったい誰なの？

「悪い知らせか？」ソルトの顔に笑みがにじむ。

「考えごとをしてただけ」チェルシーは気を取り直す。ラジエーターのスウィッチがはいる音がして、室内に暖かい空気が流れ込む。「ちょっと気になることがあって……」声に出して言う。犯人だと決めつけてルイス・ソルトを縛り上げていた糸がほどけてゆるみ、彼女の思考を別の方向へと導く。

父に連れられて初めて森にはいった日は狩りをしなかった。キャンプをし、伐採した木々を運搬するための道をドライヴした。木々が伐採されてなくなっている場所で車を停め、切り開かれた森のどこにシカやヘラジカが潜んでいるか双眼鏡で探した。いわば野生版の『ウォーリーをさがせ！』だ。一度、やぶに隠れて激しく息を切らしている飢えたクーガーを見つけたこともあった。わたしには何が見えていないの？　チェルシーは自問する。ソルトの両手に焦点を合わせてじっと見る。指がニコチンで黄色く染まっている。手首にタトゥーがある。音符と赤ん坊の足跡の隣りに日付けが彫ってある。二〇一三年二月一日。

チェルシーの腕の毛が逆立つ。「あなた、子どもがいるの？　身辺調査の記録にはそんなこと書いてなかったけど」書類をめくって確認する。

ソルトは嘲笑うように鼻を鳴らし、手首を守ろうとするかのように袖を下ろす。「娘の母親は出生証明書におれの名前を書きたくなかったんだよ」

「娘？」チェルシーは息も絶え絶えに訊く。ことばが空中でたわむ。「娘がいるの？」それまでの確信がまたたく間《ま》に打ち砕かれ、割れたガラスの破片に新しいイメージが歪んで映る。もし……もしもスウェットシャツに付着していた血液がほかの被害者のものだったら？　キンズリーは男性と女性の複数のDNAが検出されたと言っていた。〈フィッシュトラップ〉でダニーと話したあと、ほかにも被害者がいる可能性は考えた。しかし、チェルシーはルイス・ソルトを犯人と決めつけた。辺鄙な場所にある家。地下室のある納屋。それから青いステーションワゴンがその証拠だと思い込んだ。

ソルトの目がちらりと動く。「なんの話をしてるのか教えてもらえるまで何も話さない」

チェルシーは気を持ち直し、しばし考える。どう行動するのが一番賢明か？　どこまで情報を明かしてもいい？　尋問とは、わかっている事実の何を打ち明け、何を秘密にしておくかを入念に考えて振り付けしたファンダンス（扇を持って踊るストリップショー）のようなものだ。「わたしは誘拐事件を捜査してる。被害者が発見されたときに着ていたスウェットシャツに血が付いていて、その血液のDNAがあなたの父親と部分的に一致した。だから――」

「この父にしてこの子あり」とルイスが口を挟む。「父親がレイプ犯だから、息子のおれもそうだとしても不思議じゃない。あんたはそう考えた」

チェルシーはまばたきする。努めて落ち着いた声で言う。「あなたは犯人の特徴に合致していた。ほかにも条件に合う重要な証拠があった」ソルトは目を細めてチェルシーを見る。人はいかにして過ちをおかすか。チェルシーはそのあらゆる可能性を考える。今の状況はまさしく思い込みを重ねた結果だ。ルイス・ソルトは無実だった。「最後に娘さんに会ったのはいつ？」

ソルトは横を向いて腕を組む。「もう六年会ってない。娘を車において、カジノに行ったんだ」指を一本立てて続ける。「一度だけだ。それに、カジノにいたのはせいぜい一時間だ。だけど、それ以来、会わせてもらえなくなった。娘の母親が裁判をおこして、おれは親権を剝奪された」ソルトは立てた指を机に押しあてて続ける。「で、一年半まえになって……そう、一年半まえだ。警察がいきなり家に来て、ウィラのことをあれこれ訊いてきた。娘に会ってないか。居場所を知らないかって。たぶん、娘が行方不明になって母親が通報したんだろう。そんなことがあったんで、警察とは金輪際関わりたくない。あんたらはみんな同じだ。無実の人間を責めまくる。そのあいだにほんとうの犯人は逃げちまってる」

行方不明。そのことばがチェルシーの頭に引っかかる。体内のあらゆる場所が爆発しているが、平常心を保とうとする。「娘さんは何歳？」

「行方不明になったときは七歳だった。今は九歳だ」

若すぎる。パズルにはまらない初めてのピースだ。エリーを拉致した犯人は、なぜ七歳の幼い少女を誘拐したのか？　が、今は答えの出ない疑問よりも答えられる疑問に意識を集中させる。「行方不明になっているなら、どうして警察のデータベースに娘さんのDNAが登録されていないの？」

ソルトはしばらくチェルシーを見つめてから言う。「母親は検体を提出した。おれのDNAは警察が採取した。どうして登録されてないのか、こっちが聞きたい」声に苛立ちがにじむ。

チェルシーはうなずく。理由は嫌というほどわかっている。容疑者が特定されていない事件の場合、DNA鑑定は一年かかることもある。どの警察署でも採取した証拠がいくつもの棚を埋めるように並び、検査を待っている。その様子がありありと目に浮かぶ。検査にはコストがかかるからだ。人手も足りない。何より、チェルシーが働いている警察という場所は女性と女性の権利を守るためにつくられた組織ではない。ひとりの少女の人生にいくらの価値がある？　「データベースの件は解決できる」チェルシーはソルトの情報をまとめたファイルをもてあそびながら続ける。「今、明らかになった新しい事実を照らしあわせると、あなたの娘さんも同じ犯人に拉致された被害者だと思う」

「やっと正解にたどり着いたみたいだな」ソルトはまた腕を組み、チェルシーが背にしている壁を見て言う。「おれは生まれたときと同じくらい潔白だ」

「わかった」とチェルシーは短く答える。「じゃあ、娘さんのことを話して。どんなことでもいい」

束の間、室内が静寂に包まれる。「話せることはあんまりない。最後に会ったのは娘が二歳のときだから。名前はウィラ。すごくかわいい赤ちゃんだった。生まれつき、ほっぺに痣があった。赤い痣があった」ソルトは自分の目の下あたりに指で円を描く。

「事件の捜査について何か知ってる？　娘さんに何があったのかとか」

ソルトは指で机を叩きながら答える。「自転車に乗って遊びにでかけて、通りで連れ去られた。少なくともおれは母親からそう聞いてる。おれが思うに、きっとあいつの新しい男が関わってるんだよ」

充分だ。これ以上聞くことはない。もはやソルトは用済みだ。チェルシーは立ち上がり、弁護士に礼を言う。が、ソルトには目もくれずに取調室を出る。モントーヤは隣りの部屋でマジックミラー越しに一部始終を見ていた。

「ウィラの写真がいる」とチェルシーは言う。

「もう手配した」モントーヤは携帯電話を持ったまま答える。

心臓が倍速で鼓動を打つ。「DNAもいる。行方不明になったとき何かしら押収してるはずよ。事件を担当した鑑識からウィラのDNAを入手して、エリーが着ていたスウェットシャツのDNAと照合する必要がある」

「事件の捜査ファイルが届いたらメールで送るよ」

チェルシーは部屋の隅に移動し、両手を目にあてる。星が見えるほど強く押さえつける。怒っている。困惑している。三人目の被害者がいた。エリーはどうしてウィラのことを話してくれなかったのか？　隠さなければならない理由があるのか？

気が動転し、頭の中が靄に包まれたままコールドウェルに戻る。途中でモントーヤからウィラの写真が送られてくる。サーヴィスエリアに車を停め、送られてきた写真を見る。一枚目は学校で撮影した写真だった。ウィラはカメラに向かって笑っている。頬の赤い痣は咲かなかったバラの花のように押しつぶされている。二枚目の写真のウィラは運動場でジャングルジムにぶら下がっている。絵に描いたような最高の子ども時代。幸せに満ち、美しく、傷つくことを知らず、家に連れ帰ってもらうのを待っている。

viii

きっとみんな次の少女のことが気になってると思う。必ず次がいると決まっているから。ちがう？　誰かが連れ去られるのを待っている。流されるのを待っている。その子の話をしようと思う。その子はどんなふうにしてやって来たか。冬だった。何もかもが枯れ果てて、寒かった。そんな中で、彼女だけは光り輝いていた。まぶしかった。ホープの再来だった。彼女がわたしの生きる理由になった。救いへの道だった。

ホープが殺されたあと、わたしは一日じゅう部屋に閉じ込められていた。日が沈む頃に鍵が差し込まれる音がして、ドアが開いた。戸口にセレンディパティが立っていた。右の頬が腫れていて、黒に近い痣になっていた。穴のあいたセーターを着ていて、左の袖口は毛糸がほどけていた。

「食べものを持ってきたわ」セレンディパティはパンを持って部屋にはいってきた。イーストの香りがガソリンのにおいに混ざった。何時間かまえ、デイヴィッドはわたしたちが植えたアン女王のレース《クィーン・アンズ・レース》が育っていた一画を焼き払った。セレンディパティは小脇に洋服も抱えていた。ワシントン大学のスウェットシャツ、ジーンズ、靴下、わたしの足にはサイズが半センチ大きすぎるスニーカー。ホープのものだ。「それからこれも」そう言って持ってきた服と靴をベッドに置く。「あなたが持っていたいんじゃないかと思って」

わたしはベッドの上を這って進み、セレンディパティを見上げて言った。「助けて」

「近くのベーカリーで買った焼きたてのパンよ」セレンディパティは背すじを真っ直ぐに伸ばして言った。

「今日、マイケルが買ってきてくれたの」

わたしはひざまずいて懇願した。「彼があなたに何をしたかよく考えて」

セレンディパティの手がゆっくりと頬をかすめ、髪が抜けて薄くなった後頭部にぎこちなく触れた。それからおずおずと微笑んだ。

「最近、デイヴィッドは少し変なの。彼がどれだけストレスを感じているか、あなたにはわからないでしょうね」

「いつかあなたも殺される。きっとみんな殺される」

胃が口から飛び出しそうだった。涙が泡になって流れた。「ほんのちょっとでいいから目をつぶって。急いでここから出ていくから。来たいなら一緒に来てもいい」

ほんの一瞬、セレンディパティの目が揺らいだ。

「あら、わたしはここから離れるわけにはいかないわ」それから声を落として続けた。「あなたにはわからない。デイヴィッドがわたしのためにどれほどの犠牲を払ってくれたか。どれだけわたしを必要としてくれているか」間《ま》があく。セレンディパティは何かを思いついたように眉間にしわを寄せる。「時々、デイヴィッドになんて言うか、あらかじめ考えておくことがある」彼女はそっと打ち明けた。「あなたも試してみるといいわ」それから舌打ちし、首を振って言った。「自分の爪を見てごらんなさい」わたしの爪は壁を掻きむしったせいで割れていた。「デイヴィッドは爪が汚いのが嫌いなのよ」

今ならわたしにもわかる。結局わたしたちは囚われていた。わたしを閉じ込めていたのは森と犬と怒りを抱いた男たちだった。セレンディパティは彼らに依存しきっていた。ただ、あのときはそれがわからなかった。「くそくらえ」怒りが口をついて出た。「あんたもあいつらと同じなんだね」

セレンディパティの口もとがゆがんだ。「ちがうわ」

室内の空気が変わった。三人目がいることで広くなった気がした。「邪魔してしまったかな？」とデイヴィッドの声がした。

セレンディパティの様子が一変した。「食べものと服を持ってきただけ……」

デイヴィッドは手招きした。セレンディパティがそばまで行くと、耳もとで何か囁いた。彼女が泣き崩れるとその体を抱きかかえ、こめかみにキスして、脂ぎった髪を撫でた。それから彼女の頬を両手で包み込んだ。軽く触れられただけなのに、セレンディパティは顔をしかめた。「こんなことはしたくなかった」デイヴィッドはそう言うと手を離した。「ふたりだけにしてくれないか？」

セレンディパティはうなずき、小走りで出ていった。わたしは部屋の隅に縮こまっていた。デイヴィッドは天井を見上げ、長いため息をついた。それから、わたしのまえに来てしゃがんだ。顎をつかまれ、咽喉の奥から音が漏れた。セレンディパティに助けを求めたのを聞かれてしまっただろうか？「今日はみんなにとって辛い日だった」とデイヴィッドは言った。その目は冷たく、暗く、深く沈んでいるようだった。ホープの悲鳴がまだ耳に残っていた。許して、デイヴィッド。

「ホープは……なんて言ったらいいか……」そう言って手を下に下ろし、嘘くさい笑みを浮かべた。叱られた小学生みたいだった。「ああいう女を見ると、自分ではどうにもできなくなる。実のところ、おまえたち女はみんなそうだ。笑顔を武器にして、約束してはその約束を破る……」デイヴィッドは言いよどむ。「それはどうでもいい。おれには償わなきゃならないことがたくさんある。責任は全部おれにある。もっと気をつけていないといけない。みんなしておれを手玉に取ってる。ちがうか？　おれに何が言える？　結局のところ、おれはただのガキなんだ」ややあってから真面目な口調で続けた。「今回のことでおれは学んだ。おまえも学んでくれ。おれの愛にも限界がある。それを忘れるな」デイヴィッドは体勢を変え、わたしの太腿をつかんだ。カブトムシが肌の上を這っているみたいにぞわぞわと悪寒が走った。「誰かに寄りかかりすぎてはいけない。ホープは松葉杖だった。おれたちは自由になったんだ。いつかおまえもおれに感謝する日がくるだろう」

デイヴィッドが部屋から出ていくと、わたしはスウェットシャツを頬に押しあてた。まだホープのにおいがした。ホープの姿が見えた。ホープの衣服を身につけた。ジーンズを穿き、スウェットシャツを着て、スニーカーを履いた。体の表面は震えが止まらなかったけれど、内面は静かだった。それがデイヴィッドのやり方だった。心が無になるまで壊す。空っぽになって、彼が満たしてくれるのを待つように仕向ける。わたしはパンをちぎって無理矢理口に押し込んだ。ホープの服はジーンズの膝が泥で汚れていたけれど、それ以外はいい状態だった。きれいで暖かかった。スウェットシャツに血がつくのはこのあとだ。

夜明けまえ、泣き声で目が覚めた。体が硬直していた。すっかり弱っていた。耳を澄ました。夜の音のほかは何も聞こえない。聞こえるのは風に揺れる木々とコオロギの鳴き声、それから時々フクロウが鳴く声だけだった。

また泣き声がした。甲高い声。自然界の物音ではない。人間だ。無意識に泣き声がした遠くのほうを見た。また聞こえた。今度は泣き叫ぶ声がかすかに聞こえた。わたしは拳を握り、手をひらき、また握った。肌がじっとり濡れていた。女の声だった。かなり若い。犬が吠えた。遠くで少女が泣いていた。わたしも一緒に泣いた。涙が頬を伝った。涙が汚れたマットレスの溝に落ちたが構わずに泣いた。

デイヴィッドはまた誰かを誘拐した。

二週間が過ぎ、泣き声はだんだん聞こえなくなっていった。その理由は考えないようにした。うとうとしていたら金属のドアが開いた。わたしは急いで部屋の隅に逃れ、膝を抱えた。

マイケルは無言で新しい少女を部屋に放り込んだ。少女は床にうずくまった。重なった骨の上にカエデ色のもじゃもじゃした髪が乗っていた。紫色のシャツとピンクのコーデュロイのズボンを着ていた。

「ねえ」ドアに鍵がかけられてから、わたしは囁き声で呼びかけた。シャツに仔猫の絵が描かれているのが見えた。肩をそっと押すと、少女はこっちを向いた。片方の目に髪がかかっていた。薄茶色の目をしていた。少女はその目をぎゅっと閉じた。鼻に傷があり、血が出ていた。ホープのスウェットシャツの下にはブラジャーしかつけていなかったけれど、とにかくシャツを脱いで少女に渡し、鼻にそっと押しあてた。シャツの前みごろに血のしみができた。「名前は?」少女は答えなかった。とても小さくて、わたしよりかなり若かった。

わたしはここに来てからの新しい名前を名乗った。

しばらく静寂が流れた。少女の鼻の血が止まってきたので、わたしはまたスウェットシャツを着た。少女は震えだした。制御できないほど大きく震えた。「落ち着いて」とわたしは言ったが、逆効果だった。震えはますますひどくなり、鼻が鳴りだした。小さなうなりを聞いているうちに、ホープがまえに見せてくれたハチの巣のことを思い出した。ホープは雌の働きバチを指差し、この働きバチには繁殖能力がないと言った。花の蜜を集めてきて、巣を守るのが仕事なのだと教えてくれた。働きバチは何かを刺すと自分も死ぬ。自然界の自爆テロだ。

「ねえ、息を吸って。ずっとそうしていたら具合が悪くなってしまう。お願い」わたしはうつむいて自分の手を見た。あまりに小さく、何もできない手を見つめた。「お話を聞かせてあげようか？」このくらいの歳だった頃、わたしはどんな物語が好きだった？　何も思いつかなかった。それでも、とにかく少女をなだめようと必死だった。話していればその分だけ悲しみと恐怖がはいり込む余地を埋められるような気がした。

わたしの部屋の壁には引っ掻き傷で星座が描いてあった。星図をつくれば、ここから家までどのくらい距離があるか計算できると思ったのだ。馬鹿な考えだった。わたしは少女におおぐま座の話をした。夜空に浮かぶおおぐまの体の中に幾千もの明るい銀河があると話して聞かせた。「わたしたちはその中の塵みたいなものね」とわたしは言った。

おおぐま座は北極のまわりをどんなふうに移動するか。おおぐま座は見張りや番人と見なされていること、古代ギリシャでは孤独と寒さに耐えられる唯一の動物だと信じられていたことを話した。少女の胸の動きが小さくなり、震えがおさまってきた。わたしは次にこぐま座について話した。こぐま座は道しるべになると話しながら、少女の耳に触れた。少女は体をすくめることも、わたしの手から逃れることもしなかった。

「こぐま座のしっぽには北極星があるの」とわたしは言った。少女が顔を上げた。頬に痣があった。イチゴがくっついているみたいに小さくて赤い痣だった。わたしは口角を上げ、安心させるように微笑んだ。「あ、やっと顔を見せてくれた。いくつ？」

少女は指を七本立てた。チャリティもホープもディヴィッドがこんなに幼い少女を拉致したことがあるとは言っていなかった。

少女の目から大粒の涙がこぼれ、汚れた頬にすじができた。少女はわたしの胸に飛びこんできた。おしっこと洗ってない髪のにおいがした。わたしは少女を受け入れた。新しい世界のトンネルが開き、生きる目的

少女はまるでお母さんに甘えるようにわたしの胸に顔を押しつけた。「疲れているの?」と聞くと「うん」と答えたのでベッドに寝かせた。靴下を脱がせ、足をさすり、自分のお腹に押しあてて温めた。指先を軽くつまみながらまた靴下を履かせた。腕枕をして「こぐまちゃん」と呼んだ。

それまでは、まだどうやって逃げようかと考えていた。が、この夜から逃げることは考えなくなった。少女を守るために何をすればいいかリストアップした。リストは短かった。なんでもする。それだけだった。このときは少女の名前すら知らなかったけれど、少女が自分を必要としていることはわかった。必要とされることにどれほど力があるかを知った。

あとから考えると、これもデイヴィッドの計画の一部だった。わたしの心を外の世界から遮断し、きつく縛りつけておくための策略だった。それはうまくいった。

夜が明ける頃になって、少女はようやく口を開いた。その声はか細く、かすれていて、剃刀の刃のようにわたしの肌に刺さった。「自転車に乗ってたの」と少女は言った。「あの人たちはグレースって呼ぶけど、ほんとうの名前じゃない。わたしの名前はウィラ」

わたしは少女のもろい肩をつかんだ。窓台からやすりを取ってきて、少女の爪の手入れをしながら、爪はいつも長くして、丸く整えておかないといけないと諭した。グレースは素敵な名前よ、まえの名前は忘れて。二度とその話はしないで。そう言った。わたしたちは家族よ。これから一緒に楽しいことをたくさんしましょうね。

20

霧雨の中、ブラック家のまえに車を停める。私道にキャットの車はない。ジミーのトラックも見あたらない。

ウィラ・アダムズ。その名前がチェルシーの心を引き裂く。幼い少女。誘拐されたときはまだ七歳だった。生きていれば今は九歳。ウィラは行方不明で、まだどこかで監禁されているかもしれない。気が急く。逼迫しているなどという生やさしいことばではとうてい言い表せない。混沌。死にものぐるい。恐怖で体に電流が流れる。

チェルシーは金属のような恐怖の味を呑み込む。これまで経験したことのない状況だった。エリーは被害者だ。が、同時にほかの少女が巻き込まれた犯罪の目撃者でもあるかもしれない。慎重にことを進めよ。チェルシーの心の中で警告灯が明滅する。ガブリエルは死んでしまった。しかし、ウィラはどこかにいる。生きているかもしれない。まだチャンスはあるかもしれない。チェルシーの中で優先順位が入れ替わっていた。今はウィラが最前列にいる。エリーは二の次だ。

エリーは家にいる。部屋の電気がついている。カーテンの隙間からテレビの明かりが漏れている。チェルシーはエリーにテキストメッセージを送る。〝話したいことがある。今、あなたの家のまえにいる。家にいる？〟

部屋の電気が消える。テレビも消える。上等だ。そのとき、チェルシーの電話が鳴りメッセージの着信を知らせる。エリーからだ。〝ごめんなさい。ママと一緒に出かけてる〟

人はなぜ嘘をつくのか？　その理由はさまざまだ。

誰かを守るため。自分自身の心と体を守るため。何かを勝ち取るため。いわばある種の褒賞だ。秘密を守るため。屈辱や恥から逃れるため。権力や支配力を行使するため。称賛を得るため。あるいは、罰から逃れるため。

車のエンジンをかける。エリーは意図的に何かを隠しているのかもしれない。チェルシーの疑念はますます募る。むしろ急いでその秘密を掘り起こしたくなる。早く。もっと早く。少女たちの目にかかる土を払いのけ、口の中にはいった土を出しきるまで止まるわけにはいかない。

何年ものあいだ、チェルシーは誰かの秘密を暴きつづけてきた。家や豪邸やトレーラーハウスを捜索し、ごみだらけの車も、カシミアの布で丁寧に磨きあげられた車も、ありとあらゆる車を調べ尽くしてきた。そうすることで何か手がかりを得た。が、いちばん有用な手がかりの出所は？　人間だ。

太陽が嵐の雲に負けじと弱々しい光を放つ。チェルシーはサリース・フィッシャーのオフィスのまえにいる。ボタンを押し、待合室に人がいることを知らせる。五分が過ぎる。チェルシーは狭い待合室の中を歩きまわる。偽物の植物の葉を指でこすっていると、ようやくフィッシャーのオフィスのドアが開く。

「カルフーン刑事」驚きつつも、その声はチェルシーの訪問を歓迎している。「連絡もせず、いきなり来てごめんなさい」とチェルシーは謝る。

「気にしないで。ちょうど次の患者との約束まで時間があるから。どうぞはいって」

チェルシーはフィッシャーのあとについてオフィスにはいる。いかにもくつろげそうな部屋だ。やわらかいソファ。風に揺れるカーテン。それとなく配置された美術品。どれも考え抜かれている。

「食事をしながら話してもいいかしら？」フィッシャ

ーはそう言うと、小さな冷蔵庫からサラダのはいったタッパーを取り出す。

「もちろん」とチェルシーは答える。

「じゃ、遠慮なく」フィッシャーはデスクについて座り、緑色の野菜にドレッシングをかける。最後に葉物野菜を食べたのはいつだったか。チェルシーには思い出せない。「で、ご用件は？」とフィッシャーが訊く。

「エリザベス・ブラックのことだけれど」チェルシーはソファの端のかたい場所にちょこんと座って言う。一瞬、フィッシャーの口もとが引き締まる。

「チェルシー」

「サリース」とチェルシーは言い返す。

「話せることは何も――」

「ええ、守秘義務があるのはわかってる」とチェルシーは手を振ってさえぎる。

フィッシャーはチェルシーに向かって眉を片方吊り上げる。フォークでレタスを刺して口に入れ、そっと噛みながら言う。「わざわざ来てくれたのに申しわけないけれど、あなたの役には立てそうにない」

チェルシーは次の一手を考える。どうやって攻めるべきか思案する。事実をありのまま話すことにする。釣り糸を真っ直ぐ垂れる。サリースは食いつくだろうか？「ここに来るまえにエリーの家に寄ったの。話したいことがあるとエリーにメッセージを送ったんだけれど、居留守を使われた」

フィッシャーは動きを止める。「そうなの？」

チェルシーはゆっくりうなずく。食いついた。フィッシャーの目に困惑の色が浮かんだことにチェルシーは気づく。「もう捜査には協力したくないそうよ」

「それは残念ね」フィッシャーはフォークで人参を刺しながら言う。「でも、わからなくもない」

チェルシーは今度もうなずく。被害者が警察の捜査への協力を拒むことは珍しくない。刑事司法制度はそれ自体、登るのが困難な高い山のようなものだ。レイプ事件として報告された事案のうち、重罪として有罪判決がくだるのは千件に七件程度しかない。チェルシーもそのことは知っている。重々承知している。それでも……「エリーにはよくわからないところがある。そう思わない？　むずかしい暗号を解いているみたい」チェルシーは何かを見落としている。またしても直感がそう告げる。顔を上げてフィッシャーを見る。「それがなんなのかわからないけれど、何かがおかしい」

フィッシャーの背後にある暖房器具が動きだし、室内を暖かい空気が循環する。「そうは思わない。わたしなりの言い方をするなら、エリーは以前とは別人なんだと思う。今のエリーに昔と同じことを求めるのは無理がある」フィッシャーは同情するように言う。「トラウマは人を変える」

チェルシーは下を向いてブーツを見る。編み込みの絨毯に落ちている小さな土のかけらを目で追う。それから、わざと悲しそうな顔をしてフィッシャーに向き直る。心配しているように表情を曇らせる。まさにファンダンス――今、披露しているのは入念に振り付けした舞いにほかならない。「エリーの事件に関連して、新たにわかったことがある」窓の外からかすかな波の音とカモメの鳴き声と海岸のざわめきが絶え間なく聞こえている。潮が満ちては引いていく。「一刻の猶予もない状況なの。エリーが発見されたときに着ていたスウェットシャツは、五年まえに行方不明になったガブリエル・バーロウという少女のものだった。その少女は一年半まえに遺体で発見されてる。絞め殺されていた」フィッシャーがたじろぐ。「スウェットシャツには血痕が付着していた。ガブリエルの血だと考えていたけれど、そうじゃなかった」

「ちがったの？」フィッシャーの顔が強ばる。彼女の目のまわりに疲労が見てとれる。仕事に打ち込んで疲弊しきっているのはチェルシーだけではない。どうして女はそうなのか？　なぜ捧げて、捧げて、捧げつづけるようにできているのだろう？　千件のうち、有罪判決がくだるのはたったの七件。チェルシーはその事実を思う。いつかはそれが八件になり、九件、十件になるかもしれない。ほんの小さなひとくち。彼女がかじれるのはせいぜいそれだけだ。それでもやらなければならない。満腹になる日は来ない。

チェルシーは首を振る。磨かれた板のように平らで滑らかな声音で言う。「ちがった。DNA鑑定の結果はまだ出ていないけれど、別の少女の血でまちがいないと思う。その少女は今もまだ行方不明になってる。名前はウィラ・アダムズ。生きていれば今は九歳になってる」

フィッシャーは気持ちを落ち着かせようとするかのように腹に手をあてる。

「エリーはウィラと交流があったと思う。ウィラについて何か知っていて、それを隠してる。怖くて話せないのか、意図的に隠しているのかはわからない。ほかにも誘拐された少女がいたとエリーから聞いてない？」

フィッシャーは机の上に置かれたファイルに目をやる。表紙に〝エリザベス・ブラック〟と書かれたファイルの端から紙がはみ出しているのが見える。黒いクレヨンか木炭で何か描いてある。絵だろうか？　「エリーから聞いたことを話すのはためらわれるけれど、まだ行方不明の少女がいるとなると……確かにエリーは前回のセッションであるものを描いたんだけど……」

「見せて」チェルシーは前のめりになる。

フィッシャーはファイルホルダーを開き、中身をチェルシーのまえに置く。思ったとおりだ。やはり絵だった。二枚ある。一枚は地面に穴のあいた野原の絵。もう一枚には四人の人物が描かれている。少女たちだ。チェルシーはそう直感する。ひとりだけほかの三人より小さい。おそらくウィラだろう。

「ごめんなさい。すぐにあなたに連絡すべきだった。でも、次のセッションでエリーとこの絵について話して、自分からあなたに伝えるように勧めるつもりだったの。もし知っていたら……」フィッシャーは最後まで言わない。

「気にしないで」そう言いながらも目は絵に描かれた四人の少女に釘付けになっている。四人とも口が開いている。ずっと悲鳴をあげているかのようにその形でかたまっている。

21

ダニーはドアの側柱に寄りかかり、エリーと彼女の寝室をじっと見る。山積みの服。くしゃくしゃに丸めた紙切れ。シーツがはがされたベッド。エリーはむき出しのマットレスの上であぐらをかいて座っている。感染症が蔓延しているかのような散らかりぶりと衣服の山を見てダニーは思わず顔をしかめる。エリーはぶかぶかのスウェットパンツと薄いTシャツを着ている。彼女の服ではない。おそらくジミーのものだろう。

咳払いするとエリーが驚いて顔をあげる。「ごめん」とダニーは言う。ほんとうなら〈フィッシュトラップ〉で二交代制のシフトにはいって働いている時間だが、エリーから電話で来てほしいと呼び出された。

時間が巻き戻された感覚に陥る。今度もまたエリーよりも仕事を選んだらどうなるだろう。そんなことを想像する。二度と同じ過ちは犯さない。ダニーはそう誓っていた。だから、母親に電話し、具合が悪いと嘘をついて仕事を休んだ。

「模様替えでもしてるのか?」ダニーは散らかり放題の部屋を示して言う。そうやって明るい雰囲気を演出しようとする。

エリーはベッドサイドに座って足をぶらぶらさせながらダニーのほうを向く。裸足で、爪にはペディキュアも塗っていない。「昼間、自分の服を着てみたんだけど、もうどれも似合わなかった。この部屋も自分の部屋じゃない気がする。世界はいつからこんなに居心地の悪い場所になったの?」

ダニーは車のキーをドレッサーの上に無造作に置く。そこに白樺の絵葉書が置いてあるのに気づく。それから、デイヴィッド・ボウイのレコードのスリーヴに目を留める。オッドアイのボウイが片手を胸にあて、もう片方の手で空を指差しているジャケット写真を見つめる。初めてエリーと一緒にこのアルバムを聞いたときに、ふたりでマリファナを吸った。頭に雲がかかったようにぼうっとして、満面に笑みを浮かべ、モノクロの写真の下に書かれたボウイの名言を何度も繰り返し読んだ。〝明日は明日がやってくる足音が聞こえる者に訪れる〟

「今日は悪い日だった?」とダニーは訊く。

エリーは眉間にしわを寄せて答える。「そうじゃない日なんてある?」

「否定はしないよ。ぼく自身、いい日より悪い日のほうが多いからね」

エリーは窓の外の雨を見て言う。「いつかよくなる日がくると思う?」

「ときが経てば傷は癒える」

「そんなのでたらめよ」そう言ってエリーはようやく

笑う。

ダニーも笑顔になる。服の山を避けてエリーのまえまで行き、エリーに触れないように気をつけながら床に直に座る。「まったくのでたらめだ。傷はいつもそこにある。ちがうか？　今は背中に縛りつけられた大きな岩みたいなもので、とうてい運べるとは思えないけど、いつかは形を変えてポケットに入れられるくらい小さな小石になる。そうすれば、それほど重荷じゃなくなる」

「何かの本にそう書いてあったの？」

「店では毎日、午後になると母さんがテレビをつけろって言うんだ。『ドクター・フィル』（アメリカのトーク番組。司会のフィル・マグロウが臨床心理士の経験からさまざまな悩みにアドヴァイスする）を見るために」

「彼のアドヴァイスを信じてるんじゃないでしょうね？」

ダニーはうなだれる。「信じるしかないと思ってる」足がスカイブルーのパーカに絡まる。その瞬間、過去の記憶が交差する。エリーはそのパーカを着ていて、ふたりでメイン通りを歩いていた。アーケードゲームで勝ち取ったゾウのぬいぐるみをエリーにプレゼントした直後に雨が降りだし、ビーチグラスの美術館に駆け込んだ。受付には誰もいなかった。手を繋いで中にはいり、展示品を見てまわった。青い瓶が展示されたショーケースのまえで、ダニーはエリーの腰に手をまわして振り向かせた。最初は軽くキスしただけだった。が、いつのまにか彼女の頬を両手で包み、激しくキスを交わしていた。エリーが腰を押しつけてきて、ダニーはかたくなった。展示品の陳列棚に体がぶつかり、ガラスが揺れて音を立てた。おかげで、陸にとどまっているより船に乗っているほうが似合いそうなオーナーに追い出された。

不意にエリーの手が膝に触れる。ダニーはじっとしている。しゃがんだ姿勢のまま、おそるおそる訊く。

「大丈夫？」

「大丈夫」とエリーは答える。

ダニーは体勢を変えて座る。一瞬、エリーの手が離れるが、またすぐに戻ってくる。ベッドから降りてきて隣りに座り、ダニーの手に自分の手を重ねる。控えめに。自信がなさそうに。ゆっくりと。ダニーが手のひらを上に向けると、指のあいだにエリーの指がはいり込む。指を絡ませて手を握る。「ほんとうに大丈夫？」とダニーはもう一度訊く。欲望について考える。欲望はいかに変化するか。そんなことに思いを馳せる。エリーを傷つけたくない。今、彼が望むことはそれだけだった。人は愛する人を傷つけるようなことはしないものだから。少なくとも、傷つけないように努力するものだから。

エリーはダニーの肩に寄りかかる。「何かいいことを話して」

ダニーの体が硬直する。動くのが怖い。「いいこと？」エリーがうなずいたのがわかる。剃刀の刃のように尖った顎の動きを肩に感じる。窓の外を見ながら話しだす。これまで見たことのある、ありとあらゆるいいことを囁く。太陽の光。満潮の海。浜辺にいるヘラジカ。ザトウクジラの群れ。雨上がりの空。今、この瞬間。きみとぼく。

「まえみたいにわたしを見てほしい」エリーの肌の温もりがスウェットシャツの下までしみ込んでくる。「ぼくはどんなふうにきみを見てた？」心の中が凪いだ海のように穏やかで静かだ。なんとも悲しい勝利だとダニーは思う。誰かに触れていて、そのことを怖がっていないだけなんて。

「わからない……わたしはきれいで、壊れてない。そんな感じ。たぶん、まえの自分と同じでいたいんだと思う」

同じじゃない。そう伝える勇気がダニーにはない。二度と同じに戻ることはない。エリーが知っているように、ダニーが知っている〝ダニー〟が今はもういないように、ダニーが知っている〝エリー〟ももういない。「なんていうか……昔の自分が恋しい」エリーはそう言うと顔を拭いてダニーを見上げる。緑色の瞳が涙で光り、悲しそうに潤む。「来てくれてありがとう」エリーはつないだ手に力を込める。「実は、お願いしたいことがあったの。行きたい場所があるんだけど、連れていってくれる？」

もう夜だった。すっかり日が暮れていた。道路はでこぼこで、車が揺れるとダニーとエリーの体も一緒に揺れる。ダニーはラジオをつけ、チャンネルを次々切り替える。クリスチャンのゴスペル番組で手を止め――審判の日は近い――、またチャンネルを切り替えてブルースの番組に合わせ、ボリュームを下げる。

「ほんとうに道はわかる？」とエリーは尋ねる。

ダニーは黙ってうなずく。ハンドルを握る手に力がこもる。ほんとうはこんなことしたくない。発見された場所に行きたい。エリーはそう言った。賢明な判断ではないと知りつつ、ダニーはエリーの願いを聞き入れた。エリーの携帯電話が振動した。携帯電話の画面を横目でのぞくと、コールドウェル警察署と表示されていた。おそらくカルフーン刑事だろう。エリーは〝着信を無視〟のボタンをタップした。

「このあいだあの刑事に会った。店に来たんだ」最後の部分は半ば質問のように言う。その裏には訊きたいことが山ほどある。捜査はどうなってる？ カルフーン刑事がぼくにきみを見張っているように頼んだのはなぜ？ いったい何があった？ 今までどこにいた？ エリーは何も言わず黙っている。

ダニーは苛立ちをシフトレヴァーに向ける。エリーが何をしたいのかまるでわからない。どうして手を貸しているのかもわからない。森は鬱蒼としていて、ぼんやりとした灰色の景色が車窓を通りすぎていく。ダニーは何か別のことを言いかけたが、口をつぐむ。

車のスピードを落とす。目的地に着く。道路の反対側に森の小径の入口がある。エリーはその小径を走ってきた。よろめき、血を流し、傷だらけで逃げてきた。犯罪現場であることを示す黄色いテープが張られ、立ち入り禁止になっている。テープが何カ所か剝がれて風になびいている。いずれ何もかも風化して忘れ去られる。そう暗示するかのように。

「懐中電灯があると思う」ダニーはエンジンを切り、体をひねって後部座席をあさる。後部座席には服とキャンプ用品が積まれ、釣り用の大きなナイフまである。散乱する荷物の中から頑丈な懐中電灯を見つけだしてまえを向き、懐中電灯をエリーに渡す。

エリーは車から降りる。ダニーも続く。車内灯とヘッドライトが消えると、いきなり夜の闇に包まれる。真っ暗で自分の爪先すら見えない。エリーは懐中電灯をつけ、地面に向ける。くすんだ白いスニーカーを照らす。

「ひとりで行きたい」とエリーは言う。ダニーは思わず強い口調になる。「駄目だ、エリー」

「数分おきにメッセージを送る」エリーはポケットから携帯電話を出し、それでダニーを納得させられるとばかりに振ってみせる。

ダニーは首のうしろに手をあてる。どうしていいかわからず、惨めな気持ちになる。「だけど……」

「これは必要なことなの」とエリーは言い張る。これはエリーなりの対処法なのか？　そうすることで自分の身に起きたことと折り合いをつけようとしているのか？　やはりエリーはどこか謎めいている。相変わらず頑固で手に負えない。以前のエリーの姿が垣間見えた気がする。小首を傾げ、腕を組み、大事なことのためなら死をもいとわない。かつてのエリーがそこにいる。ダニーは歯を嚙みしめて吐き出すように言う。

「数分おきにメッセージを送る。約束だよ？」

「神に誓って」エリーは胸のまえで十字を切る。

「携帯電話を見せて。ちゃんと電波が届いているか確認するから」エリーは呆れたように目をぐるりとまわし、ダニーには聞き取れないくらい小声でぶつぶつ言いながら電話を差しだす。

ダニーはボタンを押し、電話がちゃんと通じるか確認する。「よし」そう言ってエリーの手に電話を返す。バックライトがついたままの画面は馬鹿みたいに明るく、暗闇の中で不自然に光る。「電波はしっかり届いてる」

すぐに戻ると約束し、エリーは道路を横切って足早に小径の入口に向かう。ダニーは両手をポケットに突っ込んで森の中に消えていく彼女を見送る。うつむいてその場を行ったり来たりしながら思いとどまろうとする。でも……。くそっ。約束なんかくそくらえ。そう自分に毒づいてエリーのあとを追う。

駆け足で大きく開いた入口を抜けて森の中を進み、エリーの後ろ姿が見えたところでスピードを落とす。エリーはそのまましばらく歩いていく。一定の距離を保ちながらついていく。曲がり角まで来ると、エリーは小径から外れる。ベイマツの下に立つエリーを見て心臓が早鐘を打つ。エリーが左右を見まわしたので、見つからないように屈んで隠れる。新鮮な空気に包まれているのに息が苦しい。不安で咽喉が締めつけられる。

地面に置かれた懐中電灯が円錐形の光を放ってあたりを照らす。エリーはしゃがみ、盛り上がった土に手を置いて掘りはじめる。ほどなくして、両手で包み込むようにして小さな包みを土から取り出す。中身はやわらかいもののようだ。エリーは親指でこねるようにして包みを小さくつぶし、ズボンのウェストに押し込む。それから上着の下に隠し、外からは見えないことを確認する。

風が吹き荒れる。ダニーは風がうなる音に紛れて小径に駆け戻る。離れた場所まで戻ってから口に手をあててエリーの名前を呼ぶ。たった今、探しにきたようにごまかそうとする。

雨がぽつぽつ降りだす。徐々に強くなり、やがて土砂降りになる。ダニーはじっと待つ。ようやくエリーの姿が見えてくる。額に髪が張りついている。首の脈が強く打つ。ダニーは怖れている。いったい何を？　暗闇を？　この小径を？　それともエリーを？　かぶりを振ってそんな思いを振りはらう。

「泥だらけじゃないか」そう言って、エリーがなんと答えるか待つ。

「転んだの」

嘘だ。月が雲に隠れ、エリーがどんな顔をしているかわからない。「探しものは見つかった？」ダニーの前髪から雨が滴り、そのしずくを長い睫毛が受け止める。記憶の中のエリーが目に浮かぶ。森の中で背中を丸めてひたすら土を掘る姿がよみがえる。

「見つからなかった」とエリーは答える。

どうすればいい？　ダニーは逡巡する。どう立ち振る舞うのが正解なのか。エリーを責めるのはよくない。そんな気がする。だから、エリーと一緒にいるときはいつもそうしていたいと思うとおりにする。彼女を気づかう。ヒーローであろうとする。スウェットシャツを脱いでエリーの肩にかける。「もう帰ろう。家まで送るよ」

車内を湿った空気が満たす。しばらく車を走らせてからエリーに声をかける。「暑くなってきた？」手を伸ばして暖房を弱くする。エリーは何も答えない。声を抑えて泣いている。「どうしたの？」そう訊いたそばから、われながら馬鹿げた質問だと後悔する。

エリーは首を振り、体を震わせて答える。「なんでもない。ただ……ちょっと怖くて」声を絞り出すようにしてそう言う。

「大丈夫だよ」ダニーは安心させるように言う。

「大丈夫じゃない」まるで足を踏みならすようにこと

ばが飛びだす。角のある、尖った口調でエリーはまくしたてる。「全然大丈夫じゃない。大丈夫になる日なんてこない。狭い場所じゃなきゃ寝られない。いつも怒っていて、誰かを殴りたい衝動に駆られてる。どの部屋にいても出口がどこにあるか探してる。窓が全部開いているか確かめずにいられない。触られるのに耐えられない。この汚い髪を切ることもできない。誰かにエリーって呼ばれるたびに、それはわたしのほんとうの名前じゃないって言い返したくなる。監禁されていた場所では……運命《デスティニー》って呼ばれてた」間《ま》があく。

「こんな話はしちゃいけなかった。忘れて」

　エリーが今言ったことがダニーには何ひとつ理解できない。どれほど劣悪な状況に置かれていたのだろう。ここまでひどいサヴァイヴァル劇は見たことがない。

「わかった。忘れたよ」ただし、名前だけは記憶に刻む。デスティニー。その名前に何か意味があるのか？　エリーを拉致した人たちの手がかりになるだろうか？　例えば、カルト？　「大丈夫だよ。きっとそう思える日がくる」ひと呼吸おく。ハンドルを強く握る。「狭い場所でしか寝られないなら、ぼくがその場所にベッドをつくる。誰かを殴りたいなら、ぼくを殴ればいい。逃げ道がほしいときは窓を開けてあげる。触られたくないなら、隣りに座るだけにする。きみがパニックになったら、過呼吸がおさまるように紙袋を口にあててあげる」ダニーはそう約束する。

　エリーが嗚咽を漏らす。激しい苦悩に耐えきれなくなる。緊張の糸が切れる。「とにかく怖い」ともう一度言う。

「ぼくも怖い」とダニーは正直に言う。「ぼくたちは未知の世界にいる。だけど、きみが耐えようとしてるなら、ぼくも耐える」

　エリーは何も言わない。ただ、シートベルトを外してダニーに身を寄せ、彼の肩に頭を預ける。

22

もう深夜になる。チェルシーは父の書斎にいる。壁から動物の頭の剝製と写真と銘板が取りはずされ、代わりにワシントン州の大きな地図が貼ってある。地図の上に小さなピンが刺してあり、まわりに付箋と写真が貼られている。写真は全部で十三枚。州全域を管轄する未解決事件捜査班のジェンマ・キンケイドが好意で提供してくれたものだ。州内で行方不明になった少女たち。歳は十四歳から十七歳。全員白人で、貧困家庭。十三人のうち、ガブリエル・バーロウを含む四人の遺体が発見されている。いずれも絞殺で、死体は州立公園のいずれかに遺棄されていた。十三人のうちのひとりで、養子のハンナ・ジョンソンが最後に目撃されたのは、青いステーションワゴンの近くだった。ガブリエルと同じ。エリーと同じ。二件なら偶然だが、三件となるとパターンが見えてくる。

チェルシーはウィラに注目する。やはり妙だ。彼女だけが条件に合わない。ウィラの写真をほかの少女たちから離れた場所に移動させる。犯人はどうしてウィラを誘拐したのか？　何かあったのか？　きっと何かが変わったのだ。最後に発見されたのはガブリエルの遺体だった。そのあと、エリーが奇跡的に生還した。そのときのエリーの様子を思い出す。白い首はきれいで絞められた痕はなく、爪はきちんと整えてあり、割れてはいなかった。腕にも膝にも擦り傷はなく、車から飛び降りたとも考えられない。ひょっとすると、エリーは逃げてきたのではないのかもしれない。死ぬまで放置されていたのではないかもしれない。だとしたら？　どこかおかしい。エリーは何か隠している。

チェルシーは目をこすり、もう一度壁を凝視する。

わたしはどうかしているのか？　この少女たちの事件が全部つながっていると考えるほうがおかしいのか？　小さな町の刑事にすぎないチェルシーが、こんな大事件に巻き込まれ、大勢を殺した犯人に立ち向かうことになるなんてありえるのだろうか？　そのすべての鍵をエリーが握っているというのか？

写真の少女たちに口が利けたなら、何を話すだろう？　どんな恐怖の物語を囁いてくれるだろう？　さっき半分だけ食べたプロテインバーがかたい石のように胃の中に居座っている。肩のあたりにリディアの冷たいシルエットを感じる。姉がいきなりそこに現れる。笑い声が響く。においがする。声が聞こえる。〝指切り〟。背後にさらに影が集まってくる。行方不明の少女たちが狂乱してうごめく。彼女たちは答えを教えてはくれない。何があったかは話さない。ただこう囁く。わたしたちを見つけて。お願い。そのことばは詠唱のように繰り返され、やがて命令になる。チェルシーは地図のほうを向いて心の中で誓う。必ず見つける。約束する。神に誓って絶対に見つけだす。まるでたやすいことのように約束する。妖精のランプがついたベッドで眠り、暗くなってから自転車で遠くまで出かけ、それがいかに危ないことかちっともわかっていない子どもみたいに。

携帯電話を取りだして電話をかける。

呼び出し音が鳴る。「カルフーン刑事。もう真夜中よ」キャットが電話に出て言う。「遅い時間にごめんなさい」とチェルシーは謝る。本心ではこれっぽっちもすまないと思ってはいないが。二倍の速さで進む時計と追いかけっこしている気分だ。「明日の朝一番にエリーを警察署まで連れてきてほしいの」威圧的な口調で言う。ウィラの写真を見つめる。チェルシーの決意はかたい。もはやエリーひとりの問題ではない。ガブリエル・バーロウのことがわかった時点でそうだった。ただ、あのときはまだ時間が味方してくれると思っていた。ガブリエルはだいぶまえに土に埋められていたから急ぐ理由はなかった。今はちがう。ウィラはまだどこかで生きているかもしれない。エリーは嘘をついて、捜査を妨害している。今やチェルシーとエリーは敵同士だ。戦場の最前線で互いににらみ合っている。

「ええ？　どうして急に？」キャットは苛立つ。いくらか警戒もしている。

チェルシーは勝者のいない戦争に立ち向かおうとしている。でも、ほかに選択肢はある？　ウィラを見つけるために、やるべきことをやらなければならない。たとえエリーが敵側の証人になるとしても。「いくつか質問に答えてもらわないといけなくて……」そこで一度話すのをやめ、慎重にことばを選んで続ける。「その……事件の捜査を終わらせるために」

「そのために警察署に行かなくちゃいけないの？」とキャットは言う。

耳鳴りがする。頭の中で警報が鳴り響く。「ええ。手続きが必要なの。正式な書類をつくらなくちゃならない」チェルシーは今、滑りやすい崖の上にいる。どこまで行くつもりなのか？　認めたくはないが、きっとどんなことでもするだろう。もしもそれで救える命があるなら。そのためなら。そのためなら。そのためなら。犯人を逮捕するために闇に落ちていく自分に気づいてはっとする。

「わかったわ。そういうことなら」とキャットは言う。

「明日の朝、連れていくわ」

「助かるわ」とチェルシーは答える。警察署が開く朝八時にと約束して電話を切る。父の書斎を出て廊下を進み、リディアの部屋のドアを開ける。昔と同じにおいがする。ベビーパウダーとひまわりの香水。リディアのにおいだ。電気をつけ、アイレットレースの上掛けがかかったベッドに座る。ドアの上に太字で書かれた丸い文字が七つある。一枚の紙に一文字ずつ書かれていて、並べて読むとFREEDOM（自由）になる。リディアが手作りしたものだ。チェルシーはリディアがこの文字を書くのをそばで見ていた。マジックのにおいが漂ってきた。リディアはまず文字の輪郭を書き、それから文字の中に水玉やストライプや小さなデイジーの花を書いて埋めた。

　もしオスカーに殺されていなかったら、リディアは今頃どんな女性になっていただろう。チェルシーはそんなことを思う。きっとたくさん旅行していただろう。それはまちがいない。家を飛び出して、音楽イヴェントに出かけ、ひょっとしたら〝バーニングマン〟（年に一度開催されるイヴェント。人里離れた荒野で参加者が共同生活を送る）にも参加していたかもしれない。でも、結局いつも戻ってくる。くたくたに疲れ果てて帰ってきて、ブルドッグみたいに頑固な父親と口うるさい母親としつこくつきまとう妹がいることに感謝する。母が――父とは離婚していない――夕食にチキン・テトラッツィーニ（パスタとキノコをクリームソースで和え、チーズをかけてオーヴンで焼く家庭料理）をつくるのを待つあいだ、ルーサイトのテーブルについて座り、チェルシーに遠い旅先での土産話を聞かせたことだろう。アラバマでピーカンパイを食べ、カンザスシティでバーベキューに舌鼓を打ち、ルイジアナでザリガニを食べたけれど、やっぱり母のチキン・テトラッツィーニが今まで食べた料理の中で一番美味しいと言っただろう。

　咽喉にかたい物を感じ、チェルシーはその塊を呑み込む。泣くわけにはいかない。いなくなった少女たちのことを思う。明るくて、怖いもの知らずで、美しい少女たちはどれほどの可能性を秘めていただろう。そのすべてが捨て去られた。消えてなくなった。生きていたらどれだけのことができたか。その問いは無限に広がり、答えは出ない。チェルシーはリディアがベッドに置いていたピーターラビットのぬいぐるみを引き寄せ、ぬいぐるみに向かって叫ぶ。心に揺らめく無力な自分への怒りをぶつける。

ix

グレースはまさに天からの贈りものだった。この世界にもまだいいことはあると思い出させてくれた。夜はたいてい、わたしの番の日をのぞいて、デイヴィッドはわたしたちが一緒に寝ることを許してくれた。わたしはそのことを疑問にも思わなかった。寒い冬のあいだはグレースを包み込むようにして体を丸め、彼女の青白い爪先を自分の太腿にはさみ、彼女の顔を胸に押しあてて温めた。厳しい冬が去って春になると、背の高い雑草を掻き分けてヘビを追いかけ、ウサギの巣穴を見つけた。ハックルベリーの茂みを滑り降りていくキツネを見つけたこともあった。

木の枝を並べ、土に数字を書いて二桁の足し算を教えた。小学校の授業で見せられたように、フクロウのペリット（未消化で胃の中に残った動物の毛や歯や骨などをひとかたまりにして吐き出したもの）を解体して、ネズミの骨を見せた。夏になると建物は腐ったような悪臭を放ったけれど、わたしたちは暑さを喜び、満喫した。夜は小川で水浴びをして涼を取った。グレースが背中を丸め、わたしが竜のしっぽと呼んでいた背骨があらわになると、手で水をすくって背中に流してあげた。マザーグースの『リング・ア・リング・オー・ローゼズ』を一緒に歌い、麻紐であやとりをして遊んだ。

あのときは幸せだった。

それはまちがってる？　それは悪いことだろうか？　ほんの小さな幸せの種を見つけ、その種を育むのはいけないこと？　グレースはわたしのものだった。彼女のすべてになりたかった。なろうとした。姉。母親。先生。救世主。ほら、なんて言ったっけ？　〝一日は短いけれど、年月は長い〟？　そういう感じ？　わたしにとってはそうだった。時間はどんどん意味を持たなくなった。わたしはとうとう屈してしまったのだと思う。デイヴィッドのつくりあげた世界の中で、わたしは自分というものをなくした。センチネルの木々とコンクリートブロックとビニールシートに囚われ永遠に出られなくなった。荒野が内にはいり込み、夜の闇に呑み込まれるままになった。そうやってずっと笑っていた。

空気に秋の気配を感じた。空は暗く曇っていた。雲が山の向こうまで伸び、海から吸い上げた水蒸気でどんどん膨らんでいく様子を一日じゅう見ていた。サケが小川で産卵し、川面が青い背と赤い体で濁った。サケの群れをめがけて川に手を突っ込んだ。卵をたくさんはらんだサケを焚き火で炙った。グレースが皿をつついた。「チキンナゲットだったらよかったのに」囁くようにそう言った。「チキンナゲットだと思えばいいわ」わたしはおだてるように言った。犬たちは焚き火のまわりに伏せていた。口を大きく開けていて、吐く息が白くなった。スターはわたしの隣りにいた。スターもグレースのことを気に入ってなついていた。いつもわたしたちのあとをついてまわり、ずっと足もとにいた。森の中までついてきた。

視線を感じた。デイヴィッドがこっちを見ていた。

「食べて」わたしはグレースに小声で言った。

「お腹はすいてない」グレースは大声で言った。声が大きすぎた。

デイヴィッドは椅子から立ち上がった。「グレース」低い声が不吉な兆しのように敷地内に広がった。

「こっちに来い」

心臓がはためく。恐怖がその羽根を叩く。

「嫌」グレースはわたしに抱きつき、お腹のやわらかい場所に鼻を押しあてた。「行きたくない」

わたしが五歳でサムが十五歳のとき、サムが〈ライフセーヴァー〉のキャンディを咽喉に詰まらせたことがあった。サムは勝手口からキッチンに駆け込んだ。顔は真っ赤で、冷や汗をかき、空気がものすごく小さな穴を通り抜けるみたいにか細い息をしていた。ママは救急車を呼び、待っているあいだサムの腕をさすりながらあなたは強い子よと言い続けた。ママにはそういう不思議な才能があった。走ってくる列車のまえに立っていても、きっと大丈夫と言いそうだった。大丈夫。心配ない。いずれにしろ、サムは窒息していなかったから、ハイムリッヒ法の応急処置（背後から抱いて肋骨の下を強く押し、詰まったものを吐き出させる方法）は使えなかった。わたしは涙を流し、泣きじゃくりながら言った。愛してる、サム。ほんとうに愛してる。しばらくするとキャンディが溶けて、サムは息ができるようになった。ほんの数分だったけれど、サムがわずかな空気を必死に求めているのを見て、わたしは自分が代わってあげたいと願った。グレースにも同じ思いを抱いた。

「わたしが悪いの」と嘘をついた。「チキンナゲットの話なんかしたから」

デイヴィッドはポケットに手を突っ込み、ゆったり近づいてきた。口が引きつっていた。この頃、彼は機嫌が悪かった。部屋にこもってテレビばかり見ていた。そうかと思うと、いきなり外に出て歩きまわった。髪を手でぐしゃぐしゃにし、顎をピクピク動かし、傷ついた目に狂気をたぎらせて、よく意味のわからないことをぶちまけた。政府は大胆で危険な政策転換を画策しているとか、独裁的な支配力を強化しようとしているとか、世界の秩序はすっかり変わってしまって、自分は取り残されたなどと言っていた。

「嘘つきは死刑になる文化もある」デイヴィッドはわたしたちのすこし手前で立ち止まった。わたしは口を開きかけた。「駄目」とチャリティが小声で止めた。

「規則がなければ混乱が生じる」デイヴィッドはそう言うと、さらにわたしたちに近づいた。「悪いことをした者は罰を受けなければいけない」

わたしはグレースの背中をさすった。骨張った肩のあいだをなでた。「そのとおりね」そう言ってうなずいた。グレースの腕をほどいた。しがみつく力が弱くなった。わたしは鉄の棒を背中に差すようにして立ち上がり、グレースの身代わりになろうとした。デイヴィッドの目が、ほとんど気づかないくらいかすかに光った。が、わたしはそれに気づいた。鳥肌が立った。

空が灰色の口を開け大粒の雨が降りだした。グレースの体がわたしから引き離された。マイケルが腰をつかんで連れていこうとしていた。グレースはマイケルを蹴り、叫んだ。わたしの新しい名前を呼んだ。デスティニー。怒っている彼女はどこか美しかった。すさまじい反抗心。強靭な精神力。そんな彼女を屈服させなければならなかった。

肘がぶつかり合い、うまい具合に膝にあたって、どうにかマイケルから逃れると、グレースはまたわたしに抱きついた。「わたしを連れて行かせないで」腕が鎖のように重くまとわりついた。そのときわたしは実感した。恐怖のせいで怒れなくなっていることに気づいた。

デイヴィッドはじっと立っていた。辛抱強く。落ち着き払って。彼が課したテストにわたしが合格できるか見守っていた。もしここでわたしがグレースに覆いかぶさって守ろうとすれば、グレースはさらに重い罰を受ける。わたしはグレースの指を一本一本腰からはがした。彼女の意志はかたかったけれど、わたしの意志のほうがもっとかたかった。わたしは屈んで彼女の耳に囁いた。「行きなさい」舌が塩を振ったみたいにからからに乾いていた。必死に涙をこらえた。泣いているところをグレースに見られたくなかった。これ以上、グレースを泣かせたくなかった。「あなたはワルキューレ。雷から力をもらう勇敢な戦士よ」

チャリティがわたしにうなずいて見せた。何をすべきかはわたしも知っていた。わたしはグレースを突き放した。「嫌あああ！」グレースは泣き叫んだ。マイケルが両手でグレースを持ち上げ、コンクリートの掩蔽壕《えんぺいごう》に連れていった。そのあいだ、グレースはずっと手を伸ばしてわたしの名前を呼んでいた。わたしは背を向けて坐り込んだ。雨が背中に打ちつけた。

「あなたはあの子を甘やかしすぎてる」とチャリティが口もとにスプーンを持ち上げて囁いた。わたしの肩越しにデイヴィッドの様子をうかがっているにちがいない。

「そんなことない」とわたしは言い返したが、その反論に説得力はなかった。実際、チャリティの言うとおりかもしれない。スターが鼻をすりつけてきた。数カ月まえに乳歯が何本か抜けたので、わたしは抜けた乳歯と枝で小さなモビールをつくった。

チャリティは青白い顔をして無理に笑ってみせた。

「いいえ、甘やかしてる。親しくなりすぎるのはよくない」雨音が声を掻き消した。あの日以来、わたしたちはホープの話はしなかった。種を植えて育てたことは一切話さなかった。そのあとわたしが何をしたかも、どうしてあんなことをしたのかも話さなかった。妊娠を避けるためだったが、種がなくなってしまったので、いつ妊娠してもおかしくなかった。わたしはそれが怖かった。考えうるあらゆるシナリオを想像した。もし妊娠したらどうする？　どうにかして自力で堕ろそうとするか？　それとも子どもを産むか？　もしデイヴィッドが生まれた子どもをセレンディパティに育てさせることにしたら？　欲しいものを手に入れて用済みになったわたしを殺すだろうか？　できればチャリティにそういうことを相談したかった。でも、チャリティは自分の殻に閉じこもって、滅多に口を利かなくなっていた。それに、いつもなんとなく取り憑かれているみたいで、幽霊のような目をしていた。

「時々、あなたがグレースに向ける目を見てると、あの子のことが嫌いなのかなって思うことがある」

チャリティは何も答えなかった。否定もしなかった。

「あなたは正しいことをした」最後にぽつりとそう言った。「でなければ、デイヴィッドはもっとひどいことをしたかもしれない」

わたしは小声で同意した。グレースに抱いている愛情は恐怖と表裏一体だった。いつも心配ばかりしていた。グレースはどんどん痩せていて、今にも粉々に壊れそうだった。一緒に寝ているときは彼女の胸に手をあて、胸が上下しているか確認した。グレースは安全だと心から安心できるのは、そうやって呼吸を数えているときだけだった。思いきって振り向き、グレースが閉じ込められている掩蔽壕を見た。デイヴィッドの姿が目にはいった。かすかに残忍な笑みをうかべていた。表情の奥深くまで刻み込まれているような笑顔だった。それからわたしはサケを食べた。胃が痛かったけれど、ぱりぱりに焦げた皮まで一口残らず食べた。

23

翌朝、ノアが山盛りの朝食をテーブルに並べる。チェルシーの髪はまだ濡れている。二杯目のコーヒーを飲み干す。席に着いたノアが首を傾げて言う。「大丈夫か？　疲れてるんじゃないか？　ゆうべも帰りが遅かったみたいだし」

チェルシーの心は父の書斎に舞い戻る。縞模様の壁にピンで留めた行方不明の少女たちの写真。真夜中にキャットに電話し、嘘の理由でエリーを呼び出したこと。四十分後には警察署に来ることになっている。

「今日、エリーが来るの。だから、しっかり目を覚ましておきたくて」とチェルシーは言う。

「へえ。ついに引っ張り出すことに成功したのか？

どうやって説得したんだ？」

　チェルシーの口もとが引きつる。目のまえに置かれた皿に意識を集中する。皿の縁から卵のかけらがこぼれそうになっている。「わたしの輝かしい人柄のたものよ、もちろん」と素っ気なく答える。息を吐き、椅子にもたれる。「ちょっと緊張してるの」チェルシーは正直に白状する。「これが最後のチャンスかもしれないし、それに……」頭の中でウィラの姿を思い描く。もう死んでいるとは思いたくない。だから、今もまだどこかに監禁されている九歳の少女をイメージする。ぼんやりとした影が立ち込める。すべて打ち明けるのはためらわれる。ノアはチェルシーの仮説をどう思うだろう？　ほかの少女たちもエリーと一緒に監禁されていて、エリーはそのことを隠しているのではないか。そう聞いたらどう思うだろう。それに、チェルシーのやり方にも疑問を抱くかもしれない。嘘の理由で警察署に呼び出したと知ったら、夫はなんと言うだろう？　だとしても、もしエリーが意図的に捜査を妨害しているとしたら……それは何を意味するのか？あることばが脳裏に浮かぶ。共犯。いずれノアに何もかも話せるときがくる。事実がすべて明らかになりさえすれば。「すべてうまくいく。そう信じるしかない」

　ノアが口角をあげて言う。「心配ないよ。これまで何人もの被害者に聴取してきたんだから」今回のようなケースは初めてだけれど。チェルシーは胸につぶやく。

　ノアは手を伸ばし、身を乗りだしてチェルシーの手に自分の手を重ねる。「きみにはぼくがついてる」ノアは動じない。コールドウェル・ビーチの波打ち際にそそり立つ尖った岩のように波が打ち寄せてもびくともしない。チェルシーは手のひらを上に向ける。ふたりの指が絡まる。

「そうね」そう言ってノアの手をしっかり握る。少しの間、そうしている。ノアが望むものをすべて与えられたらいいのにと願う。いつかそうなれるかもしれない。エリーの事件を解決したあとで。真実を見つけ出したあとで。そのあとでなら自由になれる。

「今日はわざわざ来てくれてありがとう」チェルシーはエリーを会議室に案内する。警察署に着くと、キャットとエリーはすでに来ていて、チェルシーを待っていた。キャットは同席したがったが、エリーはそれを拒んだ。どこかで時間をつぶしてきて、そう言って母親を追い払った。

会議室のまえまで来ると、チェルシーはドアを大きく開け、先にはいるようにエリーに促す。室内は閑散としている。隅に箱形の古いテレビがあり、ホワイトボードの上にアナログ式の時計が掛かっている。コーヒーメーカーはチェルシーが警察で働き始めた頃から洗われていない。

エリーはよろよろと会議室にはいり、椅子に座る。先日、父親と一緒に港にいたときと同じだぶだぶのジャケットを着ている。

チェルシーはドアの取っ手に手をかけ、眉を上げて尋ねる。「ドアを閉めてもかまわない？」エリーは背すじを伸ばして答える。「どうぞ」

そっとドアを閉める。部屋の外の話し声と電話の音が小さくなる。「繰り返しになるけれど、来てくれてありがとう」チェルシーはエリーの向かいの椅子を引いて座る。手には書類の束を持っている。

「ママが行かなきゃ駄目だって言うから」とエリーは不機嫌そうに言う。「書類に署名しないといけないからって」

チェルシーはため息をついて言う。「実を言うと……来てもらうためにちょっと嘘をついたの」

エリーはいきなり殴られたかのようによろめく。

「帰る」そう言って席を立つ。

「待って。お願い」チェルシーも立ち上がり、エリーを追う。「どうしても聞きたいことがある」

エリーはドアのほうに歩きかけていたが、立ち止まり、首を振って言う。「あなたの役には立てない」

「それはどうして？」チェルシーはエリーをじっと観察する。真っ白な一本の線のようにきつく閉じられた口を見る。両脇に下ろした腕の先は強く拳を握っている。やはり何か隠している。エリーがドアをちらりと見る。「五分だけでいい」とチェルシーは慌てて引き止める。「あなたは何も言わなくていい。ただ、わたしの話を聞いてくれるだけでいい」

エリーは態度をやわらげ、椅子に戻って座る。「五分だけ」

「ありがとう」チェルシーは礼を言い、書類の束を持ったまま数秒待ってから切り出す。「ごめんなさい。まだ頭がよくまわっていないの。今朝、コーヒーを飲み過ぎてしまって。それにゆうべは徹夜だったから。昨日、レイシーに行ってきた。あなたが着ていたスウェットシャツ、つまりガブリエルのものだけれど、そのシャツに付着していた血液のDNAがある人物の家族のものと一致したから」机の上に置かれたルイス・ソルトの写真を見てエリーが顔をしかめる。チェルシーはそれを見逃さない。「この男はルイス・ソルト。レイシーに住んでる。広い敷地に地下室のある納屋がある。青いステーションワゴンに乗ってる」エリーがまた顔をしかめる。「わたしはこの男があなたを連れ去ったと考えてた」

「ちがう」とエリーはざらついた声で言う。「この人じゃない」

チェルシーの口角が上がる。「それは知ってる。この人には娘がいる」別の写真を取り出してエリーのまえに置く。「ウィラ・アダムズ。あなたが着ていたスウェットシャツに付いていた血はこの少女のものだった」エリーと会う直前に鑑定結果が届いた。モントーヤがテキストメッセージで知らせてきた。〝ヴィラのDNAがスウェットシャツの血痕と一致した〞エリーが指でテーブルの縁をつかむ。チェルシーは話を続ける。「あなたを拉致した犯人が誰であれ、同じ犯人がこの少女を誘拐したと考えるのは不自然なの」

そこで間《ま》を置く。エリーが否定するのを待つ。が、エリーは動揺するでもなくただ黙っている。チェルシーはそれを肯定と受け止める。「それまで、犯人はティーンエイジャーを拉致していた。連れ去られたのはあなたと同世代の女の子ばかりだった」行方不明になった十三人の少女の写真を並べる。ただの憶測に過ぎないが、何かをつかんだ感じがする。大きな事件だという予感が確信に変わりつつある。

最後にガブリエル・バーロウとハンナ・ジョンソンの行方不明者捜索チラシを机に置く。ふたりは同じ年に失踪していた。それから、椅子に背をあずけて足を組む。「これはハンナ・ジョンソン。いなくなる直前に青いステーションワゴンに乗り込むところを目撃されている」

エリーは目を閉じる。涙が頬を伝う。そのまま一分が経過する。エリーは何も話さない。ただ、じっとそこに座っている。微動だにせず、幽霊のように、やつれた影だけがそこにいる。

チェルシーはさらに続ける。「わたしのことはあまり話してなかったわね。何がわたしを突き動かしているのか。わたしの正義感を駆り立てているのか。高校生のとき、姉が行方不明になって、殺された。そのことがわたしの刑事としての原点と言えるかもしれない」エリーが目を開ける。チェルシーは苦々しく笑って続ける。「姉がいなくなってから二日間は何があったのかわからなかった。どこにいるのか。無事なのか、それともどこかで怪我をしているのか。今でもよく考える。知らないのはいいことなのかどうかって。あのときちがう行動をとっていたらって。最後に姉に会ったのはわたしだった」チェルシーは静かに言う。

あの夜のことがよみがえる。階段を降りていくリディアの姿が――永遠に去っていく姿が見える。時々、想像することがある。あのとき、ちがう選択をしていたらどうなっていたか。ベッドにもぐり込むのではなく、両親を起こし、家じゅうの電気をつけてリディアのあとを追っていたら、どうなっていただろう。ある意味では、今チェルシーはあのときできなかったことをしている。行方不明になったほかの少女たちのあとを追っている。自分が何もしなかったせいで、ほかの少女がいなくなることを防ごうとしている。「あの夜のことを思い出すと後悔しかない。姉が出かけるのを止めればよかったって」

「お姉さんのためなら、どんなことでもするのね」エリーは涙で咽喉をつまらせながら言う。チェルシーはうなずく。「ええ。姉のためならなんでもする」

「わかるわ」とエリーは言う。

チェルシーはサムとエリーのことを思う。ふたりは仲が悪いとキャットは言っていた。「こんな話を聞いたことがある。一杯の水をめぐって喧嘩をしても、もし腎臓移植が必要になったら真っ先に自分の腎臓を差しだす。それが姉妹というものなんですって」チェルシーがそう言うのを聞いて、エリーは何かを思い出したかのようにかすかに微笑む。

チェルシーは身を乗りだし、机に肘をついて言う。「わたしみたいに後悔はしないで、エリー」優しい声になる。暗闇を手探りするように懇願する。「話して。どんなことでもいい」

エリーは躊躇する。横を向き、頬の内側を嚙む。それからまたまえを向いて、十人の少女の写真を脇によけて言う。「この子たちは知らない」

「わかった」チェルシーはその十枚を裏返す。ガブリエルとハンナとウィラだけが残る。写真の中からふたりを見つめている。「ガブリエルとハンナは？　このふたりは知ってるの?」エリーの顎がかすかに動く。

「ハンナはまだ生きているの?」

エリーは開きかけた口を閉じ、ほんのわずかに首を振る。「ハンナは死んだの?」とチェルシーはたたみかける。

「うん」エリーは泣きだす。手のひらの付け根で目を押さえる。「どこに行けば見つけられる? きちんと葬ってあげたい」

エリーは両手で膝を強くつかむ。指が白くなり、それから赤くなり、やがて紫になる。「わからない……あの人が遺体をどうしたかは知らない」

「気にしないで」とチェルシーは言う。「知らなくてもかまわない。あなたは今、たくさんの情報を教えてくれてるわ、エリー。すごく助かる。ハンナのことはひとまず忘れましょう。あなたが着ていたスウェットシャツには血がたくさんついていた。ウィラのことがとても心配なの。ウィラはまだ生きているの?」

エリーは涙と鼻水を流しながら答える。「生きてる」

チェルシーの肺に空気が戻ってくる。ようやく、真実にほんの少し近づけた。でも、慎重に進めなければいけない。ここで急ぎすぎたら、エリーは怯えてまた閉じこもってしまう。「よかった、エリー。それがわかってほんとうによかった」

エリーは腕を組んで言う。「わたしが守ってた」

「きっとそうだったんでしょうね」チェルシーは素直に受け入れる。イメージがわいてくる。幼い少女がひとりで森にいる。その手をエリーが握っている。ふたりのまえに影が立ちはだかり、家に帰る道をふさいでいる。「もうひとりで抱え込まなくていい。わたしがいる。わたしがウィラを助ける。だから、手を貸してくれる?」チェルシーは優しい声でなだめるように言う。エリーが顎を震わせる。

書類の束を探ってワシントン州の地図を引き抜き、

開いてエリーのまえに置く。「場所を教えて、エリー。指を差してくれるだけでいい」

エリーは地図を押しのけて言う。「少し休憩していい？」

チェルシーは意気込みをくじかれる。笑顔をつくるが目は笑っていない。「もちろん。何か飲む？　お腹はすいてない？」

エリーは壁をじっと見て言う。「家に帰りたい。お腹が痛い」

「ウィラはどうなるの、エリー？」ウィラだって家に帰りたいと思ってるはずよ、そう言いかけてことばを呑み込む。

すでに充分すぎるほど前進している。一度に無理強いしたくはない。

エリーはうつむいてテーブルを見つめる。「ここではこれ以上話したくない。とにかくもう帰らせて」視線が室内をさまよい、ドアの上の小さな窓で止まる。誰かに見られていないか心配しているかのようだ。

「明日、うちに来て。そのときに何もかも話すから。約束する」

チェルシーは目を細めてエリーを見る。心の内を読み取ろうとする。「わかった。明日ね。約束してくれる？」

「うん」エリーは立ち上がって出口に向かう。「約束する」ドアの取っ手に手をかけ、立ち止まる。悲しくて耐えられない。そんな様子を見せる。が、それはほんの一瞬だけで、一秒後には消えてなくなる。「犯人はどうなったの？　あなたのお姉さんを殺した人のことだけど、捕まったの？」目の奥でいろいろな感情が混ざり合い、嵐のように吹き荒れている。

「ああ」とチェルシーも立ち上がって言う。「犯人は……死んだわ。姉と一緒に。名前はオスカー・スワン。姉のボーイフレンドだった。彼があんなことをするなんて誰も思いもよらなかった。姉を殺したあとでみずから命を絶った」

エリーは床に目を落として言う。「それは残念だったね」

「今度は必ず犯人を捕まえる」チェルシーは意気込んで眉間にしわを寄せて言う。「ありがとう」エリーはそれだけ言う。

「来てくれてありがとう」とチェルシーはエリーを見送る。会議室のドアが閉まる。そのまま少しのあいだじっとしている。さっきの約束が空中に重くのしかかる。必ず犯人を捕まえる。そうはっきりと確信している。あと一歩。犯人はすぐそこにいる。チェルシーの手が届くところにいる。二十四時間後にはきっと捕まえている。

24

キャットが煙草に火をつけると同時に、裏口のドアが開く音がする。

「ハイ」と外に出てきたエリーに声をかける。

「ハイ」エリーが隣りに来て古めかしいアルミ製の肘掛け椅子に座る。

灰皿に煙草の灰を落とす。いつものように最初の一服でかすかな高揚感を覚える。その高揚は早くも薄れつつある。「嫌なら火を消そうか?」

警察署から出てきて車に乗ったときから、エリーはほとんど何も話さない。それでも、キャットはエリーの変化に気づいていた。助手席にじっとすわって両手を揉む姿を見て直感した。手続きは無事に終わったかと訊くと、エリーは「問題ない」とだけ言って自分の部屋に消えた。消える——キャットはその一語について考える。その一語が持つまったく別の意味を考える。目のまえにいるのに、いまなおどこにいるかわからない。そういう意味にもなることを思う。

キャットはエリーの部屋のドアに耳を押しあて、一日じゅう娘の様子を確認していた。木製のドアの向こうからおかしな音が聞こえた。時々、泣き声がしたかと思うと、何かを叩くようなくぐもった音が聞こえた。今もまたエリーは苛立っているのか？　朝、起きるとエリーの部屋の一部が壊れていることがよくあった。写真がびりびりに破られていたり、マットレスが逆さまになっていたりした。一度など、窓ガラスが割れていたこともあった。が、今は落ち着いているように見える。

エリーは首を振って言う。「ううん。大丈夫。そのにおい、なんとなく好き」一瞬おいて続ける。「七月四日を思い出す」

エリーがまだ幼い頃、一家はよくバーベキューをした。キャットは美容室の同僚たちを招待し、ジミーがグリルを担当した。かつてのこの家は人々が集う場所だった。ここには多くの人生があった。たくさんの笑いがあった。キャットは昔を懐かしんで微笑む。「今年はパーティをしようか」夏はもうすぐそこまで来ているが、雨が降っているせいで気配は感じられない。空気に新鮮なにおいがかすかに漂う。嵐が吹き荒れるにおいがする。

エリーは肩をすくめ、ジャケットのファスナーをもてあそぶ。「いいかもね」

キャットはエリーをまじまじと見る。すっかりおとなしくなった娘に驚く。エリーの振る舞いはいつもどこか芝居がかっていると、ずっと思っていた。膝を擦りむくと大声でわめく。熱々のマッケンチーズ（マカロニにチーズソースをからめた家庭料理〝マカロニ・アンド・チーズ〟の愛称）で口を火傷すれば悲鳴を

あげる。まるで空が落ちてくるかのように大騒ぎする。また
そうやって何ごとも大げさに反応する。エリーはそう
いう娘だった。どうしてエリーの激情を抑えつけよう
としたのか？　なぜエリーを黙らせ、静かにさせよう
としたのか？　今ならキャットにも嫌というほどわか
る。笑い声。喧嘩。叫び声。エリーのすべてが天から
授かった恩恵だったのだと。
キャットは煙草を吸い込んで言う。「サムは妊娠中、
その椅子に座ろうとしなかった。体の重さに耐えきれ
なくて椅子が壊れてしまうんじゃないかって怖がって
た。お父さんは馬鹿馬鹿しいってあしらった。『その
椅子はどれもおまえが生まれるまえにつくられたもの
だけど、おまえが死んだあともずっとここにある』っ
て言った。で、数週間後にその椅子のひとつに自分が
座ったら、椅子の脚が折れて壊れたの」
エリーは声をあげて笑う。キャットも笑う。が、そ
の笑顔はすぐに揺らぐ。「こんなふうに心から笑った
のは初めてよ。あなたがいなくなってから……」また
首を振る。涙で目頭が熱くなる。幾度となく流した涙
がまたあふれる。「ずっと罪悪感を覚えていた」
「ママは幸せでいていいのよ」とエリーは最後の願い
のように囁く。
キャットはぼんやりとうなずく。視線が茶色い草の
上をさまよう。「ずっと娘がほしかった。娘だけでよ
かった」まえにもそう話したことがあった。数え切れ
ないくらい何度も。「娘は親のもとからいなくならな
い。息子はそうじゃない。大人になって、いろいろな
経験をして、結婚して、自分のものじゃなくなる。娘
も同じだけれど、必ず帰ってくる」
エリーの目から大粒の涙が流れる。「ごめんなさ
い」
キャットの表情がやわらぐ。「わたしに何かできる
ことがあればいいんだけれど。あなたの傷を癒やして
あげたい。あなたがまだ小さかった頃は、擦りむいた

膝にキスしてあげるだけでよかった」そういって煙草をもみ消す。

「ママ」エリーは何か言いかけるが、話題を変えることにしたようだ。「明日、車を借りてもいい？」

「あら」とキャットは言い、むずかしい顔をして考え込む。エリーをひとりで行かせていいか迷う。以前なら、こう思っただろう。何がいけない？ どんな最悪の事態が起こるというの？ しかし、今は何があるかわからない不安を抱えながら、どうやって生きていけばいいかわからない。娘は今どん底にいる。そこから掘り出してあげつつ、自分が埋まらないようにするにはどうすればいいのか。「行きたいところがあるなら、連れていってあげるわよ」今日もエリーが警察署にいるあいだ、用事を済ませるふりをして一ブロック先に車を停め、そこでずっと待っていた。

「サムに会いにいこうと思って」とエリーは言い、キャットをじっと見る。


キャットは驚きの表情を浮かべるが、すぐに表情をやわらげて言う。「ああ、いいわよ、もちろん」それから続ける。「きっとうまくいくと思う」それはキャットがずっと望んでいたことだった。サムとエリーが親友のように仲良くなってくれることをずっと願っていた。歳を取るにつれ、自分がいなくなったあとのことが心配だった。自分が死んだあと、エリーとサムには手を取り合い、支え合ってほしいと思っていた。

「ありがとう。もう寝るね」エリーが立ち上がると、アルミニウムの椅子がコンクリートの床を引っ掻く。

「おやすみなさい」

「おやすみ」

エリーがドアを押して開ける。「また明日」それから小声でつけ足す。「愛してる」

「わたしも愛してる」とキャットは返すが、ドアはもう閉まっている。エリーはもう行ってしまった。

ジミーは口笛のような寝息を立てて眠っている。海と身近にいる女たちの夢を見ている。キャット、サム、エリー、ヴァレリー、ミーア。〈大荒れ《ターモイル》〉号の甲板にいる。空は澄み、晴れているが、空気は冷たい。風が頬に吹きつけ、鼻が赤くなっている。みんな笑顔を浮かべている。釣り糸を垂れ、笑っている。モータウンを聞いている。ビートルズを聞いている。いきなり場面が切り替わる。まったく同じ光景だが、エリーはまだ幼く、船にはエリーとジミーのふたりしかいない。ジミーはエリーに魚のさばき方を教えている。また、場面が切り替わる。夕方、ジミーは港につけた船の甲板で居眠りしている。真っ赤な夕日を浴び、心地よくまどろんでいる。エリーはまだそこにいる。一緒にいる。娘の唇が頬に軽く触れるのを感じて目を開ける。

今は起きている。家にいる。お気に入りの椅子に座っている。エリーはティーンエイジャーになっている。いや、もうティーンエイジャーではない。まもなく二十歳になる。時が流れたのだ。ずっと閉じこもっていた洞窟から出なければならない。そう自分に言い聞かせる。「起こすつもりはなかったんだけど」とエリーは言う。「ただ、おやすみを言おうと思って」

「おやすみ」とジミーはしわがれた声で言う。「母さんは?」エリーは顔をあげて答える。「煙をたどっていけば、そこにいるよ」

煙草をやめないとそのうちに死んじまう。以前のジミーならそう言うところだが、今日は何も言わない。口をつぐんでいる。今となっては冗談で死を口にしたりしない。エリーはテレビを消し、ブランケットをたたみ、枕をたたいて膨らませる。

「明日の午後、一緒に船に乗るか?」とジミーは聞く。

エリーの眉間にしわが寄る。顔に影が射す。「うん。乗りたい」

ジミーはうなずく。「それじゃ、明日はデートだ」そう言って立ち上がる。「母さんに吸いすぎないように注意してくる。あまり夜更かしするなよ」

キャットは裏庭にいる。新しい煙草に火をつける。薄いスウェットシャツの下で乳首が垂れ下がっているのがわかる。指の関節が曲がり、こぶができている。髪はごわごわで今は灰色だ。それでも、ジミーにとっては今なお夢のような女性に見える。以前と変わらず美しいと思う。

ジミーは座り、キャットの煙草の箱から一本取り出す。歯でくわえて、火をつける。

「エリーに会った？」とキャットは訊く。「もう寝るって階上《うえ》に行った」

沈黙が流れる。ふたりとも黙ったまま煙草を吸う。

「知らなかった」とキャットが言う。「エリーが行方不明のあいだ、カルフーン刑事に会いに警察署に行ってたなんて。言ってくれたら、わたしも一緒に行ったのに。どうして話してくれなかったの？」

どういうわけか、ジミーの脳裏に校庭が思い浮かぶ。舌足らずな彼をからかう同級生たちが見える。恐怖心が芽生え、やがて冷静さの仮面をかぶってその恐怖心を押さえつけたことを思い出す。それから、よい夫とはどんな人か考える。よい父親とは。よい人間とは。時々、自分でも自分がわからなくなる。ただ、キャットのことはよく知っている。

「心配させたくなかったんだ」とジミーは言う。今もキャットのことをどれほど愛しているかを思う。これから先もずっと愛している。海よりも。〈大荒れ《ターモイル》〉号よりも。ジミーは決心する。「ずっと考えていたんだが」両手が拳を握る。「そろそろ船と漁業権を売るタイミングじゃないかと思う」

「そうなの？」とキャットは素っ気なく答える。が、目を見ればわかる。希望が宿っている。

「ああ」とジミーは答える。「すまない、キャット。いつも気が咎めていたんだ。おれに充分な稼ぎがないばっかりに、おまえが働きに出なきゃならなくて」不甲斐なさと怒りがまたしても込み上げる。時々、何かを取り逃したような気分になる。世界に借りをつくっている気がすることがある。

「そんなこと、考えたこともない」とキャットは言う。ジミーは妻をじっと見る。「そうなのか？」

「ほんとうよ、ジミー。わたしたちはチームだから。当時は恥ずかしいと思ったこともあったけれど、今はちがう。サムのクリスマスプレゼントのことを覚えてる？　一ドルショップでクレヨン一箱とスケッチブックを買うお金しかなかった。あのときは悲しかった。でも、今は……誇りに思ってる。わたしたちはよくやった。そう思わない？」

そのとおりだ、ジミーはそう思う。正直に白状すると、結婚した当初はキャットを愛していなかった。キャットのほうも同じだった。それは彼も知っていた。デートするようになって数カ月でキャットが妊娠した。ジミーは十九歳、キャットは十八歳だった。必要に迫られての結婚だった。世界に立ち向かうには、ひとりよりふたりのほうがいい。それだけだった。けれど、何年も一緒に過ごすうちに、とりわけ娘たちが生まれてから、キャットを愛するようになった。そう、ふたりはチームだった。わずかな金と少ない睡眠時間で懸命に生きてきた。そうやって愛を育んできた。

ジミーは星を見上げる。コールドウェルのような小さな町でも大気汚染は深刻で、光がかすんで見える。海の上のほうが空は澄んでいる。ジミーの心はいつもどこかで海を求めている。それでも、船を売ると決めた。持っているものをすべて売り払ってもかまわない。キャットとエリーとサムのためなら。家族のためなら。

25

まだ朝だ。音楽を聞くには早い。とりわけこの手の音楽を聞くには早すぎる時間だ。妻がジミー・バフェットの曲をかけると、サムはいつも自分には女性を見る目がないのではないかと疑問を抱く。それでも、ヴァレリーが踊りながら娘のミーアに天国のチーズバーガーがどうこうと歌って聞かせるのを見て、かすかに微笑む。その理由がわかる。今朝はよく晴れている。空には雲ひとつなく、丸い太陽が煌々と輝いている。昨夜の嵐は猛烈な勢いで吹き荒れ、朝には去っていた。

コールドウェルで暮らす楽しみはこういう日にある。ヴァレリーもそう感じている。ヴァレリーはフロリダ州の出身で、コールドウェルではいつも寒さに震えている。しかし、今日は笑顔でジミー・バフェットを聞き、厚いウールのセーターではなく薄手のスウェットシャツを着ている。まだ長袖だが、もちろん。サムはキッチンのカウンターに寄りかかり、あくびをする。このところ、ミーアは毎日きっかり早朝の五時に目を覚まし、九時ぴったりに昼寝する。が、サムはちっとも気にならない。サムはもともと早起きだった。アザラシの赤ちゃんがだいたい日の出の時間に浜辺にいると知ってから、早く起きるようになった。夜明けまえに鍋やフライパンを叩いて家族を起こした。母はエリーを背負い、父はコーヒーをいれた。背の高い草に囲まれた砂丘に座って、アザラシの赤ちゃんの鳴き声を聞き、砂浜を転がって体じゅう砂だらけになるのを見た。最高に幸せな時間だった。

ドアをノックする音がする。「わたしが出る」サムはそう言うと、ステレオの音量を下げて居間を通り抜ける。

「エリー」とサムは言う。ミーアがよちよち歩いてきて、ズボンの裾をつかむ。「ハイ」エリーはポケットに両手を突っ込む。

「どうぞはいって」サムは満面の笑みを浮かべる。いくらか興奮している。部屋の向こうからヴァレリーがこっちを見ている。ヴァレリーは後押しするようにうなずく。ふたりは何時間もかけてエリーについて話し合っていた。どんなふうに話しかけるか。何を言って、何を言わないか。どう愛するか。エリーはぎこちない足取りではいってきて、部屋の真ん中で立ち止まる。

「連絡もしないでいきなり来て、迷惑じゃないといいんだけど」

「迷惑だなんてとんでもない」とサムは答える。「よかったら座らない？」

「うん、じゃあ、ちょっとだけ」エリーはソファの端にちょこんと座る。どのソファを買うか、サムは一年悩みつづけてようやく決めた。ヴァレリーに呆れられて、離婚されてしまうのではないかと思ったほどだった。サムは心配性で、自分の選択は正しかったのかといつも不安を感じている。ドミノ倒しみたいに、ひとつの選択が次につながることを怖れている。ミーアが生まれてから、ますます心配性に拍車がかかった。娘の呼吸が急に止まってしまうのではないかと思うと一睡もできなかった。粉ミルクはどれがいいか、どのおくるみを買うべきか、何時間もかけてブログを読みあさった。

「で、急にどうしたの？」サムはミーアのそばの床に座り、どの母親もすることをする。床に散乱するおもちゃを手に取って赤ん坊をあやしながら、部屋にいる大人たちと目を合わせる。

「別に。ただ、ハイって言いたくて」とエリーは答える。

「ハイ」とサムは言う。サムはエリーの第二の母親のようだ。周囲はよくそう冗談を言った。幼い妹の世話をやき、哺乳瓶でミルクを飲ませ、食べものを吹いて冷まし、初めて歩いたときには手をつないで支えた。エリーはお腹がすいている。疲れている。妹のことならなんでもわかった。エリーが学校に通うようになると、目を見ただけで悪いことがあったかどうか見抜いた。エリーが高校一年生のとき、ウィルとかいう男子生徒と初体験をしたときも、サムの身分証明書を盗んだときも、エリーの様子がいつもとちがうことにすぐに気づいた。夜が明ける。嵐が来る。姉妹ならそれがわかる。今もエリーが嘘をついているとすぐにわかる。悲しんでいることも。だから、それ以上は訊かないことにする。

エリーは家の中を見まわして言う。「素敵な家だね」

そうだ。エリーがここに来るのは初めてだ。ヴァレリーとサムがこの家を買ったのは、エリーが行方不明になったあとだった。契約書に署名した日、サムは泣きじゃくった。エリーはそこにはいなかった。自分の人生を歩もうとするサムを罪悪感が襲い、呑み込んだ。

ミーアがむずかる。「お腹がすいたのね」ヴァレリーがそう言って娘を抱き上げる。「癇癪を起こすまえに食べさせなきゃ。何かつくってくるわ」

「ねえ」とサムは手のひらで膝をさすって言う。「何か食べに行かない？　みんなで。どうかしら？」とエリーを誘う。立ち上がると膝の関節が鳴る。出産してから、急に歳を取ったように感じる。関節が悲鳴をあげるたび、そのことを実感する。

「ああ、せっかくだけど、このあとダニーと会う約束をしてるの」とエリーは言う。ヴァレリーがおむつを入れたバッグを肩にかけ、ミーアはそんな彼女の腕の中でもがいている。エリーがミーアを、姪を見て言う。

「抱っこしてもいい？」

一瞬、間《ま》ができる。サムはヴァレリーに険しい視線を向ける。「もちろん」やがてそう言う。

ヴァレリーはエリーの腕にミーアを抱かせる。エリーは少しバランスを崩しながらその重みを受け止める。サムの目が潤む。「思ってたより重い」エリーの鼻先がミーアの顔をかすめる。赤ん坊のにおいを吸い込む。サムの娘は古いシリアルみたいなにおいがする。そのにおいを隠すために、サムは今朝、娘にローションを塗った。

　そのままみんなで家の外に出る。ヴァレリーが車のドアを開ける。エリーはミーアをチャイルドシートに座らせるが、ベルトの止め方がわからない。

「わたしがやるわ」とサムは言う。「実のところ、エンジニアじゃないと使いこなせないようなものなのよ」

「わかった」エリーはドアの内側で屈んだまま、少しのあいだミーアを見つめる。それから、頬にキスしてバネみたいな巻き毛に触れる。「いい一日になりますように」

　チャイルドシートのベルトが締められ、ヴァレリーは運転席につく。サムはまだ車の外でエリーと一緒に立っている。「ダニーとの約束をすっぽかして、わたしたちと一緒に行かなくていいの？」そう言って、サングラスをかける。「ヴァレリーとミーアだけで出かけてもらって、わたしは家にいることもできるけど」

「ううん、大丈夫。ダニーが待ってるから」エリーはまたポケットに両手を突っ込む。

　サムは車に寄りかかる。エンジンのかかった車の熱が背中に伝わる。「またすぐに会えるわね。今度は女子会をしましょう。夜通し語り明かしましょう」

「うん、楽しそうだね」エリーははっきり約束しない。サムはそのことに気づくが、それでかまわない。時間はたっぷりある。そう思う。こんなふうに痛々しい時間は永遠には続かない。エリーがふっと笑う。「ねえ、身分証明書がなくなったときのこと、覚えてる？」

　サムはサングラスの上から見えるくらい眉を吊り上

げる。「ええ？　覚えてるわ。再発行してもらうのに二十ドルもかかった」

「わたしが盗んだって言った」

「そうだったわね」サムも少し笑って言う。悪い思い出がいい思い出になることもある。

「わたしが取ったの」とエリーは白状する。

サムはしかめ面をして言う。「へえ」車の中でヴァレリーがプレイリストを切り替える。窓の向こうからマザーグースの歌が聞こえてくる。〝ピーター、ピーター、カボチャを食べる、奥さんいるけど養えない〟

「ごめんなさい」エリーはまぶしそうに目を細める。

「もう昔のことよ」

沈黙が流れる。サムはまださよならを言う心の準備ができていない。太陽が動く。マザーグースの曲が替わる。「寄ってくれてありがとう。家に帰るの？」

「うん」とエリーは答える。

母の車が歩道の縁に停まっている。窓ガラスの奥に荷物をぱんぱんに詰め込んだリュックサックが見える。不安が肌をちくりと刺す。急に既視感を覚える。時間が繰り返す。世界が円を描くようにまわる。そんな不安を振りはらい、エリーに微笑む。ミーアがむずかりだし、サムの気持ちはエリーからミーアに向く。「そう。じゃあ、またね」

26

　チェルシーはブラック家のまえで車を停める。鳥たちの朝のさえずりがまだ聞こえている。私道にジミーのトラックが停まっているが、キャットの車は見あたらない。玄関のドアをノックするとキャットが出てくる。「カルフーン刑事」と驚いて言う。

「ハイ、キャット」肩書きで呼ばれたことに気づいても愛想よく微笑んでみせる。今となってはファーストネームで呼び合う関係には戻れないだろう。「エリーに会いにきたの」

　キャットの眉が下がる。しかめ面になり、口もとのしわが深く刻まれる。「出かけてる」

「出かけた？　朝、ここで会うことになっていたんだけれど」

　キャットはうなずいて言う。「車を貸してくれって言って出かけたわ。サムに会いにいくって」

「どうかしたのか？」キャットのうしろからジミーが出てくる。

「カルフーン刑事がエリーに会いに来てるの」キャットは夫に強ばった笑みを向ける。「今日、会うことになってたの。朝一番に。昨日、警察署でした話の続きをすることになってた」とチェルシーは説明する。不安で鳥肌が立つ。

　キャットは家の奥に戻りながら言う。「電話してみる」

「はいってくれ」とジミーがドアを大きく開ける。チェルシーはジミーのあとについて居間にはいる。窓が開いている。かつては白かったが今では黄ばんだカーテンが風に揺れる。室内の空気がかき混ぜられ、やわらかく、甘く、すこし埃っぽくなる。

一分も経たないうちにキャットが電話を手に戻ってくる。不安そうな表情をしている。「出ないわ」

ジミーが咳払いして言う。「サムにかけてみてくれ」

キャットはうなずいて電話をかける。「ハイ、ハニー」サムが応答すると言う。「エリーはそこにいる？ カルフーン刑事がエリーに会いに来てるの」キャットが眉根を寄せる。「一緒じゃないの？」チェルシーはキャットをじっと見つめたまま息を呑む。「ダニーに会いに行ったの？」

「どのくらいまえか訊いて」とチェルシーは促す。

キャットは言われたとおりに訊く。「一時間まえ？」間《ま》があく。「いいえ、心配ないわ。ただの行きちがいだと思う。あとでまたで電話するわね。ミーアにわたしからのキスを送って」そう言って電話を切る。

「一時間まえにサムの家に寄ったけれど、ダニーのところに行くと言って帰ったって」キャットは首を振る。

「どういうことなのかさっぱりわからない。ダニーに会うなんて言ってなかった」

「ダニーに電話してみて」とチェルシーは言う。

キャットが電話をかける。チェルシーは聞き耳を立てて会話を聞く。キャットがダニーにエリーと会ったか尋ね、ダニーが会ってないと答えるとキャットの声に失望の色が混じる。電話を切ると、キャットの声は震えている。「エリーには会ってないって。今日は約束もしてないって」キャットの手がさまよいジミーの手をつかむ。ふたりが互いに手を握りしめているのがチェルシーにもわかる。

チェルシーが口を開きかけたとき、電話が鳴る。けたたましい呼び出し音が響く。キャットは画面を見て言う。「サムからだわ」それから電話に出る。「ハイ」電話の向こうでサムが話しているのがチェルシーにもかすかに聞こえるが、なんと言っているかまではわからない。が、キャットの顔が次第に恐怖で青ざめる。ブラック家の空気が重くなり、風が息苦しさを伴う。

「なんだって？」とジミーが訊く。

キャットはそれを無視して話しつづける。「心配いらないわ」そう言ってサムを安心させる。「カルフーン刑事と話してから、またかけ直す。いいわね？」そう言って電話を切る。急に寒気に襲われたみたいに真っ青な顔をしている。「サムの話ではエリーは車にリュックサックを積んでいたみたい」

チェルシーの胸を恐怖が締めつける。リュックサック？ どうして？ 逃げるため？

「わからない」とキャットは言う。疲れきっている。ジミーも同じだ。ふたりともずっと太陽を見ていたように疲弊している。

「どこかほかに行くところがあるとは言ってなかったのね？」とチェルシーは尋ねる。「いいえ」とキャットは答える。「聞いてない」そう言って目をこする。

「わからない。何が起きてるの？ エリーはどこにいるの？」

チェルシーの心にリディアがいなくなった夜がフラッシュバックする。靴の中で爪先がもぞもぞと動き、家のカーペットの感触をとらえる。リディアのあとを追って走りだしたい衝動に駆られる。あのときそうしていれば。室内は静まりかえり、キャットとジミーは答えを求めるようにひたすらチェルシーを見つめる。

「何かがおかしい」とチェルシーは思っていることを声に出す。エリーがいなくなった。また。ジミーとキャットを見る。エリーは今、どこにいるのか？ サムに訊いた。ダニーにも訊いた。ふたりとも知らないと言った。戻ってきてから、エリーはどこで過ごすことが多かった？ チェルシーは家の中を見まわし、影になった階段を見上げる。「エリーの部屋を調べてもい

い？」

ゴム手袋をはめ、エリーの部屋の真ん中に立つ。キャットとジミーは戸口で見守っている。なんてこと。室内は荒れ放題だ。以前にもこの部屋を調べたことがある。二年まえだ。エリーの部屋の中をくまなく探す自分の姿を思い出す。香りつきのリップスティックが数本。友だちの写真。クローゼットの棚の上に隠してあった、半分空になったウォッカのボトル。あのときはこんなふうではなかった。雑然としていたけれど、それなりに片づいていた。今はしっちゃかめっちゃかだ。髪を引き抜かれ、顔を引っ搔かれ、叫びすぎて咽喉が嗄れてしまったかのようだ。不毛な荒野だ。

チェルシーは室内をゆっくり調べる。山積みになった洋服を拾い、シーツを持ち上げて窓の外を見る。ドレッサーの引き出しを開けて中身を調べ、それから引き出しを引き抜いて奥を調べる。何もない。次にクローゼットの上を調べる。懐中電灯で照らして確認するが、何もない。腰に手をあてて考え込む。手がかりになるようなものはない。「家の中でほかにエリーが過ごす場所はある?」

キャットとジミーは重苦しく視線を交わす。「何度か狭いスペースに入り込んで寝ていたことがある」とキャットは言う。「サムが使っていた部屋の奥のスペースよ」

「そこも見せて」とチェルシーは言う。

チェルシーは体を低く屈め、這うようにしてエリーが寝ていたスペースにもぐり込む。窮屈で狭苦しいが、体を丸めれば寝られないこともなさそうだ。くしゃくしゃになった上掛けの上に膝をつき、型崩れした枕を撫でる。ひんやりとした滑らかな布地が指に心地いい。ここにエリーがいないことはわかっているが、エリーの存在を感じる。かび臭い空気と塵のなかに確かに彼女がいるのが感じられる。懐中電灯をつける。あった。木の梁の裏にある何かに目が留まる。手を伸ばすと、茶色い包みに触れる。パイプの残骸とくしゃくしゃに丸めた紙切れもある。それらを取り出し、狭いスペースから出て客間の灰色のカーペットの上に全部並べる。しゃがんで、丸められた紙を開く。絵葉書だ。どちらも同じ白樺の並木の写真の葉書だ。

ジミーが声を詰まらせて言う。「それと同じものを見たことがある」顔が真っ青になっている。「あんたが港まで来たとき、トラックのそばでエリーが握りしめていた。チラシか何かだと思ったんだ。フロントガラスに無造作に置かれていたから……」最後は尻すぼみになる。

チェルシーはその日のことを思い出す。エリーはトラックのそばにいて、白い紙切れを持ち、その紙切れが砂利の上に落ちるのを見ていた。「その葉書はどうしたの？」背すじに寒気が走る。「トラックの後部座席に放り込んだ。取ってくるよ」ジミーはそう言うと、チェルシーに背を向けて駆け足で出ていく。

ジミーが葉書を取りにいっているあいだ、チェルシーは取り出した包みを開ける。中身は空《から》だ。が、包み紙の隅や折り目に何か残っている。二、三粒つまむ。においはしないが、チェルシーにはそれが何かわかる。火薬だ。

「この家に火器はある？　銃はある？」チェルシーは振り向いてキャットに尋ねる。チェルシーの父はよく自分で弾薬をつくっていた。そのそばで火薬に指でいくつも同心円を描いていたことを思い出す。日本庭園の枯山水のような模様を描いていたことを思い出す。

「いいえ」キャットはそう言って戸口にへたり込む。

チェルシーはそんなキャットに背を向け、プラスチックのパイプを調べる。指の上で火薬を転がす。

パイプ爆弾の主な材料のふたつが目のまえにある。

チェルシーの心を暗い考えが埋め尽くす。考えたくないこと、信じたくないことでいっぱいになる。エリーは自爆するつもりなのか？　それとも誰かを傷つけようとしているのか？　激しい恐怖に襲われる。

ジミーが息を切らして戻ってくる。「これだ」そう言ってチェルシーに絵葉書を差しだす。開いてみると、やはり同じ白樺の木の写真の葉書だった。三枚の絵葉書を並べて置き、一枚ずつ裏返す。裏には数字が書いてある。指で絵葉書を移動させて数字の順番に並べる。
3、2、1。
キャットとジミーを見上げる。自分が溶けていくような、虚空に滑り落ちていくような感覚にとらわれる。

「それは何？」とキャットが訊く。

チェルシーはかぶりを振る。室内を包み込む静寂に身を委ねる。「断言はできないけど」その声はかすれ、遠くから聞こえる。視界がかすむ。「でも、たぶんカウントダウンだと思う」

x

どうしてわたしがそんなことをしたのか、きっと不思議に思ってるでしょうね。その答えが知りたいから、今これを読んでるんでしょ？　あなたたちから見れば、ネックレスが絡まって結び目ができてしまっているようなものだと思う。結び目をひとつほどいても、また別の場所がこんがらがってしまう。そのうちひとかたまりになって、もはやお手上げになる。わたしが思うに、いつからこじれてしまったかは問題じゃない。問題なのは最後のもつれ。無理矢理引っ張ったら、チェーンが切れてしまうかもしれない。

ただ、もしあなたがわたしと同じ立場だったら、全部解決する方法を思いつくかもしれない。私は悪魔に魂を売った。そのことはこれっぽっちも後悔していない。

空気は凍えるほど冷たかった。空は銀色に紫が混ざったような色をしていた。まもなく雪が降りだすときの色だ。地上からあらゆる光が吸い上げられていた。

そのまえの晩、グレースの乳歯が一本抜けた。

「歯の妖精がわたしを見つけてくれると思う？」グレースは指を口に突っ込み、歯茎にできた穴に触れて言った。

わたしたちは焚き火を囲んで座っていた。チャリティは鼻を鳴らし、石炭をつついた。

わたしはグレースの髪をうしろに撫でつけた。髪はだいぶ長くなっていた。デイヴィッドはわたしたちが髪を切ることを許してくれなかったので、グレースの髪が顔にかからないようにするにはどうすればいいか考えなければならなかった。「きっと見つけてくれるわ」とわたしは請け合った。

グレースは体勢を変えてわたしを見上げた。「だったら、どうしてママは見つけてくれないの？」

「その子を黙らせてくれない？」とチャリティがつっけんどんに言った。

わたしはチャリティを睨み、グレースの膝を叩いて諭した。「ママの話はしちゃいけないって知ってるでしょ？」

麻紐を見つけて、抜けた歯の代わりにしようと考えた。どうやってグレースの気を逸らすか、あれこれ考えた。あら、歯の妖精はこの紐を置いていってくれたの？　すごいわね。きっとあなたは特別な子なのね。熱意を込めて伝えれば、どんなことも真実だと信じ込ませることができる。

氷のように冷たい突風が背中に吹きつけ、焚き火が消えそうになった。ドアが音を立てた。「大変」とチャリティが敷地の向こうを見て言った。彼女の視線を追うと、武器庫のドアが風で開いたり閉まったりしていた。「鍵が開いてる」チャリティはわれを忘れて立ち上がった。

「チャリティ。やめて」

「またとないチャンスよ」とチャリティはわたしを見下ろして言った。まるで魔法にかけられたみたいに、どんよりとした、底の見えない目をしていた。チャリティは駆けだした。

「ここにいて」わたしはグレースにそう言うと、チャリティを追った。チャリティは武器庫の中にいた。塔のてっぺんの小さな隙間から、病気のように青白い陽光が射し込んでいた。チャリティは笑みを浮かべた。少し狂気じみていて、少し心の奥底で困惑しているような笑顔だった。「あいつを殺す」そう言ってリヴォルヴァーを手に取り、わたしの目を見た。

自由になれる。口には出さないが、そのことばがわたしたちのあいだを行き交い、冷たい空気を滑り降りた。目がくらむような感覚を覚えた。真夏に熟した温かい桃を食べている。そんな感覚だった。

影が伸びてきてひとすじの光がさえぎられた。「銃を下ろせ、チャリティ」デイヴィッドの声だった。彼の体温が、胸から発せられる熱気がすぐそこに感じられた。デイヴィッドは一歩まえに出てわたしのまえに立ちふさがった。「気をつけろ。おまえは誰も傷つけたくないはずだ」そう言って両手を広げた。落ち着いていた。落ち着きすぎている？　なんだかおかしい。デイヴィッドは落ち着きはらっていた。自分に危害が及ぶことはないと確信しているみたいだった。

チャリティは両手でリヴォルヴァーを持って構え、デイヴィッドに狙いをつけた。数秒が永遠のように長く感じられた。雪が降りだした。音を立てず、眠そうに舞っていた。デイヴィッドは息を乱すこともなく、胸は穏やかに上下していた。

デイヴィッドはわたしを見て言った。「デスティニー、チャリティから銃を取り上げろ」

またしても時の流れがゆっくりになった。木から蜜が滲み出るように遅々として進まなかった。チャリティは銃口をデイヴィッドとわたしに交互に向けていた。デイヴィッドはもう一度わたしの新しい名前を呼んだ。「デスティニー、チャリティから銃を取り上げろ」そう繰り返した。「グレースのためだ」

わたしは急いで敷地のほうを見た。マイケルの手がグレースの肩に置かれていた。あと数センチでその手は首にかかりそうだった。グレースの首を絞めようとしていた。光を、彼女の命を奪おうとしていた。

錯乱していて、そのあとのことはぼんやりとしか思い出せない。一瞬の出来事だった。わたしはチャリティに向かって突進し、彼女の鳩尾に肩をぶつけて武器庫の床に押し倒した。銃が音を立てて床に落ちた。チャリティはわたしの体の下から這い出て、金切り声で叫んだ。デイヴィッドが拳を振り降ろした。一回。二回。手についた血がコンクリートの床だけでなくドアの外にまで飛び散った。時々、目を閉じると今でもその光景が瞼に浮かぶ。雪を赤く染める血が見える。デイヴィッドは立ち上がった。息を切らしていた。チャリティはうずくまって倒れていた。顔は腫れていて、すでに紫色になっていた。

「よくやった」デイヴィッドはチャリティをまたぎ、微笑んだ。やけに恍惚としていて、まだ息が少しあがっていた。「このあいだの夕食のあと、おまえならそうするかもしれないと思った」わたしがグレースの身代わりになろうとした夜のことだ。「でも、確かめる必要があった」

「どういうこと?」わたしは打ちのめされた。当惑していた。

「どういうことかだって? これは全部テストなんだよ」デイヴィッドは床から銃を拾い上げた。わたしに狙いをつけ、引き金に指をかけた。カチッと音がした。わたしは顔をしかめ、痛みを覚悟した。が、何も起きなかった。胸に穴が開くことも、血が噴き出すこともなかった。デイヴィッドはますます嬉しそうに笑った。「空《から》だ。弾丸《たま》は込められてない」と勝ち誇ったように言った。「おまえはほんとうにグレースを愛しているんだな。あの子を救うためならどこまでできるか知りたかったんだ」わたしは息を呑んでグレースを捜した。グレースは犬舎のまえにひざまずき、鉄格子のあいだから手を突っ込んでスターを撫でていた。顎がわなわなと震えた。全部テストだったの？　そのためにわたしはチャリティを傷つけたの？　尖った空気が肺を出たりはいったりして咽喉を引っ掻いた。目のまえの霧が晴れていった。わたしは過呼吸になり、同時に声をあげて笑いだした。わたしはデイヴィッドと同じように狂ってしまったのか？　指が脇腹に食い込んだ。

「やめろ」とデイヴィッドは歯を食いしばって言った。彼の手が飛んでくるのは見えなかった。その手はわたしの顔面を直撃した。一撃を食らった。わたしは途端にわれに返った。ぶたれた右の頰を指で押さえた。

「静かにしろ」とデイヴィッドは言った。「グレースを部屋に連れていけ」セレンディパティにそう命令した。グレースは素直に連れていかれた。わたしが教えたとおりにした。言われたとおりにすること。静かにしていること。抵抗しないこと。そうやってわたしたちは生き延びた。けれど、それは生きているとは言えなかった。

「ごめんなさい。どうか許して。わたし――」わたしはひざまずき、デイヴィッドの足もとにうずくまった。時々、わたしは彼を愛していた。彼の愛情を求めていた。彼に優しくされることを望み、手もとに置いておきたい宝物のように見てもらえることを願った。

デイヴィッドはため息をつき、わたしの肘をつかんで立たせた。頰が絶叫するように痛みを訴えていた。体じゅうどこもかしこも痛かった。「かわいそうに」デイヴィッドは優しい声で言い、わたしを腕に抱いた。

しばらくそうしたまま揺れていた。頭蓋骨の奥から悲鳴が飛び出しそうになった。

やがて、デイヴィッドが体を離し、わたしたちは見つめ合った。「デスティニー」彼は不穏な笑みを浮かべ、わたしの髪をもてあそんだ。「それともギルガメシュ（メソポタミア神話の英雄）と呼んだほうがいいかな？」上空でワシが二羽、円を描いて飛んでいた。そのうち一羽はまだ子どもの頃から見ていた。今はつがいになり、近くに巣をつくっていた。デイヴィッドがわたしの唇にキスして言った。「愛してるよ」

わたしの内部は混乱していた。形はなく、よじれ、無限の時間軸の中で塵になるまで漂っていた。太陽が爆発し、ブラックホールに呑み込まれた。「わたしも愛してる」この世で一番怖れているものを愛するためのことばはあるのだろうか？　デイヴィッドはわたしの額にキスした。触れられた感触がウィルスのように全身に蔓延した。

27

チェルシーはブラック家の外に出て裏庭を歩きまわる。靴に踏まれて草が折れる。パニックが胸に込み上げる。ポケットから携帯電話を取りだし、電話をかける。「カルフーン刑事」フィッシャー医師は最初の呼び出し音で電話に出る。「サリース、エリーがいなくなった」声が沈む。

「そんな」とフィッシャーは驚く。「いったいどうして？　ご両親は……大丈夫？」

チェルシーは家を見て答える。「大丈夫じゃない」窓の向こうにキャットがいるのが見える。体を硬直させ、自分で自分を支えるように体に腕を巻きつけている。チェルシーは向きを変えて家のまえの通りのほうを向く。フィッシャーはため息をついて言う。「そうでしょうね」

チェルシーは腕時計で時間を確認する。十時十五分。新たに時間の経過を計算する。多少の誤差はあるとして、エリーがいなくなってから二時間半。リュックサックとパイプ爆弾の材料を持って姿を消した。令状を取れば携帯電話の通信履歴を入手できるが、それには時間がかかる。それに、エリーが自分自身、あるいは誰かに危害を加えるおそれがあると知らしめることになる。それよりもエリーがいなくなった理由を知ることが先決だ。

仮説はある。

白樺の木の絵葉書を思い浮かべる。裏面に太いマジックで書かれた数字が見える。葉書と数字はエリーが戻ってきてからも監視されていた証拠にほかならない。その事実に照らすと、パズルのピースがはまっていく。エリーは警戒を怠らず慎重に行動していた。そうしなければならないとわかっていたから。誰かに見張られていると知っていたのだ。チェルシーに何も話さず、捜査に協力しようとしなかったのも無理はない。

そう考えると、ほかのピースもしかるべき場所に収まる。チェルシーは当初、エリーは逃げてきたか、死ぬのがわかっていて放置されたと考えていた。しかし、エリーの体にはその仮説を裏付ける痕跡はなかった。新しい傷はなく、爪はきれいに整えられていた。もし、エリーが自由を求めて戦ったのではないとしたら？もし……もしも目的があって戻されたのだとしたら？

馬鹿馬鹿しい。そんな馬鹿げたことを考えるなんて、わたしはどこまで愚かなのか。しかし、その思いつきは火花を散らし、山火事のようにチェルシーの心に燃え広がる。

「ほかに教えてもらえることはないかしら。エリーと何を話したかとか」チェルシーはフィッシャーに尋ねる。胸が締めつけられる。絶望と恐怖がねじれてかたい結び目をつくる。「エリーの命が危ない。エリーはずっと誰かに見張られていた。今もつけられているかもしれない」それに……アボット巡査部長に報告すれば、パンドラの箱が開いてしまう。パイプ爆弾に話が及んだら、対テロ部隊が動員される。州全域に指名手配が発せられ、隣接する郡の警察が血眼になってエリーを捜索する。地獄の業火が降ってくる。「どんなに些細なことでもいい」

　電話の向こうでフィッシャーはしばし黙り込む。重い沈黙が流れる。「エリーは心的外傷後ストレス障害《PTSD》を患ってる。まだ核心に触れるような話はしてない。二回しかセッションをしていないから。エリーは自分が別人になったように感じると言ってた。性的暴行の被害者にはよくあることだけど」そう言って念を押す。「前回のセッションでアートセラピーをやって、エリーは絵を二枚描いた。その絵は見せたわよね」そこでフィッシャーはことばを切る。「エリーが絵に描いた少女たちを姉妹と呼んだことは話したかしら？」

　チェルシーはどうにかして立っているのがやっとだった。滑るように昨日へ逆戻りする。「お姉さんのためなら、どんなことでもするのね」エリーはそう言った。「ええ。姉のためならなんでもする」チェルシーはそう答えた。「わかるわ」そのひとことにエリーの本心が込められていたのだ。

　なんでもする？　自分の命を捧げることもいとわない？　エリーは誰かを救おうとしているのか？　だとすれば、それはウィラかもしれない。「わたしが守ってた」エリーはそう言っていた。今もウィラを守ろうとしているのか？　「姉妹と呼んだの？　まちがいない？」

「ええ、まちがいないわ」とフィッシャーは断言する。

　チェルシーはフィッシャーに礼を言って電話を切る。エリーはほかの少女たちと一緒に監禁されていた。その少女たちを姉妹と呼んでいた……気持ちがはやる。

家の中でブラック夫妻が待っている。ふたりはまた待ちつづけなければならない。チクタクチクタク。時間が刻一刻と過ぎていく。拳を握り、気持ちを落ち着かせる。裏庭から家の中にはいり、ジミーとキャットにまたあとで来ると伝える。警察署に戻らなければならない。こうなった以上、エリーがいなくなったことを報告するしかない。キャットの車に指名手配をかけるしかない。運転手は武装している。でも、果たして彼女は危険人物なのか？　チェルシーは確信が持てない。他人の手にエリーを委ねることだけはしたくない。望みは万にひとつ。誰よりも先にわたしがエリーを見つける。

お願い、エリー。チェルシーは心の中で懇願する。わたしたちみんなが後悔することだけはしないで。

xi

小さなゴムのタイヤ。ひび割れたヘッドライト。プラスチックのドア――ラジコンの緑のトラックの残骸がまわりに散らばっていた。

わたしはビニールシートで囲まれた部屋の真ん中で地面に座っていた。天気のいい日で、部屋の中は蒸し暑かった。春が近づいていた。デイヴィッドは半袖を着ていて、毛のない腕に血管が脈打っていた。鼻の下に汗をかいていた。その目は尋常ならざる野生の輝きを放っていた。わたしは両手でワイヤーを二本持っていた。赤と白のワイヤーが一本ずつ。どちらもトラックから取り出したものだった。

デイヴィッドはわたしの隣りにしゃがんで言った。

「そうだ、デスティニー」彼の口から発せられたわたしの名前は油みたいにぬるぬるしていた。「ワイヤーをパイプにつなぐんだ」そう言ってから、舌を伸ばして鼻の下の汗を舐めた。わたしは震える手で言われたとおりにワイヤーをつないだ。

パイプはまえもって準備してあった。ドリルで穴を開け、火薬と砕いたガラスを詰めて蓋をしてあった。片方の先端にワセリンが塗ってあり、指が滑ってワイヤー同士が接触しそうになった。

「落ち着け」デイヴィッドはそう言って、わたしの手を軽く叩いた。彼の手のひらは汗で湿っていた。「事故が起きたら大変だ」

わたしはワイヤーとパイプをそれぞれ離して下に置いた。拳を握って手の震えを止めようとした。赤と白のワイヤーをじっと見つめているうちにふたつの色が混ざって見えた。

デイヴィッドがポケットから腕時計を取り出して言った。「時間をセットして、取りつけろ」わたしは腕時計を受け取り、文字盤のカバーをそっと開けた。古いけれど、きれいな時計だった。きっとアンティークだろう。こんなことに使うには惜しい代物だった。腕時計の時間を合わせ、白と赤のワイヤーをつないだ。

二時間後、時計の針が交差したら……ドカーン。

28

チェルシーはいつもの半分の時間で警察署に着く。署内の様子は普段と変わらない。話し声。電話の呼び出し音。書類をめくる音。受付のシュゼットがチェルシーに笑顔を向ける。チェルシーも笑顔を返そうとするが、口が引きつってうまく笑えない。絶望が心を蝕む。仮留置場の上に設置された薄型テレビが速報画面に切り替わり、チェルシーはテレビに釘付けになる。

〝ワシントン州知事公邸に爆弾　爆破は阻止〟とテロップが流れる。

爆弾。そのことばが反響する。恐ろしい鐘の音のように鳴り響く。爆弾。爆弾。爆弾。チェルシーはテレビに近寄る。わたしはどうかしてしまったのか？　それとも音がいきなり聞こえなくなったのか？　何も見えなくなったのか？　視界の外側が暗くなり、トンネルのように狭まる。咽喉が締めつけられる。ダグラスの机の上にあるリモコンを手に取り、テレビの音量を上げると、周囲のざわめきが消え、代わりにニュースキャスターの声が聞こえる。

「詳しいことはまだわかっていませんが、今日午前十一時頃、警備員が自爆テロ犯と思われる人物に遭遇しました。自爆テロとしては珍しく、犯人は女とのことです。防犯カメラの映像を確認してみましょう」キャスターのフォックス・ロンドンが速報を伝える。

画面が切り替わり、女が映し出される。野球帽をかぶり、だぶだぶの上着を着て、腹に手を押しあてながら広大な芝生を横切る。見覚えのあるジャケット。エリーが着ていたジミーのジャケットだ。口の中がからからになる。声に出さずに叫ぶ。エリー。駄目。

「犯人は知事が乗った車が公邸に戻ってくるのを門の

そばで待ち伏せしていました。爆破計画が失敗に終わったことは幸運というよりほかありません。タイヤがパンクして、知事が帰ってくる時間が予定より遅れたのです。国土安全保障省によると、犯人の女はまだ特定されていないということです」粗い映像にかぶせてフォックス・ロンドンが説明する。「しかし、公邸のガイドは犯人に心あたりがあると話しています」

画面がまた切り替わり、フリースのベストを着た白髪の女性が映し出される。「犯人の名前はエリザベス・ブラックよ。ニュースで見たわ。たしか行方不明になってたんじゃなかった?」画面はさらに上空からヘリコプターで撮影した知事公邸の映像に切り替わる。公邸の外に大群のパトカーが押し寄せ、特別機動隊の戦闘服を着た隊員たちが待機している。警察署内の電話が一斉に鳴りだす。非常事態を告げる甲高い呼び出し音が響く。

チェルシーはよろめく。エリー、いったい何をしたの?

アボット巡査部長のオフィスのドアが勢いよく開く。「チェルシー」アボットに大声で呼ばれ、チェルシーはわれに返る。「今すぐ私のオフィスに来なさい」

鼓動が激しく胸を叩き、軽いめまいを覚えながら、アボット巡査部長のオフィスにはいる。

ふたりともしばらく呆然としたまま黙っている。アボットの両手が動き、顎の筋肉がぴくりと動く。

「こうなることにうすうす気づいていたのか?」アボットは座ったまま背すじを伸ばし、タカのように鋭い目をチェルシーに向ける。

チェルシーは首を振る。すぐにはことばが出ない。「いいえ」どうにか声を絞り出し、それから続けて言う。「正直に言うと、ほんとうはちがいます。エリーに会いにブラック家に行きました。家の中で彼女が自分に、あるいは誰かに危害を加えようとしている証拠を見つけました。そのことを報告するために署に戻ってきました。ですが、エリーがどこに行ったのか、何をしようとしているかはわかりません」エリーは州知事の公邸に爆弾を仕掛けた。もしくは仕掛けようとした。どちらの表現が正確かは問題ではない。いったいなぜこんなことになったのか？　チェルシーのせいだ。しくじったのは明らかだ。とんでもないミスをおかしてしまった。

世界が薄れていく。チェルシーは腹ばいになり、ライフルを構えてヘラジカに照準を合わせた。額に玉の汗が噴き出し、汗を拭おうとした。ヘラジカの耳がぴくりと動いた。「撃て」と父が囁いた。チェルシーは引き金を引いた。弾丸《たま》は左の脇腹にあたり、ヘラジカは逃げた。「くそっ。チェルシー、何をやってる」と父は彼女を叱った。「おまえのせいだ」

「申しわけありません」とチェルシーは謝る。あの日、父に許しを請うた自分の声が耳にこだまする。自分が信じられなくなる。この仕事をまっとうする自信がなくなる。

「最悪の事態だ」とアボットは言う。

シュゼットがドアをノックし、顔をのぞかせて言う。「お話し中すみませんが、国土安全保障省からお電話です。取り込み中だとお伝えしたんですけれど、どうしても話したいそうです」

「つないでくれ」アボットの返事を聞き、シュゼットがドアを閉めて足早に立ち去ると、署内の混沌が遠ざかる。オフィスの窓の向こうで警察官たちがこちらを見ないようにしている。チェルシーはうなだれる。どうして気づかなかったのか？　昨日のエリーの行動はおかしかった。逃げるように帰っていった。チェルシーはそれをトラウマのせいだと考えた。しかし、エリーはトラウマになるような経験をしたせいで変わってしまったのか？

アボットが電話機のボタンを押すとスピーカーから

声が聞こえてくる。電話の相手は簡単に名乗るが、チェルシーには名前すら覚えられない。局長と特別捜査官のなんとかかんとか。パンチをくらったみたいに腹が容赦なく押しつぶされる。

「エリザベス・ブラックに関する捜査資料をすべて提出してもらいたい」と電話の相手が言う。「今から捜査官をそちらに向かわせます」

チェルシーの手に振動が伝わる。携帯電話を持っていることさえ忘れていた。エリーの両親からだ。

「担当の刑事にすべて準備させておきます」とアボットは請け合う。立ち上がり、机に手をつき、送話口に口を寄せて話している。アボットのその仕種に、チェルシーは父の面影を見る。リディアが殺されたとき、父は同じようにしていた。初期化されたロボットのようだった。アボットの心中を思う。彼の元妻が殺されかけた。人生最愛の女性だと言っていた人が殺されかけたのだ。いったいどんな気持ちだろう。「ほかには？」

彼らはエリーについて質問する。エリーが誰を訪ねたか、誰がエリーに会いにきたか。チェルシーはエリーとのやりとりをいちから思い返してみる。今のエリーのことを考える。底のない穴に落ちていくような目でチェルシーを見ていた。確かに何か隠していた。だとしても。エリーがテロリスト？　人殺し？　とても信じられない。

チェルシーはエリーの両親を訪ねることを禁じられる。代わりに連邦捜査官が引き継ぐという。ひとつ、またひとつ捜査から外される。エリーの包囲網から引き抜かれていく。

「彼女の行きさきに心あたりは？」

そう訊かれてチェルシーは一瞬ほっとする。つまり、エリーは逃げたということだ。彼らはエリーがどこにいるか知らない。が、すぐに不安が首をもたげてくる。エリーは逃亡している。ひとりきりで。混乱し、怖れている。彼女には今の自分が誰なのかわからない、フィッシャー医師はそう言っていた。チェルシーは思う。わたしならエリーを見つけられるかもしれない。以前のエリーがどんな少女だったか思い出させてあげられるかもしれない。あなたは消えてなどいない。いなくなったりしていない。この世界にはあなたにできることがまだまだたくさんある。傷つけられたことは気の毒だけれど、あなたの物語はまだ終わりじゃない。わたしが終わらせない。

「カルフーン刑事?」とアボットが大声で促す。

チェルシーは体を硬直させて答える。「いいえ、わかりません。聴取したときも毎回、あまり協力的ではありませんでした」

「今となってみれば、それも納得がいく」とアボットが言う。「確かに」と電話の向こうで局長が同意する。

「ほかにわかっていることは?」とアボットはチェルシーを見て促す。

チェルシーは両手を太腿にこすりつける。何が起きているのか、いまだに信じられない。やっとのことで茫然自失の状態から立ち直る。切れるカードは一枚しかない。彼らを説得し、撤退させるにはそれしかない。

「エリーは誰かを救おうとしてるんだと思います。行方不明になっているほかの少女を助けようとしています。その少女の名前はウィラ・アダムズ」切羽詰まった口調でスピーカーに向かって話す。ことばが小さな矢のように口から次々放たれる。「ウィラはまだ九歳の幼い少女です。一年半ほどまえに連れ去られました。エリーが行方不明になっていた期間と重なります。ふたりが一緒に監禁されていたことはまちがいありません。犯人はウィラに危害を加えるとエリーを脅して、犯行を強要したんだと思います。突拍子もないことを言っているように聞こえるかもしれませんが……」息を吸う。必死に弁明しているように聞こえないことを願う。真剣に取り合ってもらわなければならない。

「エリーのせいではありません。こんなことをしたのは彼女の意思ではないんです」懸命に訴える。「通常の容疑者と同じように扱うことはできません。エリーは被害者でもあるんです」

「わかった、調べてみよう」と特別捜査官のひとりが言う。しかし、本気で調べる気などないのは声でわかる。彼にとってはどうでもいいことなのだ。チェルシー自身、現実には不可能なことをどれほど約束してきたことだろう。彼と同じ、抑揚のない声で淡々と手続きを進めたことがいくらでもあったではないか？

「いずれにせよ、現時点でエリザベス・ブラックが武装した危険人物であることは変わらない」と特別捜査官は言い切る。

それが何を意味するかはチェルシーも知っている。まず撃つ。考えるのはそのあとだ。チェルシーは口を引き結ぶ。「わたしも捜査に加えてください。エリーの捜索に協力させてください。一時間、遅くても一時間半でオリンピアまで行けます」

「申し出には感謝する」別の捜査官がことばを引き伸ばすようにゆっくり答える。頭を軽く叩いてあやすような声が暗にこう言っている——きみはよくやった、あとはわれわれ男に任せておきなさい。「しかし、本件はすでに国土安全保障省が担当することになった」捜査官はひと呼吸置いてから続ける。「それに、そちらと州知事との個人的な関係を考慮すると、われわれだけで捜査するほうがいいだろう」

チェルシーは脱力する。アボットが特別捜査官に礼を言い、全面的な協力を約束するのを呆然と聞く。電話が切れる。

「オリンピアに行かせてください」とチェルシーは訴える。

「駄目だ、チェルシー」

「でも——」

「きみは捜査から外れた。いや、われわれは外れたんだ」アボットは顔を上げ、はっきりそう言う。目が警告を発している。「これ以上、私を追いつめないでくれ。捜査資料のファイルをまとめたら、家に帰りなさい」

チェルシーは立ち上がる。が、オフィスを出ようとはしない。「巡査部長――」

「これは命令だ、チェルシー。もう行きなさい」アボットは怒鳴りかける。それから、口調をやわらげて続ける。「私は……今はこれ以上話している時間はない。何本か電話をかけなければならない。子どもたちに……」そう言って眉をこする。「ファイルをまとめたら帰るんだ、チェルシー」

チェルシーはドアの取っ手に手をかけて言う。「ファイルは車に置いてあります。取ってきます」さらに何か言いかけたが、アボットはもう下を向いて携帯電話をタップしている。

チェルシーはおぼつかない足取りで警察署を出て電話をかける。


呼び出し音が三回鳴る。「カルフーン刑事」モントーヤが電話に出る。「電話してくれて嬉しいよ」

チェルシーは親指の爪を嚙み、気持ちを立て直す。

「ニュースを見た?」通りの向こうでティーンエイジャーたちが笑い声をあげ、互いを肘でつつき合いながら食堂にはいっていく。

「ああ」とモントーヤはゆっくり吐き出すように言う。「エリーの居場所について何か耳にはいってない? 当局がエリーの行き先をつかんでるかどうかとか」モントーヤは数年間、対テロ部隊に所属していた。そのことを思い出して訊く。もしかしたら情報源がいるかもしれない。

「いや、何も聞いてない。行方はわからない。でも、すぐにヘリコプターが出動して上空から捜索する。州をあげての大捕物になる。令状を取って、彼女の携帯電話の通信記録も入手する。それからどうするかはきみも知ってのとおりだ……pingを送信して、彼女の位置情報を入手する。そうなったら、もう逃げ場はない」

　エリーが見つかるまで、あとどのくらい時間が残されているだろう？　チェルシーは担当したことのある、または捜査記録を読んだことのある爆発物事件を頭の中で洗いだす。不満を抱えた建設請負業の男がコンサート会場の付近に爆弾を仕掛け、別の州に逃げたあとで発見された事例があった。発見までにかかった時間は？　十五、六時間？　男は解体処理場に隠れていたところを発見され、脊柱を撃たれた。今も首より下は動かせない。

「見つかったらどうなるの？」とモントーヤに尋ねる。だいたい想像はつくけれど。歩道を行ったり来たりする。親指の爪を強く嚙み、皮膚まで嚙みちぎる。

「正直なところはわからない。作戦は瞬時に変わるし、おれが対テロ部隊にいたのはもう十年もまえのことだから。おれがいた当時はまず交渉を優先していた。〝ウェーコの包囲〟（一九九三年、宗教団体が違法な武器を備蓄している容疑で連邦と州が教団の本拠地を包囲し、突入した際に多数の死傷者が出た）以降、FBIは民間人の犠牲を出さないように指示している。だけど、今回は国土安全保障省がかかわっているから事情がちがう。もし、エリーが危険人物とみなされたら……つまり、彼女は爆弾を持ってるかもしれないわけだから……」

　チェルシーはその場でかたまる。モントーヤの話がじわじわしみ込んでくる。「ありがとう」と礼を言う。「参考になった。何かわかったら教えてくれる？」

　モントーヤは必ず知らせると約束する。

　助手席から捜査資料のファイルを取り出す。手が震え、行方不明の少女たちの写真がアスファルトの上に散らばる。友情のブレスレットを肘のあたりまで重ねてはめ、カメラに向かって口を尖らせるガブリエル。横を向き、遠くの何かを見上げているハンナ。ジャングルジムにぶさ下がるウィラ。そして、浜辺で両手を広げ、風を受け止めるエリー。

　落ちた写真をファイルホルダーに戻す。そのまましばらく、外観は静まりかえっている警察署を見つめる。こんなとき、父なら立ち止まるなと言うだろう。あのとき、父は森の奥までヘラジカを追うように言った。追え、そう命令した。

パパ、できない。チェルシーは父のほうを向いて言った。お願いだから、そんなことさせないで。

父は厳しくも優しい人だった。このままにしてはいけない。善良なものを苦しませてはいけない。チェルシーはヘラジカの血の跡をたどって小径を六時間歩いた。父もあとからついてきた。涙が止まらなかった。ヘラジカはシダの根もとに倒れていた。チェルシーはまた父の顔を見た。父はうなずいた。やれ。ライフルの撃鉄を起こし、ヘラジカの眉間を撃った。

ファイルホルダーをしっかりつかむ。その瞬間、決意する。自分への不信感をかなぐり捨てる。何をすべきかはわかっている。チェルシーはファイルを持って車に乗り、発進する。わたしは止まらない。

29

父の家のまえで急ブレーキをかけて停まる。足早に玄関を通り抜け、まっしぐらに書斎に向かう。床にファイルを放り、震える手でもう一度壁にワシントン州の地図を貼る。

エリーを見つける。エリーを見つける。エリーを見つける。その思いだけが全身に響く。エリーには使命があった。そのことを思う。エリーが戻ってきた理由を考える。

景色が再構築されていく。頭の中で事件の地形を見直すと、岩が移動し、山が溶け、湖が現れる。エリーは逃げてきた。それも、歩いて。チェルシーは当初そう考えていた。が、もしそうじゃなかったら？　逃げてきたのでも、歩いてきたのでもなかったとしたらどうだろう？　エリーが戻ってきたのは犯人の策略だとしたら？　エリーを車に乗せ、どこかで降ろしたのだとしたら？　そうだ。そう考えれば、パズルのピースがうまくはまる。エリーは戻されたのだ。犯人に代わってある使命を実行するために。爆弾を仕掛けるために。しかし、エリーはしくじった……

エリーはこのあとどうする？　どこに行く？　家に帰ることはできない。

でも、ひょっとすると……帰るかもしれない。チェルシーが知っている、ジミーとキャットが待つ家ではなく、この二年間暮らした〝家〟に帰るかもしれない。そこにはウィラがいる。ウィラはまだ生きている。エリーはそう認めた。ウィラのためにそこに戻るのではないだろうか？　ウィラと一緒にいるために。

地図を見つめる。一歩下がった拍子に行方不明の少女の捜索チラシを踏む。そのチラシを見下ろし、拾い上げる。十分後にはすべての捜索チラシが地図上に貼られている。机の上に置かれた赤いマジックを手に取り、口で蓋を開ける。警察は捜索対象の携帯電話にpingを送信して居場所を特定する。基地局に跳ね返った信号と三角測量法でおおよその位置を絞り込む。チェルシーもそれにならう。ひとりの少女から別の少女へと線を引く。

すると、地図上に描かれた蜘蛛の巣にはっきりした中心軸があることに気づく。オリンピック国有林。エリーを拉致したのと同じ犯人に連れ去られたと思われる少女たちはみな、その中心軸から車で三時間以内の場所で拉致されていた。

めまいがするほど速く、激しく息を吸い込む。森。いや、森だけではない。海岸と山々と足を踏み入れたら二度と出てこられないような鬱蒼とした森をまたぐように広がる百万エーカーほどもある国立公園。近くにノアの家族の山小屋がある。チェルシーも昔、よく父と狩りに出かけた場所だ。ある年の十月、森の奥で二週間キャンプをし、ツキノワグマを追ったことがあった。目のまえにいた父が次の瞬間いなくなった。その場から動かずにじっとしているという知恵がそのときのチェルシーにはなかった。森をさまよい、道に迷った。怖くてたまらず、首からさげたホイッスルのことはすっかり忘れていた。何時間かしてようやく思いだし、ホイッスルを吹いた。すぐに父もホイッスルで返事をした。父に見つけだされたときには、銃をかまえた兵士のように高くそびえる木々に囲まれ、恐怖のあまり震えて鼻水を垂らしていた。父は地面に膝をついて言った。もう泣かなくていい。悲しむことはない。おまえは正しいことをした。ちゃんとホイッスルで知らせた。父はライフルを肩に掛けたまま言った。この森で行方不明になったら、二度と見つからないこともある。

確かにそうだ。エリーはどこか遠い場所に監禁されていた。電気もないような場所にいた。発見されたとき、エリーは焚き火と吐瀉物のにおいがした。誰かが野生の奥地に居場所をつくった。耕して作物を育てるため。サヴァイヴァル訓練のため。少女を監禁するため。

事件解決への道が開かれるといつも高揚する。チェルシーはまさに今、その高揚感を覚える。まもなく新しい獲物をこの手に捕らえられる、その確信に酔いしれる。事件を解決し、赦される。が、戸口に現れた人影のせいで、胸の昂りが一気にしぼむ。

ノア。

ノアはしばらくそこに立ったまま、目のまえの状況を理解しようとする。荷造りが進んでいない家。事件の捜査ファイルが積み重なった机。カラフルなチラシと赤い線で埋め尽くされた地図。

「これはいったいどういうことなんだ?」

「ノア、どうしてここに?」それだけ言うのが精一杯だ。チェルシーは身動きひとつできずに凍りつく。

「冗談だろ?」ノアの口がゆがむ。「何度も電話したんだぞ。ニュースを見て心配になって。そばにいてやらなきゃと思って学校を早退して警察署に行った。そしたら、シュゼットからきみはアボットの命令でもう帰ったと聞いた。捜査から外されたって。でも、きみは家には帰らなかった。ちがうか? まっすぐここに来た」ノアの頬が激しい怒りで一気に紅潮する。「どうしてここにいる? 荷造りするために来たんじゃない。それは見ればわかる」書斎を、それから壁を示して言う。室内に広がる狂気の沙汰を激しく非難する。

「これはなんだ?」

「仕事をしてる」チェルシーは背すじを伸ばし、落ち着いた口調で答える。

ノアが歯を嚙みしめて言う。「″事件から外された″ってことばの意味が、ぼくときみとではちがうみたいだな」

「あなたはわかってない。警察はエリーを見つけたら殺すつもりなのよ。彼らよりさきに見つけなきゃならない」

ノアは額に手をあてる。何かをぬぐい去ろうとする。きっと頭痛がするのだろう、チェルシーはそう思う。ときどき、自分は彼にとって手に負えない存在なのではないかと不安に思うことがある。父もよくそんなことを言っていた。女というのは複雑きわまりない、感情的すぎると。

「エリーを連れ去った犯人が誰にしろ、その犯人は何年もずっと犯行を重ねていた。行方不明になった少女がこんなにいる」チェルシーは攻勢に転じる。壁から少女たちの写真をはずし、束にしてノアに突きつける。「エリーが戻ってきたのには理由がある。わたしはそう考えてる」努めて抑揚のない声を保とうとしたが、どうしても熱がこもる。強迫観念ともいうべき狂気が声に滲む。最後のピースがはまるまで止まるつもりはない。「見て」もう一度そう言って写真を振る。頭の中は少女たちのことで一杯だ。ワシントン大学のスウェットシャツを着た少女。デイヴィッド・ボウイの曲を聞く少女。『荒野へ《イントゥ・ザ・ワイルド》』が大好きな少女。そんな彼女たちを世界はどうやって見捨てたか。「よく見て。この少女たちには共通する特徴がある。ウィラ・アダムズはその特徴にあてはまらないけど……どうして犯人がウィラを誘拐したかはわからない。でも、エリーが州知事公邸を爆破するように強要されたのはまちがいないと思う。ウィラのところに帰るかもしれない――」

「チェルシー」ノアの憐れむような目を見てチェルシーはたじろぐ。「行方不明にしろ、殺されたにしろ、それは誰にでも言えることだよ。充分な数を集めれば、何かしら共通点が見つかる。統計とはそういうものだ。エリー・ブラックには同情する。彼女は辛い経験をした。それは気の毒に思う。だけど、彼女が無理矢理悪事に加担させられたと考えるのはいくらなんでも――」

「わたしはイカれてるって言いたいの?」目を細くしてノアを睨む。ノアが口をつぐむ。チェルシーの心が閉ざされていく。ノアから遠く離れる。「信じてくれないのね」

ノアはため息をつく。チェルシーのことばを受け止め、寄り添おうとする。「きみを信じるか、信じないかの問題じゃない」いいえ、そういう問題よ。チェルシーは声に出さずに反論する。信じるかどうか。大切なのはそれだけだ。

ノアは両手を腰にあて、うつむいて言う。「とにかく家に帰ろう、チェルシー」そう言って車のキーを取り出し、歩きだす。チェルシーはついてくる、そう思っている。

「いいえ、帰らない」チェルシーは静かに、それでいて断固とした口調で言う。

「なんだって？」ノアは振り向き、眉を吊り上げる。

「ずっとここにいるつもりか？」

「ここでおとなしくしてるつもりはないわ」チェルシーはまっすぐにノアを見据える。「エリー・ブラックを捜しにいく」

「駄目だ」とノアは歯を食いしばって言う。その目は異様に光っている。チェルシーが好きではない目。これまで見たことのない怒りをたたえた目をしている。

「いいえ、行くわ」チェルシーは腕を組んで言い張る。

「チェルシー。もういい。家に帰ろう」ノアの手が伸びてきて彼女を捕まえようとする。チェルシーはその手をかわす。

　ノアがまるで仮面をつけたように表情を和らげる。

「この話はおしまいにしよう。もう忘れるんだ。何もかも全部」ノアは穏やかな口調で続ける。「きみの執着ぶりは仕事の域を超えてる。きみの中の何かがそうさせてるんだ、チェルシー。お父さんが――」

「父は関係ない」

「関係なくない。全部お父さんのせいじゃないか」ノアは半ば笑って言う。「きみだってほんとうはわかってる。ちがうか？」一歩まえにでて、チェルシーに訴えかける。チェルシーは思わずひるみそうになる。失望をむきだしにする。「お父さんはきみが悲しみに浸ることを許さなかった。その代わりに狩りを教え込んだ。自尊心と顕示欲が強いだけの大馬鹿野郎だ」

　チェルシーの胃がひっくりかえる。許しがたい思いが涙となってあふれる。格子縞の壁紙を見つめ、壁のコンセントに視線を移す。壁紙に剝がれたあとがある。リディアが五歳のとき、そこにリサ・フランク（奇抜なデザインの文房具などで子どもに人気のあるデザイナー）の蛍光色のトラのシールを貼ってしまい、父は激怒した……チェルシーはそんな思い出を振りはらって言う。「そんなの嘘よ」

「嘘じゃない。だから、きみは感情を抱くことを怖れてる。怖くてまえに進めずにいる。今、ここで選んでくれ。エリー・ブラックと事件とこの家か、ぼくか。どっちを取るか決めてくれ、チェルシー」

チェルシーはうつむく。熱い信念が全身を駆け巡る。

「この事件は最後まで見届けなきゃならない」

「わかった。きみはしばらくここで過ごせばいい。もう無理かもしれない。ぼくと同じくらい家庭を大切に思ってくれない人とこのまま結婚生活を続けられる自信はない」

ノアのことばがじわじわと響き、心が揺らぐ。驚くことではないはずなのに。チェルシーの人生にとって一番でいたい、ノアはそう望んでいる。特別な存在でありたいと願っている。けれど、チェルシーはノアを中心に据えて生きていくことはできない。なんだか別の星で生きているみたい。リディアが亡くなったあと、母はそう言っていた。実際、そのとおりだった。「わかったわ」

「それでいいのか？」ノアは唖然とし、睫毛をはためかせてまばたきする。チェルシーは顔をゆがめる。取り消したい衝動に駆られる。が、もう遅い。ノアとの心の距離は今や大きく開いている。いや、もう随分まえから遠く離れていたのだろう。大きく開いた隙間で漂っていたにすぎない。

「わかった。もし気が変わったら電話してくれ。でも、きみが自滅していくのをこれ以上そばで見守るつもりはないよ」

ノアは立ち去る。が、チェルシーは部屋を出ていく彼を見ない。何も考えない。結婚生活が破局を迎えようとしていることも。あと少しで幸せな家庭を手に入れられるはずだったことも。

顎が震える。それでも必死で泣くまいとする。玄関のドアが乱暴に閉まり、エンジンの音がして、ノアの車が走り去る。チェルシーは書斎の中を行ったり来たりする。ノアのあとは追わずに、ただそうしている。

母が家を出ていったとき、父はこの書斎にこもっていた。好きにさせてやれ。父はそう言った。チェルシーは父の書斎のソファに座っていた。母が荷造りを終えるまでふたりとも体を強ばらせ、黙っていた。母がいなくなると、父は机に手をついて立ちあがった。夕食の時間だ。どこかに食べにいこう。

電話が鳴る。チェルシーにはそれが命綱に思える。すがりつけるもののように感じる。鼻を拭き、深呼吸すると、よどんだ空気が肺を満たす。見覚えのない番号だが、コールドウェルの局番だ。「カルフーン刑事です」声を絞り出して応答する。

「エリーじゃない」ダニーの声が電話から轟く。

チェルシーは壁をじっと見る。それから、手に持ったままの少女たちの写真を見つめる。「わたしもそう思う」そう言って地図のそばに行く。オリンピック国立公園の広大な敷地を示す緑色がぼやけて見える。「エリーは監視されていた。誰かに指示されたんだと思う」地図に描いた赤い線をたどる。「国土安全保障省よりさきにわたしがエリーを見つける。万にひとつの賭けだけれど。エリーは監禁されていた場所に戻るつもりだと思う。ただ、捜そうにも場所が広すぎて……」

「ぼくも一緒に行く」とダニーは申し出る。

「それは駄目」チェルシーは反射的に答える。それは危険すぎる。とうてい容認できない。

「一緒に行く」とダニーは言い張る。「このあいだの夜、エリーに頼まれて、エリーが発見された小径まで車で連れていった。エリーはなんだか変だった。何かがおかしい。それはぼくにもわかった。だから、電波がちゃんと届いているか確認するふりをしてエリーの携帯電話に〈ファインド・マイ・フレンド〉アプリを入れておいた。ぼくにはエリーの正確な居場所がわかる」

ダニーの話を聞いてチェルシーの心が揺らぐ。国土安全保障省もいずれエリーの携帯電話の位置情報を入手する。ただ、そのためには裁判所から令状を取らなければならない。ダニーがエリーの居場所を知っているなら、彼らより数時間リードできる。

「エリーはオリンピアの郊外にいる。インターステート五号線を北に向かってる」

xii

まえに後悔について話したよね。覚えてる？　カルフーン刑事、あなたはわたしに懇願した。わたしみたいに後悔はしないで、エリー。後悔なんてしてない。そう言えればどんなによかっただろうと思う。でも、わたしは後悔してる。それもたくさん。それこそ、かぎ裂きだらけのタペストリーみたいにたくさんある。

そう、わたしは後悔してる。過去に戻って、いろんなことをやり直したい。そう思ってる。何日か家に帰って、さよならを言う機会を与えてくれたのはデイヴィッドの優しさだったんじゃないかと思う。やり直させてくれたのだ。それにしても、別れのことばってなんだか変じゃない？　一生かけて言う練習をしてるのに、いざそのときになるとほとんど何も言えないなんてもおかしいよね。

脇にさげた明るい赤のリュックサックを手でしっかりつかんだ。中からタイマーがカウントダウンする音が聞こえた。デイヴィッドと一緒に歩きだしてからだいぶ時間が経っていた。わたしの予想では残された時間は数分だった。振り向いてデイヴィッドを見た。彼は草地の反対側からわたしをじっと見ていた。

空に向かって伸びる白樺の木立を見上げ、一番そばにある木の剝がれかけた樹皮をつまんだ。わたしは白樺が好きだった。白い幹から長い枝が物思いにふけったように伸び、細くなった枝先にぎざぎざの葉をつける姿が好きだった。この木は古かった。幹は細いけれど、高く伸びているのは樹齢を重ねている証拠だ。春の訪れとともに満開の若葉が今にも芽吹こうとしていた。まわりの木々も同じくらい背が高かった。

木の根もとにリュックサックを置き、目を離さずうしろ向きで下がった。数メートル離れてから木に背を向けて駆けだした。頭を低くして、やみくもにデイヴィッドのほうに向かって走った。そばまで行くと、デイヴィッドがわたしの腰に手を回して止めた。「落ち着け」彼はわたしの耳もとで囁いた。「これだけ離れていれば安全だ」

体から力が抜けた。デイヴィッドが手を離すと、わたしは真っ直ぐに立って木立を見つめた。赤いリュックサックが怒れる傷のように緑の景色を切り裂いていた。わたしたちは何も言わずに黙って待った。

その瞬間は前触れもなく突然訪れた。いきなり激しく爆発した。轟音で空気が振動したのがわかった。そのあと、沸騰する薬缶の中にいるみたいに耳が圧迫されるのを感じた。耳を塞いでも効き目はなかった。まるで耳から血が出ているみたいだった。鼓膜が破れたかと思った。オレンジ色の炎と黒煙のせいで目が焼けるように痛かった。わたしはその場にくずおれた。

わずか数秒の出来事だった。木立のまわりはすぐに気味が悪いほど静まりかえった。何かが背中にあたった。雨？　顔を覆っていた腕の隙間からのぞいて見ると、木の破片と葉と土が降っていた。

木立の向こうでわたしが選んだ白樺は完全に崩壊していた。根もとから折れていた。そのまわりの木々も大破し、黒い塊と化していた。爆発したあたりの地面は焦げて、まだくすぶっていた。隣りでデイヴィッドの声がしたが、なんと言っているかわからなかった。静寂が心地よかった。デイヴィッドに背を向けて立ち上がった。わたしたちはじっと見ていた。森が燃え尽き、火が完全に消え、空がふたたび澄みわたるまで。わたし自身が溶けて無常になるまでそうしていた。

「よくやった」とデイヴィッドは言った。わたしたちは彼の部屋にいた。デイヴィッドが発電機のスウィッチを入れると、温かい空気が室内を満たした。わたしは指を曲げて拳を握った。「さあ、ここに座れ」デイヴィッドはベッドの端を示して言った。

まだ耳鳴りがしていた。足取りは重かった。森の木々は死んだ。ガブリエルもハンナも死んだ。進むべき道——真っ黒な地面に深くくっきり刻まれた道が見えた。わたしはセレンディパティのようになるのだろう。デイヴィッドの機嫌をうかがう取り巻きになり、彼がいなければ生きられなくなるのだろう。自分の手を見た。多くの破滅を引き起こした手。命を奪うと、自分の命も少し削られる。生きながらにして死ぬことができるなんて考えたこともなかった。

ベッドの端にしっかり腰を下ろした。痛くて声を出せなかった。煙を吸ったせいで、咽喉の奥がすっぱい感じがした。スウェットシャツを脱ごうとした。無意識に体が勝手に動いた。デイヴィッドの部屋に連れてこられたのは初めてだったが、彼が何を望んでいるかは知っていた。

「そのために連れてきたんじゃない」デイヴィッドはそう言うと、わたしが脱ぎかけたスウェットシャツをもとに戻した。

窓の外にセレンディパティが見えた。洗濯ものを干しながら、こっそりと何度もこっちをうかがっていた。

「おまえには見込みがある」デイヴィッドは部屋の中を移動し、積み重ねた新聞の束から一部を抜き取った。「おまえは生き残った。おれと同じ戦士だ。おまえは人を思いやることができる。それがおまえを強くしている。有能にしている」

「わたしはそんな人間じゃない」とわたしは言った。

「いや、そうだ」とデイヴィッドはなおも言った。

「きっとそうなる」力強い口調でそう言うと、わたしの膝の上に新聞を広げた。地元紙の記事だった。そこに書かれたことばがゆっくりと意味をなしていった。文字を読むのは久しぶりだった。〝パイク州知事が描

くワシントン州の未来〟「この女が二度と地上を歩けなくなることがおれの最大の望みだ」デイヴィッドは緊迫した声で言った。「おれのために喜んでやってくれるだろ？　犠牲になってくれるよな？」

わたしは目をぎゅっと閉じた。涙がこぼれた。「そんなことできない」わたしはデイヴィッドとはちがった。彼のようにはなりたくなかった。世界をふたつに引き裂く顔のない抜け殻になりたくなかった。

デイヴィッドの指がわたしの体に食い込んだ。体を揺すられ、歯ががたがた鳴った。「いや、やるんだ」と彼は言った。

恐怖がわたしの内側を引っ掻いた。「できない」そんなことをするくらいなら、ここで死んだほうがましだ。犬たちに骨まで貪り尽くされるほうがよっぽどいい。そう思った。「無理よ」

「やる気さえあれば無理なことなんてない。おまえならできる」デイヴィッドはわたしの体を揺するのをやめ

め、腕を上下にさすった。「もうすぐ過ごしやすい季節になる。かわいいグレースは水遊びが好きだったな。小川で遊ばせるのは心配だ。あの子はまだ小さい。おれなら片手だけで沈められるだろうな。だけど、やっぱりあの子を失いたくはない。あと何年かすれば十四歳になる。その頃にはきっと熟しているだろうから」

心の中に恐怖が渦巻いた。「やめて。あの子を傷つけないで。お願い」

「グレースを愛してるのか？」デイヴィッドは小首を傾げて訊いた。

「そうよ、愛してる」とわたしは正直に答えた。胃の中がコンクリートの塊でいっぱいになった。

見上げるとデイヴィッドの青い目がいっそう濃くなったように見えた。勝利を確信して瞳が潤んでいた。

「教えてくれ。愛する人のためなら何をする？」

「なんでもする」とわたしは言った。「どんなことでも」

デイヴィッドは身を乗りだし、甘いことばを囁いた。

「グレースを自由にしてやろう。おまえがあの子のために命を捧げるなら」わたしに存在する価値があるかどうかはデイヴィッドが決めることだった。彼のために何をするか。それだけだった。

わたしはたじろぎ、それから考えた。もはや疲れきっていた。胸の痛みにも、感覚をなくすことにも、絶え間なく傷つくことにも。グレースに自分のシャツをあげた。寝袋もあげた。食べものもわけてあげた。まだしていないのは、あの子のために血を流すことだけだった。グレースにはまだ夢がある。世界はまだあの子のために大きく開かれている。それに比べて、わたしの人生は？　わたしはまちがって生まれた存在だった。引っ張られ、引き抜かれる糸。捨て去られるだけの、なんの価値もない人間。わたしはどうなってもいい。でも、グレースはよくなかった。

「わかった」とわたしは言った。実に簡単な選択だった。「やるわ。覚悟はできた」そのとき、心が決まった。わたしの未来は全部グレースに捧げようと決めた。免罪の代償は？　許されることの代償は何か？　答えは簡単だ。命には命を。

30

「そこを左」ダニーが指を差す。チェルシーはウィンカーを点滅させ、一〇一号線にはいる。標識にこう書いてある。〝オリンピック国有林ビジターセンターまで百十キロ〟

警察無線はつないだままにしてあり、ひっきりなしに情報が流れてくる。一九九六年式のカローラ——エリーの母親の車だ——を緊急手配。捜索にあたっている警察官は容疑者を発見しても接触せず国土安全保障省の指示を待て。容疑者は武装していると思われる、危険だ、警戒を怠るな。チェルシーはまばたきし、またエリーの姿を思い浮かべる。汗で濡れた指を引き金にかけた警官にエリーが追い込まれる場面を想像する。

ダニーは携帯電話を手にしている。画面上には地図が表示され、青い点が点滅してエリーの居場所を示す。青い点は高速で移動しており、チェルシーたちはエリーから一時間四十七分遅れをとっている。ダニーの口は恐怖に引きつったように一文字に結ばれている。

「あなたは一緒に行かなくてもいい」とチェルシーはもう一度説得する。車に乗ってからふたりはほとんど話をしていなかった。それぞれ考えに没頭していた。しかし、チェルシーは数分ごとに後悔の念に苛まれていた。ダニーを連れてくるべきではなかったと悔やんでいた。「その電話を貸してくれるだけでいい。どこか途中で降ろすわ。近くの警察に連絡して迎えにきてもらいましょう」

ダニーは首を振る。「そんなことできない……」ダニーはきつく目を閉じる。涙がこぼれる。チェルシーは運転席で体をずらす。ダニーの感受性の強さがどうにも耐えがたい。「ぼくはまえに一度、エリーを見捨てた。彼女のもとに行かなかった」

ダニーの頑なな決意と自責の念がはっきり聞き取れる。警察署で彼を聴取したときのことを思い出す。店まで行ってカウンターバーにいる彼に話しかけたことを思い出す。今になって思えば、どちらももっとちがうやり方ができた。もっとうまくやれたはずだ。ダニーにとってチェルシーは土足で踏み込んできた暗い影でしかない。「お店でのことはごめんなさい。エリーを見張ってほしいなんてお願いするべきじゃなかった。いつものわたしなら、そんなやり方は――」

「ああ、でも、あんたがエリーを監視しようとしたのは正しかった。こんなの滅茶苦茶だ」ダニーは窓の外を見る。このあたりはすっかり田舎だ。広大な敷地の中に家があり、馬や牛、それにラマまでいる。ときどきガソリンスタンドはあるが、ホテルはひとつもない。

「あのさ……あんたのお姉さんのこと、あんなふうに言っちゃいけなかった。あんなことを言ったのはぼくが育った環境のせいじゃない。誰かの悲劇をその人の目のまえに投げつけるなんて絶対にいけないことだった」

ダニーのことばが車内に漂い、かび臭い空気と混ざり合う。チェルシーは咽喉がひりひりするのをこらえて涙を呑み込む。

ダッシュボードで赤いランプが明滅する。「大変、ガソリンをいれないと」

一・五キロほど進んだところでガソリンスタンドを見つけてはいる。ダニーは車から降りずに待っている。チェルシーは給油機のまえに立ち、携帯電話の画面をスクロールしてニュースサイトをいくつも確認する。どのニュースサイトでもまだ今朝と同じ映像が使われている。州知事公邸、盾をかまえて並ぶ特別機動隊の隊員、リードにつながれた警察犬。音声は聞こえないが、キャスターたちがエリーの犯行動機をあれこれ推測しているのはまちがいない。エリーは世論という法廷で裁かれるかもしれない。

携帯電話にメッセージが届く。ノアからだ。〝きみのことが心配だ〟

チェルシーはそのメッセージを消去する。助手席のドアが開き、ダニーが車を降りる。「問題が起きた」ダニーはルーフ越しに言う。

チェルシーはうなずく。「問題って?」タンクから給油ノズルを引き抜く。「何があったの?」ダニーの険しい表情を見て訊く。

「エリーを見失った。電源を切ったみたいだ」

ガソリンスタンドの駐車場に車を移動させ、ボンネットの上にオリンピック国有林の地図を広げる。ダニーも携帯電話で地図を見ている。チェルシーは最後に確認できたエリーの居場所に黒いペンで印をつける。古い林道が五つに分かれ、その先でそれぞれがさらに枝分かれしている。

「ひとつひとつ捜してたら何時間もかかる」とダニーは言う。「時間がかかりすぎる。とても無理だよ」

チェルシーも同意してうなずく。地平線に目を凝らす。オレンジと赤みがかったピンクの空を見る。耳を澄ましてヘリコプターの音が聞こえてくるのをじっと待つ。無線からエリーを発見したと一報が聞こえてくるのを待ちつづける。腰に手をあて、うなだれる。わたしは何を見落としている？　どの弦を弾き損ねている？　どんな疑問を見逃している？

「どうして州知事なの？」声に出して自問する。パイク州知事の姿を想像する。テレビで見た彼女は、洗練されていて、艶やかな髪をして、カメラに向かって手を振り、演壇に立って口もとに笑みを浮かべ、熱を込めて女性の権利の向上を約束していた。警察署のピクニックのことを思い出す。チェルシーはまだ子どもだった。パイクはまだ州知事ではなく、アボットの妻だった。彼女は観覧席に座って野球の試合を見ていた。どこか辛そうな奇妙な笑顔を浮かべ、体を強ばらせていた。今にも緊張の糸が切れそうに見えた。

「どうかした？」チェルシーが黙り込むと、ダニーが尋ねる。

「なんでもない」とチェルシーは答える。「わたしの上司は州知事と結婚してたの。もうだいぶ昔の話だけれど」

「上司がレジーナ・パイクと結婚してただって？」

チェルシーは首を振って言う。「当時はちがう名前だった。彼女は離婚したあとに名前を変えた」ミドルネームをファーストネームにし、名字は旧姓を名乗った。「わたしが知っていた頃はデスティニー・アボットっていう名前だった」

ダニーは青ざめる。「エリーはデスティニーって呼ばれてた。そう言ってた」

「ええ？」骨張った指で背すじをなぞられるように寒気が走る。

「エリーを連れ去った犯人は、エリーをデスティニーって呼んでた」

記憶がよみがえる。デスティニー・アボットが金属製の観覧席に座っている。背すじを伸ばし、細身のスラックスを穿いた太腿の内側を握っている。映像が横に振れる。彼女の隣りにはアボットがいる。立ち上がり、拳を握って、息子に声援を送っている。そうだった？　どうしてその場面を忘れていたのだろう？　アボットの息子がつまずいてエラーする。アボットはスタンドを飛びだし、ずかずかとグラウンドにはいっていって息子に――ダグラスに罵声を浴びせる。そうだ。思い出した。ダグラスの髪が顔にかかり、目を隠していた。デスティニーは観覧席を飛びだした。かすかに唇を震わせ、グラウンドにはいっていき、アボットからダグラスを引き離した。デスティニーとアボットは二言三言短いことばを交わし、そのあとアボットはグラウンドから出ていった。デスティニーはダグラスをスタンド席に座らせ、息子のシャツの下に手を入れて、爪で背中に円を描くようにして息子をなだめた。

時は流れ、チェルシーは警察署のアボットのオフィスにいた。別れた妻を今も愛している、アボットはそう言った。アボットは最愛の人を憎んでいたのか？アボットが少女たちを拉致したなんてことはありえるか？　それはない。チェルシーはきっぱり否定する。アボットのはずはない。事件の経緯をたどる。誰がいついなくなったか振り返ってみる。少女たちが拉致されたとき、チェルシーは確かに彼と一緒にいた。アボットが仕組んだとは考えられない。でも……疑念は消えない。「パトリック・アボットについて検索してみて。わたしの上司の巡査部長で、州知事の元夫よ」

「その人が関わってるってこと？」

「わからない」頭の中がぐるぐるまわる。「誰がやったにしろ、動機は個人的なことだと思う。かなり個人的な理由なのはまちがいない。アボットと州知事の結婚婚生活はうまくいってなかった」

ダニーの親指が携帯電話の画面の上をせわしなく動く。「アボットについての情報はたくさんある。ほとんど仕事がらみだけど。彼には子どもが三人いる。息子がふたりと娘がひとり」

「ウェストとダグラスとアニー」とチェルシーは補足する。「子どもたちのことも調べて。ウェスト・アボットから順番に」めまいがする。水が岩を砕いて押し寄せてくる感覚に見舞われる。母親の問題かもしれない、ノアはそう言っていた。あのとき、チェルシーはノアの考えを笑い飛ばしたが、今は自分の母親のことを考える。母が出ていったとき、どれほど怒ったか、どれほど罰を与えたいと思ったかを思い出す。その記憶を振りはらう。

かわりに、ダニーと一緒にアボットの子どもたちについて調べる。情報は少ない。インターネット上には情報がほとんどない。チェルシーは警察のＩＤで自動車局のデータベースにログインする。ウェスト・アボットの名前で最後に登録されている住所はシアトルのアパートメントだが、そのアパートメントはだいぶまえに取り壊され、今は高級食料品店になっている。アニーはダグラスと同じように今もコールドウェルに住んでいる。ダグラスの名前で車が二台登録されている。二台？　一台はチェルシーも知っている、彼が通勤に使っているプリウス。そして、もう一台は……一九九五年式の青いフォードのステーションワゴン。

全身に緊張が走る。「ダグラスはエリーやほかの少女が拉致された現場で目撃された車に似た車を持ってる」チェルシーは考えをめぐらす。ときどき警察署で見かけるダグラスのことを考える。彼なら犯行は可能かもしれない。でも、ひとりでやったとは思えない。

「ウェスト・アボットよ。ウェスト・アボットを見つけないと」心が急く。波に身を委ねる。正しい場所にたどり着く。エリーのそばに漂着する。そこにはダグラスとウェストがいる。そう確信する。

「ウェストの名前でサンシャイン有限責任会社《LLC》が登録されてる」ダニーはそう言い、目を輝かせ熱をこめてチェルシーを見る。「そういえばエリーが……夜、一緒に音楽を聞いたんだけど、ぼくが『きみはぼくの《ユー・アー・マイ・》太陽《サンシャイン》』をかけたら、エリーは嫌がってレコードをへし折るところだった」チェルシーの反応を敏感に見定めるように目を細める。

　チェルシーは深呼吸する。サンシャインLLCを検索すると、事業内容がふたつ記載されている。農業組合と犬舎。チェルシーの指が止まる。エリーの体には犬の毛が付着していた。ガブリエルの骨には噛まれた痕があった。「サンシャインLLCは犬舎を運営してる。ここだわ。オリンピック国有林の中に敷地がある。政府が払い下げした、第二次世界大戦時代の古い掩蔽壕よ」地図に住所を入力する。ここからおよそ七十キロだ。

「見つけた」とダニーが言う。

　チェルシーは黙ったままうなずくことしかできない。とうとう見つけた。その興奮が吹き荒れる。ウェストとダグラス・アボット。チェルシーもよく知っている兄弟。なんと深い傷か。残酷ともいえる確信がこれほど心地よく感じられるなんて。やっとだ。やっと見つけた。

「ここからさきはほんとうに危険かもしれない」車に乗り、ハンドルを握って言う。「ふたりはどんな武器を持っているかわからない」ひと呼吸おいてから続ける。「生きて帰れないかもしれない」

「ぼくも行く」とダニーは言う。顔は恐怖に引きつっているが、目の奥にそれとは別の炎が見える。エリーへの愛に燃えている。自分を犠牲にしても彼女を助けたい。必死の思いが伝わってくる。

　チェルシーは車を駐車場から出し、右折する。ダグラスとウェスト・アボットのもとへ、エリーのもとへ向かう。なんであれ、そこで待ち受けているものに向かって走る。

「だけど、エリーはどうしてそこに戻ろうとしてるんだろう?」しばらくしてからダニーが言う。

親指でジーンズを叩いている。怖がっているが、臆してはいない。

チェルシーは黙ってうなずく。ダニーの疑問を受け止め、彼はウィラのこともほかの少女たちについても何も知らないのだと思い出す。自分の身を振り返る。ダニーのことを考える。わたしたちはどれほどの危険をおかしているのか。どうしてそんな危険をおかそうとしているのか。エリーのことを思う。ウィラの写真に触れるエリーの様子に思いを馳せる。母親が赤ん坊の頬に触れるような優しい手つきだった。愛は究極の犠牲を強いるものだ。「大切な人を守るためだと思う」

そのまましばらく進む。チェルシーは巡査部長と彼の息子たちのことを考える。彼らは目と鼻の先にいた。彼らは自分たちの利口さに自惚れていた。勝ち誇った気分だったにちがいない。かくれんぼでもしている気でいたのかもしれない。もっとも、チェルシーは彼らの遊びに参加していなかった。が、今はちがう。形勢は逆転した。今度はこっちが追いつめる番だ。さあ、出てきなさい。どこに隠れていようと必ず見つける。

31

ウィラの腕は疲れている。瞼が重い。デスティニーにいつも注意されていたのに、どうしても我慢できずに親指をしゃぶり、寝袋を指でこする。柔らかくて冷たい布の感触が心地いい。

デスティニーがいなくなってから、それまで以上に孤独でさみしくなった。上掛けに深くもぐり込む。足が冷たい。デスティニーがここにいたら、足をさすって温めてくれるのに。デスティニーは親指で足の親指と土踏まずをさすってくれた。それが好きだった。こうすると悪夢を見なくなるのよ、デスティニーはそう言っていた。おまじないみたいなものね。

ドアがきしみ、鍵が開く音がする。ウィラはぎゅっと目を閉じる。彼が来たのかもしれない。彼はみんなからディヴィッドと呼ばれているけれど、ウィラは心の中でこわいおじさん《ブギーマン》と呼んでいた。

デスティニーがいなくなってから、彼を見ることはほとんどなかったけれど、彼は時々様子を見にきた。彼に見られるのは嫌だった。体が中から痒くなる気がした。

手が寝袋を撫で、ウィラの肩をつかんだ。「ここにいたのね。眠り姫さん」ウィラは体をよじって安全な巣から出る。デスティニー! デスティニーが帰ってきた!

ウィラは笑顔になって飛び起き、デスティニーの腰に腕をまわして抱きつく。デスティニーが驚いて体をびくりとさせ、それから頭をのけぞらせて笑う。デスティニーのお腹に頬を押しつける。本物だ。本物のデスティニーだ。デスティニーの体が震えている。髪にキスと涙が降ってくる。それから、デスティニーは体を離し、両手でウィラの頬を包み込む。デスティニーの手はあたたかくて、ほっとする。「デスティニー」とウィラは呼ぶ。喜びが込み上げる。嬉しくてたまらない。これでもう安心だ。

「わたしはデスティニーじゃない。ほんとうの名前はエリー。あなたもほんとうはグレースじゃなくてウィラ」

ウィラの心が軽くなる。自然と笑みがこぼれる。「ママはわたしをウィラって呼んでた。ママはそれが楽しかった」そう言ってしまってからウィラは口をつぐむ。ママの話はしてはいけないことになっていた。しーっと言われるのを覚悟する。

でも、デスティニーは——ちがう、エリーだ。ウィラは自分にそう言い聞かせる——笑顔で額にキスする。「あなたにぴったりの名前ね」そう言って屈む。鼻と鼻がくっつきそうなくらい顔を寄せる。「聞いて」とエリーが言う。真面目な顔をしている。ウィラが焚き火のそばに近寄りすぎたときみたいに怖い顔をしている。「あまり時間がない。ここから出なきゃならない。わたしから離れないで。わたしの言うとおりにして。わかった？」

ウィラはうなずく。少し怖がっている。「どこに行くの？」

「そうね……あなたの家に連れていく」

家。「わかった」とウィラは言う。「家に帰りたい。集めた石を持って帰ってもいい？」今朝、小川のほとりで白い石を見つけた。つるつるしていて、リボンを織り込んだみたいな細くて黒い模様があった。その石が一番のお気に入りになった。その石をシマウマだと思うことにした。

「駄目よ、時間がないの」とエリーは言う。「すぐに出発しないと」エリーはもうウィラの足に靴を履かせ、スウェットシャツを着せている。「さあ、行こう」エリーがウィラの手を引き、ふたりは洞窟と言ったほうがよさそうな真っ暗な廊下に出る。腐った食べもののにおいがする。ウィラはそのにおいが嫌いだ。

「帰ってきてくれて嬉しい」とウィラは言う。「しーっ」とエリーがたしなめる。「静かにして」

ウィラは声を落として繰り返す。「帰ってきてくれて嬉しい。チャリティは一緒に遊んでくれないし、食べものも分けてくれないから」

エリーが急に立ち止まり、ウィラはエリーにぶつかりそうになる。もう出口のそばまで来ている。外に出る階段まであと少しのところにいる。エリーはウィラの肩をつかんで訊く。「チャリティもここにいるの？　てっきり死んだと思ってた」

ウィラはうなずき、廊下の一番奥の部屋を示す。真っ暗でドアは見えない。掩蔽壕は夜になると真っ暗で、ウィラはずっとそれが嫌だった。「いつも泣いてる。時々、チャリティの泣き声のせいで眠れないこともある」

エリーは急いで廊下を引き返す。歩くのが速すぎて、ウィラは小走りで追いつく。「どこに行くの？　ここから出ていくんでしょ？」そう言ってエリーを見上げる。

エリーが何か言う。最初のほうは聞こえなかったけれど、最後だけは聞き取れた。「置いてはいけない」

日没の一時間後。ハンナはその時間が一日の中でいちばん好きだった。夜の序章。無限の可能性の始まり。以前はよくダンスをした。未成年もはいれるクラブに行き、体を押しつけ合い、一緒に身もだえするのが好きだった。汗でべとついた、熱気のある大騒動が好きだった。そこにいればさみしくなかった。ここに連れてこられてからも、夕暮れどきが一番好きな時間であることは変わらなかった。ここではダンスはしないけれど、デイヴィッドが自分の部屋に引っ込んでテレビを見る一時間だけは平和だった。怖がらなくていい時間だった。今はそのためだけに生きているといってもよかった。そう、まだ生きている。かろうじて。

ハンナの話をしておこう。ハンナは里親の家をたらいまわしにされて育った。食事の時間が近くなるとキッチンに忍び込み、テーブルのまわりをうろつくので、里親のひとりからは〝小さなオオカミ〟と呼ばれていた。何もないことに慣れていた。食べものや服や寝る場所がなくても生きていけた。ハンナはサヴァイヴァーだった。

ハンナがデイヴィッドに銃を向けたあと、マイケルが彼女を森に連れていき、監禁した。あとからデイヴィッドがやってきて、おれはおまえを愛してるとか戯言《たわごと》をまくしたてた。ハンナはよろめいた。左脚が痛くて、体重をかけられなかった。デイヴィッドの足に向かって唾を吐いた。デイヴィッドは顔を紅潮させ、彼女の首を絞めた。口を開いたが、声は出せなかった。デイヴィッドに揺さぶられ、強く押さえつけられて気管が破裂しそうだった。命乞いしたくなったんじゃないか？　デイヴィッドはそう言い、手を離した。ハンナは喘ぎながら、その場に倒れた。ほら、お願いしてみろ。デイヴィッドは嬉々としていた。女をひざまずかせることが彼の何よりの好物だった。わたし……ハンナは話しだしたものの、なんと言えばいいかわからなかった。どうすれば命が助かるか。そのときひらめいた。あるひと言が潜在意識をかきわけて浮かんできた。「妊娠したの」それはデイヴィッドが何より望んでいることだった。彼は子どもを欲しがっていた。

そのあとバスに放り込まれたが、食事は与えられた。しばらくして施設に連れ戻されたときにはエリーはいなくなっていた。エリーは死んだ、ハンナはそう思った。わたしもまもなく死ぬ。だって、ほんとうは妊娠なんてしていないから。ハンナは悪魔を騙した。ばれたら二倍の罰が待っている。馬鹿にされるのは我慢ならない、デイヴィッドはそういう男だった。

部屋の外で物音がする。ハンナは石壁に背を押しつける。冷たさが服を通り抜けて伝わってくる。金属のドアが開く。デイヴィッドを騙したことを考えていたせいもあって、きっと嘘がばれたのだと思い込む。絞め殺されるのではなく、もっと陰湿なやり方で始末される。そんな想像をする。恐怖のあまり目がかすみ、まえがよく見えない。人がふたりいる。ひとりは小さくて、もうひとりは背中を丸めている……グレース？　デスティニー？

「ハンナ」デスティニーに呼ばれてハンナはわれに返る。這ってベッドの端まで行く。「デスティニー？　ほんとうにあなたなの？　どうして――」

「エリー。わたしのほんとうの名前はエリーよ」デスティニー、いやエリーが鼻を拭う。「わたしも同じことを訊きたい」エリーは首を振る。「でも、今は時間がない。歩ける？」ハンナのぎこちない動きを見てエリーが言う。左脚をひきずるようにして動くハンナを案じる。

ハンナは勢い込んでうなずく。「歩けるわ。ううん、何があっても歩く。デイヴィッドは――」

「どこにいるかわからない」エリーはまえに進みでて、ハンナの腕を肩にまわす。ふたりは目を合わせる。エリーの目は大きく見開かれている。恐怖におののいた馬のように白目をむいている。外に何が潜んでいるかわからない。マイケル、デイヴィッド、それともセレンディパティ？　森はあからさまに敵意をむきだしにしている。ハンナの生え際に冷や汗が滲む。エリーに寄りかかりながら部屋を出る。グレースが隣りに来てハンナの手を握る。「わたしはグレースじゃない。ほんとうはウィラ」とウィラは言う。

「いい名前ね」ハンナは痛みに歯を食いしばりながら答える。廊下に出る。水滴が壁から滴り落ちる。

「二、三キロ先に車を停めてある」とエリーが小声で言う。ハンナを支えているせいで息切れしている。

「もしはぐれてしまったら……小川に沿って北に向かって。どっちが北かわかる方法を覚えてる？」

「北極星」ハンナはエリーにしがみつく。エリーが最初にここに連れてこられたときに教わっていた。

三人は先へ進む。ハンナは脚に刺すような痛みを感じる。咽喉の奥に苦いものが込み上げる。もしかしたら何かの病気かもしれない。この痛みは尋常ではない。助からない確率のほうが高いことは考えまいとする。あとどのくらい進まなければならないのか。一キロが三十キロに感じられるかもしれない。が、それは考えないようにする。一歩一歩着実に進む。そのことだけに集中する。動けなくなるまでひたすら進む。わたしはサヴァイヴァーだから。こんなところで負けたりしない。

「そう」とエリーは言う。「北極星を目指して、小川に沿って進んで。タイヤの上にキーを隠してある。運転はできる？」

ハンナはうなずく。免許は持っていないが。運転免許を取るまえにデイヴィッドに拉致されていた。でも、きっとなんとかなる。大した問題ではない。

足音を忍ばせて歩き、階段の下まで来る。ハンナは階段を見上げる。全部で十五段。時々、デイヴィッドはこの階段を二段飛ばしでスキップしながら降りてくる。ハンナは思わず身震いする。彼女を支えるエリーの手に力がはいる。エリーも同じことを思い出しているのだろうか？　ホープと一緒に星空を見上げたこと。ウールの靴下の穴を繕ったこと。ウサギの肉。軽量ブロックを引きずりながら運んだこと。拳。血。裏切り。

「犬たちは？」とハンナは訊く。

「犬舎にいる。でも……一匹だけ逃がした。スターだけ」とエリーは囁く。エリーが仔犬に餌をやっていたことをハンナは思い出す。「準備はいい？」

「いつでも」とハンナは答える。

「ここからさきはお喋りはなしよ」とエリーが言うと、

ウィラはエリーを真似て口をチャックする。

ハンナはエリーの手をほどき、壁を支えにして進む。しかし、すぐにエリーが彼女の手をつかむ。ウィラはエリーのあいているほうの手をつかむ。三人で一緒に踏みだす。一段のぼるごとに、呼吸が浅くなる。恐怖と痛みで息切れする。それでも、みんな一緒にいる。大事なのはそれだけだ。何もない暮らしをしてきたハンナには、些細なことの大切さがわかる。階段をのぼりきると、エリーはハンナに微笑む。半ば勇気づけるような、半ば勝ち誇ったような笑顔を見せる。ハンナは耳を澄まし、敷地を見渡す。誰もいない。発電機のうなる音が聞こえる。マイケルの青いステーションワゴンがある。しかし、デイヴィッドの部屋の窓は真っ暗だ。もう寝ているのか？　いや、まだ寝るには早すぎる。今のうちにここから脱出しなければならない。急いで逃げなければならない。

「おや、おや」背後で声がする。

ハンナはゆっくり振り向く。エリーとウィラも振り向く。そこにはデイヴィッドがいる。拳を握りしめて立っている。三人は互いの体に腕をまわして身を寄せる。

デイヴィッドが指をくわえる。甲高い口笛の音が空気を切り裂く。すぐうしろにマイケルがいる。銃を構え、悪意に満ちた目をしている。ふたりの男が乾いた草と土から現れた巨人のように三人の震える少女のまえに立ちはだかる。

これが映画のワンシーンなら、ハンナはデイヴィッドに体当たりし、エリーとウィラに逃げてと怒鳴ったことだろう。が、これは現実だった。ハンナにはそんな強さはなかった。三人は強く抱き合い、体をすくめる。何を信じ、何を考えようと、ハンナはサヴァイヴァーではない。ただの少女。牙をなくしたオオカミでしかない。

32

あたりは真っ暗だ。林道も暗く、でこぼこしている。車内は静かだ。チェルシーは指の関節が真っ白になるほど強くハンドルを握りしめる。高くそびえる木々にぶつからないように細心の注意を払う。漆黒の世界にひきかえ、自分たちがなんと小さな存在かを実感する。ようやくヘッドライトの先に見覚えのある車をとらえる。

「キャットの車だわ」道端に無造作に乗り捨てられたカローラを顎で示す。

「うん」ダニーは短く答えて口を引き結ぶ。車内の空気がいっそう緊迫する。エリーは近くにいる。この森のどこかにいる。今、行くわ、エリー。チェルシーは胸の内で何度もそう繰り返す。動かないで。じっとしていて。強く願う気持ちで胸がいっぱいになる。

「ライトを消すわね」

ダニーは体勢を変え、不安そうにする。「わかった」

ヘッドライトを消すと車内も真っ暗になる。ふたりの頬が夜の闇と同じ漆黒に染まる。そのままゆっくり車を走らせる。数キロてまえで携帯電話の電波は圏外になった。が、ナプキンに地図を描き写してあった。ダニーが持っていたが、汗で湿ってよれよれになっている。〝8〟と書かれたマイル標の白い柱が月明かりを反射する。チェルシーは車を道の端に寄せて停める。ここだ。森の入口に錆びついた古い門がある。ここから先は約一・五キロのトレッキングだ。「あなたは車で待っていて」

ダニーはため息をつく。「嫌だ――」吠え声がダニーの返事を掻き消す。「今のは何？　オオカミ？」

「犬よ」とチェルシーは言う。オオカミは吠えない。犬とはちがい、荒々しい息づかいを立てるだけだ。それに、一九〇〇年代の初頭以降、このオリンピック半島ではオオカミの生息は確認されていない。家畜を襲うからという理由で農家に絶滅させられていた。「一緒に連れていくわけにはいかない。あなたがいると足手まといになる。それに、無線で連絡してくれる人がいないと困る」そう言って無線のスウィッチを入れる。受信機がきちんと作動することを確認して安堵する。「もし一時間経ってもわたしが戻ってこなかったら、ここから離れて助けを呼んで」最善のプランとは言いがたかったが、そうするよりほかない。チェルシーはダニーに無線の操作方法を教える。

ダニーは受信機を受け取り、口をかたく閉じる。

「一時間」そう言って彼女を見上げる。その目が懇願している。必ずエリーを連れて帰ってきて。

「一時間」チェルシーはもう一度言う。車を降り、ほとんど音が聞こえないくらいそっとドアを閉める。トランクから結束バンドとライフルを取り出し、服に押し込んで隠す。両手は自由に使えるようにしておく。車のまえにまわり、ダニーにうなずいて見せ、森にはいる。

空気は湿った土のにおいがし、火照った頰に冷たく感じる。シダとサーモンベリーが足首をくすぐる。そのまま少し待ち、星ひとつない夜空を見上げる。チェルシーにとってここは馴染み深い場所だ。第二の家と言ってもいい。この土地のことは熟知している。幾度となく巨石や樹皮をなで、歓迎されているとは言いがたい険しい場所にも指を這わせて分け入ってきた。肩に力がはいる。低くしゃがんでゆっくり進む。常に小径の右側にいることを意識しながら、茂みに隠れて前進する。

大きく息を吸い、息を吐く。自然のにおいに自然界にはないもののにおいが混ざる。焚き火と腐敗臭と何かが朽ちたにおいがしてくる。少し先で道幅が広がり、黒い羽根を大きく開いたように分岐している。ツタにびっしり覆われたコンクリートの建物が土の地面に建ち並ぶ。一棟一棟が敵意に満ちたエネルギーを放っている。近づく者を怖れさせ、破滅させ、殺そうとしている。あちこちに点在するごみの山から悪臭が漂ってくる。コンクリートブロックでできた、今にも崩れそうな塀がある。胃が締めつけられ、アドレナリンが血管でのたうちまわる。ここには少なくともダグラスとウェストがいる。が、実際はほかにもいるかもしれない。待ち伏せしているかもしれない。エリーはもう死んでいるかもしれない。チェルシーはパニックになりそうな気持ちを振りはらう。背すじを寒気が駆けあがる。

どこから近づけばいい？　最善のルートを模索する。風が木々を揺らす。その風に乗ってうめき声が聞こえてくる。女の泣き声だ。筋肉が強ばる。駆けだしそうになる。いや、まだだ。チェルシーは自分を制する。父の声が聞こえる。牝鹿と仔鹿を目指し、匍匐前進で茂みを進みながら父は言った。奇襲のチャンスを諦めるな。機を待て。チェルシーは耳を澄ます。また泣き声が聞こえてくる。東からだ。

半分地下に埋まった建物を迂回し、泣き声を頼りに進む。窓には鉄格子がはめられていて、その奥から強烈な悪臭が立ちのぼる。建物の向こうに犬舎が並んでいる。犬たちは檻の中で体をかがめ、歯を剝き出しにして鉄格子を嚙んでいる。犬舎の扉がひとつ開いていて、外に真新しい犬の足跡がついている。足早に犬舎のまえを通り抜け、コンクリートの壁のほかには何もない場所から曲がり角の先をのぞく。

三人の少女たちが身を寄せ合っている。ひとかたまりになって悲しそうに震え、月明かりに照らされている。チェルシーにとってはそれが道しるべになる。エリーがいる。ぼさぼさの髪とぶかぶかのジャケットを見て、エリーだとわかる。男がふたり、巨人のように立ちはだかり、彼女たちを見下ろしている。ひとりは赤いバンダナで顔を隠し、銃を構えている。その銃に見覚えがある。警察から支給されるものだ。ということは、銃を構えているのがダグラス・アボット、もうひとりがウェストだろう。ウェストの体が過ぎた年月を物語っている。以前より肉づきがよくなり、たるんでいる。

ライフルの撃鉄を起こし、ダグラスとウェストを照準にとらえたまま、森の開かれた場所に出る。「コールドウェル警察だ、地面に伏せなさい」犬たちが吠える声に負けないように声を張りあげる。犬たちはすっかり興奮し、犬舎の中から扉に体当たりしている。

ウェストが両腕を上げ、ダグラスも銃を持ったままそれにならう。「チェルシー・カルフーン」とダグラスが言う。その目は大きく見開かれ、怯えている。

「どうやっておれたちを見つけた？」

チェルシーはじりじりとまえに出る。「その答えを教えてあげるわ、ダグ。だから、銃を置いて話さない？」

「誰にも見つからないって言ったじゃないか」ダグラスは声を震わせ、兄に向かって言う。「くそ。くそ。くそ。絶対にばれないって言ったのに」バンダナを引っ張りおろす。見るからに呼吸が乱れ、両手を膝につく。手のひらから銃がかろうじてぶら下がっている。

ウェストが鼻を鳴らす。「しっかりしろ、ダグ」両手は上げたままだが、体から力が抜けている。まるで警戒していない。「まわりをよく見ろ。ほかには誰もいない。この女ひとりだけだ。殺せ」

ダグラスは体を起こす。希望が見えたからか、いくらか胸を張っている。「ほんとうか？　応援も連れずにひとりで来たのか？」

少女たちは互いに密着し、ぎゅっと目を閉じる。

チェルシーの手が激しく震える。それでも、声は平静を保つ。睫毛に落ちてきた汗をまばたきして振りはらう。「お兄さんのために汚れ仕事を買ってでるつもりなの、ダグ？　今までもずっとそうしてきたの？　言われるがままに女の子を連れ去り、死体を捨てたの？　だとしたら、あそこで檻に入れられてる犬と同じね。自分の意思では何もできない。ちがう？」

「おれは兄さんとはちがう」とダグラスは怒りを爆発させる。「ほら、こいつに教えてやれ」少女たちに向かって言う。「おれはバスに閉じ込められてたおまえたちに食事を運んでやった。おまえたちには指一本触れなかった」

少女たちはじっとしている。あまりの恐怖にみじろぎひとつできずにいる。

「信じるわ」チェルシーはさらにまえに出る。「銃を渡して。そのあとで話をしましょう」優しくなだめるように言う。「二度とお父さんに会えなくなってもいいの？　おとなしく言うことを聞けば会わせてあげられる」

「殺せ」とウェストがもう一度命令する。「そいつは嘘をついてる。女はみんな嘘つきだ。母さんと同じだ。約束したのに、素知らぬ顔でその約束を破る」

一瞬の出来事だった。目にもとまらぬ速さだった。ウェストが上げていた手を下ろし、ダグラスをまえに押しだすのと、ダグラスが銃を構えるのが同時だった。

バン。

木の枝にとまっていた鳥が驚いて一斉に飛び立つ。少女たちが叫ぶ。犬が吠える。耳鳴りがする。われに返ったときには、ダグラスが地面に突っ伏している。まわりに血が溜まっている。色の濃い赤い血から湯気のように蒸気が立ちのぼる。

ウェストの口が憎悪でゆがむ。「この落としまえはつけてもらうぞ、くそアマ！」そう叫んでチェルシーに突進してくる。チェルシーは発砲するが、狙いがはずれる。心臓がひっくりかえる。弾丸《たま》はウェストの腕をかすめ、コンクリートの塔にめり込む。もう一度、狙いを定めようとするが、もう遅い。

ウェストに体当たりされる。押し倒され、下敷きになる。銃が音を立てて地面に落ち、手の届かない場所まで転がる。ウェストの手が首にかかり、締めつける。彼の手首をつかんで離そうとしても、力が強くて逃れられない。

遠い過去から父の声が聞こえる。何年もずっと、ほかの警察官たちから言われつづけたことばが耳にこだまする。自分より体が大きくて、力も強い相手と素手で戦うことになったら、どうやって身を守るつもりだ？ 視界の端が暗くなる。今がそのときだ。自分でもわかる。意識を失うまであと数秒しかない。

チェルシーはウェストの手首をつかんでいた手を離し、両手の親指で彼の両眼を突く。ほんの一瞬、チェルシーの首を絞めている手から力が抜ける。膝で股間を蹴り上げる。ウェストが上体をかがめた隙に、彼の体の下から這い出る。空気が針の穴を通り抜けるように少しずつ肺に流れ込む。口笛のような奇妙な音を立てながら四つん這いになる。口の中に唾液が溜まって滴り落ちる。エリーのほうを向く。目と咽喉がひりひり痛む。「逃げて」とうなるように言う。

「このくそアマ」ウェストは地面にうつ伏せになり、肘をついて上体を起こしている。カチっと音がする。拾いあげたダグラスの銃がチェルシーに向けられている。

「行って」チェルシーは息を詰まらせながらもう一度エリーに言う。咽喉が焼けるように痛い。エリーはただ首を横に振る。少女たちはまだ気が動転している。

低いうなり声が敷地内に響き、犬が一匹、木々のあいだに現れる。毛は逆立ち、歯を剝き出しにしている。ウェストが笑う。完全に腹ばいになって言う。「完璧だ。おまえにはあいつの餌食になってもらおう」チェルシーは地面に落ちたライフルまでの距離を測る。三メートル。チェルシーが這ってライフルのほうに向かうのと同時にウェストは指を二本くわえて口笛を吹く。甲高い音が響く。獰猛な攻撃開始の合図。犬舎の犬たちが吠え、鼻を鳴らす。主人の命令を実行しようと躍起になる。

しかし、自由の身の犬だけはその場から動こうとしない。チェルシーはライフルをつかむ。ウェストがもう一度銃をかまえる。

エリーは震え、ウィラをさらに少し強く抱きしめる。ウィラの肩に顎を乗せ、じっとしている犬を見つめて小声で囁く。「スター」子守歌の最後の一節を歌うように優しい音で小さく口笛を吹く。

次の瞬間、犬は稲妻のように木陰を飛び出し、ウェストの銃を持っているほうの腕に嚙みつく。骨から肉が引きちぎられる。ウェストは痛みと怒りの叫び声をあげる。のたうちまわり、どうにかして犬を引き離そうとする。銃は地面を滑り、彼の手が届かない場所まで離れる。

チェルシーは激しく震えを抑えて立ち上がり、よろめきながらウェストのそばに行く。犬はまだむさぼるようにウェストにかじりついている。ウェストは体を丸めて身を守ろうとしている。チェルシーはライフルを振り上げ、台尻をウェストのこめかみに叩きつける。ウェストの体がぐったりする。

犬はウェストを攻撃するのをやめ、後ずさりし、ひと鳴きして森に消えていく。チェルシーはウェストの銃を蹴ってさらに遠ざけ、膝をついて彼の首の脈を取る。かすかだが脈はある。息を切らし、尻のポケットから結束バンドを取り出す。ミランダ警告をそらで伝える。ウェストには聞こえていないとわかっているが。心と体が切り離されたような感覚に陥る。宙に浮いている感じがする。穏やかな心地がする。ウェストの両手と両足を結束バンドでとめながらしみじみ思う。こんなにも小さく、弱い男だったのかと。

ライフルを持ったまま、ダグラスの生死を確認する。脈はない。秋の落葉さながら、完全に死んでいる。ダグラスの赤いバンダナを奪い、ウェストの腕に巻いて止血する。ウェストだけはなんとしても生け捕りにしたい。

そこまでしてから、ようやく少女たちに歩み寄る。三人は体を震わせ、互いに抱き合い、恐怖に呑み込まれて逃げ場を求めている。

「ハイ」そっと優しく声をかける。いきなり訪れた静寂がむしろ不気味に思える。「ここから連れだしてあげる」震えとうめき声。まだみんな怖がっている。恐ろしい記憶にとらわれ、この地獄絵図の中で迷子になっている。「さあ、行きましょう」チェルシーはさらに優しい声を出す。しゃべるのが辛い。この光景を見ているのはもっと辛い。殺戮。人は他人にどれほどのことができるのか。決して乗り越えられるものではない。漠然とではあるが、それはチェルシーにもわかる。

この新しい亡霊はこのさきもずっとついてまわる。少女たちの心に悪魔がのさばりつづけるかぎり、チェルシーもまた解き放たれることはない。エリーが立ち上がる。関節という関節がかたまっている。チェルシーはもうひとりの少女を見る。見覚えがある。ハンナ・ジョンソン。殴られ、血が出ているが、生きている。

そして、最後のひとり。ウィラはエリーの手にしがみついている。三人とも生きている。ここにいる。チェルシーは膝からくずおれそうになる。今にも泣いてしまいそうだ。見つけた。ようやく見つけた。

ドアがいきなり閉まり、その音が木々に反響する。振り向くと、細身でしなやかな体つきをした人影が森に駆け込むのが見える。「あれは誰？　ほかにも女の子がいるの？」

「あの人はちがう」とハンナが言う。そのことばはどこか辛辣な響きを帯びている。「あれはセレンディパティ。彼らの仲間よ」

チェルシーは息を吸う。ひょっとしてアニー？　アボット家の末っ子の？　鼻の下が濡れている。血が出ている。顔の感覚がない。鼻の骨が折れているかもしれない。「わかった」ライフルを強くつかむ。「ここにいて」少女たちにそう言い残して走りだす。体じゅうが痛い。すべての筋肉が動くことに抗おうとする。それでも気力だけで走りつづける。

女が逃げていった道は茂みが踏み荒らされていて容易に追跡できる。小川の近くで追いつく。「止まれ」水の流れに掻き消されないように大声で言い、銃をかまえる。「止まれ！」もう一度怒鳴る。アドレナリンが全身を駆け巡る。最後の一撃。チェルシーにはもうそれだけしか力が残っていない。あとは粉々に砕けるのを待つだけだ。すでに壊れかけ、ばらばらになりつつある。まもなく無と化す。

女は走りつづける。三十秒後には森の中に消え、見失ってしまうだろう。迷っている暇はない。撃鉄を起こし、引き金を引く。三発の銃声が夜の闇を切り裂く。女の左脚ががくんと折れ、うめき声をあげてその場に倒れる。

チェルシーは膝まで水に浸かりながら小川を渡る。冷たい水のおかげで頭がはっきりしてくる。顔の感覚が戻る。体が痛い。まるで万力で手足を締めあげられているかのような痛みだ。「両手を地面につけて」と大声で命じる。女の顔はだらりと垂れたブロンドの髪に隠れて見えない。女は言われたとおりに手のひらを下にして置き、指を地面に食い込ませる。チェルシーはミランダ警告を読み上げる。「あなたには黙秘権がある」女が震えだす。尻のポケットから結束バンドを出しながら続ける。「あなたの供述は法廷であなたに不利な証拠として使われる可能性がある。あなたには弁護士をたてる権利が――」上空からヘリコプターの音が聞こえてくる。ダニーが警察に通報したのだ。

チェルシーはひざまずく。女が顔をあげた瞬間、全身から力が抜ける。濃い茶色の瞳。まっすぐな眉。彫刻のようにすじが通った鼻。ブロンドの髪。ミルクのように真っ白な肌。

女が驚いた顔をする。「キツネみたいにずる賢そうな顔ね」とチェルシーに向かって言う。そのとき初めてチェルシーは真実に気づく。真実がデッドボルトのように素早く確実にしかるべき場所にはまる。

アニーではない。リディアだ。十五歳のリディア。ずっと行方不明だった姉が生き返ってここにいる。

被害者ではなく誘拐犯だった。リディアは生きていた。

xiii

家に戻されることになっていた日の朝はいつもと同じように始まった。

わたしは夜明けと同時に目覚めた。窓の鉄格子から光が射し込み、土の床に広がった。ウィラは隣りでぐっすり眠っていた。気持ちよさそうに寝息を立てていた。束の間、わたしはすべてに浸った。首にかかるウィラのねっとりとした息。指に絡まる彼女の髪。着古した仔猫のシャツ。もう擦り切れているのに、ウィラはいつもこれを着ると言ってきかなかった。

デイヴィッドがわたしの部屋のドアを開け、ついてくるように合図した。わたしはウィラの額を撫で、かび臭い寝袋を引っぱり上げて肩にかけてやった。そのとき、ためらいを覚えた。どうしてこの子をおいていける？

ウィラの目がぱちりと開いた。まだ眠そうな目をしていた。ウィラは起き上がり、手で顔をこすりながら訊いた。「どうしたの？」

わたしはベッドからそっと出て、ホープのスウェットシャツを着た。胸のあたりにまだウィラの血がついたままだった。「ちょっと出かけてくる」とわたしは言った。

「一緒にいってもいい？」今でも、寝ていると、幼いあの子の声が聞こえることがある。少し舌足らずで、Rの音が聞き取りづらい話し方が耳に残る。

「駄目」とわたしは言って、ドアのほうに歩いた。

「いつ帰ってくるの？」

ウィラの顔を見ることができなかった。口を開いたものの、ことばにならなかった。わたしはもう帰ってこない。そうは言えなかった。ウィラはベッドから這い出て、わたしにしがみついた。「すぐに帰ってきて。約束だよ？」ウィラはわたしを見上げ、わたしの胸に顎を預けた。

わたしは真顔でうなずいた。部屋の隅からウィンドブレーカーを取ってきてウィラをくるんだ。「今夜は寒くなる。ポケットにプレゼントがはいってるよ」小川のそばで見つけた茶色のメノウを入れてあった。

「忘れないでね。約束したからね」ドアの外に出たところでウィラが言った。わたしは返事をしなかった。

デイヴィッドについて廊下を歩き、ホープの部屋のまえを、それからチャリティの部屋のまえを通り過ぎた。どちらの部屋ももう空《から》だった。ふたりとも死んでしまった。

明るい外に出た。日射しはそれほど強くなかったけれど、わたしは目を細めて太陽の位置を探した。森が途切れている場所にいつものステーションワゴンが停まっていた。スターがわたしも連れていってとばかりに哀れっぽい声で鳴いた。

デイヴィッドは後部座席のドアを開け、わたしの肩をつかんだ。わたしの目をじっと見て言った。「ボートの話はしたことがあったか？」

わたしは首を振った。

「両親はおれがまだ子どもの頃に離婚した。おれの母さんには母性本能ってものがなかった。おまえとちがって」デイヴィッドは半分笑いながら言った。「あとになって、怒りがわいてきた。どうしておれたちを捨てたんだ、おれたちは何もかも捧げたのにって。その頃には親父はますます酒に溺れるようになってた。親父はボートを持っていて、おれは一度、無断でそのボートで海に出た。その日は波が荒れていた。怒り狂ってるみたいだった。おれは自分が何をしているかわかってなかった。出発してからせいぜい三十分くらいしか経ってなかったし、岸からそれほど離れてなかった。ボートに水がはいってきた。どうすればいいかわからなかった。舵を取るのは無理だったからトイレに隠れた」

デイヴィッドは息を吐き、ワゴンに寄りかかって続けた。「トイレには小さなライトがついてた。そのライトを見ているうちに、水が膝の高さまで上がってきたのを覚えてる。そのうち、ボートがとうとう転覆した。ライトが割れて、真っ暗になった。だけど、おれはどうにか体勢を立て直した。ボートは逆さまになっていて、おれは狭いトイレの中で浮いてた。頭を出せるだけのスペースと、そこに残った空気しかなかった。おれは命乞いした。助けを求めて母さんを呼んだ。すごく怖かった。そのまま一晩、そこに閉じ込められてた。肌がふにゃふにゃになって、皮が剝けた。もうおしまいだって諦めかけたちょうどそのとき、ダイヴァーが来て助けてくれた。親父は船着き場で待っていた。おれは親父の腕の中に飛びこんだ。弱りきって、混乱して、震えてた」デイヴィッドは手を広げて見せた。その手は震えていた。

「手当てしてもらって、その日のうちに家に帰った。部屋で休んでたら、親父がはいってきて言ったんだ。おれがボートで海に出たのは知ってた、ボートが転覆するのが波止場から見えた、悲鳴が聞こえておれはまだ生きてるとわかったって。それなのに、親父はすぐに救助を呼ばなかった。また無断でボートに乗りたいかって訊かれた。おれはノーと答えた。二度としないと誓った。すっかり懲りた。その出来事からおれは学んだ」デイヴィッドは黙った。遠くでカラスが鳴いた。

「大変だったわね」わたしはそれしか言えなかった。どうしてこんなぞっとするような話をするのかわからなかった。怒りが込み上げた。デイヴィッドが転覆したボートに閉じ込められているところを想像した。どんなにか怖かっただろう。その恐怖はどうやって怒りに変わっていったのか。怒り。傷心。憎しみ。苦痛。なんだか彼が哀れに思えた。

「親父は悪くない」とデイヴィッドはまた話しだした。「あの頃、親父はどうかしていた。母さんがいなくなって動揺してた。ほんとうなら母さんもそこにいなきゃいけなかった。出ていったりしちゃいけなかった」間《ま》があく。時々、デイヴィッドはとても脆い人間なんだと思うことがある。いつも怯えている。必ず失敗すると知っているから。忘れられるとわかっているから。デイヴィッドが近寄ってきて、わたしに目隠しをつけた。「健闘を祈る」セレンディパティがわたしの手首を縛った。エンジンがかかった。運転席にはマイケルがいた。わたしは木々のあいだを吹き抜ける風と小川のせせらぎの音に耳を傾けた。

　デイヴィッドが取引条件を繰り返した。「おれはおまえを監視して、メッセージを送る。おれがどこから見てるか、おまえにはわからない。でも、おれはおまえがどこにいるか知っている。そのときが来たら知らせる。ニュースになるのを待つ。あの女が確実に死んだことを確認したい。そのあとで、グレースを解放する」デイヴィッドはひと呼吸おいて続けた。「もし警察にひと言でも話したら、グレースの命はない。わかったか？」

わたしは首が折れるかと思うほど激しくうなずいた。

「話したとしても誰も信じちゃくれないだろうけどな」デイヴィッドはそう言ってわたしを後部座席に押し込んだ。

「待って」とわたしは座席のシートに指を食い込ませて叫んだ。パニックが襲ってきた。「グレースをお願い。どうかひどいことだけはしないで」返事はなかった。ドアが音を立てて閉まった。

ワゴンが走りだした。座席の隅に体を押しつけるようにして、わたしはカウントした。五、十、二十。息を吸い、吐いた。後ろ手に縛られた両手を脚の下をくぐらせてまえに持ってきた。そのままじっとしていた。

マイケルがワゴンを停め、手の甲が飛んでくるのを待った。が、車はそのまま走りつづけた。わたしはそっと手を上げ、目隠しに親指を引っかけてほんの少し上に持ち上げた。ちょっと頭をのけぞらせれば下の隙間からわずかに外が見える程度に目隠しをずらした。それからまた脚の下をくぐらせて両手をうしろに戻した。

ワゴンは猛スピードで砂利道を走っていた。ほんの数分ではあったが、時間を無駄にしてしまった。時計は十時二十一分を示していた。速度計に注目した。針は時速六十五キロを指していた。

マイケルはバンダナを顔に巻いたまま運転していた。バックミラーに手を伸ばし、後部座席が見えるように角度を調節した。わたしは慌ててまえにかがんだ。それでも、右折した回数と左折した回数を数えるのは忘れなかった。ときどき顔をあげて時計を確認した。デイヴィッドは隠れ家の場所を知られたくなかったのだろうけど、わたしはどこに監禁されていたか知りたかった。

　午後一時には幹線道路に出た。車が次々と風を切って通り過ぎた。後部座席のドアを開けて、道路に転がり落ちようかと考えたが、どうにか自分を制した。

　二時間後、別の公園にはいった。マイケルが伏せろと怒鳴った。わたしは言われたとおり伏せたが、そのまえに窓の外を盗み見た。ある家族がキャンピングカーを囲んでいた。さらに四十六分後、マイケルは人気《ひとけ》のない未舗装の道にワゴンを乗り入れた。道標にベア・キャニオン・トレイル888とあったが、整備のため閉鎖されていた。ワゴンが急停車し、体がまたうしろに投げ出された。

「着いたぞ」マイケルはドアを開けて言った。わたしの目隠しを引っ張ってはずし、たこのできた手で手首を縛っていたひもをほどいた。そのあと、助手席から薄い包装紙に包まれた荷物を取りだして言った。「必要なものはこの中にはいってる。森に埋めておけ。埋めた場所を忘れるなよ。何日か経って、ほとぼりが冷めたら取りにこい。この小径はほとんど使われていないが、そのうち誰かに出くわして発見してもらえるだろう。最低でもここで一時間待ってから出発しろ。わかったか？」

　わたしはうなずき、包みを受け取った。中には腕時計とワイヤーと火薬がはいっていた。マイケルはわたしの顎をつかんで言った。「復習だ。その包みはどうする？」

「森に埋める」答えながら、わたしは想像した。死ぬときってどんな感じだろう。痛みは感じるのか？　きっとそうだ。でも、痛くないことを願った。すぐに終わってほしいと思った。死が優しく、穏やかに訪れることを祈った。死ぬ瞬間はママのことを思い出そう。それからウィラのことを考えよう。そう決めた。

「どのくらい待ってから助けを求める？」

「最低でも一時間」

マイケルはわたしの顎をつかんだまま顔を上に向けさせ、念を押した。「それまでは見つからないように隠れていろ。わかったか？」

「わかった」

マイケルはわたしが森に姿を消すまで見ていた。わたしは渡された包みを手に持って小径をはずれ、木々の中に紛れた。一時間待つあいだ、車の中で集めた情報を繰り返し唱えた。ワゴンは時速六十五キロで走っていた。十時三十五分に左折して、十一時五十五分に右折した。そうやって記憶に刻み込んだ。

かたく目を閉じ、ウィラの姿を思い描いた。ウィラに抱いている愛情はわたしの肉体を超越するだろう。いつの日か、ウィラは未来に向かって草原を自由に駆け巡り、わたしのことは遠い記憶の彼方に消えるだろう。あの場所で過ごした日々は悪夢だった。わたしたちがふたりとも自由になるには、こうするしかなかった。

33

コールドウェルの東部が燃えている。太平洋岸北西部に火事が頻発する季節が到来した。何もかも焼き尽くす赤とオレンジの炎。ワシントン州女性矯正センターの上空に煙が立ち込める。チェルシーは駐車場に停めた車の中で体を震わせて嗚咽する。ハンドルをぎゅっと握りしめる。

この七十二時間のあいだに人生というタペストリーを織りなす糸が完全にほつれた。刑事としてではなく患者として病院に行った。医師から一晩入院するように言われたが、大丈夫だと言い張って父の家に帰った。それから眠った。十四時間、夢も見ずに寝た。割れるような頭痛と焼けるような咽喉の痛みで目が覚めるまで眠りつづけた。鏡で青黒くなった傷を見て初めてフラッシュバックにおそわれた。リディアを結束バンドで拘束して森の中に置き去りにしたことを思い出した。姉の顔をまともに見られなかった。

心の整理がつかなかった。リディアは生きていたという事実が全身に響き、耳障りな打楽器のように胃と心臓と肺と肝臓を叩いた。エリーたちのところに戻ったあと、無意識に少女たちが監禁されていた場所を調べていた。部屋の中を見てまわった。屋根裏の部屋にはテレビと発電機があり、キングサイズのマットレスが床に直に置かれていた。大量の武器と弾薬がしまってある建物と掩蔽壕があった。地下の部屋には金属製の扉があり、南京錠が取りつけられていた。室内にはぐしゃぐしゃの寝袋があった。ひとつの部屋の壁に星座が彫ってあり、枝と犬の歯を釣り糸でつないでつくったモビールが飾られていた。国土安全保障省と警察が駆けつけ、エリーたちが災害救助用毛布にくるまれてヘリコプターに乗せられたあと、リボンで目印をつけた小径を通って森にはいった。バスを見つけ、ハッチを開けた。なんてこと。ひどい悪臭が鼻をついた。汚物のにおいが充満していた。鼻の中まで焼けるような強烈なにおいだった。何日か経ったあともそのにおいが鼻に残り、シンクで吐いた。

しばらくしてから、国土安全保障省から電話があった。ノアからも電話がかかってきたが、チェルシーは無視した。まともに話せる状態ではなかった。悲しみが波となって押し寄せ、シャワーを浴びていても、寝ようとしても、食事をしようとしても巨大なうねりに呑み込まれた。今のチェルシーは傷つきやすく、混乱していた。生まれたての赤ん坊のようにむきだしで、不安定だった。そんな姿を見られたくなかった。

アボット巡査部長は辞職した。彼からも電話があった。電話にはでなかったが、眠そうな声の長いメッセージは聞いた。アボットはまた酒に溺れていた。おれにはわからないよ、チェルシー。信じてくれ。どうしてこんなことになったのか、さっぱりわからない。おれの息子たちが……アボットは泣いていた。泣きじゃくっていた。頼むから電話してくれ。話さなきゃならないことがほかにもある。きみがまだ知らないことがある……

もう充分すぎるほど知っている。チェルシーはそう思う。今はアボットがどんな人間かはっきりわかる。自分が抱える恐怖に対処できず、その恐怖を妻と子どもたちにぶつけることしかできなかった男だとわかる。チェルシーは父の書斎で事件の経緯を時系列に書き出した。格子縞の壁紙もリディアがリサ・フランクのシールを貼った痕ももはや見えない。事件の経緯を逆にたどっていく。

レジーナ・パイクが一般投票で勝利し、州知事に選出される。自転車で遊びにでかけていたウィラ・アダムズが誘拐される。レジーナ・パイクが州知事の最有力候補となる。エリー・ブラックが砂利の駐車場で拉致される。そうやって日付をさかのぼる。レジーナが成功をおさめるたびにウェストは少女をひとりずつ拉致していた。何より驚いたのは、母親が再婚した時期とダグラス・アボットが警察官になったのが同じタイミングだったことだ。ダグラスが誘拐を幇助していたこと、兄に代わって少女失踪事件の捜査の進展を注視していたことを考え合わせると、ウェストがいかに周到に計算していたかがよくわかる。マキアベリ並みの策士だ。が、まだ答えがみつからない疑問がたくさんある。だから、チェルシーはこうしてここにいる。今日、姉に会うために。未知の世界に踏み込むために。

サンバイザーを下ろし、目の下を拭き、できるだけ身なりを整える。車から出る。歩道に沿ってマスコミの中継車が停まっているのを見て、エリーが発見され、病院に向かった日のことを思い出す。あのときはチェルシーが何者か誰も知らなかった。が、今はちがう。

チェルシーの姿をみとめてマスコミが群がる。うつむいたまま、マイクと質問を避けて進む。「お姉さんに会いに来たの？　独占インタビューをさせてくれませんか？」マスコミは警察署とパラダイス・グレンの家にも押し寄せていた。ドキュメンタリー番組の制作スタッフから直接電話がかかってきたこともあった。

東から突風が吹いてきて、マスコミがあとずさる。その隙にチェルシーは面会所にはいる。「誰と面会希望ですか？」机の奥から女性の職員が訊く。

「リディア・カルフーン」とチェルシーは告げる。このところ誰とも話をしていないせいか、か細い声になる。

「マスコミは面会できません」

「マスコミじゃありません。わたしは……家族です。妹です」

職員がチェルシーの顔を見る。疑わしげな視線を向けられ、リディアと自分はまるで似ていないことを思い出す。家族であることを証明するため、ＩＤを提示する。

受付が済むと、ボディチェックを受け、持ちものはロッカーに入れておくように指示される。待合室は閑散としている。幼い子どもを連れた父親。疲れた目をした女性。傷だらけのプレキシガラスの奥にあるテレビがついている。チェルシーはほかの人たちから一番離れた席に座る。白髪のニュースキャスター、フォックス・ロンドンがふたりの専門家――ネイビーブルーのスーツを着た黒人の女性とツイードのブレザーを着た白人の男性――と並んでテーブルについている。

「まるでフィクションのような出来事です」とフォックス・ロンドンは言う。「ですが、これはすべて現実に起きたことなんです。先週の土曜日から特集でお伝えしているとおり、ワシントン州のパイク州知事の公邸で爆破未遂事件が発生しました。容疑者は？　エリザベス・ブラック。この名前に聞き覚えのある方もいるかもしれません。それもそのはず。エリザベス・ブラックは二年以上行方不明でしたが、不思議なことに、つい最近になってふたたび現れたのです。エリザベス・ブラックが州知事の公邸に爆弾を仕掛けたと報じられたあと、州をあげて大捜索がおこなわれました。ですが、エリザベスと彼女を拉致した犯人を結びつけ、彼らの居場所を突き止めたのは小さな田舎町の刑事、チェルシー・カルフーンでした。しかも、その犯人はなんとパイク州知事の疎遠になっていた息子、ダグラスとウェストでした。衝撃の逮捕劇でした。カルフーン刑事は犯人のひとりを射殺し、もうひとりを逮捕しました。さらに、彼女が犯人の仲間と思って撃った相手は、二〇〇七年に行方不明になったカルフーン刑事の姉のリディアだったのです」フォックス・ロンドンは鞭で打たれたように黙り、ややあってから続ける。「これまで、行方不明の少女の複数の遺体があちこちの国立公園で発見されており、その少女たちも同じ犯人の兄弟に拉致されたとみられています」

チェルシーはうつむく。それでも、テレビの音は聞こえる。「正直なところ、どこから話せばいいかわかりません」とフォックスは言う。

「オスカー・スワンのことはまだ話してない」とツイードのブレザーの男が言う。

「そうでした」とフォックスは認めて言う。「十五年まえ、二〇〇七年に人気の展望台がある崖の下でオスカー・スワンの車と遺体が発見されました。リディア・カルフーンがオスカーと一緒にいたことを示す決定的な証拠がありました。すぐそばにリディアの衣服があっただけでなく、引きちぎられた頭皮と髪の毛まで発見されていました。オスカーがリディアを殺害し、そのあとみずから命を絶った。リディアの遺体は波にさらわれ、流された。当時はそう思われていました。ですが、今になってこれはウェスト・アボットが仕組んだ手の込んだ策略だったのではないかという疑惑が生じています」インターネット上にさまざまな陰謀論があふれていることはチェルシーも知っている。「オスカー・スワンは長年、殺人者として犯人扱いされてきました。オスカーの遺族は彼の死後に着せられた汚名を晴らしてほしいと望んでいます」

「ちょっといい?」とネイビーブルーのスーツの女性が割り込む。「パイク州知事はエリザベス・ブラックをどうするかも気になるところね」

「パイク州知事はエリザベス・ブラックの告訴を取り下げるように働きかけているともっぱらの噂だ。状況を考えると、当然といえば当然だろう」とツイードのブレザーの男が言う。

「それが最善の対応でしょうね。これだけのスキャンダルになっているのに、州知事が辞任を拒否しているというのも興味深い。一方で、彼女の元夫で、犯人の兄弟の父親であるパトリック・アボットはコールドウェル警察の巡査部長でしたが、事件が発覚した直後に辞職しています」とフォックスは言う。

「どうして州知事が辞任しなきゃならないの?」とネイビーブルーのスーツの女性が切り込む。「彼女も被害者なのに」

「リディア・カルフーン」と職員が告げる。金属のドアが開く。チェルシーは弾かれたように立ち上がる。ドアを通り抜けるときも、まだフォックス・ロンドンの声が聞こえる。「今夜、アボット兄弟の特集を放送します。ふたりは小さな町で生まれ育ちました。成績は優秀で、一家は堅実な暮らしを送っていました。将来を嘱望されていた兄弟はなぜ道を誤ったのか?」

チェルシーは思う。確かに、ダグラスとウェストにも弁明の機会は与えなければならない。彼らのアルコール依存症の父親と子どもたちを置いて去った母親も糾弾されるだろう。が、チェルシーはあの場所でウェストを見た。彼はずっと少女たちを支配していた。

「二十年近くものあいだアボット兄弟と一緒に過ごし

ていたリディア・カルフーンについても取り上げます。彼女は共犯者だったのか？　聞いたところでは、地方検事は起訴することも視野にいれているようです」

チェルシーはカフェテリアに似た大きな部屋に通される。ところどころにテーブルと椅子が置かれているが、端の席に座るリディアのほかには誰もいない。チェルシーは姉にうなずいてみせ、近づく。職員は海が描かれた壁の下に待機する。

「調子はどう？」チェルシーはプラスチックの椅子を引いて言う。馬鹿げた挨拶だ。実際、おかしく聞こえる。まるで、リディアを撃ったのも、地面に押さえつけたのも、逮捕したのもチェルシーではないかのように聞こえる。

「ここの食事はあまりおいしくないの」リディアは椅子の端に座り、手は両脇をつかんでいる。「でも、だいたいの日は暖かいし、窓からきれいな森が少し見える」チェルシーはついに明るい光のもとでリディアを見る。長い年月は姉に冷酷だった。リディアは険しい顔つきをしていて、若い頃の柔らかな表情は見る影もなかった。関節は節くれ立ち、肌はひび割れ、ひどく荒れていた。チェルシーにまじまじと観察され、リディアは両手を握る。

「脚の具合は？」チェルシーはリディアの太腿を見て訊く。銃撃で負った傷は軽傷だった。八針縫って一晩入院し、そのあとこの施設に移された。

「もうほとんど痛まない」とリディアは答え、笑顔で言う。「会えて嬉しいわ」

チェルシーもつい笑顔になる。「そうね」子どもの頃を思い出す。夜な夜な笑い、秘密を囁き、互いのくびれた部分にくっついて眠ったあの頃を思う。ふたりでひとつではなく、互いの延長のような存在だった。

「疲れてるみたいね」

「ええ……」チェルシーは言いよどむ。「よく眠れないの」

「わたしも」とリディアは言う。「ずっと会いたかった」そっと囁く。本心からそう言っている。

チェルシーの手が震える。目が潤む。リディアがいなくなってから、ずっと孤独だった。すべてが正しくないように感じていた。「わたしも会いたかった」

リディアは誇らしげに口角をあげる。「わたしの妹。パパにそっくりな警察官。きっとパパも誇りに思ってるわ」リディアのことばにはかすかに棘がある。

父に話がおよぶとチェルシーは顔を曇らせる。「伝えなきゃならないことがあるんだけど、その、パパは亡くなったの。一年半まえに咽頭癌で」父がもうこの世にいなくてよかったと思うのはひどいことだろうか？　娘たちがどうなったか見なくてすむと考えるのはいけないことなのか？

「そう」リディアの表情にも影が射す。横を向き、しきりにうなずく。「不思議じゃないわね。ヘヴィースモーカーだったから。葬儀はやったの？」

「すばらしい式だった。古くからの同僚が大勢集まってくれた。丘に埋葬した……」あなたのお墓の隣りに、思わずそう言いそうになる。心の隅の窮屈な場所から記憶が呼び起こされる。チェルシーはリディアの棺が穴に降ろされるのを見ている。空《から》の棺。埋葬できるものはないのに、家族はそれでも葬儀をすることにした。リディアの遺体は結局見つからなかった。チェルシーが海を嫌うほんとうの理由はそれだった。海岸に近寄らない理由はそこにあった。波に流されてきた遺体を見つけるのが怖かったのだ。もうひとつ思い出がよみがえる。父が墓所でつぶやいている。なんという無駄だ。人生の無駄づかいだ。金も時間も何もかも無駄にした。「でも……ママはまだ生きてる」チェルシーは慌てて言う。「アリゾナに住んでる。今、こっちに向かってる。着いたらすぐ会いに来る」チェルシーは母にリディアが生きていたことだけを伝え、さっさと電話を切った。「でも、家はまだある。パパが死んだあと、わたしが受け継いだの。今はそこで寝泊まりしてる。あなたの部屋はそのままにしてある。何も変わってない」

リディアは鼻にしわを寄せて言う。「わたしはあの家がずっと嫌いだった」

「ええ?」チェルシーは驚く。丘の上にあるあの家での暮らしは幸せだった。そう思っていた。

リディアは声をあげて笑う。「あの家に住むのは嫌だった。それに、パパはママに冷たかったし」チェルシーはまばたきする。空気が揺らぐ。ヴェールが剝がれだす。「パパがママにペンを投げつけたのを覚えてる?」

チェルシーは無意識に父をかばう。父はいつだって厳しかった。そういう人だった。「あのときパパは事件のことで苛々していて——」

「ママは夕食を持っていったのよ」とリディアは首を振って言う。

「それは覚えてない」まだ空気が揺れている。ますます速く流れる。突風に吹かれて記憶がはためく。リディアがリサ・フランクのシールを壁に貼ったときのことを思い出す。父がリディアを怒鳴りつけ、リディアは廊下でうずくまって前後に揺れていた。夕食抜きで寝室に閉じ込められた。

「結婚してるのね」リディアはチェルシーの指のゴールドの指輪を差して言う。

過去から引き戻され、チェルシーはありがたいと思う。どうすればいいかわからなかった。父の輝かしい功績が並ぶ壁のどこにその出来事を飾ればいいか見当もつかなかった。「ええ」と答える。時間がゆっくり流れはじめる。何もかも現実ではない気がしてくる。これまでの年月がなかったかのように、こうしてリディアと話をしていることがまだ信じられない。ふたりはまだ子どもで、互いに秘密を教え合っているような感覚にとらわれる。リディアがいなくなってから、チェルシーには秘密を打ち明けられる相手がいなかった。姉に代わる人は誰ひとりとしていなかった。「夫はノアっていうの」

「よかったら今度ここに連れてきて。そうすれば会えるから」リディアは顔を輝かせる。「わたしも結婚してるのよ」秘密を打ち明けるように言う。禁断の感覚がチェルシーの血管を穏やかに流れる。「ウェストと。森の中で式を挙げたの。ダグラスが司祭の役になって。わたしがそうしてって頼んだ」それから声を落として続ける。「嫌だったのよ……結婚してないのにそういうことをするのが。結婚式では白いドレスを着た？わたしの場合、それはかなわなかったけれど、それでもロマンティックな式だった」

チェルシーはリディアをじっと見つめる。不意に落ち着かなくなる。「どこで出会ったの？」

チェルシーの中の刑事が話している。尋問している。

「ピクニックのとき」とリディアはなんでもないように言う。

チェルシーは吐き気をもよおす。警察署のピクニック。あの日を境に多くのことが動きだしたのだ。

「ウェストに出会えてよかったと思ってる」とリディアは続ける。「わたしにはほんとうに怒ってるときしか手をあげなかった。最初のときが一番ひどかった」そう言って髪を持ち上げ、禿げた痕をあらわにする。

チェルシーは拳を握る。「ウェストにやられたの？」

リディアは鼻を鳴らす。「悪いのは彼じゃない。もうずっとまえのことだけれど、ウェストに焼きもちを妬かせたくてオスカーとデートしたの」小声で続ける。「ウェストは女の子を横取りされるのが嫌いだった。もっとよく考えるべきだった。ウェストはすごく怒って、オスカーの頭を殴った」チェルシーは青ざめる。リディアはおどけるように目をまわして言う。「オスカーは苦しまなかった」

「そのあと、あなたの髪を抜いたの？」とチェルシーは尋ねる。

リディアは手で髪を撫でつけながら言う。「わたしもオスカーと一緒に死んだように見せかけなきゃならなかった。ウェストのお父さんが――」

「お父さん？」パトリック・アボット？　チェルシーの元上司のアボット？

リディアはうなずく。「証拠を残しておかないといけないって言われた。お父さんはウェストにおまえの尻拭いをするのはこれが最後だって言った」アボット巡査部長が関わっていた。そうと知ってアドレナリンが全身をめぐる。いつから息子たちをかばっていたのか？　青いステーションワゴンを見つけたいと言ったとき、アボットに阻止されたことを思い出す。あのときにはもう知っていたのか？　いや、もっとまえから？

「ウェストはお父さんに会えなくて辛そうだった。さみしがってた」

ウェストの話をするリディアの声から彼への愛情が滲む。ウェストのためなら、リディアはどんなことでもするだろうか？　少女たちを連れ去り、監禁することも？　どうしてそんなことになったのか？　なぜ誰もリディアに教えなかった？　この世で一番恐ろしいものは自然災害でも戦争でも武器でもない。素敵な笑顔を見せ、大それた約束をする、どこにでもいる男たちこそ危険なのだと。

「リディア」チェルシーはそっと問う。「何が起きたか知ってる？　ウェストが何をしたかわかってる？」

リディアの顔を何かがよぎる。「彼はわたしのせいだって言った。わたしが子どもを産めなかったからだって」両手を広げて続ける。「一度妊娠した」涙で目が光る。ひとことひとことが重くのしかかり、越えられない壁となって姉妹のあいだに立ちはだかる。「彼は家族を欲しがってた。お母さんとはちがって絶対にいなくならない家族が欲しかった」

チェルシーは首を振る。リディアは大人になっていないと実感する。歪んでいる。ねじれている。十五歳のままと言えなくもない。「これ以上は聞きたくない」とチェルシーは言うが、ふとガブリエルのことを思う。ウィラのことを思う。ウェストは黙秘している。チェルシーには真実を知る必要がある。「ウェストはどうしてウィラを誘拐したの？」どうにか尋ねる。

「誰？」とリディアは怪訝な顔をする。「グレースのことよ。あなたたちはあの子をグレースって呼んでいた」

「ああ、そのこと？　ウェストはもっと若い子がほしかったの。たぶん自分好みに育てようとしてたんだと思う。ほかの子たちは彼に反抗することもあったから。だから、言うことをきいてくれる子が欲しかった。それに、わたしが赤ちゃんを産めなかったから……」ことばが途切れる。悲しそうな目をする。それからリディアは話題を変える。内緒話をするみたいに指を唇のまえに立てて言う。「でも、デスティニーがグレースを溺愛してることに気づいて、それを利用することにした。彼はときどきすごくせっかちになるの」そう言って笑う。「ほかの子たちのことも知りたい？　チャリティはダグラスの車にほいほい乗り込んだ。家まで送ってあげるって誘うだけでよかった。それから、ホープは……ウェストは最初、あの子をものすごく愛してたけど、それがいつのまにか激しい憎しみに変わった。ホープが彼を傷つけたから――」

「もういい」チェルシーは嫌悪感をあらわにする。誰かにこんなにひどい仕打ちができる人をこれからも愛せるかわからなくなる。

「そうね」とリディアは言う。「ごめんなさい。忘れてたわ。裁判があるのよね。ねえ、もしかしたらウェストに会えるかしら？　彼に会った？　元気にしてる？　あの人はひとりじゃ寝られないの。そうそう、爪のやすりも欲しいわ。ウェストは爪が汚いのを嫌がるから。きれいに丸く整ってる爪が好きなの。あなたみたいに滑らかな爪がね。でも、もうちょっと長いほうがいいわね」

「リディア」とチェルシーは言う。どう伝えればいいのか。「わかってる？ウェストが何をしたか。少女たちにどんな仕打ちをしたか。あなたにも。それがわからないの？」

「彼はわたしを愛してる」とリディアは言う。ざらついた声で繰り返す。「彼はわたしを愛してる」

ほんの一瞬、チェルシーは姉を憎む。が、その感情はすぐに消え、憐れみに変わる。またしても波が押し寄せてくる。チェルシーを押し流そうと脅かす。チェルシーは立ち上がる。椅子が床をひっかき、倒れかける。「もう行かなきゃ。ママは明日来る。わたしもまた会いに来る」それだけ言って面会室を出る。

刑務所をあとにするが、数分後にブレーキを踏み、道路の端に車を寄せて停める。息を吸い、叫び声をあげ、ハンドルを叩く。そして泣き崩れる。記憶とはいかに自分に都合のいいものかを思い知る。

携帯電話を取り出し、一番最後の不在着信履歴の番号にかける。

「チェルシー」ノアの声がやさしく差し伸べられた手のように感じる。

「ごめんなさい」報いと気づきの渦に溺れながら、息を吐き出すようにして伝える。「わたしはいろんなことをまちがってた」

34

エリーは膝の上に置いた革の表紙のノートを叩く。

「終わった？」とフィッシャー医師が日記を示して訊く。

「うん」エリーは窓の外を見ながら答える。精神病院の病室からの眺めはフィッシャーのオフィスから見える景色ほど美しくはない。駐車場の歩道に沿って等間隔で植えられたカエデ。背の高い街灯。有刺鉄線を備えたフェンス。

エリーはまた閉じ込められている。三週間におよぶ入院生活を送っている。まもなく退院できる。あと数時間の辛抱だ。治療の効果がではじめていると医師は言っていた。検察はエリーを不起訴処分にした。カルフーン刑事に渡すために一部始終を書き終えたところだ。最後の数行は何時間もまえに書いてあった。かたく目を閉じ、ウィラの姿を思い描いた。ウィラに抱いている愛情はわたしの肉体を超越するだろう。いつの日か、ウィラは未来に向かって草原を自由に駆け巡り、わたしのことは遠い記憶の彼方に消えるだろう。あの場所で過ごした日々は悪夢だった。わたしたちがふたりとも自由になるには、こうするしかなかった。

フィッシャーはほぼ毎日来ていた。セッションのために来るときもあれば、ただ見舞いに来ることもあった。今日は通常セッションの日だ。黄色いノートを開いているので、エリーにもこれはセッションだとわかる。

最初の数日は黙ったままただ向かい合って座っていた。フィッシャーはそれでいいと言った。こうして一緒にいるだけで充分だ、あなたがすべて決めていい。話すか、黙っているか、叫ぶか。好きにしていい。そう言われた。そうやって肯定的に受け入れられることを嫌だと思ったこともあった。フィッシャーはそれもかまわないと言った。やがて、エリーは話しだした。ノートにいきさつを記し、フィッシャーに読んで聞かせた。どうやって連れ去られたか。友だちができたこと。その友だちを失ったこと。ウィラを救うために取り引きしたこと。家に戻されたときはとにかく怖くてたまらなかった。今にも割れそうなガラスの上を歩いているみたいだった。デイヴィッドの命令で、マイケルが絵葉書を残していった。エリーは常に彼の手の届くところにいた。ウィラは彼のもっと近くにいた。ところが、いざそのときになると、誰も殺せなかった。爆破計画をしくじり、逃げた。デイヴィッドに見張られているのは知っていたから、あの場所に戻って自分でウィラを助け出すしかないと思った。

エリーは疲れ果てている。いくらかうんざりもしている。

腕を組んで言う。「もう何週間も経つ。言われたことは全部やった。いつになったらウィラに会えるの？」

「わからない」とフィッシャーは冷静に答える。「ウィラにもやらなきゃならないことがある。あなたと同じように」

エリーは歯を食いしばる。「それはわかってる。でも、どうしても会いたい」

「近況は聞いてるでしょう」とフィッシャーは言う。ウィラの母親から何度か手紙と写真が届いていた。

「実際に会うのとはちがう」とエリーは不満をぶつける。ウィラに触れ、ウィラを直接感じるのとはちがう。ちゃんと息をしているか確かめるのとは全然ちがう。

「ちゃんとお母さんに伝えてくれた？　もう少しで自分で靴紐を結べるようになるって。わたしがウサギの耳の歌を歌いながら、結び方を教えたことを伝えてくれた？　そうそう、一度虫歯になったことがあって、そ歯を抜いてあげなきゃならなかった。ちゃんと歯医者で診てもらわないと。それから、ときどき悪夢にうなされることがある。寝かしつけるときは歌を歌ってあげると喜んで――」

「エリー」フィッシャーは穏やかにたしなめる。「そのことはもう話したでしょう。あなたはもうあの子を守らなくてもいい。もう安全なんだから。今は自分の将来について考えるときよ」

エリーは首をふり、降参するように両手を掲げる。

「そんなことできない……何かが欠けている感じとどう折り合いをつければいいのかわからない」だんだん削られていって、いずれ影も形もなくなるような感覚に陥る。

「もう一度希望を見つけるのは簡単なことじゃない」

希望《ホープ》。そのひとことでエリーはくずおれそうになる。考えたくないことが心の垣根を跳び越えて迫ってくる。苦い種を食べたこと。夜に聞こえてきた悲鳴。押し殺した泣き声。

「彼女のことを考えてるの？」

「みんなのことを考えてる」ガブリエル。ウィラ。ハンナ。「わたしは彼女たちを救えなかった」

「あなたは彼女たちのために喜んで犠牲になろうとした。あの場所に戻ることで、警察の注意を引きつけた。ダグラス・アボットは死んで、ウェストは裁判にかけられる……わたしに言わせれば、それもこれもあなたは正義のヒーローだっていう証よ」

ダグラス・アボット。マイケル。だいぶあとになってから、彼があのときの麻薬取締課の刑事だったと思い出した。ロッカーにマリファナを隠していたのがばれたとき、高校にエリーを逮捕しにきたのは彼だった。そのときにエリーに目をつけたのだ。ほかの少女たちはどうだったか。仕事を通じて知った。SNSで知り合った。ガブリエルは彼のアカウントをフォローしていた。彼が投稿するくだらない動画が好きだった。怒りがまたはらわたをえぐる。フィッシャーがなんと言おうと関係ない。どれだけ凶悪なドラゴンを倒したとしても、心の痛みは残る。フィッシャーが身を乗りだして言う。「よかったら……」ノートを見ながら言う。「ちょっとしたエクササイズをしてみない？」

「どんな？」

「ふたりで一緒にあなたの心の中の時計を巻き戻して、ガブリエルとハンナとウィラを助け出すの。騙されたと思ってやってみてくれる？」

エリーはつい笑ってしまう。しかし、フィッシャーの言うことは信用できるとわかっている。だから、彼女の指示ならなんでも言うとおりにする。真っ白な病室の中で、ふたりはエリーの心の痛みの境界線を一緒に越える。「わかった、やってみる」

「それじゃ、始めましょう」フィッシャーはそう言うと、一オクターブ低い声で続ける。「目を閉じて」

エリーはちょっとだけ馬鹿げてると思いながら言われたとおり目を閉じる。

「そう」とフィッシャーは優しくなだめるように言う。「監禁されていた場所に戻って、ガブリエルを助け出しましょう」

記憶の中に深く沈み込むことはそれほどむずかしくない。コンクリートの建物が並ぶあの場所にまた戻った気分になる。息を吸う。そう、焚き火だ。犬たちもいる。雨上がりの森がある。

「そこにいる？」とフィッシャーが訊き、エリーは黙ってうなずく。「よろしい、では、みんなが一緒にいた日に返りましょう。あなたとハンナとガブリエルがいる日に。彼女たちが見える？」

秋の終わりだった。冬がもうそこまで来ていた。ほんとうの名前を教え合った日。焚き火にあたってみんな頬が火照っていた。種を刈り取ったあとで、手が痒かった。「みんなと一緒にいる」

「自分の姿も見える？」

咽喉に結び目ができる。その結び目を呑み込む。

「見える」エリーはそこにいる。ガブリエルの隣りに座っている。膝が触れあい、とても温かい。生きている心地がする。「じゃあ、今度はウィラも仲間に入れて。できる？」

ウィラはガブリエルがいなくなったあとに連れてこられた。それでも、焚き火のそばにいるウィラを容易に思い描くことができる。それがエリーの望んでいることだから。一緒にいたいから。安全で怖がることは何もない。お互いのためにそこにいる。

「ひとりずつ手を取って。もうここにいなくてもいいと伝えてあげて」

エリーの目が潤む。心の中で手を伸ばし、ひとりずつ丸太から立ち上がらせる。ハンナ。ガブリエル。ウィラ。一緒に行こう。

「みんな一緒にいる？」

「うん」

「デイヴィッドは？　彼もそこにいる？」

「いない」とエリーは答える。「デイヴィッドは部屋にいる。わたしたちの声は彼には聞こえない」

「彼に何かしたい？」

「どういう意味？」

「蹴る、傷つける、宇宙に放りだす。どんなことでも」

エリーは笑う。「ううん。ただ、ここから出ていきたい」

わかった、じゃあ、ガブリエルとハンナとウィラをそこから連れ出してとフィッシャーは促す。「誰もあなたを止めたりしない」

エリーはそうする。長い時間をかけて森を進む。凍えるような冷たい雨で服がびしょ濡れになる。焼け焦げた一画を通り過ぎる。アン女王のレース《クィーン・アンズ・レース》が生えていた場所だ。錆びたバスの上を歩いて渡る。空き地に着く。雨はもう上がっている。季節は夏で、もう暖かい服を欲しがる必要はない。歯を鳴らして震えることもない。唇はもう青ざめていない。

薄皮を剝ぐようにして恐怖が消えていく。お互いに顔を合わせ、わざとにやりと笑う。いきなり、全員で弾けたように笑いだす。エリーは両手を口にあて、ほんとうの名前を叫ぶ。ガブリエルも同じことをする。ハンナが続く。ウィラも真似する。思いきり大声を出せることが気持ちいい。静かにしていなくちゃとびくびくしなくていい。恩知らずと呼ばれることも、手が飛んでくることもない。太陽と空に向かって自分を解放する。手足を広げて草の上に寝転ぶ。浮かれている。幸せな気分に満たされる。

「まだそこにいる、エリー？」フィッシャーの声でわれに返る。

エリーはうなずく。舌にしょっぱいものを感じる。涙がこぼれて口にはいる。「まだここにいたい」光り輝くその場所にずっと留まっていたい。エリーはそう願う。

「もう家に帰る時間よ。でも、あなたがそうしたいなら彼女たちも一緒に連れてきていい」

「どうやって？」

「家に連れて帰る。壁を取り払って、彼女たちの部屋をつくる」

エリーは咽喉を詰まらせる。自分の部屋のとなりに友だちの部屋をつくる。ベッドとちゃんと開く窓のある部屋を用意する。空気は清々しく、ごみのにおいも獣のにおいもしない。これこそずっと望んでいたものだ。自由になること。一緒にいること。着ていた服を脱ぎ、カシミアの服を着る。それから、ラヴェンダーの香りがするシーツの上に横になる。エリーは約束する。必ず守ることができると知っている約束。タンポポもコケモモの実も二度と食べない。誰にも無断で体に触れさせない。食べると出血するかもしれない種なんて二度と食べない。ハンナとウィラは眠りにつく。

だけど、もう胸に手をあてて息をしているか確認しなくてもいい。ゆっくり休める。目が覚めたら、みんな元気になっている。ガブリエルがエリーのほうを向く。互いに鼻をこすり合わせ、髪を撫で、思う存分ぬくもりを味わう。

「ガブリエルに何か言いたいことはある?」とフィッシャーが訊く。

「ごめんなさい」助けてあげられなくて。ガブリエルは明日を迎える喜びも苦悩も二度と知ることはない。優しい手のぬくもりを、わが子に触れられる感触を経験することはできない。熱いシャワーも浴びられないし、美味しい料理の最初のひとくちを楽しむこともできない。

「ガブリエルはなんて言うかしら?」とフィッシャーがまた訊く。

「謝らなくていいって言ってほしい」

「あなたのせいじゃない、エリー」とフィッシャーが言う。「そう思える?」

エリーは目を開ける。涙が頬を伝う。口を開け、すぐに閉じる。「思えるようにする」

「このエクササイズを続けましょう。じゃあ、また明日」フィッシャーは立ち上がる。

別れの挨拶をする。明日、また同じ時間に会う約束をする。今度はフィッシャーのオフィスで。エリーは今日、家に帰るから。両親がロビーで待っている。

「ハイ」と父が言い、彼女の肩からバッグを下ろす。「準備はいいか?」母も笑っている。「準備はいい?」

エリーはうなずき、車に乗り込む。車が発進する。揺れが心地いい。完成した日記に指を這わせる。すぐにコールドウェル警察署に着き、カルフーン刑事を呼び出す。

チェルシーが廊下の角を曲がって現れる。「わたしの大好きな家族のみなさん」そう言ってエリーの父親と握手を交わし、母親をハグする。「これをわたしに？」うなずいて日記を示して訊く。

「ここに全部書いてある」エリーは日記を手渡す。

「ありがとう、裁判に役立つわ」とチェルシーは礼を言う。「最大の刑期を主張する。終身刑を要求する」

ウェスト・アボットは無罪を主張し、司法取引を拒んだ。自ら罪を認めてくれたらよかった、エリーはそう思う。この世からいなくなり、二度と戻ってこなければいいと思う。しかし、彼はまた日のあたる場所を歩きたいと望んでいる。彼にとってはそれが最後の日になるとチェルシーは請け合う。エリーはチェルシーともう一度握手し、さよならを言う。両親と一緒にまたトラックに乗る。

「言い忘れてた」と母が助手席から振り向いて言う。「今夜、サムたちが夕食を食べに来るわ」

エリーは口角をあげて笑う。「いいね」母がまえを向くのを待って、窓の外を見る。ガラスに映る自分の横顔に触れる。帰ってきた、そう自分に言い聞かせる。わたしは帰ってきた。そう、帰ってきたのだ。

膝に手を置き、片手で反対の手首に触れる。今でもまだそこにあると感じることがある。ガブリエルからもらった友情のブレスレットの感触が残っている。まだ耐えているのか、これから先も銃口を見つめるような気持ちで一生、生きていくのかと考える。それからフィッシャーのことを考える。一時間まえに交わした会話のことを考える。自分のせいではないと信じることはできない。今はまだ。ガブリエルの身に起きたこと、ハンナと自分が経験したこと。もっとちがうやりかたがあったのではないか。たびたびそんな思いにとらわれる。自責の念から解き放たれる日はくるのか？それはわからない。でも、いつかはくると願う。焚き火のにおいをかいでも嫌な気分にならず、犬が吠える声を聞いても不安にならない日がくる。怯えて暮らさずにすむ日がきっとくる。

ドアの鍵を開け、狭いスペースから抜け出せる。ベッドで眠れる。髪を切れる。昔の友だちに電話できる。恋人にキスできる。姪を抱っこできる。姉と笑いあえる。両親を抱きしめられる。片手に失ったもの、もう一方の手に希望をたずさえて未来に向かってがむしゃらに突き進む。そういう日が必ず訪れる。

そう、わたしは生きている。エリーは思う。これからも生きる。鳥になって歌を歌う。

35

リディアの木製のヘアブラシ。ペイズリー柄のガウン。ぼろぼろになったビアトリクス・ポターのウサギのぬいぐるみ。白いiPod。『荒野へ《イントゥ・ザ・ワイルド》』のポスター。麻紐で束ねたドライフラワー。フォルクスワーゲン・ビートルのミニカー。チェルシーはそれらをそっと段ボール箱に入れ、蓋を閉じる。これで最後だ。立ち上がり、リディアの部屋のドアの上に飾られたFREEDOMの文字をはがす。

ノアが戸口に現れ、段ボール箱を持ちあげる。「これで全部か？　もうすぐ五時だ。不動産業者が閉店するまえに鍵を届けるなら、もう出発しないと」

チェルシーはうなずく。息を呑んで言う。「ちょうど終わったところよ」

「外で待ってる」ノアはそう言って廊下を歩いていく。

「さっき、別のリポーターが門のあたりでうろうろしてた。もう諦めたと思ってただろ」肩越しにそう言って出ていく。

チェルシーは何も答えない。森の中でエリーを見つけてから三カ月経つ。ダグラス・アボットを撃ち殺し、ウェストとリディアを逮捕してから、もうそれだけの月日が流れた。裁判は年内に始まる。が、マスコミはまだ諦めていない。チェルシーはいまだに何も語ろうとしない。いざとなったら何を話すかはわかっているが。ウェストのことも、ダグラスのことも、リディアのことも話さない。姉が有罪か無罪か――ほんとうのことを言うなら、その中間だと思っている――については断じて話さない。州知事や元上司の巡査部長についても話す気はない。アボット巡査部長も逮捕され、まもなく裁判にかけられる。アボットは犯行現場に手を加え、オスカーにリディア殺しの罪を着せたことは認めた。

しかし、息子たちが森でしていたことは知らなかったと頑なに主張している。彼が事実を話しているかどうかは陪審が決める。チェルシーは何も語らない。その代わり、少女たちのことは話す。全員の名前を証言する。森から生きて帰ることのできなかったブリタニーとテレサとガブリエル。生きて帰ってきたウィラとハンナとエリザベス……。確かに彼女たちは生きていた。エリーは罪に問われなかった。それでも、取り返しのつかない何かが失われたことに変わりはない。マスコミに問いたい。世界に訴えたい。いつになったら満足するのか？　社会はいかにして男の手によって女性が殺される現実を受け入れるのか。チェルシーは少女たちを悼む。

さすらうように家の中を歩く。電気を消し、たっぷり時間をかける。最後のお別れだ。傷を癒やすための別れだ。傷は自然に治癒することもあれば、焼いて取り除かなければならないこともある。いよいよだ。両親の寝室を通り抜ける。部屋にはもう何もない。ベッドフレームと壁に立てかけたマットレスのほかは空《から》っぽだ。バスルームにはいり、ジェットバスのピンク色のバスタブの縁に腰掛ける。束の間、五歳に戻る。リディアは六歳だった。蛇口から水滴が垂れ、水面に泡ができる。ふたりは大笑いする。思い出が肺から空気を奪う。咽喉を苦痛が襲う。が、チェルシーはそれを止めようとはしない。悲しみが込み上げ、頂点に達するままに委ねる。泡のように破裂するのを待つ。悲しみは愛の裏返しでしかないから。ちがう？

　バスルームを出て廊下の突き当たりにある父の書斎にはいる。この部屋も空だ。かつてはここにいると安らぎを感じた。でも今は……。よくわからない。父に怒りを覚えたこともある。最近は思い出が形を変えつつある。いい思い出が悪い思い出に、悪い思い出がいい思い出になろうとしている。今なら父のことがはっきりわかる。警察署長のカルフーン。自分の失敗を自覚できず、結婚生活を破綻させた男。

　父の書斎のドアを閉める。父とアボット巡査部長はよく似ている。その思いが心を離れることはない。ふたりとも人食いだった。妻を、子どもたちを、そして自分自身を食い尽くした。ウェストとダグラスのアボット兄弟の境遇がいかに自分と似ているか。父親を崇め、母親をけなすことにどれほど執着していたか。そのことも忘れることはない。ただ、ウェストとダグラスは父親よりも残忍な大人になってしまった。果たして、わたしは……。父よりはまともな人間であってほしい。チェルシーはそう願う。人生の選択に思いを馳せる。みずからの意志で切り開く道。これから進もうとする道。新しい町の新しい家。コールドウェル警察での仕事はまっとうした。エリー・ブラックの事件は解決した。だから、警察を辞めた。ノアとふたりでオリンピアに引っ越す。まだ次の仕事は決まっていないが、いくつかの警察署に履歴書を送った。結果はいずれわかる。過去はもう変えられない。が、未来がどうなるかはわからない。チェルシーはその不確かな未来に踏み出す心構えができている。

　階段を降りる。十五歳のリディアの亡霊がそこにいる。スキップして玄関を出ていくのが見える。女の子らしい夢に胸を膨らませ、この家を飛び出して、愛と危険の只中に駆け込もうとしている。チェルシーは最後の電気を消す。玄関のドアを閉め、鍵をかける。玄関ポーチに立ち、しばしあの灯台を見つめる。まだ子どもだったリディアと自分の姿をそこに見る。過去では太陽は沈みかけているが、空気もコンクリートもまだ温かい。幼いチェルシーは通りを駆け抜け、灯台の階段をのぼり、窓から身を乗りだし、両手を口にあてて叫ぶ。みんな出ておいで《オリー・オリー・オクセン・フリー》！

「これはごみ？」ノアの声で思考が途切れる。ノアがうなずいてチェルシーの手を示す。その手には紙の束が握られている。一番上に太字の丸いFの文字が見える。

　チェルシーは首を振る。別の人生を受け入れる代わりにもうひとつの人生を捨てることについて考える。

「これは持っていく」これはチェルシーが背負っていくものだ。このひとことだけは持ちつづける。FREEDOM。自由。

　物語はこうして終わる。

謝辞

この本を世に送りだしてくれたすべての方々にお礼を伝えるのはむずかしいかもしれないけれど、最善を尽くすことにする。

まず、わたしとこの本を信じてくれた編集者のカリナ・ギターマンに感謝する。あなたがわたしの味方でいてくれて、ほんとうに嬉しかった。また、原稿の組版作業に始まり、至るところで称賛してくれたティム・オコンネルをはじめとするサイモン&シュスター社のみなさん――シルイ・ホアン、ウェンディ・ブルム、ソフィア・ベンツ、アマンダ・マルホランド、ローレン・ゴメス、ゾーイ・カプラン、モーガン・ハート、ベス・マリオーネ、ハンナ・ビショップ、ダニエル・プリエリップ、クリスタル・ワタナベ、アンドレア・モネーグル、ヘレン・シークリスト、サラ・キッチンにも謝意を表する。

わたしを導いてくれる業界最高のエージェント、エリン・ハリスにもお礼を言いたい。一緒に仕事をするようになって十年になるけれど、このさきもずっとそうであってほしい。それから、ジョエルとジョッシュとサラ。あなたたちは魔法を生みだしてくれる。

わたしに幸せをもたらしてくれるユミとケンゾーにも感謝する。
そして、クレイグ。あなたのすべてにありがとう。

解説

アメリカでは、毎年六十万人が行方不明になっているのだという。その中でも、一〜十八歳までの子どもが行方不明になる事案は、二〇二〇年のFBIの調査によると三十六万件以上にのぼるらしい。日本における同年代の行方不明者数は警察庁調べ（二〇二三年）で一万九千人程度であるから、人口比（約二・七倍）を鑑みるとアメリカでの子どもの行方不明事件は相当多いことがわかる。

本書『鎖された声』は、そんなアメリカにおける子どもの行方不明事件、特に行方不明の当事者となった子どもにスポットを当てて書かれた小説だ。

ワシントン州の海岸沿いの町コールドウェル・ビーチ。夏でも十八度ほどまでしか気温が上がらない寒々としたこの町に隣接する森で、二年前に姿を消した少女エリー・ブラックが、血の付いたシャツを着ている状態で発見された。姉のリディアが失踪して以降、少女の行方不明事件の捜査に力をかけている刑事チェルシーは、エリーが行方不明になった当時に捜査の担当をしていたことから、彼女の事情聴取を行うことになる。だが、少女は自分が行方不明になったことについて語らず、何かを隠すように沈黙を貫いていた。捜査を進めていくうちに、エリーが誘拐されたこと、そして彼女の着ていたシャツが死体となって見つかった別の少女の持ち物だと判明する。エリーはいったい何を隠しているのか……。

物語は複数の視点から語られ、失踪事件が巻き起こす事件関係者の不安を雄弁に描き出す。さらに、誘拐されたエリーの視点から語られる監禁中の物語は、ホラー小説の域に達するほどの緊張感と恐怖を読者に与えるほどだ。これまで著者が主にYA向け小説を書いてきたということを考えると、少女が監禁中に受ける苦痛の描写は目を覆いたくなるほど残酷だが、それは著者エミコ・ジーンが常に子どものことを考え、彼ら／彼女らに幸せになってほしいと願う気持ちの裏返しなのだろう。

WEBマガジン《クライム・リーズ》（二〇二四年六月一七日付）に掲載されたインタビューの中で、著者は、本書を読んだ読者に何を感じ取ってほしいかという質問への返答として「誘拐事件の被害者への批難について、それがどのようにして生まれて、誰が得をするものなのかしっかり考えてほしい」と答えている。彼女の言う通り、誘拐事件が起こったときに、被害者の少女が責められることがある。例えば、「さらわれても仕方ない時間にひとりで出歩いていた」「男を誘うような恰好をしていた」「両親に反抗的で素行の悪い男と付き合っていた」など。だが、事件が起こったときに責められるべきは事件を起こした犯人であり、決して被害者ではない。エリーは決して〝いい子〟ではない。はねっ返りで、両親とはうまくいっていない。してはいけないとされていることをしている〝不良少女〟（だが、その〝してはいけない〟というルールを一方的に課しているのは誰だ?）。まさしく、世間から批難をされてしまう被害者そのものである。そうしたいわれなき批難を受けることになった無辜の被害者にフォーカスし、その姿を描くことで、本書は問題提起をしている。ありのままに生きている少女が、たまたま事件の被害者になったことで、世間から批難される。それは誰にとっての正義なのか? エリーに起こる残酷な出来事がしっかりと描かれるのは、そうした著者の姿勢の表れなのだ。

エミコ・ジーンが描くのは、被害者だけではない。被害者家族についても、微に入り細を穿った描写で描き出している。主人公のチェルシーは、エリー失踪の真相を追いかける刑事でありながら、自身の姉が突然いなくなってしまった経験を持つ。生きているのかどうかわからない、宙に浮いたような状態が何年も続く辛さ。被害者だけではなく、家族にも向けられる世間の批難の目。被害者家族にして刑事という立場から感じる、二度と行方不明になる少女を出さない、できるだけ多くの被害者を救い出すという義務感。そうしたチェルシーの感情が、彼女の目線で語られる。読んでいるなかで、彼女の苦しみに共感してしまうあまり、エリーの章とは違った意味で目を覆いたくなる場面がある。だが、それもありのままを描こうとした著者の狙い通りなのだろう。

本書の物語が複数の視点で描かれるのは、それぞれの女性の立場で失踪事件というものを描こうとしたからだ。そしてそのことによって、著者は何が本当の自由なのか、自由とはいったい何なのかを描き出した。本書を読み終えた人は、物語の最後にチェルシーが選択するものを、自分も大事に抱えて生きていきたいときっと思うはずだ。

(二〇二五年三月)

編集部

HAYAKAWA POCKET MYSTERY BOOKS No. 2014

北《きた》　綾《あや》子《こ》

日本女子大学大学院文学研究科修了
翻訳家

訳書
『ブラッド・クルーズ』マッツ・ストランベリ
（早川書房刊）
『キットとパーシー』キャット・セバスチャン
『英国王立園芸協会とたのしむ 植物のふしぎ』
ガイ・バーター
他多数

この本の型は、縦18.4センチ、横10.6センチのポケット・ブック判です。

〔鎖《とざ》された声《こえ》〕

2025年4月10日印刷　2025年4月15日発行

著者	エミコ・ジーン
訳者	北　綾子
発行者	早川　浩
印刷所	星野精版印刷株式会社
表紙印刷	株式会社文化カラー印刷
製本所	株式会社明光社

発行所　株式会社　早川書房
東京都千代田区神田多町2－2
電話　03-3252-3111
振替　00160-3-47799
https://www.hayakawa-online.co.jp

（乱丁・落丁本は小社制作部宛お送り下さい
送料小社負担にてお取りかえいたします）

ISBN978-4-15-002014-9 C0297
Printed and bound in Japan